U0136956

千里音緣一線牽

2021第四屆韓漢語言學國際學術會議
會後論文集

中華民國聲韻學學會編輯

臺灣學て書局印行

머리말

한한언어학국제학술회의(International Symposium on Sino-Korean Linguistics)는 2015년 서울에서 출범하였습니다. 국제 한한언어학계의 학술 교류와 발전을 위하여 그동안 2년마다 세계 각지에서 개최되었습니다. 한한언어학(韓漢言語學)의 연구 영역은 한국어와 중국어의 언어접촉, 한국한자음, 한국한자어휘, 한국한문문법, 중국어 관련 한글 문헌, 한국어 관련 중문 문헌 등을 포괄합니다. 제1차 회의는 엄익상 교수의 주관 아래 서울의 한양대학교에서 제23차 국제중국언어학회(International Association of Chinese Linguistics) 총회와 연합으로 성대히 개최되었습니다. 제2차 회의는 제브 핸델(Zev Handel) 교수의 주관으로 시애틀의 워싱턴대학교에서 단독 개최되었습니다. 제3차 회의는 타케코시 타케시(竹越孝) 교수의 주관 아래 코오베외국어대학교에서 국제중국언어학회(IACL) 총회와 연합으로 개최되었습니다. 그동안 회의 참석자가 아주 많지는 않았지만, 매회 수준 높은 논문 발표와 진지하고 열띤 토론을 이어왔습니다.

2021년 제4차 회의는 대만사범대학교에서 개최되었습니다. 우 성시옹(吳聖雄) 교수는 코로나가 만연한 어려운 상황에서도 한국의 한국학중앙연구원, 대만사범대학교, 대만 과기부 등의 경비 지원을 받아 회의가 원만히 개최되도록 노력하였습니다. 이 번 회의는 세 가지 특별한 의미를 지니고 있습니다. 첫째 한한언어학국제학술회의가 처음으로 대만 성운학회와 공동으로 개최되었습니다. 한한언어학은 여러 연구 분야를 포괄하지만, 음운 관련 자료가 상대적으로 풍부한 까닭에 역사음운론 연구자가 많이 참여하는 편입니다. 그러므로 이번 회의가 제19차 국제 및 제39차 전국 성운학학술연토회와 공동 개최되어, 참여자 간에 상호 학술 교류를 촉진하고 연구 시각의 확대를 도모하였습니다. 둘째, 이번에 참여한 학자들의 지역 분포가 더욱 확대되었습니다. 한한언어학학술회의의 핵심 구성원은 한국, 일본, 중국, 대만, 말레이시아, 미국, 캐나다 등 지역에 분포되어 있습니다. 이번에는 이들 지역은 물론, 프랑스와 필리핀의 학자도 참여하였습니다. 셋째, 이번 회의는 학회후논문집을 정식으로 출판하게 되었습니다. 우 성시옹 교수는 회의 준비 단계에서부터 논문집 출판에 지대한 관심을 가지고 회의를 개최하였습니다. 저 또한 이 논문집에 수록될 논문을 통하여 한한언어학의 최신 연구 성과와 경향을 파악할 수 있기를 기대하고 있습니다. 우 교수는 이번에 제4차 회의를 성대히 개최하였고, 학회후논문집까지 출판하여 한한언어학계의 발전에 크게 기여하였습니다. 이 자리를 빌어 감사의 뜻을 전합니다!

사실 저는 일본의 엔도 미쯔아끼(遠藤 光曉)교수와 2005년에서부터 2013년까지 한한언어학연구시리즈로 네 권의 연구서를 발간한 적이 있습니다. 이후 연구서 편집의 시간과 경비를 줄이고, 더 많은 독자들에게 정보를 제공하기

위하여　2015년부터는　한한언어학국제회의　블로그
(https://blogs.uw.edu/isskl/)에 발표문 전문을 탑재해 왔습니다.
제5차 회의는 2023년에 뻬이징 인민대학교 롱 꾸오푸(龍國
富) 교수가 주관하기로 하였습니다. 앞으로 더욱 많은 학자
들이, 특히 젊은 학자들이 한한언어학에 관심을 가지기를
기대합니다. 한한언어학의 무궁한 발전을 기원합니다!

2021 년 12 월 20 일
공동 발기인 엄익상 (한양대학교 중문과 교수)

序言

　　韓漢語言學國際學術會議（International Symposium on Sino-Korean Linguistics）2015 年在韓國首爾創辦，每兩年舉辦一次，旨在推廣國際韓漢語言學界的學術交流與發展。韓漢語言學研究領域包含韓漢語言接觸、韓國漢字音、韓語漢字詞、韓國漢文語法、漢語相關的韓文文獻、韓語相關的中文文獻等。第一屆會議由嚴翼相（Ik-sang Eom）教授負責，與第 23 屆國際中國語言學會（IACL-23）年會聯合，在韓國的漢陽大學舉辦。第二屆會議由韓哲夫（Zev Handel）教授負責，于 2017 年在美國的華盛頓大學舉辦。第三屆會議由竹越孝教授負責，又與國際中國語言學會年會聯合，在日本神戶外大召開。雖然每屆會議的與會人數並不算很多，但參會文章的質量都較高，學術討論的氣氛也很熱烈。

　　2021 年第四屆會議輪到台灣師範大學承辦。此次會議主要由吳聖雄教授負責，雖然疫情持續蔓延，但是在韓國學中央研究院、臺師大研究發展處和科技部的大力支持下，吳教授仍然細心地做好了各項籌備工作。本屆會議有三個特點：第一，韓漢語言學國際學術會議首次與台灣的聲韻學會一起合辦。雖然韓漢語言學包含的研究領域較廣，但是韓漢語言學界現有音韻相關的資料比較豐富，研究人員也多集中在音韻學方面，因此本屆會議能夠與第 19 屆國際暨第 39 屆全國聲韻學學術研討會合辦，這將有助于促進學術交流和拓展研究視角。第二，參加本屆會議學者來自世界各地。韓漢語言學研討會的核心成員遍布韓國、日本、中國大陸、臺灣、馬來西亞、美國、加拿大等地，這次與會的學者除了來自以上國家和地區之外，還有來自法國、菲律賓等國家的學者。第三，本屆會議要正式出版會議論文集。吳教授從開始籌備階段就非常關注會議論文集的出版，我也非常期待拜讀此論文集的文章，了解國際韓漢語言學的最新研究成果和趨勢。吳聖雄教授這次熱誠舉辦第四屆會議還出版論文集，對於韓漢語言學界做出了很大貢獻，我在此向他表示感謝！

其實我和遠藤光曉教授從 2005 年到 2013 年，先後在首爾的學古房出版了韓漢語言學研究系列專著四部，2015 年開始為了節省編輯工作時間和經費，同時為提高閱讀率，我們停止了紙質出版工作，轉而在部落格（https://blogs.uw.edu/isskl/）上發佈報告全文。第五屆韓漢語言學國際學術會議將於 2023 年由龍國富教授負責在北京的中國人民大學舉辦。願全世界更多的學者，尤其是年輕學者更加關注韓漢語言學！祝國際韓漢語言學取得長足的發展！

共同發起人　嚴翼相（漢陽大學中文系　教授）

2021 年 12 月 20 日

Forward

The International Symposium on Sino-Korean Linguistics (ISSKL) was established in 2015 to promote scholarly communications on Sino-Korean linguistics among scholars across the globe.

It was conceived as a biennial event, either held independently or in conjunction with a larger conference, to provide a platform specifically dedicated to the discussion of topics in Chinese linguistics that have a significant connection to Korea or the Korean language. These topics include, but are not limited to, Sino-Korean phonology, Korean materials related to Chinese language and linguistics, and historical interactions between the two languages.

The first ISSKL was held at Hanyang University, Seoul, August 26-27, 2015 in conjunction with the 23rd Annual Conference of the International Association of Chinese Linguistics (IACL-23). The second ISSKL was held at the University of Washington, Seattle, July 18-19, 2017. The third ISSKL was held at Kobe City University of Foreign Studies, Japan on May 11, 2019 in conjunction with IACL-27.

The fourth ISSKL, was held at National Taiwan Normal University, August 20-22, 2021 in conjunction with the 19th International and 39th National Symposium on Chinese Phonology. Regrettable, it had to be held entirely remotely due to the worldwide

COVID-19 pandemic. While this had some benefits, such as making attendance affordable and accessible to scholars and students around the world, it also engendered challenges related to technology and time-zone differences. Despite these challenges, the joint symposia were a great success, bringing together over 30 scholars from Taiwan, mainland China, Korea, Malaysia, Japan, France, and Canada, who presented in Chinese, English, and Korean on a wide variety of topics.

A number of oral presentations made at the Symposium have been revised into written form and collected in the present volume. We expect these articles to contribute to a growing body of knowledge in Sino-Korean linguistics.

I would like to express my sincere thanks to Prof. Wu Sheng-shiung, who worked tirelessly under extremely challenging conditions to organize and run a successful symposium and to edit the volume that you now hold in your hands. We look forward to continuing our studies and scholarly exchange at the next Symposium.

Zev Handel

Professor, Department of Asian Languages & Literature

University of Washington

2021-12-28

序

　　「第四屆韓漢語言學國際學術會議」與「第十九屆國際暨第三十九屆全國聲韻學學術研討會」於 2021 年 8 月 20 日至 22 日假台灣師範大學，以聯合線上會議的方式舉行。

　　韓漢語言學與聲韻學都是比較冷門的小眾學科，主要的原因是「難」。研究者不但要同時顧及語言的共時與歷時兩大面向，還要熟悉不同地域的語言事實與汗牛充棟的文獻材料。

　　組織韓漢語言學會的學者們注意到韓語與漢語幾千年密切接觸的歷史，也體悟到通過漢字傳承、融鑄多種文字系統所孕育出的諺文文獻，對研究近代東亞語言、民族、文化的歷史，有無法取代的重要性。他們不但要通曉古典漢語，還要探究古典韓語。會議採用韓、漢、英三種語言，發表者的論文與口頭報告，自發地採用不同語文。成立至今雖然只有四屆，但已經由韓國、美國、日本來到了台灣。會員人數雖少，但是成員遍布韓國、日本、大陸、台灣、馬來西亞、菲律賓、美國、加拿大和歐洲。

　　中華民國聲韻學學會則是國內富有歷史傳統的學術組織，由開始活動至今已近四十年。許多學者都會親自上山下鄉，調查各種漢語方言、甚至少數民族語言；而他們在漢語古典方面的訓練，也是中文系裡的頂尖。由於掌握了古今音韻演變的脈絡，各時代的語言特徵皆了然於心，解讀古書的時候，常能別具隻眼，發前人所未發。會員中兼通文字、聲韻、訓詁、語法、詞彙的學者彼彼皆是；而兼通日、韓、越、蒙、藏、梵等不同民族語文的學者，也所在多有。他們共同的特徵是：具有堅毅的人格，以及強烈的好奇心。

　　台灣師範大學國文系是中華民國聲韻學學會的發源地，經常以救火隊的姿態接下聲韻學研討會的重任。2017 年在系務會議通過爭取主辦韓漢語言學會的決議，由語文組同仁共同籌備今年的盛會。原本計畫三天議程之後，繼續五天的環島行程，讓與會者經由會議中充分的討論，加上會後的互動與反思，及時將研究成果出版為會後論文集。不料新冠肺炎疫情爆發，國內各學術研討會紛紛停辦；台灣師範大學不但緊急開出全面線上課程，也再度接下了舉辦聲韻學研討會的重任，計畫以平行場次的方式，舉辦兩會聯合國際研討會，並分別得到韓國學中央研究院、台灣師範大學研發處以及科技部的補助。由於疫情變幻莫測，兩會籌備委員一致決議，將會務委託中華民國聲韻學學會統籌，議程改為線上，原先的平行場次改為交錯場次，無法繳交全文的學者，也鼓勵以繳交 PPT 的方式作線上口頭發表。將「第四屆韓漢語言學國際學術會議」與「第十九屆國際暨第三十九屆全國聲韻學學術研討會」聯合線上會議簡稱為：「千里音緣一線牽」，希望學者們即使無法出門，也要繼續從事研究，將研究成果分享同好，疫情下見真情。

　　這次會議還有一個亮點：那就是「第一屆全國大專生聲韻學基本功擂台賽」的總決賽也在會期的第二天舉行。由嚴格的初賽、複賽中脫穎而出的幾位選手，來到台灣師範大學，在層層的防疫措施之下，戴著口罩與防疫面罩，進行按鈴搶答；並以線上直播的方式，向所有線上與會者轉播。35 道頗富挑戰性的題目，在不到 20 分鐘的時間裡全部搶答完畢。期待這批年輕學子，能夠繼承優良傳統，發揮毅力，推陳出新，為聲韻學研究的多元化與國際化挹注實力。

在台灣師範大學吳正己校長主持的開幕式，以及文學院陳秋蘭院長主持的閉幕式間，三天的會議共發表論文 36 篇，國外 21 篇、國內 15 篇，與會學者 112 人。聲韻學的論文，依照過去的傳統，由學者自行投稿《聲韻論叢》，經審查通過後刊登。韓漢語言學會的論文，則經作者修改後，由中華民國聲韻學學會代為審查，收入本論文集。

感謝韓漢語言學會的發起人：漢陽大學嚴翼相教授與華盛頓大學韓哲夫教授，他們不但熱情地支持這場學術盛會，還為本論文集寫序。感謝莊子儀與林長琦秘書長，以及所有的籌備委員與工作人員，由於他們的通力合作，為這次國際學術交流建立了高品質的服務平台。感謝所有與會的學者，經由他們的發表與討論，不但結集了 2021 年最新的研究成果，也為將來的發展方向提示了許多可能性。感謝韓國學中央研究院、科技部與師大研發處，為這次會議提供了豐厚的經費支援。感謝中華民國聲韻學學會與學生書局，為本論文集的出版付出了大量的心力。

台灣師範大學國文學系教授
中華民國聲韻學學會理事長
吳聖雄
2021 年 12 月 25 日

Preface

"The Fourth International Symposium on Sino-Korean Linguistics" and "The 19th International 39th National Symposium on Chinese Phonology" were hosted online by National Taiwan Normal University from August 20th to the 22nd, 2021.

Sino-Korean Linguistics and Chinese Phonology are relatively unpopular niche subjects, the main reason for that being their level of "difficulty." Researchers not only have to simultaneously take into account the synchronic and diachronic aspects of language, but must also be familiar with the language situations of different regions and the immense amount of available literature.

The scholars who founded the Sino-Korean Linguistics Association not only noticed the thousands of years of close contact between Korean and Chinese, but also realized that ancient Korean documents bred through the inheritance of Chinese characters, and the fusion of various writing systems, is of key importance for studying the history of modern East Asian languages, peoples, and cultures. Those engaging in this research must not only be proficient in classical Chinese, but also explore classical Korean. This symposium has three official languages: Korean, Chinese, and English. The oral presentations were sometimes in different languages than the papers due to the spontaneity of the authors. Although there have been only four symposiums since the establishment of the Association, they have been held in locales as various as South Korea, the United States, Japan and Taiwan. And, though the number of members is small, they come from all over the world, from places such as South Korea, Japan, Mainland China, Taiwan, Malaysia, Philippines, the United States, Canada and Europe.

Located in Taiwan, the Society of Chinese Phonology is an academic organization rich in history and tradition. It has been active for the nearly 40 years since its inception. Many scholars go to the mountains and the countryside to investigate various Chinese dialects and even minority languages; their training in classical Chinese is on par with the finest that the Chinese has to offer. Having mastered the evolution of ancient and modern phonology, the linguistic characteristics of each era are fully understood. When interpreting ancient documents, Society members often lend a unique viewpoint, and find new, previously undiscovered facts. Among its members, there are scholars who have mastered grammatology, phonology, semantics, syntax, and morphonology; some are even highly proficient in Japanese, Korean, Vietnamese, Mongolian, Tibetan, Sanskrit and other languages of various nationalities. The characteristics that bind these scholars together are perseverance and a strong curiosity.

National Taiwan Normal University's Department of Chinese is the Society's birthplace. It often takes over the important task of hosting the annual Symposium on Chinese Phonology, and is very adept at putting out fires as they arise. In 2017, a resolution was passed at the departmental meeting for hosting the International Symposium on Sino-Korean Linguistics, resulting in the Society joining with our colleagues in the language group to make joint preparations for this year's event. The original plan was to hold a three-day symposium plus a five-day round-the-island travel tour. This way, participants would have the chance to publish their research in a timely manner as a post-symposium essay, and their essays would be enhanced by ongoing discussions during the conference, as well as further interaction and reflection after the conference. Many domestic academic seminars were unexpectedly suspended due to the outbreak of the Novel Coronavirus. National Taiwan Normal University was not only in a race to launch hundreds of online courses, but also ended up taking over the important task of hosting the Symposium on Chinese Phonology. The two symposiums were planned to be held in parallel, together forming a single international symposium. They were supported by the Academy of Korean Studies, National Taiwan Normal University's Office of Research and Development, as well as the Ministry of Science and Technology. Due to the unpredictable situation with the pandemic, the organizing committees of the two symposiums unanimously decided to entrust the coordination of the whole thing to the Society of Chinese Phonology. The symposium format was changed to being an online, virtual event. The sessions that were originally to be held in parallel were moved over to a staggered session format. Those not able to submit a full paper were encouraged to turn in a slide presentation in order to facilitate giving online presentations. The joint symposium consisting of "The Fourth International Symposium on Sino-Korean Linguistics" and "The 19th International 39th National Symposium on Chinese Phonology" was abbreviated to "千里音緣一線牽 (A thousand-mile thread ties us and our common linguistic interests together)." For those scholars stuck at home, even if you can't go out, I hope that you will continue to engage in research and share your results with people of same interest. Our true nature comes out during a pandemic.

Another highlight of this symposium was the final round of the "First National competition on Basic Chinese Phonology for Undergraduate Students" that was held on the second day of the symposium. Several contestants who emerged from the rigorous preliminary and semi-final rounds came to Taiwan Normal University. Due to the pandemic measures in place, they showed up wearing respirators and face shields, and rang bells to answer the questions. The whole competition was broadcast to participants over the internet, where all 35 challenging questions were answered in less than 20 minutes. We hope these young students can carry on our fine traditions, exert perseverance, and bring forth new ideas from the old, thereby contributing their strength to the diversification and internationalization of phonological research.

Between the opening ceremony hosted by President Wu

Zhengji of Taiwan Normal University and the closing ceremony hosted by Dean Chen Qiulan of the College of Liberal Arts, the three-day symposium saw 36 papers published, including 21 from abroad and 15 from Taiwan, with 112 scholars participating in total. Phonology papers, in accordance with tradition, are submitted to the "Bulletin of Chinese Phonology" and published after review and approval. The Sino-Korean Linguistic papers were revised by their authors, reviewed by the Society of Chinese Phonology, and then collected in the present volume.

Thanks to the sponsors of the Sino-Korean Linguistics Association: Professor Eom Ik-sang of Hanyang University and Professor Zev Handel of Washington University. Not only did they enthusiastically support this academic event, but also wrote the preface to the conference proceedings. Special thanks to Secretary-General Zhuang Ziyi and Lin Changqi, as well as to the organizing committee and staff, for working together to establish a high-quality communication platform for this international academic event, and to everyone who participated in the symposium. Through their presentations and discussions, they not only contributed to the latest research, but also provided many hints for possible future development. Additionally, I would like to thank to the Academy of Korean Studies, National Taiwan Normal University's Office of Research and Development, and the Ministry of Science and Technology for providing the generous financial support for this symposium. I would also like to express my appreciation to the

Society of Chinese Phonology as well as the Student Book Cooperation for their efforts in the publication of the conference proceedings.

Sheng-shiung Wu
Professor, Department of Chinese,
National Taiwan Normal University
Chairman of the Society of Chinese Phonology

千里音緣一線牽
2021 第四屆韓漢語言學國際學術會議
會後論文集

目　次

CONTENTS

'Kundoku', 'Reading by Gloss', 'Vernacular Reading', 'Heterolexia': Comparing Reading Practices in the Sinographic Cosmopolis and the Ancient Middle East[*]

The University of British Columbia
Ross King

---

[*]   Please note that my paper has already been published and can be found here: King, Ross (2021) "Editor's Preface: Vernacular Reading in the Sinographic Cosmopolis and Beyond." In Kin Bunkyo [Kim Mun-gyŏng] (author), Ross King (ed.), Ross King, Alexey Lushchenko, Mina Hattori and Si Nae Park (translators), Literary Sinitic and East Asia: A Cultural Sphere of Vernacular Reading, ix-xl. Boston & Leiden: Brill.

Translating Kin Bunkyō's *Kanbun to higashi Ajia: kundoku no bunkaken*
The Origins of our Translation and its Title

This book was conceived during the spring term of academic year 2010–2011 when I taught my graduate seminar on "Questions of Language, Writing, and Linguistic Thought in the History of the 'Chinese Character Cultural Sphere 漢字文化圈': Japan and Korea in the Sinographic Cosmopolis." The original Japanese version of the book, Kin Bunkyō (2010), had only recently been published, and fit perfectly with the subject matter of the course. Moreover, it dovetailed nicely with the multi-year Korean Studies Laboratory Grant funded by the Academy of Korean Studies that I was in the process of applying for (and subsequently received), under the title "Cosmopolitan and Vernacular in the Sinographic Cosmopolis: Comparative Aspects of the History of Language, Writing and Literary Culture in Japan and Korea."[1] Thus, spring 2011 seemed an ideal moment to work with a small group of graduate students to produce draft translations of each chapter of Professor Kin's book.

---

[1] Needless to say, the seminar and Korean Studies Laboratory Grant were inspired by the seminal works of Sheldon Pollock on questions of "cosmopolitan and vernacular" and his call for more comparative work on and theorization of processes of vernacularization around the world (see Pollock 1998, 2000 and 2006). King (forthcoming) is a collection of essays engaging critically with Pollock's ideas from the perspective of the Sinographic Cosmopolis.

'Kundoku', 'Reading by Gloss', 'Vernacular Reading', 'Heterolexia':
Comparing Reading Practices in the
Sinographic Cosmopolis and the Ancient Middle East

3

In hindsight, this was a foolhardy undertaking: the contents of the book are quite technical and complex, demanding deep expertise in East Asian intellectual and religious history; the early history of Buddhism and written language in China, Japan and Korea; East Asian historical linguistics; the history of reading and writing across the sinographic sphere; Sinitic poetry and its reception throughout the same region; etc. Thus, Professor Kin was entirely justified in his initially skeptical reaction to my proposal to proceed with an English translation of the book, and the inherent difficulty of the book goes a long way toward explaining why it has taken nine years to complete.

All translations require translators to make difficult decisions about word choice and terminology, but this project has been especially challenging because of the relative dearth of English-language publications treating these phenomena in a broadly comparative way, and because of the concomitant lack of a well-established and agreed upon terminology.[2] Professor Kin's book was published with the Japanese title *Kanbun to higashi Ajia: Kundoku no bunkaken*, one possible translation of which would be "Classical Chinese and East Asia: The Cultural Sphere of Reading by Gloss." That is, J. *kanbun* 漢文 is frequently translated as "Classical Chinese," J. *kundoku* 訓讀 was notably rendered as "reading by gloss" in David Lurie's important book, *Realms of Literacy: Early*

---

[2] But see Whitman et al. (2010) for a bold attempt at proposing an "international vocabulary" for research in this field.

Japan and the History of Writing (2011), published shortly after the appearance of Professor Kin's book in Japanese, and Professor Kin himself in a section in Chapter 1 ("The only instance of *kundoku* in the world") imputes a certain uniqueness to premodern East Asia and the various *kundoku*-type reading techniques that arose there; hence "*The* Cultural Sphere of Reading by Gloss…" with the definite article implying singularity and uniqueness.

But we have chosen to give the title a number of slightly different twists in English and have opted instead for "Literary Sinitic and East Asia: A Cultural Sphere of Vernacular Reading." The reasons are as follows. First of all, "Literary Sinitic." Rationales for the term "Literary Sinitic" in preference to "Classical Chinese" or "Literary Chinese" can be found in Mair (1994 and 2004), where the reasons given are primarily linguistic and philological. That is, Mair uses "Sinitic" as a precise and politically neutral rendering of *hanyu* 漢語 to refer to a family of languages (Mandarin, Cantonese, Wu, Minnan, etc.). "Literary" and "Vernacular" can then modify "Sinitic" to designate two poles along a rather broad spectrum of different registers of written Sinitic, all of which have been significantly divorced from any form of spoken Sinitic since at least Han dynasty times (if not since the very inception of Chinese writing itself) and none of which are particularly well suited to writing *spoken varieties* of Sinitic to this day. But more to the point now in the twenty-first century, at a time when China has re-emerged as a major world power and when a particularly strong and at times arrogant and even

'Kundoku', 'Reading by Gloss', 'Vernacular Reading', 'Heterolexia':
Comparing Reading Practices in the
Sinographic Cosmopolis and the Ancient Middle East

5

virulent ethno-nationalist sentiment has arisen alongside it, the term "Chinese" as an umbrella for any of the different languages of China today or for the different registers of the written language historically—let alone for texts composed in sinographs outside of "China" proper or for use in non-Sinitic languages—is decidedly too modern (and thus anachronistic for much of the historical period covered in this book), too politically charged, and too imprecise.[3] The greatest intellectual threat facing students of East Asia today is no longer eurocentrism (though it is still an intractable problem), but sinocentrism.

Thus, we use "Literary Sinic" to refer to what is called *kanbun* in Japanese, *hanmun* in Korean, and *hán văn* in Vietnamese, and to what in modern Mandarin Chinese is typically called *wenyan(wen)* 文言(文).[4] But if we are to eschew the label "Classical Chinese" for its imprecision and modern-day and anachronistic ethno-nationalist coloring, what of "Chinese characters?" Here we prefer the term "sinograph(s)" to render Mandarin *hanzi*, Japanese *kanji*, Korean *hancha*, and Vietnamese *Hán tự* 漢字 (or *chữ Hán* 哹漢[5]), again to

---

[3] With thanks to Victor Mair (p.c.) for discussion on this section.

[4] For a useful discussion of the history of the term *hanmun* and other designations for sinographs and Literary Sinic in pre-twentieth century Korea, see Wells (2011, 19–32).

[5] See Phan (2013, 1) for these terms. Ding (2015, 60) cites another Vietnamese term for sinographs, *chữ nho* 哹儒, which he translates as "scholar's characters." A more literal rendition would be "Ruist characters."

avoid "Chinese" and the unfortunate sinocentrism that terms like "Chinese characters" and "Classical Chinese" encourage in a context where Japanese, Koreans and Vietnamese used these for more than a millennium (and where increasing numbers of international students from the People's Republic of China are swelling the enrollments in university courses in East Asian Studies). But we also occasionally use just *kanji* and *kanbun* when the context is clear in a book that was originally written for readers of Japanese. For similar reasons, we also use "Sinitic poetry" rather than "Chinese poetry" for J. *kanshi* 漢詩 (following Fraleigh 2016).

It can be objected that the term "Sinitic" indexes "China" just as much as the term "Chinese" does, and etymologically speaking, this is true. Our point is not to deny the centrality of China, Chinese civilization or Chinese writing in the development of literacy, writing and literature in the regions encompassed by the Sinographic Cosmopolis.[6] But the term "Sinitic" does nonetheless take us all at least one cautious step back from the unfortunate imprecision of "Chinese." It can also be objected that many of the texts composed in what we are calling "Literary Sinitic" are less than "literary" or bellelettristic and/or are infused with vernacular elements (whether Sinitic or otherwise), but here the point is that the authors of texts

---

[6]　See King (2015) for a defense of the term "Sinographic Cosmopolis" as well as further discussion of related terminological issues. King and Laffin (forthcoming) also discuss these questions with reference to additional recent scholarship not cited here.

'Kundoku', 'Reading by Gloss', 'Vernacular Reading', 'Heterolexia':
Comparing Reading Practices in the
Sinographic Cosmopolis and the Ancient Middle East

7

written in what is variously called *wenyan(wen)*, *hanmun*, *kanbun* or *hán văn* were nonetheless striving to write in Literary Sinitic. And anybody, whether a speaker of a variety of Vernacular Sinitic or not, was capable of writing substandard Literary Sinitic. "Literary Sinitic" comes with all the imprecision of these equivalents in Mandarin, Korean, Japanese and Vietnamese, but we need a blanket term for the entire region that avoids the term "Chinese."[7]

Now let us turn to the term *kundoku* and problems with its translation. Perhaps the most fundamental problem with the term—both in much modern Japanese research about the phenomenon and in most of the research in non-Japanese languages that carry over the term intact from Japanese as a kind of technical term—is its lack of precision. That is, when researchers, Japanese or otherwise, write about "*kundoku*," it is not always clear whether they are talking about text- or sentence-level (*kanbun*) *kundoku*, or about word- or character- (sinographic) level *kun'yomi*: "*kundoku*" typically does duty for both of these across a wide swath of research. A more linguistically fine-tuned approach to *kundoku*-type reading practices, therefore, would need to answer a number of questions, starting with: Is the practice restricted to individual graphs or words, or does it apply to longer texts? Are written glosses involved, and if so, what

---

[7] See Wixted (2018) for spirited complaints about the term "Literary Sinitic" and a rehearsal of his ongoing advocacy of the term "Sino-Japanese" to refer to *kanbun* and "Sino-Korean" to refer to *hanmun*. His discussion of medieval Latinity is stimulating, but unpersuasive.

kinds? Is a knowledge of the source language required, and if so, on what levels and to what extent? Do these reading practices involve translation? Etc.[8]

An additional problem with using the term *"kundoku"* untranslated is that it rather unjustly privileges Japanese as somehow the unique or originary case for these sorts of reading practices, a conceit that Kin Bunkyō's book dispels once and for all. With these caveats in mind, then, let us turn to the question of how to render *"kundoku"* in English. Lurie (2011, 5) describes *kundoku*-type reading practices as "reading by gloss," and Whitman (2011, 1) similarly uses "glossing" "… in a somewhat extended sense to refer to a process where a text in one language is prepared (annotated, marked) to be read in another" (Whitman 2011, 1). Kin Bunkyō himself adopts a very liberal attitude as to what counts as *kundoku*, but in any case we render *"kundoku* 訓讀 ~ *hundok* 訓讀 ~ *xundu* 訓讀"* as "vernacular reading" (albeit with the same attendant lack of precision as *"kundoku"*), preferring (as it were) a "vernacular reading" of 訓讀 as "vernacular (訓) reading (讀)." As precedents for this usage, we can cite the translations of the papers by Kobayashi Yoshinori and Nam Pung-hyun (Nam P'unghyŏn) delivered at the special panel *"Hanmun~kugyŏl=kambun~kunten*: Pointing, reading, and appropriation of language in Korea and Japan, 9th-14th cc." at the 2007 annual meeting of the Association for Asian Studies and

---

[8] With thanks to Sven Osterkamp for assistance with this paragraph.

'Kundoku', 'Reading by Gloss', 'Vernacular Reading', 'Heterolexia':
Comparing Reading Practices in the
Sinographic Cosmopolis and the Ancient Middle East

9

translated by John Whitman and Ross King, respectively (see Kobayashi 2007 and Nam 2007); the term as used in the title of Whitman et al. (2010); and most recently, Peter Kornicki (2018), who uses the term throughout his seminal book. "Reading by gloss" strikes us as more cumbersome than "vernacular reading," and faces the added problem that it is entirely possible to engage in *kundoku*-type vernacular reading practices without the aid of explicit written glosses or markings.

Finally, the question of the uniqueness of East Asian vernacular reading techniques in the history of world writing. To Professor Kin's eternal credit, his book shatters the all-too-common conceit among many speakers and scholars of Japanese that *kundoku* is and always has been somehow unique to Japan. Instead, Professor Kin not only demonstrates a wide range of vernacular reading phenomena attested in earlier periods of Korean (building on the pioneering work of Nam P'unghyŏn and Kobayashi Yoshinori, among others) and Old Uighur (based on the equally pioneering publications of Shōgaito Masahiro), but also stretches the notion of "vernacular reading/*kundoku*" to include Khitan and Vietnamese, as well as textual genres like *zhijie* 直解 ("direct explications") of Chinese classics into more vernacularized or colloquialized forms of written Sinitic. In the process, he also folds into his embrace the vexed question of "variant Literary Sinitic" to show just how elastic the notions of "Literary Sinitic," "vernacular reading," and indeed, vernacular inscription, could be in the sinographic sphere.

But when Professor Kin writes in Chapter 1 that "Except for the case of reading Literary Sinitic via *kundoku* in Japan, there are no examples, at least in today's world, of reading a foreign language text by adding marks to change word order and thereby convert the text into one's native language," his qualifications of "at least in today's world" and "by adding marks" are important ones, and readers are left potentially with the impression that vernacular reading—even if confined today to Japan—was nonetheless a phenomenon unique to the sinographic sphere. Moreover, readers are left to ponder whether vernacular reading was possible without adding marks. But there are indeed parallel vernacular and/or glossed reading phenomena attested elsewhere in the world: King (2007) and Whitman (2011) reference some of the glossed reading techniques from medieval Europe,[9] and there are fascinating parallels from multiple languages of the ancient Middle East. Thus, our English-language sub-title reads, "*A* Cultural Sphere of Vernacular Reading …" rather than "*The* Cultural Sphere …" so as to encourage thinking about other such cultural spheres in world history.

L1. Ancient Middle Eastern Parallels to East Asian Vernacular Reading Phenomena

---

[9] See, for example, Robinson (1973) for examples of word-order glossing in Latin texts from Anglo-Saxon England, and more recently Blom (2017), for a comprehensive and up-to-date survey of research on glossing practices in medieval Western Europe.

'Kundoku', 'Reading by Gloss', 'Vernacular Reading', 'Heterolexia': Comparing Reading Practices in the Sinographic Cosmopolis and the Ancient Middle East

11

Although Professor Kin must have been well aware of the ancient Middle Eastern parallels to *kundoku*, he makes no mention of them in his book. To have done so would no doubt have complicated the work even further, but the typological and terminological parallels between ancient Middle Eastern vernacular reading phenomena and those in the sinographic sphere deserve closer attention, if for no other reason perhaps than to help us sharpen our appreciation of the similarities and differences between the two. As an additional attempt at clarifying the gamut of attested cases of vernacular reading techniques around the world along with some of the terminology that has been proposed to describe it, the pages below summarize some of the key research to date on *kundoku*-type phenomena in the (mostly ancient) Middle East, although I cannot pretend to any authoritative expertise in this area.

L2. Allography, garshuni, and garshunography

One of the first terms one encounters in the scholarly literature about vernacular reading and cases where a "foreign" writing system is used to write a vernacular is "allography," built on Greek *allo-* "other" plus *graphé* "representation by means of lines; drawing; writing." French scholar Chatonnet (2015, 16) defines "allographie" as "cases where a language with its own writing system is written down deliberately—and in precise and limited contexts—using another writing system borrowed from a different tradition."[10] Mengozzi (2010, 297) notes that the term "Garshuni," used originally to refer to Arabic texts written in Syriac script, has also been used to label cases whereby the East-Syriac script was used to write languages like Armenian, Kurdish, Malayalam, Persian, or Turkish, and Kiraz (2014, 65) goes so far as to propose that all such cases where "a community makes a deliberate choice" to write in another script different from their own be designated as "garshunography" rather than "allography," which latter term he deems inappropriate because of its established linguistic usage to designate (ortho)graphic variation. At any rate, "allography" is clearly not relevant to East Asian vernacular reading practices, because while different East Asian linguistic communities may have deliberately chosen to deploy sinographs and Literary Sinitic, they nonetheless had no "choice," because they had no indigenous writing system prior to contact with sinography. Chinese writing was the only game in town, as it were, at least for Japanese, Korean, and Vietnamese in ancient times.

L2. Alloglottography

An etymologically similar term to "allography" is "alloglottography," defined by Coulmas (1996, 8) as "the practice of using one language in writing and another in reading, known from

---

[10] The original reads: "les cas où une langue qui dispose de sa propre écriture est notée intentionnellement—et dans des contextes précis et limités—dans un autre système graphique, emprunté à une tradition différente."

'Kundoku', 'Reading by Gloss', 'Vernacular Reading', 'Heterolexia':
Comparing Reading Practices in the
Sinographic Cosmopolis and the Ancient Middle East

13

situations of restricted literacy." On the very next page, Coulmas refers to Japanese *kundoku kanbun* ("Chinese texts read in the *kundoku* method") as an example of alloglottography, but this is not entirely congruent with the original use of the term. The term "alloglottography" was coined by Ilya Gershevitch (1979) in his famous paper on the use of Elamite in Achaemenid chanceries, where he showed on the basis of a detailed analysis of the great inscription of Darius on Mount Behistun that Achaemenid Elamite was a medium for transmitting texts that were conceived and dictated in Old Iranian languages, to be read out and understood as Old Iranian texts. In a restatement of the phenomenon, Rubio (2007, 33) defines alloglottography as "...writing a text in a language different from the language in which it is intended to be read...," and writes with respect to Darius: "This means that the Great King uttered the words in Old Persian, but the scribes wrote them down in Elamite and read them back to him (as the inscription says) in Old Persian" (Ibid., 39).

In a footnote to his original article, Gershevitch describes how he also entertained using the terms "xenography," "disglottography," or "dysglottography" for the same phenomenon, but goes on to clarify that "the essence of what I mean is not that an alien ('xeno') 'graphy' is used, but that an alien 'glotta' is used for the 'graphy' of one's own 'glotta.'" In their recent discussion of Sumerograms and Akkadograms in Hittite and the terminology used to describe them, Kudrinski and Yakubovich (2016, 56) bemoan the "highly poetic style" of Gershevitch's original exposition and his failure to offer up a more formal definition of alloglottography, preferring instead the definition in Langslow (2002, 44–45): "the use of one language (L1) to represent an utterance in another language (L2) [...] in such a way that the original utterance in L2 can be accurately and unambiguously recovered from the document in L1."[11] Under such a formal definition, Japanese *kanbun kundoku* would indeed qualify as a form of alloglottography, but the question remains as to what formal devices, say, the Achaemenid scribes used to make possible the unambiguous recovery of Old Persian from the written Elamite text.

L2. From Ideography to logography to heterography and heterograms

Just as the notion of "ideogram" and "ideography" has come in for sustained criticism in discussions of Chinese writing in recent decades (see Unger 1990 and 2004 for discussion and relevant bibliography), the same terms have been used in the scholarly literature on cuneiform writing in ancient Mesopotamia, but have

---

[11] Shaked (2003, 121) makes a similar observation about the Aramaic version of the Behistun inscription, the Arsham documents, and some recently discovered documents on leather from fourth-century Afghanistan: "The type of writing involved here is one in which a text written in one language so closely follows the style and sequence of words of a source text in a different language as to make it theoretically possible to transfer the text from the one language to the other according to fixed and rigid rules." This is precisely the case with East Asian vernacular reading techniques like those in ancient Korea and Japan.

'Kundoku', 'Reading by Gloss', 'Vernacular Reading', 'Heterolexia':
Comparing Reading Practices in the
Sinographic Cosmopolis and the Ancient Middle East

15

come under scrutiny since at least Gelb (1963, 35), who criticized the use of "ideogram" in that field. Kudrinski and Yakubovich (2016, 54) argue strongly for the use of "logogram" in cuneiform studies, and note that this term is now "ubiquitous in contemporary Hittitological literature." But as a cover term for the various types of logogram found in ancient Middle Eastern writing systems, they suggest the cover term "heterogram." And if those of us working in the sinographic sphere were to follow the example of our colleagues in cuneiform studies, we should probably be referring to "Chinese characters" not as "sinographs" but as "sino-*grams*," a term in fact used by Haruta Seirō, a Japanese specialist in Middle Iranian languages (see Haruta 2006).

How, then, can we define "heterogram?" Kiraz (2014, 68) gives the following definition: "A heterogram is a word (or morpheme) that is spelled exactly as it would be spelled in its source language, but is intended to be read in the target language ... (This is not to be confused with alloglottography where the entire text is written in one language but read in another.)" Putting to one side the phonographic and alphabetic bias of Kiraz's appeal to "spelling," which is clearly not relevant to sinographs, under such a definition "heterography" would be the unaltered use of graphic representations of morphemes or words from language A to write words or morphemes in language B. This still begs the question of how such heterograms are to be read or vocalized in language B, but in any case the term "heterography" as used in ancient Mesopotamian cuneiform studies and Middle

Iranian studies is quite different from the definition given in Coulmas (1996, 202): "a differentiation in spelling which distinguishes different meanings of homophonous words or phrase." Examples of this Coulmasian heterography as the antonym of homograph(y) would be the differentiation ("different writing" = hetero-graphy) of English *right, rite, write,* and *wright* (Kiraz 2014, 68), whereas examples from English approximating *kundoku*-type heterography would be the different readings of "2" in "20 = twenty," "20ies = twenties," "2 = two" and "2nd = second" or of "X" in "Xmas = Christmas and "Xing = crossing" (from Busse 2013, 92).[12]

L2. Ancient Middle Eastern parallels with East Asia

Parallels between ancient Middle Eastern heterography and Japanese vernacular reading practices were noted already more than 150 years ago by French Orientalist and Japanologist Léon de Rosny (1837-1914). In a letter to Assyriologist Julius Oppert (1825-1905) published in *Revue Orientale*, Léon de Rosny (1864, 269) pointed out two parallels between "Anarian" (Sumerian) cuneiform and the use of

---

[12] "Approximating" because whereas Kiraz couches his discussion in terms of a source language vs. target language, with numerals it is not necessarily clear what the source language would be. In this regard, examples like "e.g." = "for example," "i.e." for "that is" or "&" for "and" are more apt, given the tie to a source language (Latin). In fact, the ampersand actually has two readings ("A & B" and "&c."), where we see both a vernacular (English) and cosmopolitan reading (Latin), respectively, analogous to Japanese *kun* vs. *on* readings. With thanks to Sven Osterkamp and Scott Wells.

'Kundoku', 'Reading by Gloss', 'Vernacular Reading', 'Heterolexia':
Comparing Reading Practices in the
Sinographic Cosmopolis and the Ancient Middle East

17

Chinese writing in Japan: "the polyphony of certain signs" and the use of "phonetic complements alongside certain ideograms for recall of the corresponding word in the spoken language." For Rosny (ibid., 271), the fact that both Anarian cuneiform and Japanese writing are "a mixture of ideographic signs and phonetic signs" and that ideographic signs, whether in Assyrian or Japanese, "express neither a letter nor any sound, but an idea—an abstraction created by the sound by which this idea is rendered in thus and such language," counted as a "remarkable coincidence." "But," explains Rosny, after a survey of sumerograms and sinographs for "heart," "hand," and "surveyed field," "nothing in these signs brought to mind how one said the words "heart," "hand," and "surveyed field" in China or Babylon"—hence the need to develop phonetic complements. He goes on to point out that this feature of "Chinese ideographic writing" had led to the point where "the Japanese, the Cochinchinese [Vietnamese], Koreans, Cantonese, and Fujianese were able to adopt it "without having to renounce their national language."[13]

---

[13] Twelve years later, Rosny (1876) revisits the "astonishing analogy" between Japanese and cuneiform writing in more detail, addressing (among other questions): "ideographic writing adopted by peoples speaking different languages" (cf. op.cit., 168, where he opines, "These two systems of writing therefore have realized, to a certain extent, for the civilizations at the heart of which they were employed, a sort of universal writing."); "Can an ideographic sign be read in multiple ways in the same language?" (he answers in the affirmative on the basis of Japanese, and urges his colleagues in cuneiform studies to open their minds to this possibility in their

It should come as no surprise that some of the first twentieth-century scholars to pick up again on these similarities were Japanese. An early case in point is Kōno (1980), and Japanese scholars of writing in the ancient Middle East still hark back to this paper and the parallels noted there. Kōno wrote:

> We [Japanese] not only use two different kinds of scripts [Chinese *kanji* logograms and Japanese *kana* syllabograms] side by side, but also read *kanji* in an extremely complex way using not only their *on* [Chinese(-like)] values but also their *kun* [Japanese] values. This practice is similar to that of the Assyro-Babylonian cuneiform, which was borrowed from Sumerians. Such a practice thus seems too old-looking for the second half of the twentieth century, and its complexity is unparalleled today. We struggle with this complexity day by day, but this struggle provides us with golden opportunities for contemplating the essence of writing. (quoted from Ikeda 2007, 1)

---

languages); "Phonetic writing drawn from ideographic signs" (in which he cites the example of Man'yōgana in Japanese); "Simultaneous deployment of ideographic and syllabic signs" (discussing phonetic complements); and "Purely alphabetic writing" (where he chides students of cuneiform for lacking the ability to imagine the intermingling of different kinds of written sign in one and the same writing system and urges them to attend to the Japanese case for comparative purposes).

'Kundoku', 'Reading by Gloss', 'Vernacular Reading', 'Heterolexia':
Comparing Reading Practices in the
Sinographic Cosmopolis and the Ancient Middle East   19

Haruta (2006, 172) specifically refers to "heterographic writing systems" as "*kun*-reading systems," while Ikeda (2007) and Ikeda (2013) both make explicit comparisons between Japanese *kundoku* and early Akkadian cuneiform.[14] Based on his comparison, Ikeda (2007, 9) outlines the following typology of what he calls "kunogenesis:"

> Monographic and monosyllabic (e.g. <2> for the syllable /tu/ as in "ta2");
>
> Monographic and polysyllabic (e.g. <0> for the syllables /zero/ as in "0x");
>
> Polygraphic and monosyllabic (e.g. <10> for the syllables /ten/ as in "10der");
>
> Polygraphic and polysyllabic (e.g. <40> for the syllables /forti/ as in "40fy")

Ikeda (2007, n15) goes on to note that "partial *kun* ... can also be segmental, but segmental kunogenesis has been excluded from the discussion, because it is attested neither in early Japanese nor in early Akkadian." This is an unfortunate omission, because as Professor Kin's discussion of Silla *hyangga* and *hyangch'al* orthography in the

---

14 Though here we should note that what is being talked about is more word-level *kun'yomi* than text-level (*kanbun*) *kundoku*. For their part, experts on languages that use cuneiform point out that too little in the way of extended texts has been found to address the extent to which text-level (*kanbun*) *kundoku*-type vernacular reading technologies might have been existed in the ancient Near East.

book translated here shows, Old Korean had precisely this kind of segmental *kun* readings.

Another observer was certainly Russian linguist Igor Mikhailovich Diakonoff. In his reminiscences of an exchange of ideas with Diakonoff about his (then) forthcoming paper on alloglottography, Ilya Gershevitch (1982, 99) cites a letter from Diakonoff in which the latter writes: "However, the Aramaic-Iranian system is not unique in grammatological history, cf. Akkadian with its Sumerograms *and* Akkadograms, or Korean and Japanese with their Chinese pictographic spellings."[15] Two years later, Miguel Civil, in his study of "bilingualism in logographically written languages" with a focus on Sumerian in Ebla, begins his article with a foray into Old Japanese so as to emphasize the point that "the language in which a text is written is not necessarily the language in which the same text is read" (1984, 75-76). Unfortunately, he muddles language and script and his example is the *Man'yōshū*, where there can be no doubt that the poems are in Japanese, and that the language of writing and reading were the same.[16] In any case, the parallels between Japanese *kundoku* (albeit focusing primarily on word-level *kun'yomi*) and ancient Middle Eastern heterography have been remarked upon in passing for some years now, but remain

---

[15] The same wording surfaces in Russian in Diakonoff (1986, 5).

[16] With thanks to Sven Osterkamp, who notes that the "diacritics" or *kunten* marks that Civil references are not found in the *Man'yōshū* or its time of compilation.

'Kundoku', 'Reading by Gloss', 'Vernacular Reading', 'Heterolexia':
Comparing Reading Practices in the
Sinographic Cosmopolis and the Ancient Middle East   21

insufficiently studied.

L2. Aramaic mfāraš, Middle Persian uzvārišn

L3. Aramaic mfāraš

The oldest descriptions of how ancient Middle Eastern alloglottography or vernacular reading might have worked in practice are both fascinating and instructive for the student of vernacular reading practices in the sinographic sphere. The oldest such records pertain to Achaemenid times and a stash of letters in Aramaic, some on papyrus and some on leather, that survives from the correspondence of an Achaemenid prince called Aršāma concerning his landholdings in Egypt. As de Blois describes it, "These include one letter from a person with a Persian name to Aršāma, and several from Aršāma to various persons in Egypt, some of whom had Persian, some Egyptian names. The question inevitably arises why two Persians, one of them a member of the royal family, the other an official of the Persian administration in Egypt, should communicate with one another not in their own native tongue, nor even in a language spoken in Egypt, but in Aramaic. The only plausible answer is that the sender dictated his message in Persian, a scribe translated it *ad hoc* and wrote it down into Aramaic, and that a second scribe retranslated it *ex tempore* into Persian ..." (de Blois 2007, 1194). This notion of an Achaemenid scribe reading off *in Persian* (or some other language) a text written in Aramaic was famously imagined by Polotsky (1932, 273), who suggested that Achaemenid chancery practices were predicated on the twinned assumptions of a) monolingualism in writing practice and b) multilingualism of the scribe. The texts produced were translated directly "vom Blatt weg" ("off the sheet; impromptu") in the language of the addressee. Sundermann (1985, 105) elaborates that this form of *ex tempore* translation of the Aramaic text into Persian was referred to in Aramaic as *mpāraš* [sic], a term meaning something like "interpret." Moreover, "'[R]eading' for the otherwise illiterate Persian aristocrats consisted of consulting their literate servants, as the Old Persian word *pati-psa-* for 'read' suggests; according to I. Gershevitch, this must have meant 'ask for the return of, and re-citing, words previously spoken and/or heard.'" Greenfield (2008, 707–708) provides more details on the practice and related terms:

> … the document was dictated by the king or by an official to the scribe, who then wrote the text in Aramaic; the addressee's scribe read the letter in the recipient's native tongue. It is clear, from various internal indications, that the *sepīru* "scribe" combined in his function the tasks of both secretary and translator. Although most recipients would be Persian, the missive might be received by a Lydian, a Greek, a Choresmian or a resident of Gandhara. The use of many Old Persian terms in these texts facilitated their being understood. This mode of reading is what is meant by the term *mĕphārash* in Ezra 4.18, the equivalent of Iranian *uzvārišn.* The reading

'Kundoku', 'Reading by Gloss', 'Vernacular Reading', 'Heterolexia':
Comparing Reading Practices in the
Sinographic Cosmopolis and the Ancient Middle East

23

of these texts aloud is referred to in Ezra 4.18, Esther 6.1 and Darius, Behistun 70.

Let us pursue now this last reference to Ezra 4.18. The King James Bible reads, "The letter which ye sent unto us hath been plainly read before me" while the New International Version reads, "The letter you sent us has been read and translated in my presence."[17] Numerous other English translations exist. The context is a series of petitions to different Achaemenid kings from Jewish and Samaritan leaders in Palestine, and the replies of the kings; the language and style are similar to the Aršāma letters found in Egypt. "One of these is a letter from Artaxerxes I to the Samaritan, beginning (after the greeting) with the words (Ezra 4.18) 'the letter which you sent to us was read before me *mfāraš*.' The meaning of *mfāraš* was long forgotten (the Septuagint, for example, leaves it without translation), but it has plausibly been argued (Schaeder 1930, 1–14; Polotsky 1932), that it means 'interpreted, translated' or more precisely 'translated *ex tempore*'" (de Blois 2007, 1195). With respect to this word *mfāraš*, F.F. Bruce (1950, 52) writes that it "was actually employed as a technical term in the diplomatic service of the Persian Empire to denote the procedure when an official read an Aramaic document straight off in the vernacular language of the particular province concerned."

---

[17] Cited from https://biblehub.com/ezra/4-18.htm. Accessed August 15, 2018.

L3. Middle Persian uzvārišn

The system of *mfāraš* seen above was called *uzvārišn* in Pahlavi, and a description of it survives in Arabic by An-Nadim in his *Fihrist* (10th century CE), where he quotes the following account by Ibn al-Muqaffaʾ (8th century CE):

> They also have an alphabet, called *zuvārišn* [sic],[18] which they can write with the letters together or separated—there are some 1000 words—for the purpose of distinguishing words with more than one meaning [in Pahlavi script]. For example, if one wants to write [Persian] *gōšt*—which in Arabic is *lahm* ["meat"]—, then one writes BSRʾ [actually BSLYʾ = Aramaic *bisrā*], but reads it *gōšt*.... If one wants to write [Persian] *nān*—which in Arabic is *khubz* ("bread")—, then one writes [Aramaic] *lahmā*, but reads *nān* ...; and so on in all cases, except for cases when a substitute is not necessary: then they write like they speak.[19]

An-Nadim's account is unclear as to whether *uzvārišn* referred to the

---

[18] More precisely, *"zwārašn,"* i.e., *zwʾršn* for *uzwārišn*. See Durkin-Meisterernst (2004).

[19] My translation of the German version from Schaeder (1930, 4), as cited in Skalmowski (2004, 289), and adapted with help from Durkin-Meisterernst (2004).

'Kundoku', 'Reading by Gloss', 'Vernacular Reading', 'Heterolexia':
Comparing Reading Practices in the
Sinographic Cosmopolis and the Ancient Middle East

25

individual heterograms or to the practice of heterography itself, but Skalmowski (2004, 295) goes on to explain that *uzvārišn* almost certainly means "explanation/ interpretation" and adds: "An important argument for accepting this meaning is the fact that the term *uzvārišn* was used by Zoroastrians in post-Sasanian times as an equivalent of Arabic *tafsīr* 'commentary'..." In this context, the ancient Korean practice of *sŏktok kugyŏl* 釋讀口訣, or "interpretive *kugyŏl*," comes to mind, reminding us of the ways in which reading, translation, exegesis, and commentary can be conflated in premodern reading practices.[20]

Modern-day scholars have sometimes referred to these Aramaeograms in Middle Persian as "masks." Here is a description from de Blois (2007, 1195):

> ... the quasi-Aramaic graphemes are masks for Middle Persian words, which are interspersed with phonetically (or pseudo-phonetically) spelt Persian words and with purely Persian grammatical elements attached to the quasi-Aramaic words. Thus, the Sasanian royal title "king of kings" is written MLK'N MLK'. Although this clearly involves the Aramaic word *malkā* [king] the phrase is not Aramaic. Instead, it stands for Middle Persian *šāh-ān šāh*; MLK' is merely an

---

[20] Cf. also David Lurie's comments on the way in which Japanese *kundoku* and medieval European gloss reading of Latin texts suggest a "collapse of reading and translation" (Lurie 2011, 360).

"ideogram" for *šāh*, while –N is a "phonetic" spelling of the Persian plural suffix *ān*.

As Haruta (2013, 781) notes, scholars today typically transliterate heterograms like these with CAPS (a convention I have followed with sinographs in the translation of Professor Kin's book). Another account, from Skjaervø (1996, 517–520):

> They still wrote Aramaic words, however, but these became mere symbols (sometimes called "Semitic masks") for the corresponding Iranian words … Thus they would write **mlk'** for Parth., MPers. *šāh,* Sogd. *əxšēwanē* "king." These Semitic "masks" were until recently called "ideograms," but today *heterogram* or *Aramaogram* is the more common term.

L2. The parallels

What, then, are the parallels between cuneiform or Middle Persian heterography and East Asian vernacular reading? To give but a simple example, the Sumerian sign LUGAL was used to designate "king" in Sumerian, Akkadian and Hittite texts (Kudrinski and Yakubovich 2016, 53). A parallel would be the use of the sinograph 山, used to write Mandarin *shān* "mountain," to represent *yama* in Japanese and *:moeh* ：뫼 in earlier stages of Korean. As Gershevitch (1982, 100) notes (albeit using the term "ideography" rather than

'Kundoku', 'Reading by Gloss', 'Vernacular Reading', 'Heterolexia':
Comparing Reading Practices in the
Sinographic Cosmopolis and the Ancient Middle East   27

"logography"—a number of the cuneiform scholars use this term uncritically and appear beholden to the "ideographic myth"[21]), "…an ideographic system does not, in principle, represent any particular language … in principle a short text written in Sumerian ideographic signs could also be read in Akkadian (or Eblaite), and sometimes was, as again transpires from phonetic complements." Or (1982, 107): "Hence different scribes, looking at one and the same text, read it out some in Persian, some in Egyptian, some in Greek, some in Lydian, and so forth." This parallels, *grosso modo*, the situation with texts written in Literary Sinitic in East Asia, which could be read out in (or through) Japanese, Korean, or Uighur, etc., using a variety of vernacular reading practices.

L2. The differences

One of the greatest differences between the ancient Middle East and the sinographic sphere—at least insofar as ancient Korea and Japan are concerned—concerns the sociolinguistic environment in which writing arose. Most accounts of heterography in the ancient Middle East are predicated on the assumptions that multiple languages were in contact and furthermore that multiple writing systems of heterogeneous origins were in use. Thus, scholars of ancient Mesopotamia and Middle Persian frequently appeal to

---

[21] See Unger (2004) for an exposé of the "ideographic myth" and the widespread belief that sinographs carry pure, language-less meaning.

language contact and language shift models to explain changes in scribal practices. For example, Kudrinski and Yakubovich (2016, 58) write of "the mismatch between the shift from language A to language B in oral communication and the preservation of A in writing in the same community, which is accompanied by the imperfect learning of the written variety of A by the speakers of B." For them, both alloglottography and heterographic spellings "imply the ongoing or completed native language shift in a particular epigraphic community," but "the former predates the language shift in writing, whereas the second must follow it" (Ibid.). But the optimism of Yakubovich (2008, 205) about the prospects of contact linguistics for providing solutions to questions of the development of alloglottography and heterography in the ancient Middle East do not carry over to ancient Japan and Korea, where sinography—writing in "sinograms"—was the only form of writing ever known in the region in the earliest period. Moreover, although we can certainly imagine some form of multilingualism in ancient times on the Korean Peninsula, it was nothing remotely as robust as the multilingualism of the ancient Middle East, and certainly bilingualism in any local peninsular language with any form of spoken Sinitic would have been extremely limited, both in terms of population and in terms of duration. Moreover, even by then the gulf between spoken Sinitic and written/Literary Sinitic was significant.

Another difference concerns vernacular readings ("*kun*" readings) vs. indigenized or domesticated autochthono-xenic readings

'Kundoku', 'Reading by Gloss', 'Vernacular Reading', 'Heterolexia':
Comparing Reading Practices in the
Sinographic Cosmopolis and the Ancient Middle East

29

(to coin a monstrous term—i.e., readings of logograms corresponding to Sino-Japanese "*on*" readings of sinographs in Japanese). That is, whereas scholars of Akkadian, Hittite, and Middle Persian have been consumed with unraveling the secrets of heterography in their region and revealing the ways in which these were used to "mask" local/vernacular (as opposed to, say, original Sumerian or Aramaic) words and morphemes, and whereas even Japanese experts in the languages of the ancient Middle East have similarly focused on the parallels between Japanese *kundoku* (or at least word-level *kun'yomi*) and Middle Eastern heterography, few scholars seem to dwell on the processes by which heterograms, or even entire repertoires of them, are domesticated as loanwords, giving rise in the sinographic sphere to Sino-Japanese, Sino-Korean, Sino-Uighur, and Sino-Vietnamese systems of Sino-Xenic vocalizations for sinographs. So when a scholar of Middle Iranian transcribes Aramaeograms in CAPS, the assumption today seems to be that the heterograms were all read in, say, vernacular Pahlavi. When we do the same with a Literary Sinitic text from ancient Japan equipped with reading glosses, we sometimes do not know whether Japanese readers at the time would have read the sinographs in a Sino-Japanese pronunciation or in the vernacular, but we *do* know that both options were available. In the case of Middle Persian, a debate has raged for some decades as to whether the Aramaic elements in the texts are genuine loanwords and part of the lexicon, a position held by Lentz (1975) and Skalmowski (2004), but rejected already in Salemann (1895) and Schaeder (1930). The problem is that there is a pointed lack of Aramaic loanwords in New Persian, a direct descendant of Middle Persian, as well as in the Armenian, Syrian, and Greek sources dependent on Middle Persian. Additionally, in cases where parallel versions of the same passage or text exist in both heterographic and "phonetic" writing, the latter sorts of texts show no Aramaisms.[22]

The only vaguely similar case I have seen of development of a kind of "*on*" (Aramaeo-Persian?) reading is that of modern-day Zoroastrians in India, who "came to be convinced that both the Middle Persian and the Aramaic morphemes in Pahlavi religious texts were to be phonetically pronounced" some thousand years after the texts were written (Yakubovich 2008, 206). In essence, in a case like this where the heterograms are alphabetically (or at least abjadically or consonantally) rendered, this is a kind of reading pronunciation on steroids and still quite different from the Sino-Xenic systems that arose in East Asia on the basis of Middle Chinese and which, paradoxically, may have helped anchor and solidify the vernaculars against assimilation to Chinese (see Itō 2013 and 2014 for argumentation along these lines).

---

[22] See Durkin-Meisterernst (2004), citing Humbach (1973, 121). Durkin-Meisterernst also cites the case of the Sogdian "Tale of the Pearl-borer" (from Henning [1945]), "of which two copies exist, one in Sogdian script, with the usual sprinkling of heterograms, and one in Manichean script without any," as demonstrating the entirely graphic nature of the heterograms.

'Kundoku', 'Reading by Gloss', 'Vernacular Reading', 'Heterolexia':
Comparing Reading Practices in the
Sinographic Cosmopolis and the Ancient Middle East   31

Ikeda and Yamada (2017, 162) outline other, more technical, differences between ancient Middle Eastern heterography and Japanese *kundoku*: "First, Akkadian phonograms are generally polyphonic, while Japanese phonograms are not. Second, in the Japanese text, you could easily tell the difference between the logograms and the phonograms … Moreover, phonograms cannot be used as logograms, and vice versa. In the Akkadian writing system, on the other hand, most characters can be used both as a logogram and as a phonogram. Finally, phonetic complements are obligatory in today's Japanese orthography, while they are optional in Akkadian. However, these particular traits of the Japanese writing system did not exist in its early stage, that is, in the eighth century CE" Much the same can be said, *mutatis mutandis*, about ancient Korean *kugyŏl*.

L1. From Heterography to Heterolexia?

The terms "heterogram" and "heterography," while versatile and useful enough, seemingly for both ancient Middle Eastern and sinographic contexts, are nonetheless not perfect. Kudrinski and Yakubovich present strong arguments for "heterogram" over other terms used in the past for cuneiform studies, but as Skjaervø (1995, 302–303) has noted, confusion or lack of clarity around the origin and function of heterograms in Iranian texts as opposed to their function in Aramaic texts is a perennial problem, and I would add that this needs to be guarded against when studying other languages and scripts too. Kudrinski and Yakubovich (2016, 55) offer up a reformatted definition of "heterogram" as follows:

> … a sign or combination of signs that reproduce in writing a segment of A as a part of a text composed in B where A and B are two distinct languages and one can reasonably assume that the segment in question did not exist in the spoken language B.

But here we see another confusion—that between language and script, and in any case, we also run up against the problem seen above of assumptions of multilingualism, language contact, and multiple scribal traditions that do not pertain to the ancient sinographic sphere. Kudrinski and Yakubovich themselves concede that "Unfortunately, the practice of writing Hittite without resorting to Sumero- and Akkadograms appears to be non-existent" (another difference from, say, Heian period Japanese, where Japanese *could be* written without recourse to sinographs, though the *hiragana* and *katakana* syllabograms derive from *man'yōgana* and thus ultimately from sinographs, and texts were rarely, if ever, 100% in syllabograms), making it difficult to find parallel test cases. But when they claim, in defense of the term "heterogram" that its etymology "does not impose a reference to the way one reads specific texts" (2016, 55), this seems to me to capture the essence of our terminological conundrum.

Because philologists and scholars of writing and its history

'Kundoku', 'Reading by Gloss', 'Vernacular Reading', 'Heterolexia':
Comparing Reading Practices in the
Sinographic Cosmopolis and the Ancient Middle East

33

have been so consumed with writing and writing systems, all our terms are weighted toward -grams, -graphs, and –graphies. With all this graphological heavy lifting we risk losing sight of the act of reading and of the many and varied ways to read in complex logographic writing systems. In the case of "sinograms" in East Asia (even in the case of Sinitic languages themselves), the more interesting question is always, "how were they read?" At the risk of clogging up our terminological repertoire further, I would suggest something like "heterolexia" (by analogy with "dyslexia," even though etymologically this word is unorthodox) as a counterpoint to "heterography" and as a partial synonym for "vernacular reading."

L1. Editorial Conventions
L2. Romanization

For Japanese, we use Revised Hepburn. The object particle を is rendered everywhere as *o*, except in examples from Old Japanese written in *man'yōgana*, which follow the transcription conventions in Frellesvig and Whitman (2008). For Korean, McCune-Reischauer is used, with the proviso that Middle Korean examples use "*ă*" for the "*arae a*" vowel and transcribe syllable-final "*-s*" rather than follow later Korean neutralizations. For both Japanese and Korean examples, Sino-Japanese and Sino-Korean words are rendered in CAPS. For Chinese, pinyin is used, but we have omitted indications of tone in most instances. This is partly for expedience and to avoid an overly linguisticky feel in a book already laden with special symbols and scripts, but we also note that in the case of proper names and citations, it is standard practice in Chinese Studies and on the OCLC WorldCat these days to omit the tones. And in the case of Sinitic poems written by Chinese poets, the point is not to give an accurate guide to the pronunciation in Chinese (for most of the poems cited, modern Mandarin is anachronistic in any case), but to make a work otherwise targeted at students of Japan and Korea (and even Vietnam) more congenial for colleagues and students in Chinese Studies.

L2. Citations

Like most Japanese works of this nature, Professor Kin's original book does not give page numbers for citations. Wherever possible, we have endeavoured to provide these.

L2. Sinographs and footnotes

Following the conventions in Handel (2019), sinographs are rendered in PMingLiU (Proportional Ming Light Unicode) when the context is Chinese, in MS Mincho when the context is Japanese, and in Batang when the context is Korean. In contexts that span more than one civilization, PMingLiU is used. The editor has operated with the assumption that, all things being equal, readers need access to both sinographs and the originals of literary texts cited and translated; this we have provided in the footnotes. Thus, unless otherwise noted, all of the footnotes in the translation have been supplied or enhanced

'Kundoku', 'Reading by Gloss', 'Vernacular Reading', 'Heterolexia':
Comparing Reading Practices in the
Sinographic Cosmopolis and the Ancient Middle East   35

by the editor.

L1. And Finally, about the Author: Kin Bunkyō aka Kim Mun'gyŏng

Professor Kin Bunkyō 金文京 is a second-generation *zainichi* Korean and thus also goes by the name Kim Mun'gyŏng, which he Romanizes as Kim Moonkyong. Born in 1952, Professor Kin attended Keiō University for his undergraduate training and earned his BA there in Chinese Literature in 1974. In April of the same year he matriculated in the graduate program in Chinese Language and Literature at Kyoto University, leaving the PhD program in 1979. His first professorial appointment came in 1981 at Keiō University, where he served as Assistant Professor until 1994, when he relocated to Kyoto University, achieving Full Professor status there in 2000 in the Institute for Research in Humanities. After retiring from Kyoto University in 2015, Professor Kin served as Professor in the Department of Japanese Literature at Tsurumi University in Yokohama for four years before returning as Professor *emeritus* to Kyoto University. Along the way, he has also held Visiting Professorships at National Taiwan University, Sungkyunkwan University, and Beijing Language and Culture University.

Professor Kin is a world-renowned scholar in the field of Chinese literature; with his rare erudition in all three of the Chinese, Japanese, and Korean literary traditions, he is uniquely qualified to write on the history of vernacular reading in the sinographic sphere.

His research contributions since the 1970s have touched many different fields, including: Cantonese folk lyrics (Inaba, Kin, and Watanabe 1995); translations into Japanese and studies of Jin Yong's highly popular martial arts fiction (Jin Yong 1999, Kin 2010d); studies of Classical Chinese fiction (Kin 2002c); annotated editions of medieval Korea's two most popular manuals of spoken Chinese that Professor Kin has led with an international team of scholars (Kin et al. 2002 on the *Nogŏltae* 老乞大 and Kin 2013a; a second volume on *Interpreter Pak* 朴通事 is forthcoming); in-depth studies of one of the masterworks of Chinese vernacular fiction, the *Romance of the Three Kingdoms* (Kin 1993; 2005a [translated into Korean in 2011d and Chinese in 2014]; 2011f; 2012c; 2013b); studies of Sinitic poetry (Kin 2012a on Li Bai 李白, Kin 2012b on Du Fu 杜甫, and Kin 2015d on Fukuzawa Yukichi); a fascinating study and co-translation with Korean scholar Chin Chaegyo of Japanese monk Daiten's 大典 (1719–1801) *Heigūroku* 萍遇錄, based on the "brush conversations" that Daiten held with his Chosŏn counterparts at the time of the Korean Embassy of Communication to Japan of 1763 (Kin and Chin 2013); his research on Japanese historian of Korea Fujitsuka Chikashi 藤塚鄰 (1879–1948) and his fascination with Chosŏn scholar and polymath Kim Chŏnghŭi 金正喜 (1786–1856) (Kin 2015a; 2015b); Taiwanese modernist literature (Kin 1989); studies of Dunhuang *bianwen* narratives (Kin 1995; 1997; 2008); Chinese book history and traditional bibliography (Kin 1998a); practical questions of education in Literary Sinitic and sinographs in Japan and Korea (Kin

'Kundoku', 'Reading by Gloss', 'Vernacular Reading', 'Heterolexia':
Comparing Reading Practices in the
Sinographic Cosmopolis and the Ancient Middle East

37

2011c); Buddhist literature and the translation of the Buddhist canon into Chinese (Kin 2010a; 2011b; 2013c; 2013d; 2014c); the image of the *shanren* 山人 in East Asian literature (Kin 2002a; 2012b; 2015c); and essays on comparative aspects of writing and literary culture in the sinographic sphere (Kin 1988; 1994a; 2002b; 2010b; 2010c; 2011a; 2011e; 2014b), among other topics.

But as the partial but nonetheless extensive listing of Professor Kin's publications at the end of this preface shows, Professor Kin's greatest love has been Chinese drama, and Yuan dynasty drama in particular. One of his very first publications was a long article on Yuan dynasty playwright Bai Renfu 白仁甫 (1226–1306) (Kin 1976), after which he published articles on topics like the character Zhang Biegu 張撇古 in Yuan dramas (Kin 2004a) and images of women in Yuan drama (Kin 2004b), and monograph-length studies of specific plays like *Fan zhang Jishu* 范張鷄黍 (Kin 2014d). In Kin (2014e and 2014f), he examines evidence from the written records of Korean embassies to both China and Japan about Chinese drama, and Kin (2011g) is an extended comparative analysis of Japanese Nō and Beijing Opera.

More than any other work, Professor Kin has dedicated more than two decades to Dong Jieyuan's *Xixiangji zhugongdiao*, beginning with his monograph in 1998 (Kin 1998b), and extending to the articles on style and linguistic artistry in the play in Kin (2010e) and Kin (2011h), and his lone publication in English on the elapse of time and seasons in the play (Kin 2005b, 2006, in two different versions and venues). His article on the illustrations in the Hongzhi edition of the *Xixiangji* (Kin 2014g) continues his longstanding interest in the broader theme of the *Story of the Western Wing.*

In addition to these solo-authored projects on Yuan dynasty (and later) Chinese drama, Professor Kin has also worked tirelessly with Japanese and Chinese colleagues to uncover, edit and publish numerous Yuan plays—especially rare editions held in Japan. Akamatsu, Inoue, and Kin (2007) and Akamatsu, Kin, and Komatsu (2011) are one representative series; Li and Kin (2004) is an in-depth study and annotated edition of *Handan meng ji* 邯鄲夢記; Kin and Takahashi (2009) is a study of four rare plays held by Keiō Gijuku Library; and in a similar vein, the series of rare Chinese drama texts held in Japanese collections and edited by Huang, Qiao, and Kin has published some eighteen volumes since its inception in 2006.

In sum, Professor Kin, through his research expertise in Chinese, Japanese, and Korean, and his deep experience with a wide variety of sinographic texts infused with "vernacular" elements (be they Chinese, Japanese, or Korean), is the ideal scholar to have undertaken a book like this. The enormity of his topic and the erudition it requires can be judged from the more recent volume edited by Nakamura Shunsaku on virtually the same topic (Nakamura 2014), which required an authorial team of twenty-one scholars to cover much the same ground. I sincerely hope our translation will spur more interest in and galvanize more comparative research on vernacular reading phenomena in East Asia and beyond. And I also

'Kundoku', 'Reading by Gloss', 'Vernacular Reading', 'Heterolexia':
Comparing Reading Practices in the
Sinographic Cosmopolis and the Ancient Middle East   39

hope this preface will encourage more colleagues to explore the many other contributions of Professor Kin, which deserve so richly to be appreciated more widely outside of East Asia.

Ross King
Vancouver, British Columbia

Works Cited (I): General

Blom, Alderik. 2017. *Glossing the Psalms: The Emergence of the Written Vernaculars in Western Europe from the Seventh to the Twelfth Centuries*. Berlin/Boston: Walter de Gruyter GmbH.

Bruce, F. F. 1950. *The Books and the Parchments: Some Chapters on the Transmission of the Bible*. London: Pickering & Inglis.

Busse, Anja. 2013. "Hittite scribal habits: Sumerograms and phonetic complements in Hittite cuneiform." In *Studies in Language Change: Scribes as Agents of Language Change*, edited by Esther-Miriam Wagner, Ben Outhwaite, and Bettina Beinhoff, 85–96. Berlin/Boston: De Gruyter Mouton.

Chatonnet, Françoise Briquel. 2015. "Un cas d'allographie: le garshuni." In *Écriture et communication*, edited by Dominique Briquel and Françoise Briquel Chatonnet, 66–75. Paris: Éd. du Comité des travaux historiques et scientifiques. Electronic resource available at: http://cths.fr/ed/edition. php?id=6954#.

Civil, Miguel. 1984. "Bilingualism in Logographically Written Languages: Sumerian in Ebla." In *Il Bilinguismo a Ebla: Atti Del Convegno Internazionale (Napoli, 19–22 Aprile, 1982)*, edited by Luigi Cagni, 75–97. Napoli: Istituto universitario orientale, Dipartimento di studi asiatici.

Coulmas, Florian. 1996. *The Blackwell Encyclopedia of Writing Systems*. Oxford: Oxford University Press.

de Blois, Francois. 2007. "Translation in the ancient Iranian world." In *Translation: An International Encyclopedia of Translation Studies*, edited by Harald Kittel, Armin Paul Frank, Norbert Greiner, Theo Hermans, Werner Koller, José Lambert, and Fritz Paul, 1194–1198. Berlin/New York: Walter de Gruyter.

Den Heijer, Johannes, Andrea Schmidt, and Tamara Pataridze (eds.). 2014. *Scripts beyond Borders: A Survey of Allographic Traditions in the Euro-*

'Kundoku', 'Reading by Gloss', 'Vernacular Reading', 'Heterolexia':
Comparing Reading Practices in the
Sinographic Cosmopolis and the Ancient Middle East   41

Mediterranean World. Louvain/Paris: Peeters.

Diakonoff, I. M. 1986. "O geterografii i ee meste v istorii razvitiia pis'ma (Mesopotamiia i Iran)" [On Heterography and its Place in the History of the Development of Writing (Mesopotamia and Iran)]. *Peredneaziatskii sbornik* 4: 4–18.

Ding, Picus S. 2015. "Chinese Influence on Vietnamese: A Sinospheric Tale." In *Language Empires in Comparative Perspective*, edited by Christel Stolz, 55–75. Berlin/München/Boston: Mouton deGruyter.

Durkin-Meistererernst, D. 2004. "HUZWĀREŠ." *Encyclopedia Iranica*, online edition: http://www.iranicaonline.org/articles/huzwares.

Fraleigh, Matthew. 2016. Plucking Chrysanthemums: Narushima Ryūhoku and Sinitic Literary Traditions in Modern Japan. Cambridge, MA: Harvard University Asia Center.

Frellesvig, Bjarke and John Whitman (eds.). 2008. *Proto-Japanese: Issues and Prospects.* Amsterdam & Philadelphia: John Benjamins Pub. Co.

Gelb, Ignace J. 1963. *A Study of Writing* (revised ed.). Chicago: University of Chicago Press.

Gershevitch, Ilya. 1979. "The alloglottography of Old Persian." *Transactions of the Philological Society* 77, no. 1: 114–190

———. 1982. "Diakonoff on Writing, with an Appendix by Darius." In *Societies and Languages of the Ancient Near East: Studies in Honour of I. M. Diakonoff*, edited by J. N. Postgate. Warminster, 99–109. Warminster: England: Aris & Phillips Ltd.

Greenfield, J. C. 2008. "Aramaic in the Achaemienian Empire." In *The Cambridge History of Iran*, volume 2: *The Median and Achaemeanian Periods*, edited by Ilya Gershevitch, 698–713. Cambridge: Cambridge University Press.

Handel, Zev. 2019. *Sinography: How the Chinese Script has been Adapted to Write Other Languages.* Boston and Leiden: Brill.

Haruta, Seiro. 1992. "Formation of Verbal logograms (Aramaeograms) in

Parthian." *Orient* 28: 17–36.

———. 2006. "Sekai no kun'yomi hyōki" [Heterographic Writing Systems in the World]. *Tōkai daigaku kiyō (bungakubu)* 86: 19(172)–43(196).

———. 2013. "Aramaic, Parthian, and Middle Persian." In *The Oxford Handbook of Ancient Iran*, edited by D. T. Potts, 779–794. New York: Oxford University Press.

Henning, Walter Bruno. 1945. "Sogdian Tales." *BSOAS* 11: 465–487.

———. 1958. "Mitteliranisch." In B. Spuler (ed.), *Iranistik. 1. Linguistik*, edited by B. Spuler, 20–130. Handbuch der Orientalistik. 1, 4. Leiden: Brill.

Humbach, Helmut. 1969. *Die aramäische Inschrift von Taxila*. Abhandlungen der Akademie der Wissenschaften und der Literatur, Geistes- und sozialwisseschaftliche Klasse 1. Wiesbaden.

———. 1973. "Beobachtungen zur Überlieferungsgeschichte des Awesta." *Münchener Studien　zur Sprachwissenschaft* 31 (1973): 109–122.

Ikeda, Jun. 2007. "Early Japanese and Early Akkadian writing systems: A contrastive survey of 'Kunogenesis.'" Paper presented at the conference, "Origins of Early Writing Systems," Peking University, Beijing, October 6.

———. 2013. "Japanese Logosyllabic Writing: A Comparison with Cuneiform Writing." Paper presented at the conference, "Cultures and Societies in the Middle Euphrates and Habur Areas in the Second Millennium BC," University of Tsukuba, Japan, December 5–7.

Ikeda, Jun, and Yamada, Shigeo. 2017. "The World's Oldest Writing in Mesopotamia and the Japanese writing system." In *Ancient West Asian Civilization: Geoenvironment and Society in the Pre-Islamic Middle East*, edited by Akira Tsuneki, Shigeo Yamada, and Ken-ichiro Hisada, 157–163. Singapore: Springer.

Itō Hideto. 2013. "Chōsen hantō ni okeru gengo sesshoku: Chūgokuatsu e no taisho to shite no taikō Chūgokuka" [Language Contact on the Korean Peninsula: Counter-Sinicization as a Countermeasure against Pressure

'Kundoku', 'Reading by Gloss', 'Vernacular Reading', 'Heterolexia':
Comparing Reading Practices in the
Sinographic Cosmopolis and the Ancient Middle East   43

from China]. *Gogaku kenkyūjo ronshū* 18: 55–93.

———. 2014. "Kan-Kan gengo sesshokushi shotan: Taikō Chūgokuka no kanten kara" [A Preliminary Study of the History of Korean-Chinese Language Contact: from the Perspective of Counter-Sinicization]. Paper delivered at the conference, "Hundok/kundoku and Vernacularization," The University of British Columbia, Vancouver, British Columbia, July 2.

Kin Bunkyō (Kim Mun'gyŏng) 金文京. 1988. "Kanji bunkaken no kundoku genshō" [Phenomenon of Vernacular Reading in the Chinese Character Cultural Sphere]. In *Wakan hikaku bungaku kenkyū no shomondai*, edited by Wakan hikaku bungakkai, 175–204. Wakan hikaku bungaku sōsho 8. Tōkyō: Kyūko Shoin.

———. 2010. *Kanbun to higashi Ajia: kundoku no bunkaken* [Literary Sinitic and East Asia: a cultural sphere of vernacular reading]. Tōkyō: Iwanami Shoten.

King, Ross. 2007. "Korean *kugyŏl* Writing and the Problem of Vernacularization in the Sinitic Sphere." Paper presented at the Annual Meeting of the Association for Asian Studies, Boston, March 23.

———. 2015. "Ditching Diglossia: Describing Ecologies of the Spoken and Inscribed in Pre-modern Korea." *Sungkyun Journal of East Asian Studies* 15, no. 1: 1–19.

——— (ed.). Forthcoming. *The Language of the Sages in the Realm of Vernacular Inscription: Reading Sheldon Pollock from the Sinographic Cosmopolis*. Leiden: Brill.

King, Ross and Christina Laffin. Forthcoming. "Editor's Preface: Saitō Mareshi, the 'Literary Sinitic Context,' and Literary Modernity in the Former Sinographic Cosmopolis." In *Kanbunmyaku: The Literary Sinitic Context and the Birth of Modern Japanese Language and Literature*, by Saitō Mareshi (edited by Ross King and Christina Laffin and translated by Sean Bussell, Matthieu Felt, Alexey Lushchenko, Caleb Park, Si Nae Park, and Scott Wells), vii–xxx. Leiden: Brill.

Kiraz, George A. 2014. "Garshunography: Terminology and some Formal Properties of Writing One Language in the Script of Another." In *Scripts Beyond Borders: A Survey of Allographic Traditions in the Euro-Mediterranean World*, edited by Den Heijer, Johannes, Andrea Schmidt and Tamara Pataridze, 65–73. Louvain/Paris: Peeters.

Klíma, Otakar. 1968. "Avesta. Ancient Persian Inscriptions. Middle Persian Literature." In *History of Iranian Literature*, edited by Jan Rypka, 1–68. Dördrecht, Holland: D. Reidel.

Kobayashi, Yoshinori 小林芳規. 2007. "Tracing the Spread of *Kakuhitsu* Glossing of Chinese Texts in East Asia." Translated by John Whitman. Paper presented at the Annual Meeting of the Association for Asian Studies, Chicago, IL, March 23.

Kōno Rokurō. 1980 [1957]. "*Kojiki* ni okeru kanji shiyō" [Usage of sinographs in the *Kojiki*]. In *Kōno Rokurō chosakushū* [Collected Works of Rokurō Kōno], by Kōno Rokurō, 3: 3–53. Tōkyō: Heibonsha. Originally published in Takeda Yukichi (1957): 155–206.

Kōno Rokurō, Chino Eiichi, and Nishida Tatsuo (eds.). 2001. *Sekai moji jiten* [Dictionary of the World's Writing Systems]. Tōkyō: Sanseidō.

Kornicki, Peter Francis. 2018. *Languages, Scripts, and Chinese Texts in East Asia*. Oxford: Oxford University Press.

Kudrinski, Maksim, and Ilya Yakubovich. 2016. "Sumerograms and Akkadograms in Hittite: Ideograms, Logograms, Allograms, or Heterograms?" *Altorientalische Forschungen* 43, no. 1-2: 53–66.

Langslow, D. R. 2002. "Approaching Bilingualism in Corpus Languages." In *Bilingualism in Ancient Society: Language Contact and the Written Text*, edited by J. N. Adams et al., 23–51. Oxford: Oxford University Press.

Lanselle, Rainier and Barbara Bisetto (eds.). Forthcoming. *Intralingual Translation, Language Shifting and the Rise of Vernaculars in East Asian Classical and Premodern Cultures*.

Lentz, Wolfgang. 1975. "Mitteliranische 'Ideographie' im Lichte von

'Kundoku', 'Reading by Gloss', 'Vernacular Reading', 'Heterolexia':
Comparing Reading Practices in the   45
Sinographic Cosmopolis and the Ancient Middle East

Erfahrungen mit Sprachkontakten" [Middle Iranian 'ideography' in the light of experiences with language contact]. In *XIX. Deutscher Orientalistentag vom 28. September bis 4. Oktober 1975 in Freiburg im Breisgau*, edited by Wolfgang Voigt, 1061–1083. Wiesbaden: Franz Steiner Verlag.

Lurie, David B. 2011. *Realms of Literacy: Early Japan and the History of Writing*. Cambridge, MA: Harvard University Asia Center.

Mair, Victor H. 1994. "Buddhism and the Rise of the Written Vernacular in East Asia: The Making of National Languages." *Journal of Asian Studies* 53, no. 3: 707–751.

———. 2004. Review of Sinitic Grammar: Synchronic and Diachronic Perspectives, edited by Hilary Chappell. Sino-Platonic Papers 145 (Reviews XI): 8–14.

Mengozzi, Alessandro. 2010. "The History of Garshuni as a Writing System: Evidence from the Rabbula Codex." In *CAMSEMUD 2007: Proceedings of the 13th Italian Meeting of Afro-Asiatic Linguistics, Held in Udine, May 21–24, 2007*, edited by Frederick Mario Fales and Giulia Francesca Grassi, 297–304. Padova: S.A.R.G.O.N.

Nakamura Shunsaku (ed.). 2014. *Kundoku kara minaosu Higashi Ajia* [East Asia Seen Anew from the Perspective of *kundoku*]. Tōkyō: Tōkyō Daiguku Shuppanbu.

Nam, Pung-hyun. 2007. "Korean Kugyŏl (口訣) Markings and their Interpretation." Translated by Ross King. Paper presented at the Annual Meeting of the Association for Asian Studies, Chicago, IL, March 23.

Phan, John. 2013. "Chữ Nôm and the Taming of the South: A Bilingual Defense for Vernacular Writing in the *Chỉ Nam Ngọc Âm Giải Nghĩa*." *Journal of Vietnamese Studies* 8, no. 1: 1–33.

Pollock, Sheldon. 1998. "The cosmopolitan vernacular." *Journal of Asian Studies* 57, no. 1: 6–37.

———. 2000. "Cosmopolitan and vernacular in history." *Public Culture* 12, no.

3: 591–625.

———. 2006. *The Language of the Gods in the World of Men: Sanskrit, Culture, and Power in Premodern India.* Berkeley and Los Angeles: University of California Press.

Polotsky, H. J. 1932. "Aramäisch *PRŠ* und das 'Huzvaresch.'" *Le Muséon: Revue d'études orientales* 45: 273–283.

Robinson, Fred C. 1973. "Syntactical glosses in Latin manuscripts of Anglo-Saxon provenance." *Speculum* 48, no. 3: 443–475.

Rosny, Léon de. 1864. "Lettre a M. Oppert sur quelques particularités des inscriptions cunéiformes anariennes." *Revue orientale* 9, no. 53: 269–276.

———. 1876. "Sur le système de formation de l'écriture cunéiforme." In *Congrès international des orientalistes. Compte-rendu de la première session[,] Paris – 1873. Tome deuxième*: 165–177, (comment by [Julien] Duchateau 177–178).

Rubio, G. 2007. "Writing in Another Tongue: Alloglottography and Scribal Antiquarianism in the Ancient Near East." In *Margins of Writing, Origins of Cultures* (OIS 2) (2nd printing), edited by Seth L. Sanders, 33–70. Chicago: Oriental Institute of the University of Chicago.

Salemann, Carl. 1895. "Mittelpersisch." In *Grundriss der Iranischen Philologie*, edited by Wilhelm Geiger et al., 249–332. Strassburg: K. J. Trübner.

Schaeder, H. H. 1930. *Iranische Beiträge* I. Halle (Saale): Niemeyer.

Shaked, Shaul. 2003. "Between Iranian and Aramaic: Iranian Words Concerning Food in Jewish Babylonian Aramaic, with Some Notes on the Aramaic Heterograms in Iranian." *Irano-Judaica* 5: 120–137.

Skalmowski, Wojciech. 2004. *Studies in Iranian Linguistics and Philology*. Krakow: Wydawnictwo Uniwersytetu Jagiellonskiego.

Skjaervø, Prods Oktor. 1995. "Aramaic in Iran." *Aram* 7: 283–318.

———. 1996. "Aramaic Scripts for Iranian Languages." In *The World's Writing Systems*, edited by Peter T. Daniels and William Bright, 515–535. New York and Oxford: Oxford University Press.

'Kundoku', 'Reading by Gloss', 'Vernacular Reading', 'Heterolexia':
Comparing Reading Practices in the
Sinographic Cosmopolis and the Ancient Middle East
47

Sundermann, Werner. 1985. "Schriftsysteme und Alphabete im alten Iran." *Altorientalische Forschungen* 12: 101–113.

Takeda Yukichi (ed.). 1957. *Kojiki taisei* [*Kojiki* Compendium], volume 3: *Gengo mojihen* [Language and Script]. Tōkyō: Heibonsha.

Unger, J. Marshall. 1990. "The Very Idea: The Notion of Ideogram in China and Japan." *Monumenta Nipponica* 45, no. 4: 391–411.

———. 2004. Ideogram: Chinese Characters and the Myth of Disembodied Meaning. Honolulu: University of Hawai'i Press.

Wells, W. Scott. 2011. "From Center to Periphery: The Demotion of Literary Sinitic and the Beginnings of *hanmunkwa* –Korea, 1876–1910." MA thesis, The University of British Columbia.

Whitman, John. 2011. "The Ubiquity of the Gloss." *Scripta* 3: 1–27.

Whitman, John, Miyoung Oh, Jinho Park, Valerio Luigi Alberizzi, Masayuki Tsukimoto, Teiji Kosukegawa, and Tomokazu Takada. 2010. "Toward an International Vocabulary for Research on Vernacular Readings of Chinese Texts (漢文訓讀 Hanwen Xundu)." *Scripta* 2: 61–83.

Wixted, John Timothy. 2013. *Review of Realms of Literacy: Early Japan and the History of Writing*, David B. Lurie, Monumenta Nipponica. 68, no. 1: 89–94.

———. 2018. "'Literary Sinitic' and 'Latin' as Transregional Languages: With Implications for Terminology Regarding 'Kanbun.'" *Sino-Platonic Papers* 276: 1–14.

Yakubovich, Ilya. 2008. Review of *Margins of Writing, Origins of Cultures*, edited by Seth L. Sanders. *Journal of Indo-European Studies* 36, no. 1-2: 203–211.

Works Cited (II): Partial Listing of Works by Kin Bunkyō

Akamatsu Norihiko 赤松紀彦, Inoue Taizan 井上泰山, and Kin Bunkyō. 2007. *Genkan zatsugeki no kenkyū. Sandatsusaku* 三奪槊 *Kieifu* 氣英布 *Saishokumu* 西蜀夢 *Tantōkai* [Studies in Yuan-Period Drama Texts. *Sanduoshuo, Qi Ying Bu, Xishu Meng, Dandao Hui*]. Tōkyō: Kyūko Shoin.

Akamatsu Norihiko 赤松紀彦, Kin Bunkyō, and Komatsu Ken . 2011. *Genkan zatsugeki no kenkyū 2. Hen'yarō* 貶夜郎, *Kaishisui* 介子推 [Studies in Yuan-Period Drama Texts. *Bian Yelang, Jie Zhitui*]. Tōkyō: Kyūko Shoin.

Huang Shizhong 黃仕忠, Qiao Xiuyan 喬秀岩, Kin Bunkyō, et al. (editors). 2006-. *Riben suocang xijian Zhongguo xiqu wenxian congkan* [Compendium of Rare Chinese Drama Texts Held in Japan]. 18 vols. Guilin: Guangxi Chifan Daxue Chubanshe.

Inaba Akiko 稻葉明子, Kin Bunkyō, and Watanabe Kōji 渡辺浩司, compilers. 1995. *Mokugyosho mokuroku* 木魚書目錄: *Kanton sesshō bungaku kenkyū*: [The *Muyushu Mulu*: A Study of Cantonese Folk Lyrics Books]. Tōkyō: Kōbun Shuppan.

Jin Yong 金庸. 1999. *Shachō eiyūden* [Eagle-Shooting Heroes]. 5 vols. Translated by Okazaki Yumi 岡崎由美 and Kin Bunkyō. Tōkyō: Tokuma Shoten.

Kin Bunkyō (Kim Mun'gyŏng) 金文京. 1976. "Haku Jinpo 白仁甫 no bungaku" [Literature of Bai Renfu]. *Chūgoku bungakuhō* 26: 1–43.

———. 1980. "Shōsetsu 'Ri Wa Den' 李娃傳 no gekika: 'Kyokukō chi' 曲江池 to 'Shūju ki' 繡襦記" [The Dramatization of the Novella "Li Wa zhuan:" "Qujiang Pond" and "The Embroidered Jacket"]. *Chūgoku bungakuhō* 32: 74–115.

———. 1988. "Kanji bunkaken no kundoku genshō" [The Phenomenon of

'Kundoku', 'Reading by Gloss', 'Vernacular Reading', 'Heterolexia':
Comparing Reading Practices in the
Sinographic Cosmopolis and the Ancient Middle East

49

Vernacular Reading in the Chinese Character Cultural Sphere]. In *Wakan hikaku bungaku kenkyū no shomondai*, edited by Wakan hikaku bungakkai, 175–204. Wakan hikaku bungaku sōsho 8. Tōkyō: Kyūko Shoin.

————. 1989. "Taiwan gendaiha bungaku no kishu Wang Wenxing o yomu" [Reading the Standard-Bearer of Taiwanese Modernist Literature, Wang Wenxing]. *Geibun kenkyū* 54:236–265.

————. 1993. *Sangokushi no sekai* [The World of the *Romance of the Three Kingdoms*]. Tōkyō: Tōhō Shoten.

————. 1994a. "Kanji bunkaken no moji to seikatsu" [Script and Daily Life in the Sinographic Sphere]. *Shigaku* 63, no. 3: 73(293)–79(299).

————. 1994b. "*Kōkōroku* 孝行録 to *Nijūshi Kō* 二十四孝 sairon" [Reconsideration of the *Xiaoxing lu* and the *Ershisi xiao*]. *Geibun kenkyū* 65: 269–328.

————. 1995. "'Ō Shōkun Henbun 王昭君變文 kō" [Study of the "Wang Zhaojun Bianwen"]. *Chūgoku bungakuhō* 50: 81–96.

————. 1997. "Chūgoku minkan bungaku to shinwa densetsu kenkyū: Tonkōbon 'Zenkan Ryūke Taishiden (hen) 前漢劉家太子伝(変)' o rei to shite" [Chinese Popular Literature and Mythological Studies: The Case of Dunhuang "Qian Han Liu Jia Tai-zi zhuan (bian)"]. *Shigaku* 66, no. 4: 119–135.

————. 1998a. "Chūgoku mokurokugakushijō ni okeru Shibu no igi: Rikuchō ki mokuroku no saikentō" [Significance of the Shibu 子部 in the History of Chinese Bibliography: A Reconsideration of the Six Dynasties Catalogues]. *Shidō bunko ronshū* 33: 171–206.

————. 1998b. *Tō kaigen seishōki shokyūchō kenkyū* [Study of Dong Jieyuan's *Xixiangji zhugongdiao*]. Tōkyō: Kyūko Shoin.

————. 1999. "Nijūshi kō ni tsuite" [Concerning the Twenty-Four Paragons of Filial Piety]. *Tokushima daigaku kokugo kokubungaku* 12: 1–8.

————. 2002a. "Mindai Banreki nenkan no *sanjin* 山人 no katsudō" [Activities of the *Shanren* in the Wanli Era of the Ming]. *Tōyōshi kenkyū* 61, no. 2: 257–277.

———. 2002b. "Higashi Ajia ni okeru taishi junan setsuwa to ōken shinwa" [Tales of Crown Prince Hardships in East Asia and Myths of Kingship]. *Jinbun gakuhō* 86: 213–223.

———. 2002c. "Wanming xiaoshuo, leishu zuojia Tō Shibaku 邓志漠 shengping chutan" [Preliminary Study of the Life of Deng Zhimo: A Late Ming Author of Fiction and Encyclopedias]. In *Mingdai xiaoshuo mianmianguan: Mingdai xiaoshuo guoji xueshu yantaohui lunwenji* [Aspects of Ming Fiction: Proceedings of an International Academic Conference on Ming Dynasty Fiction], edited by Kow Mei-Kao 辜美高 and Huang Lin 黃霖, 318–329. Shanghai: Xuelin Chubanshe.

———. 2004a. "Genkyoku chū no Chō Bekko 張撇古 ni tsuite" [Character Zhang Biegu in Yuan Dramas]. *Geibun kenkyū* 87: 162–184.

———. 2004b. "Genkyoku no joseizō" [Image of Women in Yuan Drama]. *Chūgoku 21* 20: 69–86.

———. 2005a. *Sangokushi no sekai: Gokan sangoku jidai* [World of the *Romance of the Three Kingdoms*: The Three Kingdoms Period of the Late Han]. Tōkyō: Kōdansha.

———. 2005b. "Elapse of Time and Seasons in *Dong Jieyuan Xixiangji*." *Memoirs of the Research Department of the Toyo Bunko* 63: 1–27. See also Kin (2006).

———. 2006. "Elapse of time and seasons in *Dongjieyuan Xixiangji*." In *Love, hatred, and other passions: questions and themes on emotions in Chinese civilization*, edited by Paolo Santangelo and Donatella Guida, 229–240. Leiden & Boston: Brill.

———. 2008. "Tonkō henbun no buntai" [Literary Style in Dunhuang Bianwen Transformation Texts]. *Tōhō gakuhō* 72: 243–265.

———. 2010a. "Butten kan'yaku no kundoku oyobi bukkyō bungaku ni ataeta eikyō" [*Kundoku* in Chinese Translations of Buddhist Sutras and its

'Kundoku', 'Reading by Gloss', 'Vernacular Reading', 'Heterolexia':
Comparing Reading Practices in the
Sinographic Cosmopolis and the Ancient Middle East   51

Influence on Buddhist Literature]. *Bukkyō bungaku* 34: 175–182.

―――. 2010b. "17 segi huban Han-Il kan ŭi mugi milsu sagŏn e taehaesŏ" [Concerning a Case of Arms Smuggling between Korea and Japan in the Late 17th Century]. *Kojŏn kwa haesŏk* 8: 249–273.

―――. 2010c. "Kanbun bunkaken no teishō" [In Defense of the Literary Sinitic Cultural Sphere]. In *Kanbun bunkaken no setsuwa sekai* [World of *Setsuwa* in the Literary Sinitic Cultural Sphere], edited by Komine Kazuaki 小峯和明, 12–26. *Chūsei bungaku to Rinsetsu shogaku*, vol. I. Tōkyō: Chikurinsha.

―――. 2010d. "Jin Yong no bukyō shōsctsu to tōdai Chūgoku shakaishugi bunka" [Martial Arts Fiction of Jin Yong and the Culture of Contemporary Chinese Socialism]. In *Chūgoku shakaishugi no kenkyū* [Research on Chinese Socialism], edited by Yoshikawa Yoshihiro, 245–263. Kyoto: Kyōto Daigaku Jinbun Kagaku Kenkyūjo.

―――. 2010e. "*Dong Jieyuan Xixiangji zhugongdiao* no kōsei to gengo hyōgen ni tsuite" [Some Remarks Concerning the Composition, Style and Language of Dong Jieyuan's *Xixiangji zhugongdiao*]. *Tōhō gakuhō* 85: 339–362.

―――. 2011a. "Gengo shigen to shite no kanji・kanbun" [Sinographs and Literary Sinitic as Linguistic Resource]. *Bungaku* 12, no. 3: 39–51.

―――. 2011b. "Kan-Nichi no kanbun kundoku (shakudoku) to kan'yaku butten oyobi sono gengokan to sekaikan" [Worldviews and Language Ideologies of Japanese and Korean Vernacular Reading Practices and Literary Sinitic Translations of the Buddhist Canon]. *Inmun kwahak* 94: 19–38.

―――. 2011c. "Nik-Kan kanji・kanbun kyōiku no hikaku" [Comparison of Japanese and Korean Education in Sinographs and Literary Sinitic]. *Kanji kanbun kyōiku* 53: 9–16.

―――. 2011d. *Samgukchi ŭi segye: yŏksa ŭi imyŏn ŭl poda* [World of the *Romance of the Three Kingdoms*: The Inside Historical Story]. Translated by Song Wanbŏm, Sin Hyŏnsŭng, and Chŏn Sŏnggon. Seoul:

Sŏnggyun'gwan Taehakkyo Ch'ulp'anbu.

———. 2011e. "Xihu zai ZhongRiHan: Lütan fengjing zhuanyi zai dongya wenxue zhong de yiyi" [West Lake in China, Japan, and Korea: A Brief Discussion of the Landscape Transfer and its Significance in East Asian Literature]. In *Dongya wenhua yixiang zhi xingsu* 東亞文化意象之形塑 [Shaping of Imagery in East Asian Culture], edited by Shi Shouqian 石守謙 and Liao Zhaoheng 廖肇亨, 141–166. Taipei: Yunchen Wenhua.

———. 2011f. "Mindai *Sanguozhi yanyi* tekisuto no tokuchō: Chūgoku Kokka Toshokan zō nishu no Tō Hin'in-bon *Sanguozhi zhuan* o rei to shite" [Characteristic Features of the Ming Dynasty Text of the *Sanguozhi yanyi*: Based on the Example of Two Tang Binyin 湯賓尹 Editions Held by the National Library of China]. In *Higashi Ajia shoshigaku e no shōtai* [Invitation to East Asian Codicology], vol. 2, edited by Ōsawa Akihiro 大澤顯浩, 81–96. Tōkyō: Tōhō Shoten.

———. 2011g. *Nō to kyōgeki: Nit-Chū hikaku engekiron* [Nō and Beijing Opera: Comparative Sino-Japanese Drama]. Kizugawa-shi: Kokusai Kōtō Kenkyūjo.

———. 2011h. "Shilun Dong Jieyuan *Xixiangji zhugongdiao* zhi yuyan yishu fengge" [Concerning the Nature of the Linguistic Artistry of Dong Jieyuan's *Xixiangji zhugongdiao*]. *Guoji hanxue yanjiu tongxun* 3: 91–107.

———. 2012a. *Ri Haku: Hyōhaku no shijin sono yume to genjitsu* [Li Bai: The Dreams and Reality of a Wandering Poet]. Tōkyō: Iwanami Shoten.

———. 2012b. "*Sanjin* 山人 to shite to no To Ho 杜甫" [Du Fu as a *shanren*]. *Chūgoku bungakuhō* 83: 141–159.

———. 2012c. "Shinhakken no Chōsen dōkatsuji-bon *Sanguozhi tongsu yanyi* ni tsuite" [Concerning a Newly Discovered Korean Copper Movable Type Edition of the *Sanguozhi tongsu yanyi*]. In *Hayashida Shinnosuke* 林田慎之助 *hakushi sanju kinen: Sangokushi ronshū* [Commemorative Volume in Honor of Dr. Hayashida Shinnosuke's Eightieth Birthday: A

'Kundoku', 'Reading by Gloss', 'Vernacular Reading', 'Heterolexia':
Comparing Reading Practices in the
Sinographic Cosmopolis and the Ancient Middle East   53

Collection of Theses on the *Sanguozhi*], edited by Sangokushi gakkai, 369–386. Tōkyō: Kyūko shoin.

———. 2012d. *Mito kōmon man'yū kō* [Study of "漫遊" in *Mito kōmon*]. Tōkyō: Kōdansha.

———. 2013a. "Kōrai jidai kango kyōkasho *Pak T'ongsa* no seiritsu nendai ni tsuite" [Concerning the Dating of the Completion of the Koryŏ-era Textbook of Spoken Chinese, *Pak T'ongsa*]. *Geibun* (Keiō Gijuku Daigaku Bungakubu) 105: 63–75.

———. 2013b. "Samgukchi wa tongasia ŭi kukche kwan'gye" [The *Sanguozhi* and East Asian International Relations]. *In Samgukchi Tongi chŏn ŭi segye* [World of the *Sanguozhi,* "Dongyi zhuan"], edited by Kwŏn Inhan and Kim Kyŏngho, 251–264. Seoul: Sŏnggyun'gwan taehakkyo Ch'ulp'anbu.

———. 2013c. "Nanbeichao weijing *Fameijin jing* 法沒盡經 suojian Śākya pai sansheng zhi Zhongguo zhi shuo shitan" [Essay on the Claim Found in the Northern and Southern Dynasties Apocryphal Sutra, *Fameijin jing,* that Śākyamuni Sent Three Sages to China]. In *Wenxue jingdian de chuanbo yu quanshi* [Spread and Interpretation of Literary Classics], edited by Lin Meiyi and Cai Yingjun, 183–202. Taipei: Zhongyang Yanjiuyuan.

———. 2013d. "Towards Comparative Research on 'Written Prayers' (*Yuanwen/ Ganmon*) in China and Japan." *Acta Asiatica: Bulletin of the Institute of Eastern Culture* 105: 3–14.

———. 2014a. *Sanguozhi de shijie: Hou Han, Sanguo shidai* [World of the *Romance of the Three Kingdoms*: The Three Kingdoms Period of the Late Han]. Translated by He Xiaoyi 何晓毅 and Liang Lei 梁蕾. Guilin: Guangxi Shifan Daxue Chubanshe.

———. 2014b. "Higashi Ajia no Mito Kōmon: Nitchūchō no tabisuru hīrō no nazo o toku" [Mito Kōmon in East Asia: Unraveling the Mystery of a Traveling Hero in China, Japan and Korea]. *Tagen bunka* 3: 1–20.

———. 2014c. "Pyŏnhwa Pisamunch'ŏn sinang ŭi Ilbon esŏ ŭi suyong kwa tosi chŏnsŏl" [Acceptance of the Legends of Vaiśravaṇa in Japan and the Urban Myth]. *Pulgyo hakpo* 67: 118–137.

———. 2014d. *Genkan zatsugeki no kenkyū 3. Hanchō keisho* 范張鶏黍 [Studies in Yuan-Period Drama Texts. *Fan zhang jishu*]. Tōkyō: Kyūko Shoin.

———. 2014e. "Chōsen enkōshi ga mita Shinchō no engeki: Higashi Ajia no shiten kara" [Qing Dynasty Drama as Seen by Chosŏn Embassies to China: From the Perspective of East Asia]. In *Shinchō kyūtei engeki bunka no kenkyū* [Study of the Culture of Court Theatre during the Qing Dynasty], edited by Isobe Akira, 595–612. Tōkyō: Bensei Shuppan.

———. 2014f. "Chaoxian yanxingshi yu tongxinshi suojian Zhongguo he Riben de huju" [Chinese and Japanese Drama as Seen by Korean Embassies to China and Japan]. In *Yŏnhaengsa wa t'ongsinsa: yŏnhaeng, t'ongsin sahaeng e kwanhan han-chung-il samguk ŭi kukche wŏk'ŭshop* [Chosŏn Embassies to China and Japan: A Tri-national China-Japan-Korea Workshop on Embassies to China and Japan], edited by Chŏng Kwang and Fujimoto Yukio, 223–256, 436–464, 603–622 (in Chinese, Japanese and Korean). Seoul: Pangmunsa.

———. 2014g. "Hongzhi-ben *Xixiangji* no sashie ni tsuite" [Concerning the Illustrations in the Hongzhi Edition of the *Xixiangji*]. In *Chūgoku koten bungaku to sōga bunka* [Chinese Classical Literature and the Culture of Illustration], edited by Takimoto Hiroyuki 瀧本弘之 and Ōtsuka Hidetaka 大塚秀高, 103–114. Tōkyō: Bensei Shuppan.

———. 2015a. *Fujitsuka Chikashi hakushi ihin tenjikai mokuroku, kaidai* [Introductory Essay on and Catalogue of the Exhibition of the *Nachlass* of Dr. Fujitsuka Chikashi]. Kyoto: Kyōdai Jinbun Kagaku Kenkyūjo.

———. 2015b. "18 · 19 seiki Chōsen enkōshi no Shin-Chō ni okeru kōryū: Fujitsuka Chikashi 藤塚鄰 hakase ihin no shōkai o tsūjite" [Qing-Chosŏn Intercourse of Chosŏn Embassies to China in the 18th and 19th

'Kundoku', 'Reading by Gloss', 'Vernacular Reading', 'Heterolexia':
Comparing Reading Practices in the
Sinographic Cosmopolis and the Ancient Middle East 55

Centuries: Through an Introduction to the *Nachlass* of Dr. Fujitsuka Chikashi]. *Nihon chūgoku gakkai* 67: 180–191.

————. 2015c. "*Shanren* kao: Dongya jinshi zhishifenzi de lingyi xingtai" [Study of the *shanren*: Another Type of Modern East Asian Intellectual]. *Zhongguo wenxue xuebao* 6: 65–78.

————. 2015d. "Kanshi kara mita Fukuzawa Yukichi no jinseikan" [Fukuzawa Yukichi's View of Life, Based on his Sinitic Poetry]. *Fukuzawa nenkan* 42: 63–82.

Kin Bunkyō and Chin Chaegyo (translators). 2013. *18 segi Ilbon chisigin Chosŏn ŭl yŏtpoda: P'yŏng'urok* [An 18th-Century Japanese Intellectual's Glimpses of Korea: The *Heigūroku*]. Seoul: Sŏnggyun'gwan Taehakkyo Ch'ulp'anbu.

Kin Bunkyō, Gen Yukiko 玄幸子, Satō Haruhiko 佐藤晴彦, and Chŏng Kwang 鄭光. 2002. *Rōkitsudai* 老乞大: *Chōsen chūsei no Chūgokugo kaiwa dokuhon* [*Nogŏltae*: A Chinese Language Conversation Chrestomathy from Medieval Korea]. Tōkyō: Heibonsha.

Kin Bunkyō and Hamada Maya 濱田麻矢. 2001. "Nihon bōmei go no Ko Ransei 胡蘭成: Yasuda Yojūrō 保田與重郎 to no kankei o chūshin ni" [Hu Lancheng after he Fled to Japan: With a Focus on his Relationship with Yasuda Yojūrō]. *Mimei* 19: 87–105.

Kin Bunkyō and Takahashi Satoshi 高橋智. 2009. *Keiō gijuku toshokan zō "Shirō tanbo tō yonshu* 四郎探母等四種*:" Genten to kaidai* [Copy of *Yang Silang Visits his Mother: Four Plays* Held by Keiō Gijuku Library: Original Text and Bibliographic Essay]. [Sendai-shi]: Tokubetsu suishin kenkyū shinchō kyūtei engeki bunka no kenkyūhan.

Li Xiao 李曉 and Kin Bunkyō. 2004. *Handan meng ji* 邯鄲夢記 *jiaozhu* [Annotated Edition of *Handan meng ji*]. Shanghai: Shanghai Guji Chubanshe.

"兒郎偉"的語義及上梁文的演變
——兼談其對東亞的傳播

日本京都大學榮譽教授
金文京

摘　要

　　本文首先主張"兒郎偉"的"偉"字來源於"每"字，是人稱複數標記。其次梳理宋代以後用"兒郎偉"的上梁文，加以分類，敘述其演變過程。最後介紹朝鮮以及日本的上梁文。

關鍵詞：兒郎偉　上梁文

一　前言

　　"兒郎偉"一詞始見於唐代敦煌〈驅儺文〉、〈上梁文〉及〈障車文〉。今茲引用〈障車文〉，以示其例[1]：

> 障車之法：吾是三台之位，卿相子孫。太元（原）王郭，鄭州崔陳。河東裴柳，隴西牛羊。南陽張李，積代中（忠）臣。陳君車馬，豈是凡人。
>
> 女答：今之聖化，養育蒼生。何處年小（少），漫事蹤（縱）橫。急手避路，廢（發）我車行。
>
> 障車之法：小（少）年三五，中（忠）赤榮華。聞君成禮，故來障車。兒郎偉，峻峻南山，迢迢北斗。夜背更蘭（闌），從君統首。徒勞抵方，定知無酒。
>
> 障車之法：吾是九州豪族，百郡名家。今之成禮，故來障車。不是要君羊酒，徒（圖）君且作榮華。兒郎偉，向來所說，將君作劇。恰恰相要，欲便所索。（下略）

　　此文為男女問答體的四六言韻文，"兒郎偉"插在換韻之處，似無意義，也像和聲，有人說是曲調名，訖無定論。敦煌以外的唐代例子只有晚唐司空圖〈障車文〉（四部叢刊《司空表聖文集》卷10、《全唐文》卷808），形式與敦煌〈障車文〉相類，中間也用"兒郎偉"，只是一韻通底，沒有換韻。

　　目前能知最早的上梁文是後魏溫子昇〈閶闔門上梁祝文〉，

---

[1]　黃徵・吳偉編校《敦煌願文集》（岳麓書社　1995）973 頁。

此文實際上為四言詩，沒有用"兒郎偉"（見《藝文類聚》卷63〈居處部三·門〉）。至趙宋以後的〈上梁文〉（與唐代敦煌〈上梁文〉形式不同）中，"兒郎偉"廣泛出現，而其涵義如何，自來眾說紛紜。本文先對"兒郎偉"的語意及其語源提出個人看法，然後，對宋以後〈上梁文〉中"兒郎偉"用法之演變略作梳理²。最後介紹〈上梁文〉對東亞之傳播，聊供學者參考。

2　關於上梁文的演變及上梁習俗，可參看稻田耕一郎〈長沙の「贊梁」をめぐって——上梁文と上梁歌〉（《中国文学》15　日本早稻田大學中國文學科　1989）。筆者此文日文版曾發表於《稻畑耕一郎教授退休記念論集——中国古籍文化研究》（東方書店　2018），中譯時做若干修補。中國方面的相關論文有：黃征〈敦煌歌謠《兒郎偉》的價值〉（《文史知識》1990-7）、黃笑山〈兒郎偉和悉曇頌的和聲〉（《河南廣播電視大學學報》2001-9）、楊挺〈不存在兒郎偉文體和兒郎偉曲調〉（《敦煌研究》2003-2）、張慕華、朱迎平〈上梁文文體考源〉（《尋根》2007-10）、蔡艷《"兒郎偉"若干問題考辯》（南京師範大學碩士論文　2008）、谷曙光〈宋代上梁文考論〉（《江淮論壇》2009-4）、鍾書林〈也論"兒郎偉"〉（《社會科學評論》　2009-6）、韓偉〈金元上梁文的音樂性初探〉（《古籍整理研究學刊》2015-3）、解為〈淺論宋代以後上梁文的發展〉（《濮陽職業技術學院學報》2013-8）、焦佩恩《南宋上梁文研究》（西北大學碩士論文2017）、任偉〈敦煌願文集的兒郎偉再校補〉（《敦煌學輯刊》2017-3）、王志鋼〈上梁文"六詩"文體芻議〉（《紹興文理學院學報》（人文社會科學　2020-7）、張慕華〈佛教唱島文本與上梁文經典體式的成型〉（《四川大學學報》哲學社會科學版　2020-11）、馮建吉、王永〈"兒郎偉"新證〉（《尋根》2021-3）等。

二　"兒郎偉"的語意及語源

"兒郎偉"到底是甚麼意思，爾來有三種說法：

(1)南宋樓鑰（1137-1213）〈跋姜氏上梁文藁〉（《攻媿集》卷72）云：

> 上梁文必言兒郎偉，舊不曉其義。或以為唯諾之唯，或以為奇偉之偉，皆所未安。在敕局時，見元豐中獲盜推賞刑部例，皆節元案，不改俗語。有陳棘云："我部領你懣廝逐去。"深州邊吉云："我隨你懣去。"懣本音悶，俗音門，猶言輩也。獨泰州李德一案云："自家偉不如今夜去云。"余啞然笑曰："得之矣。所謂兒郎偉者，猶言兒郎懣，蓋呼而告之，此關中方言也"。

據此可知，南宋時上梁文必用兒郎偉，而包括樓鑰的當時人對其涵義卻已不甚了了。樓鑰認為"偉"即"懣"，俗音"門"，相當於現代話"們"的關中方言，表示代詞或指人名詞複數的後綴。"兒郎偉"換現代話來說就是"小伙子們"。

(2)南宋葉某《愛日齋叢抄》卷5云：

> 樓大防參政（按大防為樓鑰字）又考兒郎偉始於方言。其說云……上梁有文尚矣。唐都長安循襲之。以語尤延之諸公，皆以為前未聞。或有云，用相兒之偉者，殆誤矣。樓公攷證如此。予記《呂氏春秋》月令："舉大木者，前呼輿謣，後亦應之。"高誘註為舉重勸力之歌聲也。輿謣註

或作邪謼。淮南子曰："邪許。"豈偉亦古者舉木隱和之音。

此言不同於樓鑰之說，乃認為"兒郎偉"之"偉"是眾人勞動時，為了助力所發的呼聲或和聲，別無意義。

(3)明方以智《通雅》〈釋詁〉（卷 4）云：

方子謙曰：今人上梁之中稱兒郎偉，即邪虎類也。

所謂"方子謙曰"指的是方日升《韻會小補》，認為整個"兒郎偉"就是呼聲"邪虎"，沒有意義，可謂第二說的延伸。

當代語言學者當中太田辰夫[3]、呂叔湘[4]兩位主(1)說；季羨林先生[5]則主(3)說，就云：

不管中外學者怎樣堅決主張"兒郎"的含義是"年輕

---

[3]　太田辰夫《中国語歷史文法》（江南書院　東京　1958）111、347 頁。

[4]　呂叔湘《近代漢語指代詞》（學林出版社　北京　1985）2「們和家」。周紹良〈敦煌文學《兒郎偉》并跋〉（《出土文獻研究》文物出版社　1985）亦主其說。

[5]　季羨林〈論《兒郎偉》〉（《季羨林文集》第 6 卷　江西教育出版社 1996）366-371 頁。馮建吉、王永〈"兒郎偉"新證〉（《尋根》2021-3）亦主其說。另外，楊明璋《敦煌文學與中國古代的諧隱傳統》（台灣新文豐　2010）第六章〈敦煌文學中的節慶儀式諧隱〉第一節一〈兒郎偉的意義及其節慶儀式中的作用〉則不主一說，只認為"兒郎偉"是宗教儀式的術語。

人"，我卻總懷疑，這兩個字，再加上第三個"偉"字，
都沒有任何意義，只表示一種聲音，一種當作和音的聲
音。

筆者認同太田辰夫、呂叔湘兩位先生的看法，至於季羨林先生的
主張，即使退一步承認季先生的說法，"兒郎偉"是沒有任何意
義的和聲，可是"兒郎"是唐以後的常用詞，如《舊唐書》卷
77〈楊弘禮傳〉云："太宗自山下見弘禮所統之眾人皆盡力，殺
獲居多，甚壯之，謂許敬宗等曰：越公兒郎故有家風矣。"乃指
年輕人，尤其是軍隊中的年輕兵士，即等於"健兒"。後來《水
滸傳》等小說亦用之。因此，誠如言者無心，聞者有意，即使
"兒郎偉"原本沒有意義，聽的人肯定是按照常用詞的意義去理
解"兒郎"無疑。

至於"偉"字的語義，筆者進一步推測，"們"字的原字當
是"每"字。據太田、呂先生的研究，唐代表示複數的後綴除
"偉"字以外，還有"弭"、"弥"等字，宋則有"懣"、
"門"，元代出現了"每"（如《元典章》），明代北方用
"每"（《金瓶梅》中"每""們"參半），南方用"們"
（《水滸傳》用"們"居多，"每"字極少），至清代始歸
"們"字，"每"字被淘汰，以至於今。

而這些表示複數的後綴中，"偉"、"弭"、"弥"、
"懣"、"門"等字，在語意上與複數風馬牛不相及，唯獨
"每"字有連關，因為既云"每人"，可知不是單數。"弭"
（明母上聲紙韻）、"弥"（明母平聲支韻）兩字可視為"每"
（明母上聲賄韻）的弱化，"偉"字（喻母上聲尾韻）則明母

（m）的脫鼻音化。

　　呂叔湘先生只提到唐代"弭、弥、偉"和宋代"門、懣"的雙聲關係，沒提及同聲母、同聲調且韻母也近似的"每"字，可能是考慮到"每"字至元代以後的文獻才出現。太田先生說唐代的"偉"後來化為"每"，亦當考慮到兩字文獻上的前後關係。可是我們也很難想像"每"字到元代忽然出現，其來源應當更早，只是沒有文獻資料而已。呂先生也推測"每"字可能在宋代北京地區已出現。討論這種問題時，不宜光憑文獻上出現的遲早來判定實際上的前後關係。

　　問題是"每"字在語法上為前綴詞，如"每人"、"每逢"，而不是後綴。可是唐代佛教文獻中有把"每"字做為後綴的例子，請看《華嚴經問答》（《大正藏》45 卷、NO1873）的以下文字[6]。

(1)　一一<u>德每</u>具十義無盡（卷上 604a）

(2)　今所說之<u>諸地地每</u>，各各有所作之障，所行之行，所得之果等不同。（卷上 604c）（〈諸〉金澤本作〈法〉）

(3)　又既<u>諸經經每</u>云。三世佛拜故諸罪業滅。（同上）

---

[6]　《華嚴經問答》除了《大正藏》底本的平安時代抄本（現在下落不明）、元祿 14 年（1701）刊本之外，還有東京石川武美記念圖書館成簣堂文庫所藏抄本，最近金澤文庫又發現了 14 世紀的抄本，參看道津綾乃〈稱名寺本「華嚴經問答」について〉（《金沢文庫研究》335、2015）〈「華嚴経問答」卷上の翻刻と校訂〉（《金沢文庫研究》343、2019）、〈「華嚴経問答」卷下の翻刻と校訂〉（《金沢文庫研究》345・346、2021）。

(4)　是故位位每滿位成佛現示。（卷下 607a）

(5)　約普法實行位位每極，法門每極，如善財所行初文殊中。
　　　（卷下 607b）

(6)　如下普賢知識中所現十方世界，一切微塵微塵每有諸佛大
　　　會，其中諸佛皆將諸大眾說法、其諸佛前每，普賢菩薩在，
　　　受各諸佛所放光明等事，一微塵一微塵每如是等事是無盡十
　　　地。（卷下 607c）

(7)　望一一眾生每，各各差別益，亦能利他。（卷下 611b）

(8)　約一乘教實法，念念每，成佛等。如前說也。（卷下
　　　612b）

這些"每"字用法，如(1)"一一德每"乃為"每一德"之義，
下亦仿之，不符合一般漢語語法，且除了"眾生每"(7)以外，
並非施於人數。"一一眾生每"就是"每一眾生"，指複數中的
單體，固然有別於純粹的複數。可是，如果擴大此一用法，也有
成為複數後綴的可能。

　　《華嚴經問答》一般認為是唐華嚴宗第三祖法藏（643-
712）的著作。只因其文章有頗多不合語法之處，早有人懷疑是
否真為法藏之作。近年日本石井公成、韓國崔鉛植兩位先後主張
實為法藏師兄新羅義相（義湘，625-702）的講義記錄[7]。當時活

7　石井公成〈『華嚴經問答』の著者〉（《印度學佛教學研究》33-1
　　1985）、《華嚴經思想の研究》（春秋社　1996）第五節〈《華嚴經問
　　答》の諸問題〉271 頁。崔鉛植「『華嚴經問答』의 變格漢文에 대한
　　검토」「『華嚴經問答』の變格漢文に対する檢討」（『口訣研究』35
　　韓国口訣学会　2015）。

動於日本的新羅僧見登《華嚴一乘成佛妙義》（《大正藏》45
卷 NO 1890）也引用了《華嚴經問答》的一部分[8]，《華嚴經問
答》為義相弟子記錄師說，今已幾成學界定論。

　　也許有人質疑，既然如此，《華嚴經問答》的"每"字後綴
用法也是新羅變體漢文的一種，不是中國用法，那倒不一定。理
由有二。第一，新羅或朝鮮半島古今所有的變體漢文中沒有
"每"字做為後綴的用法。第二，"每"字後綴用法雖然不見於
《華嚴經問答》以外的唐代文獻，無獨有偶，類似的"別"字後
綴用法卻出現於當時文獻，不一而足，如《洛陽迦藍記》有"果
別"（卷 1〈百果園〉）、《齊民要術》有"樹別"、"日
別"，分別為"每果"、"每樹"、"每日"之義，且此一用法
在《日本書紀》、正倉院文書等日本古代文獻中也出現[9]。佛教
文獻中更不乏其例：

姚秦・佛陀耶舍、竺佛念等譯《四分律》卷 10：供養諸比丘，
　　人別一器石蜜。[10]
隋・闍那崛多譯《佛本行集經》卷 35〈耶輸陀因緣品〉：人別

---

[8]　崔鉛植〈新羅見登の活動について〉（『印度學佛教學研究』50-2
　　2002）。

[9]　參看小川環樹〈稻荷山古墳の鉄劍銘と太安万侶の墓誌の漢文における
　　Koreanism について〉補考之二（《小川環樹著作集》第 5 卷　筑摩書
　　房　1997）、〈釈別〉（『中華文史論叢』七四輯　2004）、金文京
　　〈古代日中比較文学についての斷想——読むことと書くこと〉（《古
　　代文学》52　2013）。

[10]　《大正新修大藏經》卷 22，no. 1428，《四分律》，頁 627。

各自將一小鋪，次第相隨來向佛前依大小坐。[11]

隋・吉藏《維摩經義疏》卷 2〈方便品〉：天竺多諸異道，各言
　　己勝，故其<u>國別</u>，有立論堂[12]。

唐・阿地瞿多譯《陀羅尼集經》卷 1〈釋迦佛頂三昧陀羅尼
　　品〉：〈<u>月別</u>十五日五更頭。取十六瓩（瓶）水。[13]〉

《陀羅尼集經》卷 1〈釋迦佛頂三昧陀羅尼品〉：〈從初一日，
　　<u>日別</u>請一比丘設齋。[14]〉

"人別一器石蜜"就是"每人一器石蜜"，與《華嚴經問答》
"每"字後綴用法無異，也因此，雖然尚無發現《華嚴經問答》
以外的例子，恐不能排除唐人曾使用過"每"字後綴的特殊語
法。

　　以上所說、目前還停留在大膽假設的階段。不過，鑑於複數
後綴"們"字的來源是漢語史上的大問題，似可聊備一說，以資
將來進一步的探討。[15]

---

[11]　《大正新修大藏經》卷 3，no. 190，《佛本行集經》，頁 819。

[12]　《大正新修大藏經》卷 38，no. 1781，《維摩經義疏》，頁 933。

[13]　《大正新修大藏經》卷 18，no. 901，《陀羅尼集經》，頁 794。

[14]　《大正新修大藏經》卷 18，no. 901，《陀羅尼集經》，頁 786。

[15]　陳永霖、葉曉鋒〈中古梵僧入唐與複數標記"們"的產生〉（《民族語
　　言》2020-2）主張"弭、弥、偉"等字的來源是印度達羅毗荼語的複數
　　標記-me、-mi、-mu、-wu、-min 等。可是作者也承認漢譯佛經中找不
　　到證據。筆者雖不諳於達羅毗荼語，認為此說亦可聊備一說。此文由中
　　國人民大學龍國富教授見示，謹此致謝。

三　宋金元代上梁文演變與"兒郎偉"

宋代以後的"兒郎偉"，不同於唐代敦煌文獻，只出現在上梁文一體，且有一定的規格。茲引王安石〈景靈宮修蓋英宗皇帝神御殿上梁文〉（《臨川文集》卷38），以示其形式：

> **兒郎偉**。天都左界，帝室中經。誕惟僊聖之祠，夙有神靈之宅。嗣開宏構，追奉睟容。方將廣舜孝於無窮，豈特尚漢儀之有舊。先皇帝道該五泰，德貫二儀。文摛雲漢之章，武布風霆之號。華夏歸仁而砥屬，蠻夷馳義以駿奔。清蹕甫傳，靈輿忽往。超然姑射山無一物之疵，邈矣壽丘臺有萬人之畏。已葬鼎湖之弓劍，將游高廟之衣冠。今皇帝孝奉神明，恩涵動植。纂禹之服，期成萬世之功。見堯於羹，未改三年之政。乃眷熏修之吉壤，載營館御之新宮。考協前彝，述追先志。孝嚴列峙，寢門可象於平居。廣拓旁開，輦路故存於陳迹。官師肅給，斤築隆施。揆吉日以庀徒，舉修梁而考室。敢申善頌，以相歡謠。
>
> **兒郎偉**，拋梁東。聖主迎陽坐禁中。明似九天昇曉日，恩如萬國轉春風。
> **兒郎偉**，拋梁西。瀚海兵銷太白低。王母玉環方自獻，大宛金馬不須齎。
> **兒郎偉**，拋梁南。丙地星高每歲占。千障滅烽開嶺徼，萬艘輸賣引江潭。
> **兒郎偉**，拋梁北。邊城自此無鳴鏑。即看呼韓渭上朝，休

誇實憲燕然勒。

兒郎偉，拋梁上。彷彿神遊今可想。風馬雲車世世來，金輿玉輦年年享。

兒郎偉，拋梁下。萬靈隤祉扶宗社。天垂嘉種已豐年，地產珍符方極化。

伏願上梁之後，聖躬樂豫，寶命靈長。松茂獻兩宮之壽，椒繁占六寢之祥。宗室蕃維之彥，朝廷表幹之良。家傳慶譽，代襲龍光。肩一心而顯相，保饋祀之無疆。皇帝萬歲。

全文由三段而成：

前段：開端有 "兒郎偉"，下面敘述修蓋建築的緣起，是句末字平仄遞變的四六駢文。

中段：三（兒郎偉）‧三（韻）‧七（韻）‧七‧七（韻）的六組歌詞。首篇是〈兒郎偉，拋梁東。七（韻）、七、七（韻）〉，接下來〈兒郎偉，拋梁西〉，〈兒郎偉，拋梁南〉，〈兒郎偉，拋梁北〉，〈兒郎偉，拋梁上〉，〈兒郎偉、拋梁下〉，重複同樣形式。此蓋舉行上梁儀式時所唱。據敦煌〈唐長興元年上梁文〉云："蒸餅千盤萬擔，一時雲集宕泉。盡向空中亂撒，次有金釵銀錢。"可知上梁儀式時從屋頂上往東西南北上下六方拋散蒸餅、銀錢之類。應是民間廣泛流行的習俗。

後段：由〈伏願上梁之後〉開始，預祝修蓋後主人的多福長壽，是隔句押韻的賦體韻文或駢文。

　　此為典型的文例，此外還有變體，按照"兒郎偉"的出現情況大致可分為以下六種：

A：　　前段 1、中段 6（東西南北上下）、總共 7 個"兒郎偉"齊全的典型文例。

B1：　　前段沒有"兒郎偉"，只有中段 6 個、且次序是〈東西南北上下〉。

B2：　　與 B1 相同、只是次序為〈東南西北上下〉。

C1：　　雖用"兒郎偉"，只在前段或中段〈拋梁東〉之前出現一次，可視為 AB 型的省略，中段次序是〈東西南北上下〉。

C2：　　與 C1 相同，中段次序為〈東南西北上下〉。

D：　　沒有"兒郎偉"，可是中段有〈東西南北（東南西北）上下〉的六組歌詞。

E：　　不屬於以上類型，或沒有採用三段形式的例外作品。

　　以下利用《文淵閣四庫全書》、《四部叢刊》等檢索系統，臚列北宋以後的上梁文作品，并示其類型。雖不足以窺全豹，差可了解大概情況[16]。

（一）北宋

1.　王禹偁〈單州成武縣行宮上梁文・太平興國九年（984）〉（《小畜外集》卷 8）—C1。只在〈拋梁東〉之前有"兒郎偉"。

---

[16]　後唐李琪〈長蘆崇福禪寺僧堂上梁文〉（《全唐文》卷 847）可算是最早的作品，其實，此作並非李琪之作，而很可能《全唐文》誤收南宋人作品。詳見路成文〈《全唐文》誤收南宋人所作〈長蘆崇福禪寺僧堂上梁文〉考〉（《文獻》2007-4）。

2. 楊億〈開封府上梁文〉（呂祖謙《宋文鑑》卷 129〈上梁文〉）－C2。只在前段開頭有"兒郎偉"。

3. 胡宿〈醴泉觀涵清殿上梁文〉（《文恭集》卷 28〈上梁文〉）－A

4. 同上〈集禧觀大殿上梁文〉（同上）－A

5. 同上〈修蓋睦親宅吳王院神御堂上梁文〉（同上）－A

6. 石介〈南京夫子廟上梁文〉（《徂徠集》卷 20〈啓表移祝文〉）－C1。〈抛梁東〉前有"兒郎偉"。

7. 歐陽修〈醴泉觀本觀三門上梁文・至和二年（1055）〉（《文忠集》卷83）－A

8. 王安石〈景靈宮修蓋英宗皇帝神御殿上梁文〉（《臨川文集》卷38）－A

9. 鄒浩〈上梁文〉（《道鄉集》卷31）－B1

10. 傅察〈槐堂上梁文〉（《忠肅集》卷下）－A

11. 陳師道〈披雲樓上梁文〉（《後山集》卷 17）－D 抛梁東（南西北上下）

12. 黃庭堅〈靖武門上梁文〉（《山谷外集》卷 11）－D 抛梁東（西南北上下）

13. 鄭俠〈一拂先生祠上梁文〉（《西塘集》附錄本傳）－D 抛梁東（南西北上下）

14. 黃裳〈三清殿上梁文〉（《演山集》卷 35）－D 抛梁東（南西北上下中）

（二）南宋

1. 李綱〈中隱堂上梁文〉（《梁谿集》卷 156）－B2

2. 同上〈桂齋上梁文〉（同上）－B2

3. 張守〈倦飛亭上梁文〉（《毘陵集》卷 10）－B1

4. 程俱〈常州華嚴教院上梁文〉（《北山集》卷 17）－B1

5. 同上〈山居上梁文〉（同上）－B1

6. 李彌遜〈漳州移學上梁文〉（《筠谿集》卷 21）－B1

7. 王庭珪〈盧溪讀書堂上梁文〉（《盧溪文集》卷 40）－A

8. 同上〈安福縣廳上梁文〉（同上）－A

9. 同上〈安福縣學上梁文〉（同上）－A

10. 劉子翬〈脩祖居上梁文〉（《屏山集》卷 6）－B1

11. 同上〈屏山新居上梁文〉（同上）－B1

12. 史浩〈四明新第上梁文〉（《鄮峯真隱漫錄》卷 39）－B1

13. 同上〈明良慶會閣上梁文〉（同上）－B1

14. 同上〈竹院上梁文〉（同上）－B1

15. 羅願〈愛蓮堂上梁文〉（《羅鄂州小集》卷 4）－C（前段有"兒郎偉"）

16. 朱熹〈同安縣學經史閣上梁文〉（《晦庵集》卷 85）－A

17. 周必大〈修蓋射殿門上梁文〉（《文忠集》卷 118《玉堂類藳》18）－A

18. 同上〈後殿上梁文〉（同上）－A

19. 林亦之〈上梁文‧海口夫子廟〉（《網山集》卷 8）－B1

20. 呂祖謙〈題欠〉（《東萊集》附錄卷三）－B1、前段末尾云："輒依六偉之聲，用相百夫之役。"

21. 楊萬里〈南溪上梁文〉（《誠齋集》卷 104〈雜著〉）－A

22. 同上〈施參政信州府第上梁文〉（同上）－A

23. 程珌〈上梁文‧雲溪上梁〉（《洺水集》卷 19）－B1、前段末尾云："聽我六偉，作而一心。"

24. 劉克莊〈慈濟殿上梁文〉（《後村集》卷 29〈上梁文〉）
　　－A

25. 同上〈建陽縣西齋上梁文〉（同上）－B1

26. 同上〈徐潭草堂上梁文〉（同上）－A

27. 釋居簡〈彰教法堂上梁文〉（《北磵集》卷 9）－C2。"抛
　　梁東"之前有"兒郎偉"。

28. 同上〈大梅護聖僧堂上梁文〉（同上）－C2。"抛梁東"
　　之前有"兒郎偉"。

29. 同上〈袞金新之上梁文〉（同上）－C2。"抛梁東"之前
　　有"兒郎偉"。

30. 同上〈育王姚氏子裹飣奉母主僧宗印塯其廬利州定袞金新之
　　上梁文〉（同上）－C2。"抛梁東"之前有"兒郎偉"。

31. 同上〈華亭楊木浦朱寺法堂上梁文〉（同上）－C2。"抛
　　梁東"之前有"兒郎偉"。

32. 同上〈碧雲藏殿上梁文〉（同上）－C2。"抛梁東"之前
　　有"兒郎偉"。

33. 同上〈下天竺造僧堂上梁文〉（同上）－D。"抛梁東"之
　　前有闕文。

34. 同上〈丘運使後堂上梁文〉（同上）－D。"抛梁東"之前
　　有闕文。

35. 同上〈慧日僧堂上梁文〉（同上）－C2、"抛梁東"之前
　　有"兒郎偉"。

36. 文天祥〈山中堂屋上梁文〉（《文山集》卷 17〈上梁
　　文〉）－D。"東南西北上下"各字下有七言三句。

37. 同上〈山中廳屋上梁文〉（同上）－D。"東南西北上下

"各字下有七言三句。

38. 同上〈代曾衢教秀峰上梁文〉（同上）－C2。前段有"兒郎偉"、中段"東南西北上下"各字下有七言三句。

39. 牟巘〈七先生祠〉（《陵陽集》卷 23〈上梁文〉）－B1

40. 熊禾〈書坊同文書院上梁文〉（《勿軒集》卷 4）－B1

41. 葛立方〈小樓上梁文〉（《歸愚集》卷 9、宋刻本）－A

42. 陳宓〈安溪縣重架縣廨〉（《龍圖陳公文集》卷 19、清鈔本）－B1

43. 同上〈白湖順濟廟重建寢殿〉（同上）－B1

（此外 D 例頗多，從省。）

（三）金元代

1. 元好問〈南宮廟學大成殿上梁文〉（《遺山集》卷 40〈上梁文〉）－C2。前段與中段"拋梁東"前有"兒郎偉"。

2. 同上〈南陽廨署上梁文〉（同上）－只有前段，原注云"後逸"。

3. 同上〈外家別業上梁文〉（同上）－C2。"拋梁東"前有"兒郎偉"。

4. 李俊民〈高平縣宣聖廟上梁文〉（《莊靖集》卷 10〈上梁文〉）－D。"拋梁東"前有"兒郎偉"（西南北上下）。

5. 同上〈湯廟上梁文〉（同上）－D。同上。

6. 同上〈神霄宮上梁文〉（同上）－D。同上。

7. 同上〈錦堂上梁文〉（同上）－D。同上。

8. 同上〈崇安寺重修三門上梁文〉（同上）－D。同上。

9. 同上〈高平顯真觀三門上梁文〉（同上）－D。同上。

10. 戴表元〈楡林瓦嶺廟上梁文〉（《剡源文集》卷 23）－B1

11. 徐世隆〈廣寒殿上梁文〉（《元文類》卷 47〈上梁文〉）
    －D。“拋梁東”（南西北上下）。

12. 王磬〈太廟上梁文〉（同上）－D。“拋梁東”（西南北上
    下）。

13. 盧摯〈東宮正殿上梁文〉（同上）－D。同上。

14. 閻復〈尚書省上梁文〉（同上）－D。“拋梁東”（南西北
    上下）。

15. 薛友諒〈九先生祠上梁文〉（同上）－D。“拋梁東”（西
    南北上下）。

16. 宋本〈太次殿上梁文〉（同上）－D。同上。

17. 虞集〈大龍翔集慶寺正殿上梁文〉（《道園學古錄》卷
    36）－B1

18. 同上〈吾殿上梁文〉（同上）－B1

19. 同上〈大龍翔集慶寺正殿小上梁文〉（同上）－E。沒有中
    段。大概是〈小上梁文〉之故。

20. 同上〈吾殿小上梁文〉（同上）－E。同上

21. 耶律楚材〈萬壽寺創建廚室上梁文〉（《湛然居士文集》卷
    13）－E。前段為“萬壽寺創建廚室，浪著上梁文六首，幸
    付工人輩歌之，用光法席。”是序文性質，有中段（東南西
    北上下），沒有後段。

22. 耶律楚材〈和林城建行宮上梁文〉（同上）－E。只有中段
    （東南西北上下）。

23. 蘇天爵〈周公晷景殿豎柱上梁祝文〉（《滋溪文稿》卷
    24）－E。全文為：“聖人有作，制器象天。奕奕殿庭，數
    離風雨。涓辰庀事，棟宇斯興。維神右之，欽若天則。”是

平仄均勻的四言駢體。

24. 同上〈五福太乙宮上梁祝文〉（同上）－Ｅ。同上

25. 同上〈丞相宅醫柱上梁祝文〉（同上）－Ｅ。同上

26. 金守正〈文公祠堂上梁文〉（《雪厓先生詩集》卷 5《續修四庫全書》集部第 1325 卷，明永樂刻本）－Ｅ。雖為三段形式，中段頭一句為"上梁東（西南北上下）"，第二句以下是四言三句，不合傳統形式，算是別出新格。

27. 傅若金〈湖南郡學建大成殿上梁文〉（《傅與礪文集》卷11，嘉業堂叢書本）－Ｅ。同上，唯中段頭一句為"梁之東（南西北上下）"。

由上舉例，略可知以下幾點：

1、此一類型的上梁文起源於北宋初期，盛於南宋，元代似乎式微，元人作品幾乎都是 Ｄ 類，且出現四言駢文（金元代23、24、25），或中段四言（金元代 26、27）等不同形式 Ｅ類。

2、只在"拋梁東"之前有"兒郎偉"的 Ｃ 型，應該是省略"西南北（南西北）上下"後的"兒郎偉"。沒有"兒郎偉"的 Ｄ 型、鑑於相對〈3·3（韻）·7（韻）·7·7（韻）〉的穩定形式，〈3（韻）·7（韻）·7·7（韻）〉或〈7（韻）·7·7（韻）〉是不穩定的，也應該是省略"兒郎偉"。如釋居簡（南宋 27～35）、文天祥（同 36～38）的作品，有的有"兒郎偉"，有的則無，只能看成是省略的結果。總之，無論 ABCD哪個類型，在實際上梁儀式的過程中，似應都有中段的"兒郎偉，拋梁東"以下的六組韻文，這才是上梁文的核心部分。所謂"六偉"（南宋 20、23）或"六詠"（〈長蘆崇福禪寺僧堂上

梁文〉）¹⁷，當指此而言。

3、前段開端的"兒郎偉"似可視為一種標題，由其有無分別 A 型和 B 型，其實無甚意義，A 型和 B 型本質上似無差別。只是 A 型的中段次序都是"東西南北"，沒有"東南西北"的。由此而推，A 型應該是原型。

4、北宋作品以宮殿等公共建築為主，南宋則多半為個人住宅或寺院，元代再次回歸公共建築。此是否反映上梁文時代演變的實際，抑或由於各代文集編纂原則的差異，則不得而知。與南宋同時的金代作品稀少，大概是文獻散逸之故。

5、樓鑰〈跋姜氏上梁文藁〉云："上梁文必言兒郎偉，舊不曉其義。"可知南宋人已不了解"兒郎偉"的涵義。這恐怕是此一形式漸趨衰落的一個原因。元代作品中 D 型占多，原因亦當在於此。

6、此一文體至元代式微的另一原因，似與科舉有關。金元好問《中州集》卷 8〈盧宜陽洵〉云："洵字仁甫，高平人。李承旨致美見所作上梁文，勉使就舉。六十一歲呂造牓登科。"由此可知，上梁文的巧拙足以預見科場順否。南宋、金代科舉的進士詞賦科注重唐以來的律賦和詩，且制舉的詔、誥、章、表等規定都用駢文。而這些文體就是上梁文所用。元代科舉廢掉律賦和詩，取而代之的是沒有韻律考慮的古賦，明代科舉專用八股文，士人作律賦或駢文的機會相對減少，這也是上梁文衰落的原因之一。

7、見於敦煌文獻的唐、五代上梁文和北宋以後的上梁文，

---

¹⁷　參看注 16。

形式不同。後者的中段用"兒郎偉"的所謂"六詠"不見於前者。這到底是文體的嬗變，還是習俗的轉移所致，因文獻不足，不得而知。

四　明代的"兒郎偉"

據《四庫全書》的檢索，用"兒郎偉"的明代上梁文只有以下二例：

1. 殷奎〈崑山縣皷角樓上梁文〉（《強齋集》卷 6）－C1。前段駢文云："對張鴟吻，消患全資守令賢。聿舉虹梁，成功快覩兒郎偉。"以"守令賢"與"兒郎偉"做對，不是原來的涵義。中段是"拋梁東（西南北上下）"，沒有用"兒郎偉"。

2. 同上〈蘇州府養濟院上梁文〉－C1。前段開端用"兒郎偉"，中段為"拋梁東（西南北上下）"，沒有用"兒郎偉"。

殷奎是楊維楨的門人，洪武初做官（《四庫提要》卷 169《強齋集》），實際上是元末人。另外，唐桂芳〈紫陽書院上梁文〉（《白雲集》卷 7）的前段末尾云："六偉齊歌，雙虹高舉"，中段卻沒有用"兒郎偉"。羅洪先〈松原新居上梁文〉（《念菴文集》卷 18），前段末尾云："舉大木呼邪許，試聽同聲。"把"兒郎偉"解為呼聲"邪許"，也沒有用"兒郎偉"。

又瞿佑《剪燈新話》的〈水宮慶會錄〉（卷 1）中，潮州士人余善文應海神祈求做水宮上梁文，時代設為元末至正年間，中段"抛梁東（西南北上下）"，沒有用"兒郎偉"。另外，明初詩人高啓因所作上梁文觸犯明太祖忌諱被腰斬（見《明史》本傳），可惜其文不傳。凌雲翰〈送趙永貞改丞德化縣，以萬水千山路，孤舟幾日程為韻〉詩（《柘軒集》卷 3）云："中流雙艣鳴，愛此兒郎偉。"此"兒郎偉"當是划船人的呼聲。

明代的上梁文只能檢索出 30 幾例，且集中在嘉靖以前。沈鍊（嘉靖 17 年進士）〈三忠祠上梁文〉（《青霞集》卷二）沒有中段韻文。嘉靖年間的文人徐渭的雜劇《女狀元》（〈四聲猿〉之一，《盛明雜劇》初集卷 8）第四齣，丞相周庠（外）云："上梁文一字千金，那兒郎偉不消也罷了。"正好反映"兒郎偉"漸被淘汰的情況。王世貞〈宛委餘編〉五（《弇州四部稿》卷 160）云："宋時上梁文有兒郎偉，偉者關中方言們也。其語極俗。"王氏轉述樓鑰看法，只把"懑"字改為明代通用的"們"字。對王世貞來說，用"兒郎偉"的上梁文似是宋代的文體。由此而推，似不妨認定，用"兒郎偉"的上梁文至晚明已經銷聲匿跡了。

五　清代的"兒郎偉"

據《四庫全書》的檢索，清代沒有用"兒郎偉"的上梁文，上梁文也只有 1 例（吳綺《林蕙堂全集》卷 12〈黟縣啓聖祠上梁文〉D）。《四庫全書》只收乾隆以前文獻，乾隆以後無法得知，然而據上述明代的情況，清代沒有用"兒郎偉"的上梁文，似乎始不足為怪。

筆者關心"兒郎偉"由來已久，沒有電腦資料庫的前世紀，僅能靠自己讀書心得，所見極有限，大體印象是，用"兒郎偉"的上梁文由北宋開始，明代已罕見。後來利用《四庫全書》等的檢索，結果與自己讀書所得的印象大致吻合，自以為了得，私心竊喜。可是，前幾年出現了所收文獻更廣泛的《中國古籍基本庫》，試為檢索，明代只能補遺 2 例，即崇禎年間戴澳〈郊居上梁文〉、〈西郊居上梁文癸酉年〉（《杜曲集》卷 11、崇禎刻本）、共為 B1），而清代竟然有可觀的數目如下，不免大感意外：

1. 蔡衍鎤〈漳浦縣先師廟上梁文代〉（《操齋集》卷 4〈駢部〉，清康熙刻本）－B1

2. 同上〈喬木堂上梁文〉（同上）－A。只中段沒有〈上下〉。

3. 查禮〈重建龍溪宋黃文節公祠堂上梁文〉（《銅鼓書堂遺稿》卷 31，乾隆刻本）－B2

4. 陳瑚〈尉遲廟上梁文〉（《確庵文稿》卷 23〈說雜著〉，康熙汲古閣刻本）－A

5. 焦循〈兒郎偉有序〉（《雕菰集》卷二〈詩〉，道光刻本）－不是通常的上梁文，序云："築者請為歌，以宣其力"，七言詩中重複："兒郎偉，築隄築隄莫惜力。"

6. 金堡〈斗母殿上梁文〉（《徧行堂續集》〈文〉卷五，乾隆 5 年刻本）－B1

7. 同上〈海幢寺大雄寶殿上梁文〉（《徧行堂集》文集卷 8，乾隆 5 年刻本）－B1

8. 同上〈丹霞山法堂上梁文〉（同上）－B1

9. 同上〈華藏莊嚴閣上梁文〉（同上）－B1

10. 凌廷堪〈銅鼓齋上梁文〉（《校禮堂文集》卷 33，嘉慶 18 年刻本）－A

11. 桑調元〈濂溪書院上梁文〉（《弢甫集》卷 16〈雜著〉，乾隆刻本）－B1

12. 張九鉞〈萬樓上梁文〉（《紫峴山人全集》外集卷 6，咸豐元年刻本）－B1。

13. 汪士鐸〈冶山新建江寧府學文廟上梁文〉（《汪梅村先生集》外集，光緒 7 年刻本）－E。只有中段，且七言詩第一首為："上梁南。對天印山和風麗，日霽漢間兒郎偉。多士品峻不可攀。"後有"上梁北（東西）"3 篇，形式相同，只第三句用"兒郎偉"，也算別出心裁。

金堡、陳瑚是著名明朝遺民，焦循、凌廷堪是乾嘉期的學者[18]，其他除康熙年間的蔡衍鎤以外，都是後期的人，難怪《四庫全書》沒有收。明末方以智《通雅》〈釋詁〉（卷 4）引用了萬曆年間方日升《韻會小補》云："今人上梁之中稱兒郎偉，即邪虎類也。"錢謙益〈跋蕭孟昉花燭詞〉（《牧齋有學集》卷 4、四部叢刊本）亦云："譬如樂工撒帳歌、滿庭芳，匠人拋梁唱兒郎偉，雖其俚鄙號嘎不中律呂，而燕新婚者，賀大廈者亦必有取焉。"由此可見，晚明時期用"兒郎偉"的上梁文仍然在民間流行，與前面的假設矛盾。這到底要如何解釋？是民間一直流行而文章隱現時而不同？還是清代復古現象之一環？這是電腦檢索無法回答的問題。

---

[18] 參看王章濤〈清代通儒凌廷堪、焦循創作的"兒郎偉"〉（《書屋》2019-6）。

六　朝鮮的"兒郎偉"

　　用"兒郎偉"的上梁文不僅在中國境內流衍，也傳播到東亞漢字文化圈各國，其中最重要的就是朝鮮[19]。據韓國古典翻譯院公開的《韓國古典綜合 DB》檢索"兒郎偉"，可得 800 多個作品，其中《韓國文集叢刊》等所收上梁文有將近 600。最早的是高麗崔詵（?-1209）的〈宣慶殿上梁文〉（《東文選》卷 108，A）、其次是李奎報（1168-1241）〈乙酉年（1225）大倉泥庫上樑文，詥院奉宣述〉（《東國李相國全集》卷 19〈雜著·上樑文〉，A），最晚的作品乃為韓運聖（1802-63）〈日月書社重修上樑文、戊午（1858）〉（《立軒文集》卷 16、B1）以及新羅崔致遠的後代崔國述所撰〈桂林祠移建上樑文〉（1926、B1）。

　　朝鮮王朝時期的作例，幾乎全都是前段、後段為駢文（只是平仄多半不勻），中段為"兒郎偉、拋梁東（西南北上下）"的 B1 型，鮮有例外[20]。其中也有李德茂〈雀巢上樑文〉（《青莊館全書》卷 4）之類的俳諧之作。《日省錄》所錄 4 例則正祖御製，足見朝鮮重視上梁文，中國皇帝不大可能作上梁文。

　　朝鮮後期把此一文體稱為"六偉頌"，其傳世作品之多，顯

---

[19]　參看王小盾〈從朝鮮半島上梁文看敦煌兒郎偉〉（《古典文學研究》11　2008-4）、王曉平〈朝鮮半島現存最早的上梁文〉（《尋根》2009-6）。

[20]　丁若鏞作過 4 篇上梁文，其中 3 篇省略了中段韻文中的"兒郎偉"，算是例外。參看陳靜〈丁若鏞上梁文研究〉（《集寧師範學院學報》2020-1）。

然超過中國。且前後六百多年持續作同一形式的文章，亦足以驚人。這到底意味著朝鮮所作的上梁文多於中國，還是中國作品多而記錄少，也無法遽斷。值得注意的是，這些上梁文在舉行上梁儀式時例為念頌，可見中國的上梁文及上梁儀式到朝鮮已經本土化了。

　　順便介紹，中國的上梁文中有些提到三韓、百濟等朝鮮半島的國家以及日本之例：

楊億〈開封府上梁文〉（北宋 2）：拋梁東。三韓百濟慕華風。

胡宿〈醴泉觀涵清殿上梁文〉（北宋 3）：兒郎偉，拋梁東。石
　　橋觀日任施功。三韓百濟歸封內。

胡宿〈集禧觀大殿上梁文〉（北宋 4）：兒郎偉，拋梁東。三韓
　　鼓舞樂華風。

熊禾〈書坊同文書院上梁文〉（南宋 40）：兒郎偉，拋梁東。
　　書籍高麗日本通。

徐世隆〈廣寒殿上梁文〉（元 11）：拋梁東，海外三韓向化
　　風。鴨綠江頭無戰伐，盡銷金甲事春農。

全都是 "拋梁東" 之後的詩句，因東方就提到朝鮮、日本。可是西南北方面卻沒有提到相應的國名，可見朝鮮、日本的特殊地位。雖然只有 5 例，時代橫跨北宋初到元代，可謂一種常套。其中由熊禾（1247-1312）之例可知，當時出版業的中心建安書坊鎮都知道朝鮮、日本熱心購買中國書籍，不失為東亞文化交流史的有趣資料。

七　日本的"兒郎偉"[21]

　　首次作上梁文的日本人，大概是鎌倉末期留學元朝的禪僧中巖圓月（1300–1375）。中巖圓月於至順元年（1330）在百丈山大智壽聖禪寺（江西省奉新）擔任乃師東陽德輝的書記。東陽德輝要修建記念唐百丈禪師《百丈清規》的天下師表閣，乃命中巖圓月撰〈百丈法堂上梁文〉[22]，中巖圓月另有〈吉祥寺新建方丈上梁文〉（吉祥寺在日本茨木縣），兩文都收在他的文集《東海一漚集》卷 2[23]，均為 B2 的典型上梁文（只是〈吉祥寺新建方丈上梁文〉的上段不是駢文）。

　　江戶時代現存作品據《雕龍——日本古籍全文檢索叢書系列》有以下諸例：

1. 伊藤東涯〈藏書庫上梁文〉（《紹述先生文集》卷 19）－A。中段有"兒郎偉，拋梁東"以下次序是（南北下西上），且不押韻。最後有按語："韻按六偉之文。原本題上項以押韻皆誤。據乘烱談，以東西南北上下字取韻為是。蓋初年不辨，後詳其格云。"元祿 11 年（1698）之作。

2. 同上〈祠堂上梁文〉（同上）－E。開頭云："享保十四年（1729）歲次己酉春三月乙卯，祠堂上梁。永言配命，自求

21　參看王曉平〈日本上梁文小考〉（《尋根》2009-2）。

22　參看金文京〈日本五山僧中巖圓月在元事跡考〉　復旦大學古籍整理研究所編《實證與演變——中國文學史研究論集》（上海文藝出版社2014）。

23　上村觀光編《五山文學全集》卷 2（五山文學全集刊行会　1936），頁81-82。

多福。伏願上梁之浚（後）……。”沒有中段韻文。

3. 同上〈講堂上梁文〉（同上）－E。同上。

4. 同上〈正宅上梁文〉（同上）－E。同上。

5. 荻生徂徠〈前國主保山將公壽影堂上梁文〉（《徂徠集》卷18）－D。中段為“拋梁東（南西北上下）”。

6. 同上〈後慧林寺殿機山霸主影堂上梁文〉（同上）－D。〈中段為拋梁東（西南北上下）〉。

日本不同於朝鮮，沒有接受中國的上梁文。伊藤東涯（1670-1736）和荻生徂徠（1666-1728）是日本江戶時代的代表性儒學者，他們的上梁文可視為少數例外。可是，日本人蓋房子時，迄今仍舉行上梁儀式（棟上式 jotosiki、muneagesiki），一般都用神道方式，念誦神道祝文。而儀式結束後，主人從屋頂拋散餅類點心，觀者爭先恐後地接撿，視為吉利。此一習俗是中國的影響，還是民俗的普遍現象，仍須待考。

最後，越南的情況如何，筆者寡聞無法介紹，是為遺憾。

八　小結：介紹 20 世紀的上梁文

以上所舉列的上梁文幾乎都是用電腦資料庫檢索出來的，最後要介紹筆者親自收集的資料：

臥龍廟上梁文

經天緯地，萬古才學。隆中決策，已定三分。

濟世安民，生來理念，伊呂之功，開濟兩朝。

澹泊明志，古往今來，前無後無。

寧靜致遠，大小凡百，平生謹慎。

檀紀四千三百九，木覓松柏，四時蒼蒼。

槿域首都서울（首爾的韓文）市，漢水綠波，千古悠悠。

追慕士女，淨財重修，大名垂宇宙。

焚香奉饋，無時不絕，遺像肅清高。

啟蒙於道，能作規範。

<u>兒郎偉，拋樑東</u>。誠勤所到，何事不成。

萬丈峰頭日輪紅。古城芳草還自綠。

<u>兒郎偉，拋樑西</u>。杜宇年年為誰啼。

遠望錦官入夢中。漢天風雨千八百。

<u>兒郎偉，拋樑南</u>。今日中共亦有人。

雲間奇嶽有時出。溶溶春水鏡中開。

<u>兒郎偉，拋樑北</u>。短笛一聲白鳥飛。

三角瑞氣來相照。李朝五百年史後。

<u>兒郎偉，拋樑上</u>。舊苑風景蕭森，

萬里雲霄一羽毛。五丈秋風大星落。

<u>兒郎偉，拋樑下</u>。南陽皓月鶴孤飛。

撲地閭閻棋局喪。

高層樓屋可攀天。應是玲瓏圖一幅。

伏願上樑之後，國泰民安，海內海外，

縉紳士女，均被德化。保家亨福，自在

其中。世世相傳，永久不忘。恩深義重。

謹奉香火也。

韻目高低不均，以趣為主。多謝具眼之士。

西紀一九七六年丙辰四月二十一日午時

後學完山后人　李用植　謹作。

白淑姬　謹書。

此一上梁文的牌匾掛在位於韓國首爾南山（原名為木覓山）山腹的臥龍廟正殿（參看圖 1）。臥龍廟，顧名思義當然是祭祀諸葛亮的廟，殿中安置諸葛亮（參看圖 2）、劉備、關羽三位塑像。此上梁文撰寫於 1976 年（文中云檀紀 4309 年），據筆者所知，此為撰寫年代最新的上梁文。且雖然押韻、平仄都有問題（作者也坦白地說："韻目高低不均，以趣為主。"），具備前中後三段，中段用六個"兒郎偉"（東西南北上下），後段云"伏願上樑之後"，基本上符合傳統上梁文的格局，屬於 B1型。

文中"萬丈峰頭日輪紅。古城芳草還自綠。"意為：日本殖民地時期，日本在南山設有朝鮮神社，做為日本統治朝鮮的象徵，強迫朝鮮人去參拜。朝鮮人隱忍多年，終於迎接光復。"日輪紅"是日本，"芳草還自綠"乃為光復。至於"今日中共亦有人。雲間奇嶽有時出。溶溶春水鏡中開。"作者旨意，不言可知。

臥龍廟何時創建，今已不得而知。據廟中說明版，朝鮮太祖李成桂有意遷都此地，先來調查，於木覓山（南山）懸崖中看到孔明石像，乃建廟宇。文中"三角（首爾北方山名）瑞氣來相照。李朝五百年史後。"當據此。作者李用植先生，自稱"完山后人"，可知朝鮮王族完山李氏後代。20 世紀後半有此上梁文，彌足珍貴，足以想見東亞上梁文流行之悠長且廣泛。

圖1

圖2

The meaning of "兒郎偉 *erlangwei*" and the transition of "上梁文 *shangliangwen*" －Also discuss its propagation to east Asia

Bunkyo Kin

Abstract

This paper insist at first that the word "偉 *wei*" of "兒郎偉 *erlangwei*" seen in the manuscripts of Dunhuang in Tang dynasty which may be the plural form of personal noun originated in word "每 *mei*", and then analyzed the works of "上梁文 *shangliangwen*" (text of raising beam) after Song dynasty according to the usage of "兒郎偉 *erlangwei*" in the text, and classified them into several types. Finally introduced the works of "上梁文" in Korea and Japan.

Keywords: 兒郎偉 *erlangwei*, 上梁文 *shangliangwen*

《老乞大》《朴通事》詞語雜記

浙江大學
方一新

　　關於《老乞大》《朴通事》及其系列版本的詞彙、語法，已有一批相關成果。以《老乞大》為例，先後有李泰洙（2000/2003）、王霞（2002）、夏鳳梅（2004）等做過較為系統的比較研究工作，取得了不俗的成績。近讀《原本老乞大》、《老乞大諺解》、《朴通事諺解》和相關系列版本，兼及《老乞大集覽》、《単字解》，就其中涉及的部分詞語酌作考釋。不當之處，請方家是正。

1.商緡

　　《原本老乞大》04 左 08：通滾算著，除了牙稅繳計外，也覓了加五利錢。（36頁）

　　《老乞大集覽》：“牙稅錢：牙見《朴通事集覽》；稅錢，《事物紀原》云：‘晉宋齊梁時，凡貨牛馬田宅有文券者，率輸四百入官，賣主三百，買主一百，後世因之，蓋漢武帝籌商緡遺制。’”（317頁）

　　緡，原指釣絲，《詩·召南·何彼襛矣》：“其釣維何？維絲伊緡。”毛傳：“緡，綸也。”引申後可指穿錢的繩索，也可借指成串的銅錢。《史記·酷吏列傳》：“於是丞上指，請造白金及五銖錢，籠天下鹽鐵，排富商大賈，出告緡令。”唐張守節正義：“緡音岷，錢貫也。”《漢書·武帝紀》：“四年冬，有司言關東貧民徙隴西、北地、西河、上郡、會稽，凡七十二萬五千口。縣官衣食振業，用度不足，請收銀錫造白金及皮幣以足用，初算緡錢。”唐顏師古注：“李斐曰：‘緡，絲也，以貫錢也。一貫千錢，出算二十也。'……師古曰：'謂有儲積錢者，計其緡貫而稅之。'"按顏師古注，大約漢初已經有今之所謂"儲蓄稅"，這就是所謂的"漢武帝籌商緡遺制"。

"緡"後來泛指錢，並可與相近或相關詞語組合成詞。

有"緡鏹"，指錢貫，錢財。"鏹"亦作"繈"。《文苑英華》卷五五〇唐呂因《奴死棄水判對》："他人毀棄，緡鏹之直合酬。"《太平廣記》卷一二五"崔無隱"條（出唐谷神子《博異志》）："雖緡鏹且盡，而衣衾似給。"

有"緡貨"，同"緡鏹"，指錢財。《太平廣記》卷三〇六"袁生"條（出《宣室志》）："袁生曰：'師疾如是，且近於死矣，然我能愈之。師能以緡貨建赤水神廟乎？'道成曰：'疾果愈，又安能以緡貨為事哉！'"

有"酒緡"，指酒錢。宋胡珵《蒼梧雜誌·酒債》："孫權叔濟嗜酒，不治生產，嘗欠人酒緡。"

有"房緡"，指房租。宋李心傳《建炎以來繫年要錄》卷一六四："張俊掌房緡，坐不依聖旨減放，故有是命。"

"商緡"一詞，亦多見於宋元以後，蓋指貨款、稅金，如：

宋王象之《輿地紀勝》卷四一："鈔鹽轉餉，歲益於商緡；薪粲論輸，日交於吏案。"

元倪朴《擬上高宗皇帝書》（元吳師道《敬鄉錄》卷六）："望陛下算商車，借商緡，則民不忍為桑宏羊、韋賓都，割剝天下，以斂民怨。"

明孫繼皐《宗伯集》卷一〇《贈田司榷》詩："恰憐西望青山好，可有東來紫氣真；歸奏明光知不遠，肯言精算盡商緡。"

明萬曆年間《福州府志·循良》："葉朝榮……佐榷關主

進，秋毫不緇，免商緡無算，台使者賢之，數令攝邑。"

　　回到《老乞大集覽》引《事物紀原》所云，殆以"蓋漢武帝籌商緡遺制"之"商緡"來釋"牙稅"，義正相應。

2.細褶[1]

　　《原本老乞大》27 右 08：咱每更商量，這箇紫紵絲段子，到多少尺頭？句做一箇襖子麽？你說甚麽話？滿七托有。官尺裏二丈八，裁衣尺裏二丈五。你一般身材做襖子呵，細褶兒儘句也。（55 頁）

　　"細褶"一詞，《老乞大諺解》同，《老乞大新釋》、《老乞大重刊》均作"細摺"。《老乞大集覽》："細褶，《譯語指南》云："'細褶，ㄱㄴㅅㄷㅅ。"今按："褶"作"摺"，是。細摺，細襞積也。（322 頁）

　　按：襖子，指長度介於"袍"和"襦"之間的上衣，有裡子。細褶兒，指衣服上的褶皺，"摺"同"褶"。本指比"襦"長的上衣，音 xí；也指衣裙上的褶襉或經折疊而留下的痕跡，音 zhě。[2]

　　至於《集覽》所說的"細襞積也"，其屬讀關係應為：細/襞積/也。"襞"，本指有褶皺的衣褲，也可泛指衣裙上的褶襉。《說文・衣部》："襞，韏衣也。"徐鉉按語云："韏，革

---

[1]　此條蒙真大成教授惠檢材料，順致謝忱。

[2]　如唐張祜《觀杭州柘枝》詩："看着遍頭香袖褶，粉屏香帕又重隈。"

中辨也，衣襞積如辨也。""襞積"即皺褶。《説文・革部》："革中辨謂之韏。"段注："'中'乃衍文，《衣部》'襞'下云'韏衣也'，衣襴，古曰韏，亦曰襞積，亦曰緥。""襞積"早見於《史記・司馬相如列傳》所載《子虛賦》："襞積褰縐，紆徐委曲。"唐司馬貞《索隱》引顏師古説："襞積，今之帬攝，古謂之皮弁素積是也。"（顏説見《漢書・司馬相如傳》注）明朱謀㙔《駢雅》卷三："襞積，衣褶也。"説明"襞積"就是衣裙的褶襇。

　　明方以智《通雅》卷三六："深衣，猶摺子也。……考其制，則十二幅合素積終辟之説，即謂細襞折而疊縫之，逢掖即此類。"（1101 頁）又卷三七："有納文者曰衲布。劉裕微時，伐荻，有納布衣襖，以付長公主。緇流有納頭，因書為衲，遂有極精工者，細襞積縐而起也。"（1134 頁）末句的屬讀關係應是——"細襞積/縐而起也"，似言精緻衣服的褶皺不少。

3.細詳

　　《朴通事諺解》有**"細詳"**一詞，用例還不算少。例如：
卷上：

你打幾件兒？
大刀子一把，小刀子一把，叉兒一箇，錐兒一箇，鋸兒刀子一箇，鋸兒上釳一箇，好花樣兒，買將絛兒來帶他。
【16a】你這五件兒刀子，這般打的可喜乾淨時，三錢銀子打的。如今張黑子家裏去來。

　　張舍你來。咱這官人要打一副刀子，好生細詳，這五件兒
刀子，你用心下功夫打。

　　這的你不須說，【16b】越細詳越好，我也用心做生活。

　　（221頁）

　　按：細詳，仔細，用心。好生細詳，猶言非常仔細。越細詳
越好，是說越用心越好。上文說，"這五件兒刀子，你用心下功
夫打"，下文說，"我也用心做生活"，均可證"細詳"指用
心、仔細（做某事）。

　　又：這一等花兒勻大的，怎麼賣？

　　這六箇大的，每一箇討五錢銀子；老實價錢【30a】四錢
一箇家將去麼。

　　你來，我說與你，沒來由胡討價錢怎麼？三錢一箇家買你
的。

　　罷，罷，將銀子來看。六箇独皮每一箇三錢家筭時，通該
一兩八錢。

　　我的都是細絲官銀，每一兩傾白臉銀【30b】子出一錢
裏。

　　罷，罷，我知道。

　　出饋你一錢八分銀子。

　　咳，你忒細詳。"覓得高麗錢，大快三十年！"（230
頁）

　　你忒細詳，是說你太過仔細，太過講究了。

又：真箇是【56b】好馬麼？只有那些證候，銀子也不勾
（夠），不曾買來。

槽疥有甚難處？醫他時便是。料着你那細詳時，是買不得
馬。將就着買將來，且胡亂騎時怕甚麼？“萬事不由人計
較。”（246-247頁）

　料着你那細詳時，是買不得馬。——細詳，是形容買馬時對
一些細節問題太過挑剔（過於仔細，如馬身上的“槽疥”之
類），這樣的人不容易買到馬。

　又卷下：

【6a】你為甚麼這炕面上灰泥的不平正？將泥鏝來再抹的
光着。枉可惜了飯，一般動腳動手做生活，這般做的不成
時，不可惜了工錢？

咳，我到處裏做生活時，從來不曾見這般細詳的官人。

你說甚麼話？“拙匠人，巧【6b】主人。”（286頁）

　這般細詳的官人，也是指像這樣仔細、講究的官員。

　除了《朴通事諺解》外，其他文獻也偶一見到，例如：

　《單字解》：越：尤甚也——越好，ㄱ쟝됸타；越細
詳더옥존ㅇ다。（332頁）

　像“細詳”這樣的詞語，出現在朝鮮時代的漢語教科書裏，
說明應是當時的口語詞；《漢語大詞典》未予收錄，未免遺憾。

4.醬曲/清醬

　　《朴通事諺解》卷中："再有一件，醬曲今年沒尋處，一發稍將些醬曲來最好。""這般的有甚麼稀罕，又沒多。""咳，這孩兒也好不識！卻不說：'人離鄉賤，物離鄉貴。'"（261 頁）

　　《朴通事新釋諺解》卷二："再有一件，好清醬今年竟沒處尋，一發送些來更好。""這清醬有甚麼稀罕呢？""咳，女兒你不曉得，常言道：'人離鄉賤，物離鄉貴。'況那朝鮮清醬，最是有名的哩。"（368 頁）

　　一作"醬曲"，一作"清醬"，二者是什麼關係，需要作些考察。

　　醬，上古即多見，辭書一般收有三個主要義項：①用鹽醋等調料醃制而成的肉醬。《周禮·天官·膳夫》："凡王之饋，食用六穀……醬用百有二十甕。"鄭玄注："醬，謂醢醨也。"②用麥、面、豆等發酵製成的調味品。《論語·鄉黨》："割不正，不食。不得其醬，不食。"③將魚、肉、蔬、果搗爛製成的糊狀食品。漢枚乘《七發》："熊蹯之臑，芍藥之醬。"[3]

　　因為"醬"是用麥、面、豆等發酵製成的，故後以"醬曲"連言；"醬曲"就是"醬"（豆醬）。元佚名《居家必用事類全集·巳集》"造肉醬法"列舉原料有"精肉（去筋膜，四斤，

---

[3]　以上參見《漢語大詞典》"醬"條。

切）”、“醬曲（一斤半，搗細用）”等等，可見元代已有“醬曲”之名。[4]明方以智《物理小識》卷六《飲食類》：“又曰：伏中合醬曲不生蟲，日未出汲水下醬不引蠅子。”亦其例。可見“醬曲”一詞產生於元明，但在古籍中用例較少，現今也罕有用例。

　　“清醬”就是今天常用的調味品醬油。古人用醬類調味品的歷史已經很悠久了。早期使用由豆等發酵製成的醬，即後來所稱的豆醬、豆瓣醬。《論衡·四諱》：“世諱作豆醬惡聞雷。一人不食，欲使人急作，不欲積家逾至春也。”“豆醬”沿用至今。

　　人們今天食用的“醬油”，是指由大豆(或脫脂豆)、小麥、米麩皮等，經發酵加鹽水而製成的液體調味品，與上引“醬”的第二義相近，但是“加了鹽水”，是液體狀的。

　　“醬油”的製作及實物應該早就有了，其名稱大概產生於宋代，[5]要晚於實際使用的年代。[6]

　　“清醬”一詞，典籍用例不多：東漢崔寔《四民月令》：“正月可作諸醬：肉醬，清醬；四月立夏後，鮰魚醬，五月可為醬……六七月之交分以藏可作魚醬。”（見北魏賈思勰《齊民要

4　此例及下引《歧路燈》、《隨園食單》兩例，並蒙友生真大成教授檢示，特此致謝。

5　據研究，古代醬油是從豆醬演變和發展而成的。“清醬”外，還有其他名稱，如豆醬清、醬汁、醬料、豉油、豉汁、淋油、柚油、曬油、座油、伏油、秋油、母油、套油、雙套油等。公元755年後，醬油生產技術隨鑒真大師傳至日本。後又相繼傳入朝鮮、越南、泰國、馬來西亞、菲律賓等國。

6　《漢語大詞典》舉宋蘇軾《格物粗談·韻藉》：“金箋及扇面誤字，以釅醋或醬油用新筆蘸洗，或燈心揩之即去。”

術》卷八引）《四民月令》的“清醬”只是指一種“醬”而已，大概是指與“肉醬”不同的不加肉的“醬”，故謂之“清醬”，與指醬油的“清醬”不同。

唐王燾《外台秘要》卷三七：“於鐺中炒令欲熟，即多下蔥白，少下椒鹽，熬令香，即下少水煮，次下粳米糝，次下豉、清醬汁，調醶酸適口。”這例的“清醬汁”，其屬讀關係可能是“清/醬汁”，故還不能視作“清醬”的較早用例。

可見同是“清醬”，或是詞（詞組），或是跨層結構，所指並不相同，應該具體分析。

從《朴通事新釋諺解》看，以“清醬”指稱“醬油”，大概始於清代。另如：清官修《國朝宮史》卷十七《經費一》：“豆腐二觔，粉鍋渣一觔，甜醬二觔十二兩，清醬二兩，醋五兩……”清官修《清文獻通考》卷一一八《宗廟考》：“每案供乾鮮果品十二，羊豕肉二，清醬一碟，酒三爵，上香行禮。”《歧路燈》卷五：“劉守齋吩咐列了七座，排開兩桌，安上果盤佐食，澆上清醬淡醋碟兒。”袁枚《隨園食單》卷二“醬雞”條：“生雞一隻，用清醬浸一晝夜而風乾之，此三冬菜也。”顯然，這幾例“清醬”應該就是指今天的“醬油”。

現在“清醬”已成為一個方言詞。《現代漢語詞典》從 1978 年修訂第 2 版起，到第 5、6、7 版均未收該詞，即是明證。

今方言中把“醬油”稱為“清醬”的，有膠遼官話（山東牟平、煙臺、平度）、中原官話（西寧、西安、山西汾西、新疆吐魯番）、蘭銀官話（烏魯木齊）和西南官話（雲南昆明、新平、水富）等，都屬於北方方言區。[7]

東北地區也把醬油叫做"青醬"。[8]馬思周、姜光輝《東北方言詞典》（吉林文史出版社，2005）"青醬"條："醬油。｜秋後一算帳，一天合不上一斤青醬錢。"（251頁）

現代作家的作品中，也偶有"清醬"的用例：老舍《四世同堂》第七八章："天天哪，我總得弄什麼四兩清醬肉啊，什麼半隻熏雞啊，下點酒！"[9]周立波《暴風驟雨》第一部（十五）："桌子上的盆盆碗碗、杯杯碟碟、湯湯水水、酒壺酒樽、清醬大醬、辣醬麵醬……稀裡嘩啦的，全打翻了，流滿一炕，潑滿一地。"

老舍是北京人，用"清醬"不奇怪。周立波是湖南益陽人，為何也用北方方言詞"清醬"？原來，1946年，周立波在松江省（今黑龍江省）珠河縣（今尚志縣）元寶鎮參加土地改革，《暴風驟雨》就是以當時農村土地改革運動為背景創作的長篇小說，其寫作背景是在東北。

文革期間，在東北一帶流行這樣的"兒歌"："革命青年上小鋪，不買清醬不打醋，扯了二尺大花布，回家給媳婦做個開襠

7　參見許寶華等《漢語方言大詞典》第四卷5749頁，李榮等《現代漢語方言大詞典》第四卷4031頁。

8　現今方言詞典及作品中，"清醬"和"青醬"兩種寫法歧出，筆者以為，當以"青"字為是。這裡不展開。

9　青醬肉是老北京的名吃，因其是泡在醬缸裡用青醬醬製的，故名。有人把它與金華火腿、廣東臘肉並稱為中國三大名肉。《故都食物百詠》中就稱讚它"故都肉味比江南，清醬醃成亦美甘；火腿金華廣東臘，堪為鼎足共稱三"。清末，山東人把青醬傳入北京，同時也帶來了青醬肉。老北京的青醬肉以天盛號和寶華齋的最出名。

褲。"

在韓國，"清醬"是醬油種類之一，韓國人也喜歡吃清醬。據稱，在韓國古代文獻裡甚至記載著某官夫人用自製的美味清醬幫丈夫與上司拉攏關係的故事，可見清醬魅力之大。[10]

今北方口語中指稱醬油的這個詞，方言詞典或作"清醬"，或作"青醬"，寫法不一。然則究竟應該作何字形，值得考察。

從文獻上看，指稱醬油的這個詞，有作"清醬"，也可以寫作"青醬"。

李英儒《野火春風斗古城》："這時，跑堂的端上四大盤白肉青蔥罩大餅，對好青醬高醋，四個人風捲殘雲霎時吃了個淨光。"

老舍短文《新時代的舊悲劇》："可又得叫媽媽跑一趟？""出口兒就是。佛手露、青醬肉、醉蟹、白梨果子酒，好不好？"

從方言詞典來看，儘管"清醬"一詞習見於北方地區，但其使用範圍基本還是局限于長江以北，是一個方言詞。故從現代漢語用例及《現代漢語詞典》（第 6 版）用例看，基本還是一個北方方言詞，即是明證。

作"青醬"者有：

許寶華、宮田一郎《漢語方言大詞典》有"青醬"條：①<名>醬油。(一)東北官話。黑龍江佳木斯。吉林長春。(二)冀魯官話。天津。河北保定、井陘。山東利津。(三)膠遼官話。山東

10　韓國《Essence 國語詞典》（第 5 版）"清醬"條："不濃的醬油。"（2460 頁）民眾書林（韓國），2005 年。該詞典材料系友生金相圭博士提供，特此說明並致謝。

青島、長島、榮成。遼寧大連。(四)中原官話。陝西西安。山西運城。(五)晉語。山西離石、孝義、靈石。陝西綏德。河北邯鄲。河南林縣。(六)蘭銀官話。甘肅蘭州。寧夏銀川。新疆烏魯木齊、巴里坤。(七)江淮官話。湖北紅安。

李治亭等主編《關東文化大詞典》（遼寧教育出版社，1993）"青醬"條："方言。指醬油：上街裝了二斤～。"

陳剛、宋孝才、張秀珍《現代北京口語詞典》（語文出版社，1997）："青醬"條："土制醬油。"

馬思周、姜光輝《東北方言詞典》（吉林文史出版社，2005）"青醬條："醬油。｜秋後一算帳，一天合不上一斤青醬錢。"（251頁）

作"清醬"者有：

許寶華、宮田一郎《漢語方言大詞典》又有"清醬"條：醬油。(一)膠遼官話。山東牟平、煙臺、平度。(二)中原官話。山西汾西、臨猗。陝西西安。青海西寧。新疆吐魯番。(三)蘭銀官話。新疆烏魯木齊。(四)西南官話。雲南昆明、新平、水富）。（第四卷·5749）

李榮等《現代漢語方言大詞典》也收有"清醬"等詞條：

　清醬　牟平，西寧，烏魯木齊，醬油。

　清醬油　貴陽　普通常見的醬油，相對於釀醬油。舊時貴陽味純園賣的清醬油最有名。（第4冊·4031頁）

可見，同樣是指稱"醬油"，或作"青醬"，或作"清醬"，尤其是許寶華、宮田一郎主編的《漢語方言大詞典》，"青醬"、"清醬"並出，究竟何者為是？

筆者以為，儘管早期文獻如《朴通事諺解》作"清醬"，辭書和文獻用例有作"青醬"，有作"清醬"，歧見並出，但從其構詞（得名）理據來看，應該作"青醬"為是。理由有如下三點。

第一，醬油的取名，應該從其顏色而來。人所共知，作為一種重要的調味品，醬油是黑色的。而"青"自古就有黑、黑色義。《書・禹貢》："（梁州）厥土青黎。厥田惟下上。"孔傳："色青黑而沃壤。"孔穎達疏引王肅曰："青，黑色。"《禮記・禮器》："或素或青。"孔穎達疏："青，謂黑也。"

第二，在今天漢語的方言中，"青"仍有黑義，其例甚多，即如：

西南方言的四川話中，"青"可形容黑髮。通常說"青幽幽"。川劇《柳蔭記》第五場："六七十歲的白頭髮，我把他說成青幽幽。"四川金錢板《斷頭山》："日子越過越興旺，白頭髮慢慢變得青幽幽。"限於篇幅，不多引。

第三，與醬油相仿，漢語方言中，有把"陳醋"叫作"青醬"者。山西芮城稱老陳醋為"青醬"。芮城屬中原官話。參看許寶華、宮田一郎《漢語方言大詞典》第三卷。

參考文獻

李崇興、黃樹先、邵則遂　1998　《元語言詞典》，上海教育出版社。

李　榮主編　2000　《現代漢語方言大詞典》，江蘇教育出版社。

李泰洙　2000　《〈老乞大〉四種版本語言研究》，中國社會科學院研究生院博士論文/語文出版社，2003。

汪維輝編　2005　《朝鮮時代漢語教科書叢刊》，中華書局。

王　霞　2002　《〈老乞大〉四種版本詞彙研究》，韓國外國語大學校博士論文。

夏鳳梅　2005　《〈老乞大〉四種版本的詞彙比較研究》，浙江大學博士
　　論文。

許寶華　1999　《漢語方言大詞典》，中華書局。

鄭光主編　2002　《原本老乞大》，外語教學與研究出版社。

Miscellaneous Notes on the Words Appearing in Lao Qi Da and Pu Tong Shi

Fang, Yixin

Abstract

When it comes to the lexicon and syntax of Lao Qi Da and Pu Tong Shi, and their corresponding serial versions, a significant amount of research results have already been accomplished. Take Lao Qi Da for example. Li Taizhu (2000/2003), Wang Xia (2002), Xia Fengmei (2004), etc., having completed the work of systematic comparative research, have obtained some rather original results.

In this paper, we take a close look at Yuan ben Lao Qi Da, Lao Qi Da Yan Jie, Pu Tong Shi Yan Jie, their corresponding serial versions, as well as *Lao Qi Da Ji Lan* and Dan Zi Jie, doing a textual analysis focusing on a subset of their lexicon and a full discussion. Specialists in this area are welcome to comment and point out any areas that may need improvement.

Keywords: Lao Qi Da, Pu Tong Shi, lexicon, syntax

《騎着一匹》與東北方言記音詞[*]

浙江大學古籍所/漢語史中心
王雲路

摘　要

　　《騎着一匹》作爲朝鮮時代的漢語教科書，是研究明清時期漢語口語的重要語料。文章討論了三例《騎着一匹》中的東北方言記音詞。其中"治得"當是"濟得"的音變，"見光"是"沾光"的音變，"記聲兒"是"吱聲兒"的音變，三例反映了北方方言翹舌音通常讀作不翹舌音的語言實際狀況。

關鍵詞：《騎着一匹》　治得　見光　記聲兒

---

[*]　感謝汪維輝教授提供《朝鮮時代漢語教科書叢刊續編》電子版。本文得到友生王健博士的許多幫助，謹致謝忱。

　　《騎着一匹》（《中華正音》）是朝鮮時代的重要漢語教科書，"由精通漢語東北方言的朝鮮人所編寫"（見汪維輝、遠藤光曉、朴在淵、竹越孝編《朝鮮時代漢語教科書叢刊續編·〈中華正音〉（騎着一匹）解題》），描述了朝鮮商人在從東北到北京做生意的路上趕路、住店、與人交談的片段，篇幅雖然都不長，但主要使用東北方言，口語化程度高，是研究明清漢語口語面貌的重要語料。

　　汪維輝先生等對《騎着一匹》作了很好的研究和評介，也有一些學者對其語言現象作了一些研究。筆者近期看到多篇相關的詞語研究論文，都解釋了一些相關詞語，很見功力。然而也有一些詞語尚未解釋，也有的解釋可以進一步補充和修正，筆者將其與現今的東北話進行對照描寫，也與古代文獻語言相印證，試圖使古今方言相互證明；筆者還發現了一些有趣的語言現象，也一並提出來。因爲篇幅限制，這裏僅討論因爲語音變化產生的新寫法，其他詞語另文討論。這裏討論以下三個詞語：1、治得/治不得；2、見光；3、記聲兒。爲了方便理解，筆者把看到的例子盡量排列出來，以供討論[1]。

---

[1]　本文朝鮮時代語料均摘自《朝鮮時代漢語教科書叢刊續編》。《騎着一匹》目前有韓國順天大學圖書館藏本《中華正音（騎着一匹）》（簡稱"順天本"）、韓國韓國學中央研究院藏書閣藏本《騎着一匹》（簡稱"《騎》本"）、日本駒澤大學圖書館濯足文庫藏本《中華正音（騎着一匹）》（簡稱"濯足本"）等，若語料重複，在不影響文意的前提下，本文使用順天本，不再列出其他版本。此外，本文涉及到的其他朝鮮時代語料還有：韓國學中央研究院藏書閣藏本《中華正音》（簡稱"研究院本《正音》"）、日本東京大學文學部小倉文庫本《華音撮要》（簡稱"《華音》"）、日本東京大學綜合圖書館阿川文庫藏本

　　在充分舉例以證明其含義的同時，筆者希望探討其得義的由來。所以，雖然有的詞語已有學者指出了含義，但是本文的重點是探索此類詞語產生的原因，也有一些歷史文化上的因素。

壹　治得、治不得──濟得、濟不得

①下雪一化成光道咧，牲口**治得**拉嗎？（順天本/55）

②明個咱們車却是不用走咧，動不動的牲口拉車**治得**走嗎？（順天本/65）

③你們橫豎黑着走不着，這個山道黑嗎古動的時候，車**治得**走嗎？頑不開啊。（順天本/49）

④你們爺々們説的是々話[2]。我咳怎嗎的呢？小（少）一個馬，車**治得**走嗎？（順天本/67）

⑤咳有一層緣故，我們車上正没有地方，連我們坐々不開咧，又是讓人家坐，**治得**坐嗎？（順天本/67）

　　以上5例都是疑問句，前4例是詢問天黑路滑，車能够走過去嗎，或者牲口能够拉車走嗎，其實這裏就是一個問題：在這樣泥濘（或黑夜）的山路上，牲口能够拉車走過去嗎？第五例是反問車上能够坐人嗎。這是"治得"用於疑問句，"治得"在動詞前，作狀語，猶言"能够""禁得住"。

　　《中華正音》（簡稱"阿川本《正音》"）。每個例句後標明版本信息及在《朝鮮時代漢語教科書叢刊續編》中的頁碼，例如"順天本/55"。同時，爲了行文規範，在不影響行文的情況下，例句中的異體字酌情轉換爲通行漢字。

2　"々"是原文重文符號，照錄，下同。

也可以直接用於否定句，表示條件不允許，寫作"治不得"，就是"不能""不堪""無法"。

⑥大哥，你咳不知道我們走路的辛苦。北京是離這裏兩千多里地，限十幾天的日子，手忙脚亂的，走得來回，黑着白日裏跑的時候，連覺也**治不得**盹（睡），何時顧得吃飯不吃飯？（順天本/39）

⑦一天走一百多里地，一場下雪，一場蝸（刮）風，凍手凍足，**治不得走**。（研究院本《正音》/146）

⑧今年六站裏也雪大咧，**治不得**走咧。（《華音》/188；阿川本《正音》/244）

⑨那嗎你呢急流兒往前趕罷。

嗳喲，咱們**治不得**走咧。（《華音》/195；阿川本《正音》/250）

以上4例是在否定句中，"治不得"猶言"不能"，"治不得走"，就是無法行走，"治不得睡"就是無法睡覺。

下面一組對話有助於我們理解"治得""治不得"的含義：

⑩那嗎，你問一問走路的，走得走不得。

這樣半夜風雪天道，何時有人走道嗎？

管他呢，把牲口加上幾鞭子，急流兒混走就完咧。

也是**治不得**。若混走咧雪裏半凍半水的河溝子那裏，車一翻咧，惱出小難子來嗎？（《華音》/195；阿川本《正音》/251）

"治得走"就是"走得"；"治不得走"就是"走不得"。現代北方方言有"不治得"或"治不得"的用法，似乎"不治得"更常見。如："這衣服袖子太破了，治不得穿了。"就是衣

服破的無法穿了。這與"不值得"不同。如："這衣服式樣不
好，價格又貴，不值得買。""治不得"是客觀事實的認定，表
示"不可能"，"沒有辦法"；"不值得"是對價值預測的評
判，表示"沒有必要"。

　⑪本地方是在蘇州烟館活洞（胡衕），傳來大財主百十多萬
　　陳底。渾他過鄰住的時候兒，總督家貧窮的**治不得**，二人
　　交得不錯。（研究院本《正音》/163）

　　例⑪用法不同，"治不得"直接作補語，猶言"不得了"
"厲害"，言程度甚，"總督家貧窮的治不得"整句意思是"總
督家貧窮極了"。這種用法較少見。

　　為什麼用"治得"表示"能夠"的意思呢？筆者以為"治"
或許是"濟"字的音變。"濟"的本義是水名。劉熙《釋名·釋
水》："天下大水四，謂之四瀆，江、河、淮、濟是也。"又指
渡河。《書·說命上》："若金，用汝作礪；若濟巨川，用汝作
舟楫；若歲大旱，用汝作霖雨。"《爾雅·釋言》："濟，渡
也。"《方言》卷七："過度謂之涉濟。"能夠渡過，就是成
功，故其核心義是完成，成功。《書·君陳》："必有忍，其乃
有濟。"孔傳："為人君長必有所含忍，其乃有所成。"《左
傳·昭公二十年》："仲尼曰：'善哉，政寬則民慢，慢則糾之
以猛；猛則民殘，殘則施之以寬。寬以濟猛，猛以濟寬，政是以
和。'"《文選》卷六左思《魏都賦》："英辯榮枯，能濟其
厄。"晉葛洪《抱朴子·博喻》："身與名難兩濟，功與神勦並
全。"皆其例。故《爾雅·釋言》："濟，成也。"《釋名·釋
飲食》："虀，濟也，與諸味相濟成也。""濟成"為同義並列
雙音詞。也有"相濟"一詞，謂相互幫助，相互成就。《京氏易

傳・夬》："剛柔相濟，日月明矣。"《易・序卦》"比必有所畜，故受之以小畜"晉韓康伯注："則各有所畜，以相濟也。"晉劉琨《勸進表》："臣聞昏明迭用，否泰相濟。"南朝梁劉勰《文心雕龍・宗經》："四教所先，符采相濟。""相濟"都是"相成"，相互成就的意思。至今成語有"剛柔相濟"等。

　　用於施動句，就產生了使動用法，讓⋯⋯成功，就是救助，有益於。《易・系辭上》："知周乎萬物，而道濟天下。"這是用"道"讓天下成功，就是救助，幫助。《左傳・昭公二十七年》："楚薳尹然、王尹麋帥師救潛。左司馬沈尹戌帥都君子與王馬之屬以濟師。"杜預注："濟，益也。"《後漢書・列女傳・陳留董祀妻》："明公廄馬萬匹，虎士成林，何惜疾足一騎，而不濟垂死之命乎！"這也是救助義。

　　用於否定句，"不濟"可以表示本義不渡河，也比喻不成功，《管子・大匡》："事之濟也，在此時；事若不濟，老臣死之。"此用法先秦以來文獻中屢見。《國語・周語》："若民不怨而財不匱，令不偷而動不攜，其何事不濟！"又："上失其民，作則不濟，求則不獲，其何以能樂？"《左傳・僖公十年》："臣出晉君，君納重耳，蔑不濟矣。"《說苑・尊賢》："又有士曰慶足，國有大事則進而治之，無不濟也，而靈公說之。"《新書・無蓄》："苟粟多而財有餘，何向而不濟？以攻則取，以守則固，以戰則勝，懷柔附遠，何招而不至？"《周書・晉蕩公護傳》："吾形容若此，必是不濟，諸子幼小，寇賊未寧，天下之事，屬之於汝，宜勉力以成吾志。"皆其例。當然，"救助""有益"與"成功"意義是密切相關的，前者在意行為過程，後者注重結果。

　　在近現代漢語中，"不濟"這一用法一直延續，而且含義變得十分豐富，施用於諸多方面的"不成功"。如唐白居易《論行營狀・請因朱克融授節後速討王庭湊事》："實恐軍用不濟，更須百計誅求。"此例表示物資不充足。《儒林外史》第十七回："太公自知不濟，叫兩個兒子都到跟前。"此例"不濟"謂生命危殆。

　　更多的"不濟"作形容詞用，猶言不頂用；不好，不行。元宮天挺《范張雞黍》第一折："區區實是不濟，不是詐謙。"《醒世恒言・陸五漢硬留合色鞋》："或者你老人家目力不濟，待我與你尋看。"清龔煒《巢林筆談》："時已小雪後矣，而田禾猶有在水中者，歲收又大不濟矣。"清宋永岳《志異續編・袁彈子》："今觀其徒，甚屬不濟。"柳青《創業史》題敘："梁三的命運不濟，接連着死了兩回牛，後來連媳婦也死於產後風。"葉聖陶《記金華的兩個岩洞》："最高的一個叫朝真洞，洞中泉流跟冰壺、雙龍上下貫通，我因為足力不濟，沒有到。"王蒙《深的湖》："比上不足，比下有餘，再不濟也比'寬嚴大會'上被歪戴上銬子押走的強！"

　　用於比較句，猶言不及，不如。《紅樓夢》第三回："已經預備下老太太的晚飯，每年都不肯賞些體面，用過晚飯再過去。果然我們就不濟鳳丫頭不成？"又第八四回："（黛玉）要賭靈性兒，也和寶丫頭不差甚麼，要賭寬厚待人裏頭，却不濟他寶姐姐有耽待，有盡讓了。"

　　"不濟"作副詞，猶言不堪。唐牛僧孺撰《玄怪錄》卷三《崔環》："遂褰衣自視，其兩脛各有杖痕四，痛苦不濟，匍匐而行，舉足甚艱。"

　　中古以來還有"濟不得"的表達方式。"濟不得"就是不可以，不行。如《三國志‧魏書‧高貴鄉公髦》："太後詔曰：'夫五刑之罪，莫大於不孝。夫人有子不孝，尚告治之，此兒豈復成人主邪？吾婦人不達大義，以謂濟不得，便爲大逆也。然大將軍志意懇切，發言惻愴，故聽如所奏。'"朱熹《朱子語類》："學者做工夫，當忘寢食做一上，使得些入處，自後方滋味接續。浮浮沉沉，半上落下，不濟得事。"此種"不濟得事"用法在《朱子語類》中常見。

　　"濟"表示有益，能够達成，還有"濟事"的表達。《左傳‧成公六年》："聖人與衆同欲，是以濟事。"又《左傳‧莊公十四年》："莊公之子猶有八人，若皆以官爵行賂，勸貳而可以濟事，君其若之何！"《晉書‧謝萬傳》："（謝安）謂萬曰：'汝爲元帥，諸將宜數接對，以悅其心，豈有傲誕若斯而能濟事也！'"唐白居易《初罷中書舍人》："性疏豈合承恩久，命薄元知濟事難。"

　　近代漢語中產生了離合結構"濟得事"的表達，表示能成事，行得通。朱熹《朱子語類》卷一百二十一："這個須是爛泥醫熟，縱橫妙用皆由自家，**方濟得事**也。"

　　"方濟得事也"這是肯定表達，更常見的是否定和反問的表達方式。《朱子語類》卷一百二十一："大凡看書，須只就他本文看教直截，切忌如此支離蔓衍，拖脚拖尾，**不濟得事**。"又卷二十六："而即使之死，則亦覺**未甚濟得事**。"卷四十四："邦有道之時，不能有爲，只小廉曲謹，濟得甚事。"元黃元吉《中黃先生問答》："只我自己道是公心，**怎濟得事**？夫心如何肯印可？"明馮夢龍《醒世恒言》卷三十七："今日來得恰好！我想你説的做人家勾當，若銀子少時，**怎濟得事**？須把三十萬兩助你。"明陸采《明珠記》："只是妾身女流之輩，手無縛雞之力，**如何濟得事**。"元王實甫《西廂記》："半萬賊他一個人，**濟甚麼事**。"成語"無濟於事"正是這種表達方式的固定化。明羅浮《天湊巧》第一回："但須古押衙其人，若不能制他，無濟於事。"即其例。現代漢語依然保留。

上引《騎着一匹》中，"治得"就是"濟得"，就是能够、可以，可以是形容詞，也可以是副詞；"治不得"就是"濟不得"，也就是"不濟得"[3]。只是東北方言翹舌與不翹舌音的混用，就記音爲"不治得"了。

在東北方言中，翹舌與不翹舌的混用最明顯的例子就是將舌尖後音 zh[tʂ]、ch[tʂʰ]、sh[ʂ]都讀成了舌尖前音 z[ts]、c[tsʰ]、s[s]。而此例中，是舌面前音 j[tɕ]、q[tɕʰ]、x[ɕ]與舌尖後音 zh[tʂ]、ch[tʂʰ]、sh[ʂ]混用的例子。這種現象不限於北方方言中有，如粵方言、閩方言等地區就將"知道"讀成"機道"。

或許有人會認爲"治"就有治理和辦法義，是不是也可以説得通？河南現代劇《賣籮筐》："老婆子，有主意，要治治貪財圖利人兒。"姜亮夫先生《昭通方言疏證·釋詞》："昭人謂刺激、收拾、教育人曰治。"[4]東北官話説"誰説他都不聽，没治了"，"這人没治了"，山東話"他那一攤給了我，我没法治"。"没治"就是没有辦法治理，無可救藥。"治"作動詞有

---

[3]　此條在日本東京大學報告時，木津佑子教授提出了很好的建議，謹致謝忱。

[4]　參見許寶華、宮田一郎《漢語方言大詞典》，中華書局，1999 年，第3670 頁。

辦、弄、整治等義，這在許多方言中都有體現。"濟"本義是渡、救助，"治"是修治、治理，其實都是對事物或物體起作用，一定意義上是相通的。雙音詞有"濟治"。三國魏阮籍《與晉文王薦盧播書》："蓋聞興化濟治，在於得人。"《藝文類聚》卷五四引三國魏曹羲《肉刑論》："夫言肉刑之濟治者，荀卿所唱，班固所述。"《大詞典》解釋爲"輔助治理"，不確，"濟治"當是並列結構。西晉潘尼《贈侍御史王元貺詩》："膏蘭孰爲消，濟治由賢能。"西晉荀勖《晉四廂樂歌·食舉樂東西廂歌》："修已濟治，民用寧殷。""寧殷""濟治"對舉，都是並列結構。唐白居易《新樂府·官牛·諷執政也》："右丞相，但能濟人治國調陰陽，官牛領穿亦無妨。""濟人治國"並舉。宋呂本中《晉康逢師厚》："君負濟世美，實識治亂根。"此例也是"濟""治"對舉。

但是"治"沒有成就義。三國魏劉劭《人物志·英雄》："是故英以其聰謀始，以其明見機，待雄之膽行之；雄以其力服眾，以其勇排難，待英之智成之，然後乃能各濟其所長也。"明王萬祚《足兵訓武疏》："庶器與人相習，有一器濟一器之用矣。""濟"表示起作用，成就，這是"治"所無法取代的。并不是二義在某個角度和側面有相通之處，就可處處皆通了。

張磊、楊榮祥（2019）指出"不值"和"不濟"的關係：如"倘或是像今年年頭不值咧，許多的外賬要不來呢，這是該怎嗎的呢？"（《續編》，第 40 頁），認爲此處中"不值"當作"不濟"。"不濟"條有"不頂用、不好""不及、不如"的用法，且這兩種用法在明清時期的北方話文獻中常見。從該文的結論可以看出，"不濟"讀爲"不值"，與"不治"同樣是 j[tɕ]音讀爲 zh[tʂ]的一個證據。

貳　見光——沾光

⑫若把你們那裏的大紙、海菜藏（裝）船送得南京否咧，不
但説是寡省車腳錢，却是管包大**見光**。（順天本/31）

⑬我服侍你們爺々們拉得來回，不圖大**見光**是得，大費
（賠）錢擱得住嗎？（順天本/51）

⑭作比説是草料到處不貴咧，多增（挣）我們艮（銀）子
呢，增（挣）多少找我們多小（少）嗎？咱們生意家**見光
不見光**是只在運氣呢。你這個話是説不出口來的話，從着
以後再不必往我提。（順天本/51）

殷曉傑（2010）把“見光”釋作“發財”，未説明理據。筆
者以爲，“見光”其實就是“沾光”的音變。“沾光”當然可以
獲利，可以發財，但徑直釋作“發財”是釋語境義而不是釋詞
義。例⑫“管包大見光”、例⑬“不圖大見光”、例⑭“咱們生
意家見光不見光是只在運氣”，從語境上看，似乎就是指獲利，
因此釋作“發財”是可以説得通的。但是如果從釋詞的角度看，
下面幾個“見光”作爲離合詞的例子，就不能理解爲“發財”
了。比如：

⑮太爺們説的是那裏的話呢？你們雖是外國人，行道存店交
易差不多點裏外一理啊。我們店裏也**見**過你們爺々們的多
少年的**光**，所以清（成）天家盛心候著你們。（順天本
/58）

⑯王夥計，你這個話，我們如何當得起呢？你們從來並没有

見過我們的**光**，也没有增（挣）過我們的艮（銀）錢；不過是年々一同走路，正没有瞪過眼睛，也没有反過一没乚嘴。（順天本/69）

⑰我從本地來，一到沈陽，聽着説，大紙、海菜大家見一點**光**都賣出去，除咧這兩種貨，別的項（行）市哺哩都厝。（順天本/33）

　　"沾光"通常喻憑借別人或某種事物而得到好處。"沾"有分享、分得義。南朝梁蕭統《開善寺法會》詩："塵根久未洗，希沾垂露光。"唐韓愈《苦寒》："而我當此時，恩光何由沾。"明蘭陵笑笑生《金瓶梅》第四十九回："宋、蔡二御史，屈體丟人，西門慶沾光不少矣。"清末劉鶚《老殘遊記》卷五："逸雲説：'好，你問，我也沾光聽一兩句。'"

　　離合結構有"沾了光"，《紅樓夢》第四十五回："不瞞姑娘説，今年我就大沾了光兒了。橫豎每夜各處有幾個上夜的人，誤了也是不好，不如會個夜局，又坐了更，又解悶兒。"《申報》（1940年2月3日）："除了征集冬衣以外，她又倡導替兵士結絨綫襪子。不僅是軍人沾了光，藝術家也同樣得到慰藉。""發財"只是沾光的一種，所以這個解釋不確切，也缺乏得義理據。

　　同樣的意思，《騎着一匹》還用"借光"一詞表示，如：

⑱我們**借**你的**光**，你呢教一個小子們，給他幾個錢，把那個馬給我們外頭溜々。（順天本/49）

　　在這個意義上，"借光"與"沾光"是完全相同的，比喻憑借別人的名聲、地位等而得到好處。如明徐渭《狀元辭凰得鳳》第四出："這幾件可都要借光於賢友。"清天花藏主人《玉支璣》第十六回：“今幸正值仁兄高登虎榜，分榮借光，何快如之。”

關於“見光”與“沾光”“借光”關係已有文章涉及。曹嫄（2014）說：

> 東北方言中，“見”與“沾”語音接近，見光，即沾光。沾光，比喻憑借別人或某種事物而得到好處。如《兒女英雄傳》第十三回：“咱都是一家人，往後只有我們沾光的。”……從商人的角度說，沾光的結果必然是盈利，盈利就是挣錢。因此，“見光”就引申出挣錢、盈利的意義。

金茗竹、鄒德文（2016）指出：

> 如果從語音關係來看，跟“沾”相比，我們認爲“借”應該與“見”的語音更爲相近，“借”，中古音爲精母禡韻，精見兩母音近是顯而易見的，韻部也可構成對轉。如此，見光，即借光。

同樣從語音上考慮，二者說法不同。筆者贊同曹嫄的說法。《騎着一匹》中的“見光”表達的是“沾光”、依托他人獲利的意思，這是“借光”一詞所不具備的。文中用“借光”的例子，依然是“沾光”的意思，正說明在東北方言中，“借”“見”讀音相近[5]。

　　與"沾光"相對，東北方言中還有"沾包/沾包兒""沾邊/沾邊兒"等表達，表示受到別人牽連。從他人處受益是"沾光"，被他人連累是"沾包""沾邊"，這也能看出"見光"當是從"沾光"而來，"借"則沒有這種用法。

　　又張磊、楊榮祥（2019 年）認爲：

> "見光"當是"沾光"之誤。之所以記作"見光"是因爲後期朝鮮時代漢語教科書只用一套諺文符號ㅈ、ㅊ、ㅅ來標記漢語中的 z 組、zh 組、j 組聲母字，通過韻母標音的洪細大致可把 z 組字與 zh 組、j 組字區分開來，但 zh 組、j 組字常混同，比如韓研院《騎着一匹》中"多少性命"記作"多小性命"（上卷 3b），順天本《中華正音》"萬般皆有命"記作"萬般這有命"（上卷 6b），"成天家"作"清天家"（下卷 8a），"吃不起值錢的東西"作"吃不吃值錢的東西"（上卷 9a），"沾便宜"寫作"見便宜"（上卷 6b）等等。據此可知，"見光"實際上是根據諺文記音的錯誤轉寫，正確的漢字書寫應該是"沾光"。

5　另外，"借光"在現代漢語中還作爲寒暄問候或請求幫助的客套語。如魯迅《故事新編·理水》："臨末是一個粗手粗腳的大漢……連聲說道'借光，借光，讓一讓，讓一讓'，從人叢中擠進皇宮去了。"這是請求幫助的套語。老舍《趙子曰》第七："借光！這是六十號嗎？"這是詢問語，也是一種寒暄和問候。這都是"沾光"一詞所不具備的。

　　此文認爲"見光"當是"沾光"之誤，是正確的。但是分析原因不妥，按照這個觀點，"沾光"寫作"見光"，是朝鮮時代教科書諺文記音的失誤，而不是原來讀音如此，這恐怕不合語言規律。《騎着一匹》中讀音與漢語通語讀音不一致的地方很多，可能有由於記錄者口音産生的失誤，但更多的當是東北實際語音的記錄。下一條"記聲"有多種寫法與讀音，就是證明，讀音本來如此，跟諺文記音不一定有關係。詳下。

叁　記聲兒——吱聲兒

⑲一來他那個馬并不是稀松的牲口，當先拉不慣車的套車咧，白遭他（糟蹋）可惜了；二來車戶家沿道遭他（糟蹋）牲口，我們**記聲兒**給車戶家借牲口套車，只怕底些留咧（例）。所以他們不肯借給你啊。（順天本/67）

⑳王夥計，咱們不是賺你説，却是這嗎着：你有甚嗎別的難勾當，都退（推）得我們身上，我們都不給你**記聲兒**出力，由你苦甜，是咱們管不着甚嗎咧；咱們坐的車是小（少）一個牲口，怎嗎隨心走呢？（順天本/68）

　　從文義看，"記聲兒"就是允許、同意的意思。在《騎着一匹》中，更常見的是用於否定句。如：

㉑辨（辧）到這頭不合實（適），辨（辧）那頭又不對盡（勁）。各人要不**記聲兒**罷，這是小（少）不得的；要挪（張羅）些罷，一點不隨心。（順天本/67）

㉒王夥計，你這個爲人却倒不錯，本來重厚呢，清（成）天家沒有經過不依我們的話，也沒有見過待我們利害。就是

給我們趕車的時候，清（成）天家偏要打盹。我們也好幾沒狠肚過，你一個到底**不記聲兒**，莫不了的今個又是那嗎打盹。（順天本/56）

㉓我們也怕的是你們這裏沒有地方，所以早起打派護送的頭裏給你們送信來，不許存別的客呢。你一個裝**不記聲兒**，那不是不肯教存我們的意思嗎？差不多點當先白認得你咧。（順天本/58）

此外，其他朝鮮語料中，也有"不記聲兒""別記聲兒"的説法。下例：

㉔你這白説咧。你們那裏懂得這些個緣故來呢？你拿這一張票退他們的時候-ㄴ，別提我們的話罷，**不記聲兒**纔好呢。（《華音》/192；阿川本《正音》/248）

㉕那嗎你的**別記聲兒**罷。海蔘主候-ㄴ那裏我給你商量去。（《華音》/205；阿川本《正音》/260）

㉖古人説是，公平交易纔兩下裏過得去呢。每一杆稱多跑一二斤否咧，我們**不記聲兒**，每一杆稱傷耗五六斤的，還有七八斤的，兩萬多斤的貨，裏外差多少呢？富貴是天給的，不在稱頭-兒上呢。（《華音》/218）

㉗值錢的上稱就高性（興），海蔘過稱就**不記聲兒**？上你的當就正對你的邊兒咧？（《華音》/219）

㉘你在裏頭**別記聲兒**罷，若是他們知道外國的來咧，管包不給開門哪。（《華音》/198；阿川本/253）

以上 8 例"別記聲兒"或"不記聲兒"，都用於否定句，猶言不聲張、不説話、不應答，而"不應答"往往是不答應、不允許的意思。什麼詞有這些意思，而又語音相近呢？就應當是"吱聲"。"吱聲"就是發聲；説話。現代漢語用例很多，如周立波《暴風驟雨》："老孫頭看看四圍，却不吱聲。"劉心武《立體交叉橋》："他看時不吱聲，看完也不議論。"

清佚名白話小説《麟兒報》第九回："一個尚書門上，哪個敢去只只聲兒。我勸你息事忍事，方保没事。"此處"只只聲"就是"吱吱聲"的意思。

殷曉傑（2010）一文把"記聲"釋作"記得"，未確，這個釋義在許多例中是説不通的。其實"記聲"就是"吱聲"的記音詞，謂開口説話、應聲，就是應答，加上"兒"表示已經兒化，是已經成詞的重要標志。而"記得"没有兒化的形態。"吱聲兒"通常都接在否定詞"不""別"之後。

鄭興鳳（2011）已經發現了這種現象，他説：

在《騎着一匹》中舌尖後音"zh ch sh"和舌面音"j q x"經常容易混淆。文中的兩處"記聲"當爲"吱聲"。"<動>開口説話；應聲。東北官話。……半天也没吱聲。"（漢語方言大詞典·第二卷，2618）

李偉大（2013）認爲，"吱聲"是"作聲"在方言中的表現形式，由"作聲"到"吱聲"的過程是：作聲（做聲）──則聲（嘖聲）──子聲、只聲──吱聲。趙川兵（2017）指出，顧學頡、王學奇等前輩學者在 1983 年出版的《元曲釋詞》中已經明確闡釋了"則聲""吱聲"源於"作聲"。趙文引用了顧、王的精彩論述：

“則聲”猶今云“作聲”，則、作一聲之轉。……此語今
亦作“吱聲”。……則、作、子、吱均一聲之轉。

按則、只、子、自、秪，並一聲之轉，用法均同。口語中
“c”與“zh”常通轉，今安徽人就呼“只”爲“子”，
呼“豬”爲“資”。6

可見，關於“吱聲”的討論，《元曲釋詞》已有結論，只是
由於資料限制，沒有引到韓國教科書中“吱聲”的例子。筆者想
補充說明的有兩點：第一，“作聲”最爲早出和規範，但是現代
口語中“吱聲”同樣很流行，似乎不能與“則聲”“子聲”“只
聲”等完全並列看待，因爲“則聲”等完全是記音詞，而“吱
聲”似乎有意義來源。

考“吱”是一個象聲詞，大約產生於元明時期。《兒女英雄
傳》第十一回：“一句話未完，只聽得山腰裏**吱**的一聲觔頭響
箭，一直射在半空裏去。”《紅樓夢》第二六回：“忽聽‘**吱
嘍**’一聲，院門開處，不知是那一個出來。”《兒女英雄傳》第
四回：“誰知那門的插關兒掉了，門又走扇，纔關好了，**吱嘍嘍**
又開了。”“吱”“吱嘍”“吱嘍嘍”都是擬聲詞，各種事物發
出的聲響如果細小或細長，大多可以用“吱”摹擬。而人的小聲
說話或小聲哭泣也用“吱”表示：《二十年目睹之怪現狀》第九
一回：“那個人便跪下……吱啊，咕啊，咕啊，吱啊的，不知他
說些甚麼東西。”“又是一個捧着手版的東西，跪在那裏吱

6　不獨安徽人，東北方言也普遍存在此類讀音變化。查《元曲釋詞》中就
作“c”，但文意應該是“z”與“zh”的通轉。

咕。"《水滸傳》第三回："你也須認得灑家！却恁地教甚麼人在間壁吱吱的哭。"小人物或小孩子的應答往往膽怯而聲小，故用"吱聲"表示。也可泛指應答，《騎着一匹》就是這樣的例子。值得補充的是，不僅"吱聲"表示發聲應答，單用"吱"也表示這個意思。高玉寶《高玉寶》第八章："（小學生們）都瞪着小眼睛，一聲不吱地站在那裏。""一聲不吱"猶言"一聲不響""一言不發"。這應當是"吱聲"流行的主要原因。因爲音與義的結合最符合漢語使用者的認知體驗。

第二，有的學者也提到關於今天"吱聲"語音形式的早期用例約出現於《中華正音》中，是因朝鮮人分不清"吱"和"記"音，同時也應當在於該語音形式在口語中本就有音無字，從而該系列書一律用"記聲"記錄，只是沒有寫成今天的"吱聲"形式而已[7]。筆者以爲造成這一記音的主要原因在於記錄的對象（即東北方言）如此發音，而非記錄者二音不分。因爲安徽方言、東北方言等許多方言口語都是如此讀音，與韓語教科書無關的漢語文獻也用近似的記音形式，只是沒有用"記聲"，因爲"記聲"有"記錄聲音"的歧義。例略。

以上三組詞語從詞語類型上看都是記音詞："吱聲"寫作"記聲"是記音詞，反映了北方方言翹舌音通常讀作不翹舌音的語言實際狀況，"zh"讀爲"j"[8]。"沾光"寫作"見光"（或"借光"）也是這種情形。"濟得"寫作"治得"，從語音上看，則剛好相反，是"j"讀爲"zh"，這樣的例子相對少見。

---

[7] 見趙川兵（2017）。

[8] 關於"吱聲"中"吱"的讀音，《大字典》音 zhī，《大詞典》音 zī。"吱"從"支"得聲，《類篇》《集韻》均是章紐字。

“記——吱”“見——沾”“治——濟”，似乎可以證明十九世紀東北方言翹舌與非翹舌音的混用情況。

參考文獻

曹　嫄　2014　韓國順天大學本《中華正音（騎着一匹）》詞語研究，《合肥師範學院學報》，第 1 期

金茗竹、鄒德文　2016　朝鮮系列漢語教科書《騎着一匹》疑難詞與考釋，《黑龍江社會科學》第 6 期

汪維輝、遠藤光曉、朴在淵、竹越孝[編]　2011　《朝鮮時代漢語教科書叢刊續編》，（北京）中華書局

王雲路、王　誠　2014　《漢語詞彙核心義研究》，（北京）北京大學出版社

殷曉傑　2010　試論《騎着一匹》的語料價值，《聊城大學學報》第 1 期

張　磊、楊榮祥　2019　“《騎着一匹》系列”釋讀補正，《漢語史學報》第 20 輯，（上海）上海教育出版社

張美蘭　2011　19 世紀末北京官話背景下的兩部朝鮮漢語教材，《吉林大學社會科學學報》第 2 期

趙川兵　2017　“吱聲”源流考補，《北斗語言學刊》第三輯，（上海）上海古籍出版社

鄭興鳳　2011　《騎着一匹》方言詞彙研究，《齊齊哈爾師範高等專科學校學報》第 5 期

Signs of Influence by Northeastern Topolects in the Qi Zhe Yi Pi

Wang, Yunlu

Abstract

Qi Zhe Yi Pi was a textbook used for teaching Chinese during the Joseon period in Korea, and is an important source of data on how Mandarin was pronounced during the Ming and Qing dynasties. This paper discusses three examples of northeast topolect influence found in Qi Zhe Yi Pi. Among them, Zhide is likely a sound-shifted version of Jide, Jian-guang is a sound-shifted Zhan-guang, and Jisher is from Zisher. These three examples reflect the fact that northern dialects in reality often pronounce retroflex sounds as non-retroflex.

Keywords: Qi Zhe Yi Pi, Zhide, Jian-guang, Jisher

表"挖掘"義動詞歷時演變小考

韓 丞

摘 要

　　本稿對"挖掘"類動詞歷時演變進行描寫。"挖掘"類動詞有"挖"，"掘"，"鑿"，"抉"，"剜"等。從歷時上看，上古至明代"掘"是表"挖掘"義的主導詞，清代之際"掘"為"挖"所替換了。本稿探討了"挖"替換"掘"以及"挖"成為主導詞的主要原因。此外，探討了"挖掘"義單音節動詞發展到同義並列雙音詞的過程，且分析了"挖掘"義動詞所包含的語義後尋找了"挖掘"義動詞與補語"出"常搭配的原因。最後考察了"挖掘"義動詞在漢語方言中的共時分布情況。

關鍵詞：挖掘類動詞　挖　歷時演變　替換　主導詞

1. 引言

本稿是漢語史。漢語史的研究是相當重要的。從晚唐五代起形成的古白話和現代詞彙有密切相關，弄不清近代漢語詞彙的歷時演變情況，就無法深入理解現代漢語詞彙的面貌。從 2010 年以來，不少學者開始關注就漢語詞彙歷時演變的環節。[1]

本稿擬對表"挖掘"語義場進行探討。於 2011，前人學者對"挖掘"語義場的歷時演變做過研究。據以往研究，僅是按照歷代文獻的統計來做出結論，而且遺漏了共時分佈情況，也沒談清代之際"掘"遜於"挖"的主要原因。因此筆者認為除了歷代統計之外，還用別的方法來進行重新研究。

現代漢語"挖"是常用詞。"挖"含有多種語義，多與受事賓語搭配。筆者當初認為由於"挖"與其它同義詞比起，內含的語義豐富，因而成為主導詞的可能性大。所以本稿除了數量統計之外，還運用義素分析法。[2]

"挖掘"可以可分為三種概念："挖 1"和"挖 2"和"挖 3"。"挖 1"表示用工具或手從物體的表面向很大的空間裏用力取出其裏面的東西之後拿取動作。"挖 2"是用工具鑿孔地面的動作。該動作結果使得新路、道路、渠道等開通或達到其它目的（沒有取出的結果）。"挖 3"是用刀從縫隙裏把人體器官或部位往外剔出的動作。可以說，"挖掘"義動詞本身具有"鑿孔"，"取出"，"取得"，"剔出"義素。表示以上三種概念

---

[1] 蔣紹愚：《古漢語詞彙綱要》，北京：商務出版社，2007 年，頁 236。

[2] 董玉芝：〈漢語"挖掘"義動詞的歷時演變〉，《燕山大學學報（哲學社會科學版）》，2011 年，第 12 卷第 3 期。

的動詞有“挖”，“掘”，“鑿”，“抶”，“劍”等[3]。

　　本稿重點如下：

　　第一、運用數量統計，對“挖掘”義動詞在歷時上的使用情況做統計，弄清新舊詞替換。第二、通過義素分析法，要對“挖掘”義動詞所具有的義素進行周密的分析，同時要對“挖 1”和“挖 2”的異同進行分析。第三、對“挖掘”義動詞在七大方言區域分布情況進行考察。

2.　“挖掘”義動詞歷時演變情況

2.1 先秦兩漢～魏晉南北朝時期

　　先秦至魏晉南北朝表“挖掘”義動詞有“掘”，“鑿”，“抶”，“劍”等。其中，“掘”是主導詞。先秦至魏晉南北朝，表“挖掘”義動詞使用情況見如下：

表一

文獻	先秦兩漢					魏晉南北朝			
	孟子	韓非子	呂氏春秋	史記	論衡	抱朴子	世說新語	宋書	齊民要術
掘	2	10	2	14	30	15	1	21	19
鑿	1	1	2	10	24	3	0	12	2
抶	0	0	1	2	0	0	0	0	0
劍	0	0	0	0	0	1	0	0	0

---

[3]　五個動詞來來源參見：〈漢語“挖掘”義動詞的歷時演變〉論文與《古今漢語詞典》。

2.1.1　"掘"與"鑿"

　　先秦至魏晉南北朝"掘"一直是主導詞，"鑿"僅次於"掘"。先秦兩漢"鑿"與"掘"處在競爭階段，至魏晉南北朝"鑿"的出現頻率迅速下降。

1. "掘"

　　"掘"《說文》："掮也"，又《廣雅》："穿也"。按照本義"掘"表"掘取"，還表"穿孔"義。先秦至魏晉南北朝"掘"的使用例句如下：

(1) 既不得，乃**掘楚平王墓**，出其屍，鞭之三百，然後已。（《史記·伍子胥列傳》）

(2) 歲兇之時，**掘丘墓，取衣物者以千萬數**。漢安帝時期尚且如此，那就別提漢靈帝的時候了。（《論衡·死偽篇》）

(3) 又刮以雜巨勝為燭，夜遍照地下，有金玉寶藏，則光變青而下垂，**以錯掘之可得也**。（《抱朴子·內篇·仙藥》）

(4) 越伐吳，乃先宣言曰："我聞吳王築如皇之台，**掘淵泉之池**，罷苦百姓，煎靡財貨，以盡民力，餘來為民誅之。"（《韓非子·外儲說左上》）

(5) 至正月二月中，以犁作壟；一壟之中，以犁逆順各一到。場中寬狹，正似作蔥壟。作訖，又**以鍬掘底**一坑作小塹。（《齊民要術》卷五）

(6) 人有相羊祜父墓，後應出受命君。祜惡其言，遂**掘斷墓後**，以壞其勢。（《世說新語·術解》）

　　如上例(1)～(3)中的"掘"表示"挖 1（用工具或手從物體

的表面向很大的空間裏用力取出其裏面的東西之後拿取動作)"
義。對如上例(1)～(3)中的 "掘" 進行分析,該詞動作所涉及的
範圍為 "墳墓" , "地" ,裡面的動作終體被施動者往外取出
了。

　　如上例(4)～(6)中的 "掘" 表示 "挖 2(用工具鑿孔地面的
動作,沒有取出的結果)" 義。對如上例句(4)～(6)中的 "掘"
進行分析,此詞動作所涉及的範圍為 "地" , "底" , "墳墓"
等,例(4)～(5)中的 "掘地" 與 "掘底" 的各個目的是為了成池
和挖出一坑做小塹的。例(6)中的 "掘斷" 動作的日的是為了破
壞墓地的風水的。

2. "鑿"

　　"鑿"《說文》:"穿木也"。按照本義 "鑿" 多表 "穿孔"
義。先秦至魏晉南北朝 "鑿" 的使用例句如下:

(7) 衛靈公天寒鑿池。宛春諫曰:"天寒起役,恐傷民。"
　　　(《呂氏春秋·公職》)

(8) 西門豹即發民鑿十二渠,引河水灌民田,田皆溉。
　　　(《史記·滑稽列傳》)

(9) 燾太武帝名鑿瓜步山為盤道,於其頂設氈屋。(《宋
　　　書》卷九十五)

(10) **以錭鑿地**,以埠增下,則其下與高者齊。(《論衡·率
　　　性篇》)

(11) 尺直橫鑿町作溝,溝一尺,深亦一尺。積壤於溝間,相
　　　去亦一尺。(《齊民要術》卷一)

　　對如上例句(7)～(11)中的 "鑿" 進行分析,該詞所涉及的範
圍為 "地(底)" , "山" , "町" 等,如上五個例句都沒有取

出動作。即例(7)～(11)中的"鑿"都表示"挖 2（用工具鑿孔地面的動作，沒有取出的結果）"義。例(7)～(8)中的"鑿地（底）"的各個目的是為了成池或開渠後把黃河水引來灌溉農田的。例(9)中的"鑿山"的目的是為了開通盤道的。例(10)中的"鑿地"的目的是為了把高處的土填到低的地方的。例(11)中的"鑿町"的目的是為了用挖出的土壤堆在溝間的。

如上可見，"掘"所含的義素比"鑿"還豐富。這是當時"掘"佔據優勢的原因。

2.1.2 "抉"，"剜"

"抉"《說文》："挑也"。又《集韻》："剔也"。先秦時期[4]出現的"抉"，按照本義，大多表"抉剔"義。據調查發現，該詞所涉及的範圍大都為"人體"，往外被取出的動作終體為"眼睛"。所以說，"抉"大多與"挖 3（用刀從縫隙裏把人體器官或部位往外剔出的動作）"義有關。

(12) 夫差乃取其身而流之江，**抉其目**，著之東門，曰：女胡
　　　視越人之入我也？（《呂氏春秋·論·貴直論》）

(13) 必樹吾墓上以梓，令可以為器，而**抉吾眼**懸吳東門之
　　　上，以觀越寇之入滅吳也。（《史記·伍子胥列傳》）

魏晉南北朝"剜"新出現。"剜"《說文》："削也"。"剜"由於受到了本義的影響，因而該詞表示用刀子的動作。魏晉南北朝"剜"僅有 1 例。該詞的受事及語義特點與"抉"相當類似。因此"剜"也大多"挖 3（用刀從縫隙裏把人體器官或部位往外剔出的動作）"義。"剜"的使用例句如下：

4　筆者所調查的魏晉南北朝的文獻裡沒發現"抉"用例。

(14) 若以所言不純而棄其文，是治珠瞖而**剜眼**，療濕痺而腦
　　患足，患茣莠而刈谷，憎枯枝而伐樹也。（《抱朴子·
　　外篇·喻蔽》）

2.2 唐宋時期

　　唐宋時期表“挖掘”義動詞的歷時演變情況沒有明顯變化。
相關動詞仍有“掘”，“鑿”，“抉”，“剜”等。從統計數據
看，“掘”仍處優勢地位，“鑿”仍僅次於“掘”。與前代不同
的是開始出現並列雙音詞和述補短語。唐宋時期，表“挖掘”義
動詞使用情況見如下：

表二

文獻	唐（五）代				宋代			
	北齊書	法苑珠林	舊唐書	敦煌變文集新書	新五代史	五燈會元	太平廣記	朱子語錄
掘	8	101	32	10	9	11	198	21
鑿	4	17	24	6	5	2	91	8
抉	0	1	1	1	1	1	5	0
剜	0	1	1	5	0	5	4	0

2.2.1 “掘”與“鑿”

　　唐宋時期“掘”與“鑿”的使用例句如下：

(15) 巨**掘**地得一尺，乃得黃金一釜，釜上有銘曰：“天賜孝
　　子之金，郭巨殺子存母命，遂賜黃金一釜。官不得奪，
　　私不得取。”（《敦煌變文集新書》卷八）

(16) 二十九年，陝郡太守李濟物，**鑿**三門山以通運，辟三門
　　巔，逾岩險之地，俾負索引艦，升於安流，自齊物始

也。（《舊唐書》卷四十九）

(17) 久之，被人**掘鑿**損壞，於是不復有靈，亦是這些氣過
了。（《朱子語類》卷三）

(18) 軍士**發掘**冢墓，以取財物，諸將莫禁。（《太平廣記》
卷三百九十）

(19) 後主時，改九院為二十七院，**掘得**一小屍，緋袍金帶，
一髻一解，一足有靴。（《北齊書》卷十二）

(20) 我死當復生。埋我以竹杖柱我瘞上。若杖拔**掘出**我。及
死埋之柱如其言。（《法苑珠林》卷九十七）

(21) 及此潭成，陝縣尉崔成甫以堅為陝郡太守**鑿成**新潭。
（《舊唐書》卷一百五）

對於"掘"和"鑿"所涉及的範圍、各動作的目的，前小節
2.1.1 已進行了分析。筆者認為唐宋時期的"掘"和"鑿"所涉
及的範圍、各動作的目的和前代相當類似。由於限於篇幅，因此
在這裡不再贅言。簡單的說，如上可見"掘"表"挖 1"和"挖
2"，"鑿"表"挖 2"。

例(15)～(16)中的単音形式"掘"和"鑿"是繼承前代的面
貌。例(17)～(21)中的"掘"和"鑿"的雙音形式（複合詞和述
補短語）是從唐宋以來出現的新面貌。例(17)中的"掘鑿"是同
義詞素連用形式的複合詞。構成這種詞彙的單音詞大多是多義
的。含有多義項的單音詞及相近相同意義的另個詞素組合後，意
義變得專一明確。[5]如"掘鑿"一般同義詞素並列組合起到了多

5　徐時義：《漢語白話發展史》，北京：北京大學出版社，2007 年，頁
311-313。

義項中選擇作用。具體而言，“掘”含有“挖 1”和“挖 2”義，“鑿”專門含有“挖 2”義。“掘”與“鑿”並列組合時，“掘”在含有的多項目中選擇了“挖 2”義。所以，“掘鑿”，“鑿掘”一般不表“挖 1”義。例(18)中的“發掘”是“發現和挖掘的組合詞”。“挖掘”與“發掘”的區別在於“挖掘”的主要語義特點為“向下挖”，而“發掘”還含有“發現”語義。

　　述補短語的出現使動詞本身所具有的義素更為鮮明。例(19)中的“得”接在動詞後面之後，“掘”本身所具有的表“取得”義素更為鮮明。例(20)中的“出”接在動詞後面之後，“掘”本身所具有的表“取出”義素更為鮮明。例(21)中的“成”與動詞搭配之後，動作完成實現更為明顯。

2.2.2 “抉”與“剜”

　　“抉”和“剜”與前代相同，兩詞都表“在體內抉剔”義。“抉”所涉及的主要動作終體為“眼睛”。“剜”所涉及的主要動作終體為“眼睛”，也涉及到其它人體部位（“心”）。所以說，“抉”和“剜”大多與“挖 3（用刀從縫隙裏把人體器官或部位往外剔出的動作）”義有關。將“眼睛”、“心”等人體部位位往外剔出後，身體原有部位明顯呈現凹形。唐宋時期“抉”與“剜”的使用例句如下：

(22) 其緣勝軍王**抉五百賊眼**。聞佛慈力一時平復。（《法苑珠林》卷二十九）

(23) 延賞聞之，將自**抉其目**，以懲不知人。（《太平廣記》卷三百五）

(24) 高低皓皓，貴賤忙忙，或**剜眼**以獻如來，或燒身而對大聖。（《敦煌變文集新書》卷二）

(25) 左手捉一鬼，以右手第二指**剜鬼眼睛**。（《太平廣記》卷二百十四）

(26) 刀山劍樹，劈腹**剜心**，鑊湯爐炭，皮穿骨爛去。（《五燈會元》卷第十六）

2.3 元明清時期

元明清三代是在詞彙、語法上發展的關鍵時期。雖然元明清時期，古詞與古代特點的語法結構少量存在，但是這一時期在整體上有了很大的發展。

從歷時上看，動詞的歷時演變情況有明顯變化。元明代"掘"仍佔據絕對優勢，至清代"掘"遜於當時迅速發展的"挖"。"抉"從元代以後完全消失了。"鑿"從元代起明顯下降，至清代基本退出了"挖掘"語義場了。"剜"從清代起基本衰退了。

從語法上看，"挖"和"掘"基本上具有了現代漢語的面貌。即除了動態助詞"了"和各種修補語之外，"向"、"把"、"被"等各種語法因素也頻繁使用。

元明清時期，表"挖掘"義動詞使用情況見如下：

表三

文獻		挖	掘	鑿	剜
元代	五代史平話	0	2	2	0
	全相平話五種	0	3	0	0
	元刊雜劇三十種	0	1	0	5
明代	山東 金瓶梅	3	5	1	4
	江淮 封神演義	10	9	0	12
	西遊記	1	3	1	10

		水滸傳	0	24	1	8
	吳語	警世通言	0	9	3	1
		醒世恒言	0	20	9	1
清代	北方	紅樓夢	4	3	1	0
		醒世姻緣傳	15	9	0	0
	中原	歧路燈	18	5	0	2
	江淮	小五義	14	0	0	0
		儒林外史	7	1	0	1
		二十年目睹之怪現狀	16	0	0	0
	吳語	十二樓	1	5	0	1
		何典	6	4	0	0

2.3.1 "掘"、"鑿"、"剜" 的衰退

對於 "掘"、"鑿"、"剜" 所涉及的範圍、各動作的目的，前小節已進行了分析。筆者認為這一時期的 "掘"、"鑿"、"剜" 所涉及的範圍、各動作的目的和前代相當類似。由於限於篇幅，因此在這裡不再談。元明清時期 "掘" 的使用例句如下：

(27) 發兵將始皇塚掘了，取去殉葬金寶。（《全相平話五種·秦併六國平話》）

(28) 將酒飯與他吃飽，點起燈燭，到後園一株大柏樹旁邊，用鐵鍬掘了個大穴，傾入石灰，然後抬出老尼姑的壽材，放在穴內。（《醒世恆言》第十五卷）

(29) 使了六兩銀子，合了一具棺材，把婦人屍首掘出。（《金瓶梅》第八十八回）

(30) 暗差步軍去北京城外，靠山邊河路狹處，掘成陷坑，上用土蓋。（《水滸傳》第六十四回）

(31) 不但拆去牆垣，**掘開**泥土，等兩位佳人互相盼望，又架
起一座飛橋，以便珍生之來往，使牛郎織女無天河銀漢
之隔。（《十二樓》卷二）

簡單的說，如上可見 "掘" 表 "挖 1" 和 "挖 2"。清代
"掘" 退出主導地位后就逐漸衰退。但是該詞不至于基本上消失
的程度。由於元明清三代是語法結構迅速發展時期，受到了該時
期發展趨勢的影響，因而 "掘" 的後面多接在動態助詞 "了" 或
各種補語等的附加成分等，在基本上具備了與現代漢語相當類似
的面貌。例(29)中的 "出" 表示 "取出的結果"，例(30)中的
"成" 表示 "挖掘後完成陷坑的結果"。這一個新出現的例(31)
中的 "開" 表示 "泥土隨挖掘動作從本體分開的結果"。

明清之際，"鑿" 和 "剜" 進入衰退階段。與前代相同，
"鑿" 大多表 "挖 2" 義，"剜" 大多表 "挖 3" 義。也就是
說，"鑿" 主要仍是為了開通道路或達成像引水一般的其它目的
的動作，"剜" 是剔出體內眼睛的動作。當時 "鑿" 和 "剜" 大
多呈現了古代面貌，偶爾見如下例(34)中的 "了" 一般的現代面
貌。元明清時期 "鑿" 和 "剜" 的使用例句如下：

(32) 欲就楚州西北隅**鑿鸛水**以通其道，遣使臣前去相視；使
還，且言地形不便，計功甚多。（《五代史平話・五代
周史平話》卷下）

(33) 宅後又構一園，大可兩三頃，**鑿池引水**，疊石為山，制
度極其精巧，名曰嘯圃。（《醒世恆言》第二十九卷）

(34) 把那廝**剜了眼睛**豁開肚皮，摘了心肝卸了手足，圪支支
拗折那廝腰截骨。（《元刊雜劇三十種・冤報冤趙氏孤
兒》）

(35) 奉禦官把楊任攛下樓，一聲響，**剜二目獻上樓來**。
（《封神演義》第十八回）

2.3.2　"挖"產生及發展

　　"挖"在明代新生，從清代起佔據主導地位。"挖"本字為
"穵"。"穵"《說文》："空大也"。《說文解字注》："空
也"。"挖"表"挖1"、"挖2"、"挖3"義。對於"挖"
所涉及的範圍、各動作的目的，要省略。明清時期"挖"的使用
例句如下：

(36) 隆吉看了書鋪、大門，細聲道："這果然是王中**挖出**菜
園的銀子贖回麼？"（《歧路燈》第一百回）

(37) 請元帥命將往棋盤山，**掘挖**此根，用火焚之。（《封神
演義》第九十回）

(38) 走到察院土牆跟前，**把土牆挖個洞**，伸手要到外頭去接
文章。（《儒林外史》第二十六回）

(39) 那封洋文電報，說的是有人私從香港運了軍火過來，要
謀為不軌。已經**挖成了隧道**，直達萬壽宮底下，裝滿了
炸藥。（《二十年目睹之怪現狀》第五十八回）

(40) 寶玉默默的躺在床上，無奈臀上作痛，**如針挑刀挖一
般**，更又熱如火炙，略展轉時，禁不住"曖喲"之聲。
（《紅樓夢》第三十四回）

(41) 我如今**這兩個眼珠子就像被人挖去**的一般疼。（《醒世
姻緣傳》第六十四回）

(42) 展爺說："三哥，你太粗魯了，四哥還要問他襄陽的事
情，你怎麼**把他的眼睛挖出來了**？"（《小五義》第十
五回）

　　如上可見，例(36)～(37)中的"挖"表示"挖 1（用工具向很大的空間裏用力取出包藏的東西的動作）"義。例(38)～(39)中的"挖"表示"挖 2（用工具鑿孔的動作，沒有取出的結果）"義。如上例(40)～(42)中的"挖"表示"挖 3（用刀從縫隙裏把人體器官或部位往外剔出的動作）"義。

　　"掘"沒有"挖 3"義，"鑿"沒有"挖 1"和"挖 3"義，"剜"沒有"挖 1"和"挖 2"義。即"挖"與三個詞相比，包含的語意更為豐富。這是"挖"最後佔據優勢的原因。

　　如上，多見"了"和各種補語等附加成分接在"挖"後面的情況，此外"挖"多用於"把"和"被"句式。

　　值得討論的是動詞與結果補語的搭配關係。對動詞"挖掘"義動詞與補語搭配進行全面考察，如例(36)和(42)一般，"挖"和"掘"都常與"出"搭配。其原因是因為大多動詞都按同向規則與在語義上相關的補語搭配的。[6] "挖"本身具有"由內向外位移"義素，因此常與在語義上相關的附加成分"出"搭配。例(39)中的結果補語"成"可接在任何動詞後面，強調動作完成的結果。

　　還要值得談的是例(37)的"掘挖"的形成規則。"掘挖"是同義並列複合詞。同義並列複合詞是處在衰退階段的舊詞逐漸降格為不自由語素，多跟主導詞搭配而構成的。[7]即"掘"不再自由運用，它作為構詞成分常常與常用詞"挖"組成"掘挖"。

6　張志毅、張慶雲：《詞彙語義學》，北京：商務印書館，2012 年，頁 183-184。

7　徐時儀：《漢語白話發展史》，北京：北京大學出版社，2007 年，頁 269。

"挖掘" 大約從民國起產生的。[8]

3. "挖掘" 義動詞的方言分布情况

　　如下表是在《漢語方言大詞典》中對官話、晉語以及其它南方方言的分布區域表 "挖掘" 義動詞 "挖" 和 "掘"（其他詞彙 "剜"，"鑿"，"抉" 沒發現）的使用方式進行調查的結果。（ "＋" 指存在；"－" 未發現）。詳細見下：

（官話、晉語及吳語）

地域		官話									晉語	吳語			
		哈爾濱	北京	濟南	洛陽	成都	武漢	徐州	揚州	南京	太原	上海	崇明	金華	杭州
詞彙	挖	＋	＋	＋	＋	＋	＋	＋	＋	＋	＋	＋	＋	＋	＋
	掘	X	X	X	X	X	X	X	X	X	X	＋	X	＋	＋

（其它南方方言）

地域		贛語		湘語		客家語	閩語			粵語	
		萍鄉	南昌	長沙	於都	梅縣	福州	廈門	海口	廣州	東莞
詞彙	挖	＋	＋	＋	＋	X	＋	＋	X	＋	X
	掘	X	X	X	X	X	＋	＋	＋	X	X

　　從上表中可以看到，現代漢語 "挖" 的分布在全方言區域。"掘" 僅見於吳語與閩語區域。那麼為何古詞 "掘" 殘留在吳語和閩語區域呢？

　　從明末清初起，隨著官話方言區域的擴展，官話詞大量進入

8　除了 "掘" 之外，"鑿" 也不是例外。在唐宋典籍裡大量發現 "掘鑿"──該詞中的 "鑿" 也扮演與當時主導詞 "掘" 搭配的角色。

不少南方區域，使處於近江地帶的贛語、湘語地區放棄原來的成分，而使這些區域接受官話。但是處於遠江地帶的吳語、閩語、粵語及客家語等地區對官話的抵抗力較強，尤其是吳語、閩語目前仍和官話激烈競爭。[9]因此，目前在南方地區尤其是吳語、閩語區域保存古老成分；而在整個北方地區趨新的傾向。

具體而言，如今"挖掘"義動詞在整個地區主要用"挖"，近江地帶的贛語、湘語受官話的影響之後，由原來的成分就演變為"挖"。在較保守的吳語、閩語區域仍保留著古老成分"掘"。從明清以來，基本衰退的"鑿"和"剜"可能在清末民國消失。

筆者認為現代漢語方言分布情況與動詞在歷時上的演變密切相關。對共時分布的調查是可供我們探究新詞替換古詞，成為主導詞的原因的參照係數。

4. 結論

通過對"挖掘"義動詞的歷時嬗變的研究，可以得出如下結論。

第一、從漢語歷時上看，"挖掘"義動詞經過了發生、發展、競爭、興替以及衰退的過程。"抉"，"鑿"，"剜"等從魏晉南北朝至清代逐漸衰退乃至消失了。明代以後出現的"挖"廣泛普及，隨之而來，清代之際，"掘"受到了排擠。從共時方面來看，至今已衰退的"掘"僅在"吳語、閩語"地區。除了

9　李如龍：《漢語方言學》，北京：高等教育出版社，2006 年，頁 265-270。

"吳語、閩語"地區之外,其它地區都不用"掘",而主要用"挖"。其原因是由於"挖"在歷時上影響了不少方言地區的。即"挖"從清代起大量增加並逐漸進入很多方言地區,並排擠了不少方言的固有成分。語義場裡各動詞在現代漢語方言分布情況是在歷時上複雜對應關係累積的結果。所以人們看現代漢語方言分布情況就可知各動詞歷時上的演變過程。

第二、義素的增減是不少詞成為主導詞的主要原因。運用義素分析法對"挖"和"掘"進行分析之後,就發現"挖"之所以能佔據主導地位,因為"挖"與其他詞相比,所含的義素更為廣泛。

第三、表"挖掘"義動詞發展成了豐富的雙音形式。單音節動詞歷時上發展為同義並列雙音詞"掘鑿"和"掘挖"。本稿發現該詞是不自由語素與主導詞搭配而構成的。此外,單音節動詞歷時上發展為述補短語。本稿發現動詞按同向規則常與它們所具有的義素相關的補語搭配。"挖"與"掘"具有〔由內向外位移〕義素,因此常與在語義上相關的附加成分"出"搭配。

漢語詞彙的歷時發展是一個很有意義的課題。對於常用詞歷時演變規律的探討,當然我將在以後的研究中進一步加強。同為漢字文化圈,我的母語韓語中表"挖掘"義的漢字詞與漢語不同。韓語還偏重用文言詞素"發"之"發掘",不用"挖"。這是我這次研究中發現的現象。我將在向後的研究對這些現象也加以重視。

參考文獻

丁喜霞（2006），〈聯想構詞：同義並列雙音詞的構成模式〉，《周口師範學院學報》第 1 期。

董玉芝（2011），〈漢語挖掘義動詞歷時演變〉，《燕山大學學報：哲學社會科學版》第 3 期。

蔣紹愚（2004），《近代漢語研究概要》，北京：北京大學出版社。

蔣紹愚（2007），《古漢語詞彙綱要》，北京：商務印書館。

李如龍（2006），《漢語方言學》，北京：高等教育出版社。

肖曉暉（2010），《雙音並列雙音詞構詞規律研究》，北京：中國傳媒大學出版社。

謝智香（2012），《漢語手部動作常用詞演變研究》，北京：中國社會科學出版社。

徐時儀（2007），《漢語白話發展史》，北京：北京大學出版社。

許寶華（2002），《漢語方言大詞典　二、三、四、五卷》，北京：中華書局。

殷曉傑（2011），《明清山東方言詞彙研究》，北京：中國社會科學出版社。

張志毅、張慶雲（2012），《詞彙語義學》，北京：商務印書館。

趙克勤（2010），《古代漢語詞彙學》，北京：商務印書館。

商務印書館辭書研究中心編（2002），《古今漢語詞典》，北京：商務印書館。

The diachronic evolution of verbs of excavate

Seung Han

Abstract

This paper investigates the diachronic evolution of the verbs of "excavate. To express the concept of "excavate","挖(wa)", "掘(jue)", "鑿(zao)", "抉(jue)", "剜(wan)" is used from ancient times. "掘(jue)" is the main used from ancient times to ming dynasty. "挖(wa)" took over "掘(jue)" in qing dynasty. This paper investigates the usage of members in the semantic field from ancient times to qing dynasty and analyzes the historical replacement of "掘(jue)" with "挖(wa)" as well as its causes.

This paper also described that monosyllabic verb was how to develop the various of disyllabic words. In addition, this paper also with researched the relationship of verbs of "excavate" and "出"(chu) and found the reason why the words for the concept of "excavate" often collocate with it.

Final, this paper showed the distribution of regional dialect of verbs of "excavate".

Keywords: the verbs of "Excavate", 挖(wa), diachronic evolution, took over, dominant word

韓國語與《漢語語法：漳州話語言藝術》 （1620）閩南話數量結構對比研究[*]

中國廈門大學人文學院中文系
金 美

摘 要

　　韓國語中，數詞（수사）和量詞（양사/량사）連用合稱為數量詞（수량사），韓國語一般是把量詞（양사）稱為“單位名詞”（단위명사），在稱其他民族的量詞時才稱為“양사”（量詞，口語多用此）或“량사”（量詞，書面語多用此，尤其合稱“數量詞”時）。韓國語和漢語都存在大量的量詞，尤其是名量詞，由此組成數量短語中的名量短語，韓國語把數量短語稱為“數量表現句”（수량 표현구）。而且韓漢兩種語言跟許多印歐語言不同，印歐語言的量詞大都可以直接跟其所修飾、搭配的名詞直接組合使用 ，而韓國語和漢語的量詞則大都不能，尤其漢語，只在古漢語遺留的極少數特殊數量結構中存在，韓國語也只存在於少量語序倒置的特色數量結構中，如在量詞後置而跟其所修飾、搭配的前置名詞直接組合成的數量短語中，比如 “名詞－數詞”（명사-수사）：“學生兩”（학생 둘）。當然，也可按常規使用另一個數量結構形式表達“學生兩名”（학생 두 명）。從本文主要考察分析的名量詞並參考其他學人對韓國語量詞所做的調研分析來看，韓國語的量詞來源主要有漢字詞量詞、其他外來量詞及本民族固有詞量詞三個方面。韓國的韓景熙統計了兩部韓國語詞典裡的量詞，¹一是韓國民眾書林所編《國語詞典》，二是延世大學所編《延世韓國語詞典》。其中，《國語詞典》借用漢字詞量詞及其他外來量詞分別是 81 個和 124 個，源自本民族固有詞的量詞僅僅只有 57 個，三類合計有單位名詞

---

*　項目來源：廈門大學國家語言資源監測與研究教育教材中心 2020 年度重大研究課題 “近現代西班牙漢語教材語言研究” （專案編號：ZD202001）。

1　韓景熙.中韓名量詞對比研究[J].濟南大學學報.2002(03).P63

（量詞）262 個。本文對這部詞典所收錄的三方面來源的量詞所占比例進行統計，結果發現漢字詞量詞占 31%、非漢字詞的外來量詞占 47%、本民族固有量詞只占 22%。《延世韓國語詞典》共收錄了韓國語的單位名詞（量詞）163 個，借用漢字詞量詞和其他外來詞量詞分別是 85 個和 29 個，源自本民族固有詞量詞的有 49 個。本文據此對這部詞典所收錄的三方面來源的量詞所占比例進行統計，結果是漢字詞量詞占 52%、非漢字詞的外來量詞占 18%、本民族固有量詞只占 30%。這樣看來，上述兩部韓國語大型詞典中的漢字詞量詞分別占比 31%和 52%，因此，我們可以說，韓國語量詞的主要來源之一是漢字詞量詞，跟漢語量詞有緊密的歷史淵源關係。而量詞豐富正是漢藏語系語言的語法特徵，因此韓國語量詞豐富這一語法特徵顯示出了韓國語與漢藏語系語言的相似點。此外，源自漢語的韓國漢字序數詞的構詞語序（首碼"第"/"初"＋基數）與韓民族固有序數詞的語序（基數＋首碼"第"/"初"）相反，通過與 400 年前漢語教材《漳州語藝》中的序數詞語序比較可知，韓國語漢字序數詞語序與《漳州語藝》一致，均為：首碼"第"/"初"＋基數。通過對漢語中 400 年前的閩南話辭書《漢語語法：漳州話語言藝術》（1620）數詞、量詞和數量短語（主要是名量短語）的挖掘，並與現今的閩南話量詞與韓國語的量詞進行對比研究，其價值和意義在於：一方面可以探尋古代漢語在海外的發展脈絡和遺存狀況，另一方面可以探尋韓漢數詞、量詞和數量短語的歷史親緣關係和語言接觸關係。

　　《漢語語法：漳州話語言藝術》（Gramática china: arte de la lengua chio chiu），是最遲於 1620 年由佚名西班牙傳教士編撰的菲律賓馬尼拉的閩南人所說閩南話的漢語教材，至今沒有中譯本、尚為手稿。根據本文所建資料庫統計，該手稿從第 30 頁至第 61 頁，共載錄了 418 個數詞和量詞，其中，數詞 337 個、量詞 81 個，並在 81 個量詞的標目後各自載錄了所含量詞的數量短語共 197 個。

　　本文以《漢語語法：漳州話語言藝術》中 400 年前的這些數詞、量詞和數量短語與當今韓國語及閩南話對應的數詞、量詞和數量短語作為比較研究物件，從共時和歷時的交叉視角來探討三者之間在形音義等方面的異同特徵，旨在探尋這些數詞、量詞和數量短語的歷史親緣關係和語言接觸關係。

關鍵詞　　韓國語　《漢語語法：漳州話語言藝術》　閩南話　量詞　數量短語

　　本文以目前面世的第一部漢語語法著作同時也是第一部漢語方言語法著作《漢語語法：漳州話語言藝術》（*Gramática china: arte de la lengua chio chiu*，下文簡稱為《漳州語藝》）手稿本中的閩南話數詞、量詞和數量結構與韓國語（參照 2004《韓漢大詞典》）對應的數詞、量詞和數量結構作為主要研究物件，並兼及當今閩南話（參照 1982《普通話閩南方言詞典》，下文簡稱《普閩詞典》）相關的數詞、量詞和數量結構，進行對比研究。

　　《漳州語藝》至遲於 1620 年由西班牙傳教士（佚名）編成，至今沒有中譯本，尚為手稿，現藏於英國國家圖書館（殘本）和西班牙巴賽隆納大學圖書館（善本）等處。根據筆者 2017 年赴西班牙實地調研考察時從西班牙巴賽隆納大學圖書館所獲手稿本的編排內容來看，《漳州語藝》共 61 頁的內容中，作者用了近一半的篇幅載錄了閩南話的數量結構，可見數量結構是這本最早的漢語語法教材的重點編寫內容。本文力圖通過對比分析，梳理《漳州語藝》與當今韓國語及閩南話在數詞、量詞和數量短語等對應語言結構上的共性和個性，從共時和歷時的交叉視角來探討三者之間在形音義等方面的異同特徵，以期探尋這些數詞、量詞和數量短語的歷史親緣關係和語言接觸關係。

一、數詞（337）

　　在《漳州語藝》的 337 個數詞中，有 314 個基數詞、23 個序數詞。一般來說，韓國語百位元數以下的數位既可用固有數詞、也可用漢字數詞，但百位元數以上的數位大多用漢字數詞。

　　《漳州語藝》原手稿的聲調未標注調值，僅有 7 個調類符號：陰平"ˊ"、陽平"‾"、上聲"ˋ"、陰去"ˇ"、陽去"^"、陰入"^⊕'"、陽入"ˋ⊕'"，與現今的閩南話聲調各調類的調型不大相同。為便於排版、修改，本文閩南話國際音標調類符號用數位代碼標注於音節右側，如：lān[lan]2，"lān"是《漳州語藝》原手稿的注音。參照《普閩詞典》，以廈門話為例，數字代碼對應的七個聲調的調類及括弧內的調值分別是：1 陰平（44）、2 陽平（24）、3 上聲（53）、4 陰去（21）、5 陽去（22）、6 陰入（32）、7 陽入（4）。

1. 基數詞

1.1 系數詞

1.1.1 零或 0

相關語料見《漳州語藝》P35-39。

《漳州語藝》			《普閩詞典》[2]		《韓漢大詞典》[3]	
漢字/數位	文讀	白讀	文讀	白讀	固有詞	漢字詞
零/0 lān[lan]2 [4]		chìt'[tsit]7 pê:'[pɛ]6 lān[lan]2 nò[no]3 [5] 一百零二（102）	líng[lin]2	lán[lan]2		영[iəŋ]

---

[2] 廈門大學中國語言文學研究所漢語方言研究室.普通話閩南方言詞典[Z].福建：福建人民出版社，1982。

[3] 劉沛霖.韓漢大詞典[Z].北京：商務印書館，2004。

[4] 《漳州語藝》閩南話國際音標的調類參照《普通話閩南方言詞典》一書對應的調類，用 1 至 7 數字標注於"[ ]"右側。例如《漳州語藝》原手稿 lān 為陽平調，則按《普閩詞典》標注國際音標為[lan]2。

[5] [no]3 是"兩"，又往往用來指"二"。

空/0			kòng [koŋ]4			공[koŋ] [6]
單 toáⁿ[toã]1		chìt'[tsit]7 pê:'[pɛ]6 toáⁿ[toã]1 nò[no]3 一百單二（102）	tān1[tan]1	tnuã[tuã]1		백[pɛk]이[i] （102）

　　上表中的"零/0"，在韓國語中，單獨讀一個數字0，一般讀成영。在念讀電話號碼、身份證號碼和存摺等時，也讀作"영"。其中讀電話號碼時，現在一般都讀成漢字詞數詞"공（空）"。

1.1.2　一至九

　　相關語料見《漳州語藝》P36-P39。

	《漳州語藝》		《普閩詞典》		《韓漢大詞典》	
	文讀	白讀	文讀	白讀	固有詞	漢字詞
1.一	ît'[it]6/ŷt' [it]6 xît'[dzit]6[7]	chìt'[tsit]7	yīt(俗)[8] [it]1	裩[9] zít[tsit]2	하나[hana]	일[ir][10]
2.二	xī[dzi]2	nò[no]3	lî[li]5 [11]	lng5[lŋ]5	둘[tur]	이[i]
3.三		sáⁿ[sã]1	sām[sam]1、sàm[sam]4	snā[sã]1	셋[set]	삼[sam]

---

[6]　劉沛霖《韓漢大詞典》P138："공（空）【名】①空。②零。=영（零）。"又P1431："제로〔zero（英）〕【名】①零。②零分。"

[7]　[dz]是漳州音特有的聲母，廈門和泉州均無此音。

[8]　廈門大學中國語言文學研究所漢語方言研究室.普通話閩南方言詞典[Z].福建：福建人民出版社，1982.凡例"十三"：（俗），俗讀音。

[9]　周長楫.說"一"、"裩"和"蜀".[J].語言研究.1982,(02).P198

[10]　韓國語中的舌尖前流音（又稱為"舌尖顫音"）"ㄹ"的國際音標，一般寫作[r]或[l]，但並未能準確注音。

[11]　P480："文讀一般用'二'，白讀用'兩'lng5"。又：周長楫《廈門方言研究》（P361）說：另有本字"兩"，文讀音 liong3，白讀音 nng5。

4.四		sì[si]3/sỳ[si]3	sù[su]4	sì[si]4	넷[net]	사[sa]
5.五		gòu[gou]3	ggnoǒ[ŋǒ(ɔ)]3	ggoô[gô(ɔ)]5	다섯[tasət]	오[o]
6.六		làc'[lak]7	liók[liok]2	lák[lak]2	여섯[iəsət]	육[iuk]
7.七		chîtᶜ[ts'it]6	cīt[ts'it]1 [12]		일곱[irkop]	칠[tʃ'ir]
8.八	puê'[pue]6	pê'[pe]6	bāt[bat]1	buēh[bue?]1	여듦[iətər]	팔[p'ar]
9.九		càu[kau]3	gǐu[kiu]3	gaǒ[kao]3、giaǒ[kiao]3	아홉[ahop]	구[ku]

周長楫《說"一"、"植"和"蜀"》一文認為"植"
tsit7 是白讀，表示"一"，並引證說黃典誠在《閩南單詞語典》
（油印稿）中也認為"植"可表示"一"。

1.2 位數詞與合音詞

相關語料見《漳州語藝》P30-P40。

	《漳州語藝》		《普閩詞典》		《韓漢大詞典》	
	文讀	白讀	文讀	白讀	固有詞	漢字詞
10.十		chàp'[tsap]7	síp[sip]2	záp[tsap]2	열[iər]	십[sip][13]
100.百		pê:'[pɛ]6	bīk[pik]1	bāh[pa?]1/bēh[pe?]1		백[pɛk]
1000.千	chíngᶜ[ts'iŋ]1	chánᶜ[ts'an]1永	ciān[ts'ian]1	cīng[ts'iŋ]1		천[tʃ'ən]
10000.萬	Bǎn[b/man]4/Bǎŋ[b/maŋ]4-萬曆的萬		bbân[b/man]5			만[man]
億	êg'[ek]6		yīk[ik]1			억[ək]
兆	hàu[hau]3		Diâo[diao]5			조[tʃo]

---

[12]　閩南方言的"七"不分文白，都讀為 cit1。

[13]　십中的人有音變，實際讀音為ㅅ[ʃ]。

廿（卄）	xì'[dzi]7		líp[lip]2	liáp[liap]2	스물[sumur]	이십[isip]
卅	sà'ⁿ[sã]7		sāp[sap]1		서른[sərun]	삼십[samsip]
卌			sīp[sip]1	siāp[siap]1	마흔[mahun]	사십[sasip]

　　韓國語閩南話中有不少由兩個或者兩個以上音節通過縮合語音形式而形成的合音詞語，比如人稱代詞“你、我、他/她”的複數，就是由單數的音節構成的合音詞。數詞中也有不少合音詞，《漳州語藝》中載錄了“廿（卄）”和“卅”，《普通話閩南方言詞典》載錄了“卌”的閩南話文讀音和白讀音，它們的語音形式不是複合數詞，而是跟位數詞一樣、是一個音節，如上表中所列。

　　韓國語中的數量結構也有音變、減音的現象，有一些固有數詞與量詞、名詞搭配組成名量短語時，也會發生音變。其中，有下列五個數詞會發生音節簡化甚至音節合併（箭頭前後是變化前後的詞形和語音）：

　　하나→한（一）；　둘→두（二）；　셋→세（三）；
　　넷→-네（四）；　스물→스무（二十）。

　　又如“한둘”，進入名量短語時短語中的後一數詞就發生減音“ㄹ”音變，變為“한두집”（一兩家），用於表示概數。

　　《漳州語藝》P40 載錄了萬、億、兆的換算關係：“十萬一億”、“十億一兆”。

1.3　複合數詞（系數詞＋位數詞）

　　相關語料見《漳州語藝》P30-P40。

	《漳州語藝》		《普閩詞典》		《韓漢大詞典》	
	文讀	白讀	文讀	白讀	固有詞	漢字詞
十一 (11)	chàp'[tsap]7ît'[it]6			záp[tsap]2yīt(俗)[it]1	열하나 [iərhana]	십일[sipir]
二十 (20)	xī[dzi]2chàp'[tsap]7 或 xì'[dzi]7		líp[lip]2	liáp[liap]2	스물[sɯmur]	이십[isip]
二十一 (21)	xī[dzi]2chàp'[tsap]7ît'[it]6		lî[li]5(síp[sip]2)yīt[it]1	liáp[liap]2zít[tsit]2	스물하나 [sɯmurhana]	이십일[isipir]
廿一 (21)	xì'[dzi]7ît'[it]6		lî[li]5yīt[it]1	lî[li]5(záp[tsap]2)zít[tsit]2	스물하나 [sɯmurhana]	이십일[isipir]
一百 (100)	chît'[tsit]6pê:'[pɛ]6			zít[tsit]2bāh[paʔ]1/bēh[peʔ]1		백[pɛk]
百二單一(121)	pê:'[pɛ]6xī[dzi]2toáⁿ[toã]1chìt'[tsit]7			zít[tsit]2bāh[paʔ]1/bēh[peʔ]1lî[li]5chàp'[tsap]7yīt[it]1		백 이십일 [pɛk isipir]
百二零一(121)	pê:'[pɛ]6xī[dzi]2lān[lan]2chìt'[tsit]7			zít[tsit]2bāh[paʔ]1/bēh[peʔ]1lî[li]5lán[lan]2zít[tsit]2yīt[it]1		백 이십일 [pɛk isipir]
一千零一 (1001)	chèg'[tsek]7chánᶜ[ts'an]1lān[lan]2ît'[it]6			zít[tsit]2cīng[ts'iŋ]1kòng[koŋ]4kòng[koŋ]4yīt[it]1		천 일[tʃʰən ir]
一萬一千 (11000)	chèg'[tsek]7băn[b/man]4chèg'[tsek]7chíngᶜ[ts'iŋ]1			zít[tsit]2bân[b/man]5zít[tsit]2cīng[ts'iŋ]1		만 일천 [man irtʃʰən]
萬一 (11000)	băn[b/man]4ît'[it]6			zít[tsit]2bbân[b/man]5zít[tsit]2cīng[ts'iŋ]1		만 일천 [man irtʃʰən]
十萬一億	chàp'[tsap]7băn[b/man]4chèg'[tsek]7êg'[ek]6			záp[tsap]2bbân[b/man]5zít[tsit]2yīk[ik]1		십만 일억 [sipman irək]
十億一兆	chàp'[tsap]7êg'[ek]6chìt'[tsit]7hàu[hau]3			záp[tsap]2yīk[ik]1zít[tsit]2diâo[diao]5		십억 일조 [sipək irtʃo]

　　本文選取了《漳州語藝》中表達比較特殊的、富有特色的複合量詞來列表與韓國語對照。韓國語數位到了一百以上一般都只用漢字詞，而且使用一百、一千、一萬、一百萬、一千萬等以"一"開頭的複合數詞表達時，"一"不需要說出來。《漳州語藝》中的閩南話有時也有這樣的表達，如上表中的"121"和"11000"的開頭的"1"也沒有說出來，而是表達為"百二單一"或"百二零一"，以及"萬一"。這說明韓國語和400年前的閩南話存在共同點。從上表可見，韓國語的"一百、一千、一萬、一億"的"一"都可以省略不讀，如一百元稱百元，一千元稱千元，一萬元稱萬元。

　　上表還呈現了韓國語複合數詞中"0（零）"的表達法，《漳州語藝》是把多個零都逐一讀出來，如一千零一（1001）中的兩個"零""00"都讀出來"kòng[koŋ]4 kòng[koŋ]4"。而韓國語無論有多少個零都略去不說，前後的數字直接相連，例如：101是寫作백일（百一）、讀為"Pɛk ir"來表達，10001是寫作만일（萬一）、讀為"man ir"來表達。

2. 序數詞

2.1 首碼"第""初"＋基數

　　《漳州語藝》中，首碼"第"：tēy[tei]1，首碼"初"：ché͡ᶜ[ts'e]1。

2.1.1 《漳州語藝》序數詞（首碼"第""初"＋基數詞）

　　P53 第一 tēy[tei]1 ît'[it]6；

　　P56 初一 ché͡ᶜ[ts'e]1 ît'[it]6、初二 ché͡ᶜ[ts'e]1 xī[dzi]2、初三 ché͡ᶜ[ts'e]1 sáⁿ[sã]1、初十 ché͡ᶜ[ts'e]1 chàp'[tsap]7。

2.1.2 韓國語漢字序數詞（前置接頭詞 "第" "初" ＋基數詞） 與固有序數詞（基數詞＋後置接尾詞 "第" "初"）

　　漢語中的 "首碼" 在韓國語中稱為前置接頭詞，如 "第"（제）、"初"（초）、"長/大"（맏）；漢語中的 "尾碼" 在韓國語中稱為後置接尾詞如 "第"（째）、"您"（님）、가（家）。在漢語中二者均稱為 "詞綴"，在韓國語中兩者都稱為 "接詞"。"詞綴"／"接詞" 附著在實詞的詞根上構成的新詞，叫派生詞，如 "第" "初" 它們附著在基數詞上就構成了派生詞：序數詞。但韓國語的 "接詞" 比漢語的 "詞綴" 語法功能更為複雜，依 "接詞" 在句中的位置、所附詞根的詞性的不同或漢字詞或固有詞之間的差異等而出現詞形、詞義、詞性和語法功能上的變化。如 "第"，漢字序數詞作前置接頭詞時為 "제"，固有序數詞作後置接尾詞時為 "째"。

　　漢字序數詞：제일[tʃeir]（第一）、제이[tʃei]（第二）、제삼[tʃesam]（第三）、제십[tʃesip]（第十）、제구십구[tʃekusipku]（第九十九）。

　　固有序數詞：첫째[14][tʃˀəttʃɛ]（第一）、둘째[turtʃɛ]（第二）、셋째[settʃɛ]（第三）、열째[iərtʃɛ]（第十）、아흔아홉째[ahunahoptʃɛ]（第九十九）。

　　由以上這兩列韓國語漢字序數詞和固有序數詞的對比可見，兩者的語序相反，漢字序數詞的語序是：前置接頭詞 "제（第）" ＋基數，與《漳州語藝》序數詞的語序一致，但固有序

---

[14]　劉沛霖《韓漢大詞典》P1559："첫-[첟]【前】第一次，首次，初次。" 又 P1560："첫-째[첟-]Ⅰ【數】第一。Ⅱ【名】①第一個，老大。"

數詞的語序卻顛倒為：基數＋後置接尾詞"쩨（第）"。韓國語的漢字序數詞，由前置的接頭詞"제（第）"加上漢字基數詞構成，沒有例外。固有序數詞則除了"첫째（第一）"以外，第二到第十都由固有基數詞加後置的接尾詞"째（第）"構成。"째（第）"也可以換成另一個接尾詞"번째（第）"。

　　韓國語漢字序數詞的語序跟 400 年前的漢語閩南話教材《漳州語藝》的序數詞構詞語序一致，都是："第""初"＋基數詞，而與韓民族自身固有序數詞的語序不同，這說明受到漢語影響的韓國漢字序數詞的語序改變了本民族語言中原有的構詞語序。

　　另有固有詞和汉字詞混搭構成的混合型序數詞，如 "초"（初）是漢字詞、"하루"（一天）是固有詞，兩者混搭構成混合型序數詞"초하루"（初一），同樣的結構還有초이틀（初二）、초사흘（初三）、초나흘（初四）、초닷새（初五）等。

2.2 十二地支"子、丑、寅、卯……"表序數

　　《漳州語藝》P58 所載錄表序數的十二地支與韓國語對照表：

《漳州語藝》			韓國語	
chù[tsu]3	子	午夜至兩點	자[tʃa]	（子）
tiùᶜ[tʼiu]3	丑	兩點至四點	죽[tʃuk]	（丑）
ȳn[in]2	寅	四點至六點	인[in]	（寅）
bàu[bau]3	卯	六點至八點	묘[mio]	（卯）
sīn[sin]2	辰	八點至十辰點	진[tʃin]	（辰）
chì[tsi]3	巳	十點至十二點	사[sa]	（巳）
gòu[gou]3	午	中午十二點至兩點	오[o]	（午）

bǐ[bi]4　　未　下午兩點至四點　　미[mi]（未）

sýn[sin]1　申　下午四點至六點　　신[sin]（申）

yù[iu]3　　酉　下午六點至八點　　유[iu]（酉）

sûr'[sut]6　戌　八點至十點　　　술[sur]（戌）

hǎi[hai]4　亥　十點至午夜　　　해[hɛ]（亥）

2.3 "一級、二級" "一更、二更" 等其他序數表達

　　《漳州語藝》P52 及 P58 分別載錄了用於階梯和用於夜晚時段的序數表達，並列舉了 "一級" "二級" 和 "一更、二更、三更、四更、五更" 等用例如下。

《漳州語藝》（P52）			韓國語
kîp'[kip]6	級	用于階梯	급[kɯp]（級）
chìt'[tsit]7 kîp'[kip]6	一級	一級台階	일급[irkɯp]（一級）
nò[no]3 kîp'[kip]6	二級	兩級台階	이급[ikɯp]（二級）

P58

ît'[it]6 kén[ken]1	一更	夜晚的第一個四分之一	초경 [tʃʰokiəŋ]（初更）
xī[dzi]2 kén[ken]1	二更	2	이경 [ikiəŋ]（二更）
sán[sã]1 kén[ken]1	三更	3 午夜	삼경 [samkiəŋ]（三更）
sỳ[si]3 kén[ken]1	四更	4	사경 [sakiəŋ]（四更）
gòu[gou]3 kén[ken]1	五更	4 [15]	오경 [okiəŋ]（五更）

　　與《漳州語藝》不同的是，韓國語不說 "일경（一更）" 而說 "초경（初更）"，在古代漢語典籍中，"一更" 又稱為 "初更"、"頭更"、"一鼓"、"初鼓" 等。例如：宋·范成大

---

[15]　此處疑為原手稿筆誤，當為 "5"。

《燒火盆行》：“春前五日初更後，排門然火如晴晝。”宋・陳
德武《望遠行・城頭初鼓》：“城頭初鼓，天街上、漸漸行人聲
悄。半窗風月，一枕新涼，睡熟不知天曉。”宋・蘇軾《江月・
一更山吐月》：“一更山吐月，玉塔臥微瀾。正似西湖上，湧金
門外看。冰輪橫海闊，香霧入樓寒。停鞭且莫上，照我一杯殘。
二更山吐月，幽人方獨夜。……三更山吐月，棲鳥亦驚起。……
四更山吐月，皎皎為誰明。……五更山吐月，窗迥室幽幽。”

二、量詞（81）

　　韓景熙通過對 1994 年韓國東亞出版社出版的《新國語詞
典》所收 139 個常用量詞進行整理分析統計，得出結論：“中韓
量詞用法相似的共 64 個，占總數的 46%”。她考察的量詞有：
口、尾、首、匹、頭、條、個、只、棟、間、把、柄、個、台、
張、件、枚、塊、床、台、輛、家等（韓景熙，2002）。這些在
韓國語和漢語普通話中常見的量詞，在《漳州語藝》中，部分
有、部分沒有，有的即使詞形或詞性相同，但語義也有所不同，
故其所搭配的名詞也有所不同。尤其是本文通過考察發現，《漳
州語藝》裡面豐富的特色量詞，以及特殊的名量搭配，很多都是
韓國語和漢語普通話裡都沒有的，所以值得我們將這些量詞進行
對比，進一步挖掘、研究這三者間的異同和語源關係，尤其是
《漳州語藝》裡的特色量詞。下面本文重點梳理《漳州語藝》裡
面豐富而獨特的量詞。

2.1 《漳州語藝》名量詞和動量詞

　　表示計算單位的量詞在《漳州語藝》手稿中占了大量的篇

幅，這表明當時作者已經關注到了漢語閩南話量詞的豐富多樣性。但是，如果從語法功能分類來看，則絕大部分為有豐富多樣的表示人和事務的計算單位的名量詞。該手稿只載錄了一個表示動作次數和發生的時間總量的動量詞，即 P44 的"下"：

原手稿注音	原手稿漢字	原手稿西文的本文漢譯
ě:[ɛ]4	下	用於打
sỳ[si]3 ě:[ɛ]4	四下	四下
pàʳᶜ[p'ah]7 pê:'[pɛ]6 ě:[ɛ]4	打百下	打他一百下
pàʳᶜ[p'ah]7 í[i]1	打伊	打他
cuì'[kui]3 ě:[ɛ]4	幾下	幾下

　　由於動量詞只有上列唯一一個例證，因此，本文主要討論和分析其名量詞。

2.2 《漳州語藝》量詞義類

　　本文認為，在特定的語言或方言中，當不同的量詞與其後的名詞形成固定的搭配、修飾關係後，就已具有了該名詞的語義特徵所限定的義類，與該名詞綁定為既定的義類。因此，本文通過分析《漳州語藝》手稿所列 80 個名量詞，根據其所修飾的名詞的語義特徵所形成的語義類別來進行分類，把它們歸為 10 種義類。分類依據參照中國社會科學院語言研究所方言研究室《漢語方言詞語調查條目表》[16]（下稱《條目表》）標目，再進行增減合併。其中，度量衡量詞比較特殊，本文將其單獨劃分為一類而不依據數量短語名詞的語義特徵來分類。

---

[16]　中國社會科學院語言研究所方言研究室.漢語方言詞語調查條目表[J].方言.1981(03)

壹	天文	拾陸	日常生活
貳	地理	拾柒	訟事
三	時令*"時間	拾捌	交際
肆	農業	拾玖	商業交通
伍	植物	貳拾	文化教育
陸	動物	貳拾壹	文體活動
柒	房舍	貳拾貳	動作
捌	器具用品	貳拾三	位置
玖	稱謂	貳拾肆	代詞等
拾	親屬	貳拾伍	形容詞
拾壹	身體	貳拾陸	副詞介詞等
拾貳	疾病醫療	貳拾柒	量詞
拾三	衣服穿戴	貳拾捌	附加成分等
拾肆	飲食	貳拾玖	數字等
拾伍	紅白大事		

因為往往同一個量詞可修飾、搭配位於其後的不同語義範疇的名詞，因此本文將這些量詞歸為不同的量詞義類，並按其在《漳州語藝》手稿中出現的次序，分別將這些不同義類的量詞用序號"1，2，3，……"數字依序標注在該量詞右側。例如《漳州語藝》中的量詞"條"：條1屬植物農業義類，有"一條根""一條瓜"等；條2屬天文地理房舍義類，有"一條源"等，"源"是水流之義；條3屬抽象精神心理義類，有"一條罪"等。下面是本文對《漳州語藝》名量詞義類的10類分類。

2.2.1 天文地理房舍義類

坎、載、層、嶂、枝1（四枝柱）、條3（一條源）粒3

（四粒星/石，原稿西文注釋"四粒石"為"四顆寶石"）、扇、點（此標目下"四點星"外另有舉例：四點鐘，四點鐘）、擔 1（四擔沙/水/泥）、塊、重 2（九重天、四重厝/枋）、座、間

2.2.2 時令時間義類

箇 2（一箇月、一箇日）

2.2.3 植物農業義類

包括與植物有關的名稱、性狀和動作，以及植物成品，如中藥："一貼藥"。

垃、綑、欉、枝 4（四枝竹）、條 2（一條根/瓜）、莖、錦、粒 2（四粒麥/米）、蓝、把 1（四把柴/草）、斷 1（四斷柴）、貼、握（一握蔥）、枚

2.2.4 生物義類（12）

生物義場包括與人和動物有關的名稱、性狀和動作。

尾、群、隻 1（四隻牛/豬/馬）、串 2（四串魚）、箇 3（四箇鳥）對、位、匹（四匹馬、一匹夫）、名

這裡使用了相同的量詞"匹"來搭配、修飾"馬"和"腳夫"，將兩者並列，體現了那個時代腳夫社會地位的低下，受到社會蔑視。

2.2.5 器具用品義類

指人使用的或人造的器具和用品等比較具體的東西，包括火、刀劍槍炮等。

串 1（四串真珠）、付、箇 1（四箇錢）、枝 3（四枝火）、件 2（四件物）、粒 1（四粒素珠/真珠）、門【四門（鳥）銃 chěng^c】、柄、張 2（四張票/批//棹/床）

2.2.6　飲食衣物義類

口、領、硼（四硼白糖）、把 2（四把菜頭/米）、平、片、疋、雙、撏、斷 2（四斷魚/肉）、頓、身、擔 2（四擔糖/糖霜）、頭、重 1（四重衣裳/鞋底）、員（四員糖）、頂

2.2.7　商業交通訟事義類

站、隻 2（四隻船）、鋪、張 3（四張案，四張案件文書）、乘

2.2.8　文教體衛義類

枝 2（四枝筆）、帙、枹、本、張 1（四張琴/帍/字）、幅、部、臺

2.2.9　抽象精神心理義類

句、郎、條 1（一條罪）、件 1（四件道理/事）、叚、端

2.2.10　度量衡義類

斤、兩、錢、分、尼（即今之厘）、寸、尺、丈、升、鬥、石。

上列"2.2　時令時間義類"中的"一箇月"，在韓國語中有兩種表達法：한달（一月）、일개월（一個月）；但沒有"一箇日"這樣的結構。表達"一日，一天"，可以用韓國語漢字數詞"일일"，也可以用韓國語固有名詞："하루"。

《漳州語藝》手稿呈現了中國古代傳統語言文化中豐富多樣的計量單位。在 P60-61，對通用的度量衡進行了系統化排列，並進行了換算的解說。有重量計量單位斤、兩、錢、分、尼（即今之厘）等，有長度計量單位寸、尺、丈，有容量計量單位升、鬥、石。此外，另有一些閩南方言特有的民間常用的特色度量衡

量詞，如扐（即"抌"）、漏（即"撮"）等。

　　從上面的 10 類量詞義類來看，共有兩種特殊的量詞義類。第一種是，同一個量詞搭配其後幾個義類不同的名詞時，量詞依據其後名詞的義類分別歸入幾個不同的量詞義類。從語法上來看是同一個數量短語修飾、搭配其後不同義類的名詞。如上述量詞"條"後的名詞有植物農業、天文地理房舍和抽象精神心理這三種義類，則這個量詞通過搭配獲得三個名詞的這三種義類，相應歸為三種量詞義類。第二種是，不同的量詞與其後同一個名詞搭配時，搭配後整個結構相當於變成一個構式，搭配後的構式使量詞和名詞均獲得明確的義類。具體來看，就是通過搭配，不同的量詞使名詞呈現出不同的義類，然後又使得量詞的義類明確彰顯出來，不同的量詞獲得搭配前所不具備的固定義類。例如，2.4 "生物義類"中的"四尾鱷魚"的"尾"，2.6 "飲食衣物義類"中的"四段魚"的"段"，這兩個量詞在未與後面的名詞搭配時，義類歸屬不明。搭配後，因前者是生物活體的魚而後者是做食物的死魚、義類不同，因此，這兩個量詞通過與其後的名詞義類綁定而致使其義類歸屬明確了，分別歸入不同的量詞義類，"尾"歸入 2.4 "生物義類"類而"段"歸入 2.6 "飲食衣物義類"。再者，"尾"是生物活體的一部分"尾巴"，活體魚只有"尾巴"有顯明可視的動態動感、呈擺動狀，"尾"量詞比現代"條"量詞更形象貼切地描述了生物活體性狀，語義特徵更鮮明生動，有修辭屬性。

　　除了上述兩種特色量詞，《漳州語藝》手稿還有其他諸多特色量詞，並由這些特色量詞組成了《漳州語藝》中的數量短語，下文即對《漳州語藝》手稿和韓國語中這多種富有特色的量詞義類進行比較並討論。

三、《漳州語藝》與韓國語的特色數量短語

根據本文整理統計，《漳州語藝》手稿中共有 197 個數量短語，其中除了有上述兩類量詞義類構成的特色數量短語，還有其他的特色數量短語。其中絕大部分是名量短語。

包括《漳州語藝》中的名量短語在內的漢語的名量短語，在充當修飾語與被修飾的名詞搭配時，語序基本特徵是數詞在前、量詞在中、名詞在後，是與漢語普通話一致的"偏正"結構，偶有例外。

韓國語則是與漢語不同的"正偏"結構，被修飾語在前，數量結構在後。

例如：

개（狗）　한（一）마리（只）가 뛰어갔다（跑過去）.
（一隻狗跑過去了。）

사과（苹果）　두（两）　개（個）를 먹었다（吃）.（吃了兩個苹果。）

자전거（自行車）　한（一）　대（台）를 샀다（買）.（買了一輛自行車。）

上三例中，量詞마리（只）是固有詞，量詞개（個）、대（台）是漢字詞。名詞"개"（狗）是固有詞。

3.1 《漳州語藝》同一量詞＋不同名詞→同一量詞名量短語

《漳州語藝》中，有許多同一量詞加不同名詞構成同一量詞名量短語。本文的統計歸納顯示：《漳州語藝》中，有 12 個同

一名量詞，搭配不同名詞而構成 52 個名量短語

　　《漳州語藝》中共 12 個同一名量詞跟其後不同義類名詞所構成的"名量詞＋名詞"名量短語共 52 個，各量詞構成的短語數如下擴注數位，隻（4）、串（2）、箇（4）、枝（4）、條（4）、件（3）、粒（6）、把（4）、張（8）、斷（3）、擔（5）、重（5）。下面列出這些特色名量短語的所有用例，如第一行：用"~"代表手稿標目漢字"隻"，後列的"四隻牛"是我們根據原手稿西班牙文注釋而翻譯的漢譯名量短語，各短語順序仍按照其在手稿原文中出現的先後次序排序。

　　隻：四~牛，四隻牛；四~船，四隻船；四~豬，四隻豬；四~馬，四隻馬。

　　串：四~真珠，四串珍珠；四~魚，四串魚。

　　箇：四~錢，四個硬幣；一~月，一個月；一~日，一天；四~鳥，四隻鳥。

　　枝：四~柱，四根柱子；四~筆，四支羽毛筆或畫筆；四~火，四把火；四~竹，四枝竹子。

　　條：一~罪，一條罪；一~根，一條根；一~源，一條泉；一~瓜，一條西葫蘆。

　　件：四~道理，四個道理；四~物，四件東西；四~事，四件事。

　　粒：四~素珠，四粒念珠；四~麥，四粒麥子；四~米，四粒米；四~真珠，四粒珍珠；四~星，四顆星星；四~石，四顆寶石。

　　把：四~柴，四捆柴；四~菜頭，四捆蘿蔔；四~草，四捆

草；四~米，四把米[17]。

張：四~琴，四~琴；四~票，四張證或執照；四~批，四封
　　信；四~帋，四張紙；四~字，四張字；四~案，四張案
　　件文書[18]；四~棹，四張桌子；四~床，四張床。

斷：四~柴，四塊柴火；四~魚，四塊魚；四~肉，四塊肉。

擔：四~沙，四擔沙；四~水，四擔水；四~泥，四擔泥；四
　　~糖，四擔糖；四~糖霜，四擔冰糖。

重：四~衣裳，四層衣服；九~天，九重天；四~鞋底，四層
　　鞋底；四~厝，四層房子；四~枋，四層板。

上列 12 個名量詞均是由一個名量詞同時搭配、修飾幾個名
詞，12 個名量詞占《漳州語藝》所列 80 個名量詞的 15%；它們
所構成的名量短語共有 52 個，占《漳州語藝》所列 197 個數量
短語的 26.4%。由此可見這種同一量詞構成的短語在數量短語中
所占比例較大，其中，搭配、修飾不同名詞的這些同一名量詞搭
配能力強、使用頻率高，具有很活躍的語用功能。

3.2 《漳州語藝》不同量詞＋同一名詞→同一名詞名量短語

《漳州語藝》中有許多不同量詞加同一名詞構成同一名詞名
量短語。

---

[17] P47 此條前四個短語原手稿西班牙文注釋為"一捆柴""一捆蘿蔔"
　　"一捆草""一把米"，本文根據其前對應的漢字數字均改正為
　　"四"。

[18] 一般的西班牙語詞典注釋西班牙語詞條"proceso"（案件）大都有義
　　項："案件審理過程中產生的檔"，本文據此、再參照上下文語義翻譯
　　"proceso"為"案件文書"。但西班牙皇家語言學院（RAE）最新版
　　《西班牙語詞典》（*Diccionario de la lengua española*）未見此條義項。

1. 四尾/群/串/斤/斷（鱷）魚：四條/群/串/斤/塊（鱷）
   魚；
2. 四坎/嶵店：四家/排/店鋪；
3. 四綑/扐/疋/撂/丈/尺/寸布：四捆/柞/匹/撂/丈/尺/寸布；
4. 四綑/扐/疋/撂/尺/寸緞、紡系：四捆/柞/匹/撂/尺/寸錦緞
   （緞/綢緞）；
5. 四綑/疋/撂綾：四捆/匹/撂羽紗（緞子）；
6. 四扐/疋綢（紬）：四柞/匹綢；
7. 四群/箇/對鳥：四群/只/對鳥；
8. 四群/隻牛：四群/只牛；
9. 四隻/匹馬：四隻/匹馬；
10. 四載/層/粒/塊石：四載/層/顆/塊寶石、石頭；
11. 四升/粒/把/頭/斗米：四甘塔/粒/把[19]/頭/40 甘塔（大）
    米；
12. 四嶵/四重/一座/四間厝：四排/四層/一座/四間房屋、房
    子、房間；
13. 四口/頓飯：四口/頓（米）飯；
14. 四斤/斷肉：四斤/塊肉；
15. 四斤/漏/擔/員糖：四斤/撮/擔/個（白）糖、糖球。

從上面 15 條幾個量詞共同搭配、修飾同一個名詞的眾多例
證可知，《漳州語藝》時代量詞的豐富多樣性，使得 400 年前的
閩南話的數量表達呈現出較大的生動性、精確性和豐富性。當

---

[19] P47 此量詞"把"詞條第四個短語原手稿西班牙文注釋為"一把米"，
本文根據其前對應的漢字數字改正為"四把米"。

然，也存在一些搭配不整齊不一致的現象。比如在上列名量短語中，有些名詞未使用相同義類的量詞，如第 5 條的名詞"羽紗"（緞子）未使用量詞"扐"，即"拃"；第 6 條的名詞"綢"（紬）未使用量詞"綑"和"搿"。同時，有些名詞使用了與上述義類相同的量詞，但因在《漳州語藝》中只出現了一次，因此我們未在上文列入，例如"四搿練"（四搿繩）和"四搿帶"（四搿絲帶），都只使用了上述量詞中一個量詞"搿"，故未列入。

顯然，在動物義類和飲食義類的量詞中，種類最多的是魚、肉、牛和馬，其他的只有一種對應的量詞種類出現，如烽（蜜蜂）、豬、蝦（蝦）、鴿仔（鴿子）、鷄（雞）等，說明前面四種在當時的社會中與人們的日常生活緊密相關，因此所搭配的量詞種類豐富。閩南特有的對房屋的稱名"厝"從上列第 12 條來看有"嶰、重、座、間"幾種量詞，而 P43"房"意為"房間"，只有一個量詞"嵊"與之搭配，意為今"排"。這說明在《漳州語藝》時代還是普遍使用"厝"來作為房屋的稱名，偶有稱"房"的。至今"×厝"地名依然遍佈閩南各地，正是這種閩南歷史語言文化的遺存。

3.3 《漳州語藝》特色數量短語：指數短語"指示代詞+數詞+名詞"中的量詞省略

《漳州語藝》中有一些特色數量短語是指數短語"指示代詞＋數詞＋名詞"，其中的量詞省略了。《漳州語藝》中有"許一"（"那一"）、"許二"（"那二"）、"只一"（"這一"）構成特殊的"許（指示代詞）+數詞"這樣的特色指數短語，是"指示代詞＋數詞"而在數詞後省略了量詞，"許一

人”、“許二人”、“只一人”、“許一時”相當於當今說“那
一個人”、“那兩個人”、“這一個人”、“那一個時期”。

同時，對照《漳州語藝》P19 列有“hù nò guè lāng 許二個
人”、P27-28 列有“chǐ chêg' guè chīn 只一個錢”、“只二個
錢”和“hù chìg' pùn chêg' 許一本冊”等，又可知並存著“許/只
（指示代詞）＋數詞＋量詞”這樣未省略量詞的結構完整的數量
短語。這些語法用例都並沒有省略量詞“個”，作者解說為“那
兩個人”、“這一個硬幣”、“這兩個硬幣”和“那一本書”，
均可為證。可見，在 400 年前的《漳州語藝》時代，數詞後省略
了量詞的這種特色指數短語與不省略量詞的數量短語在當時的漳
州話裡是並存狀況。

3.4 韓國語特色數量短語：3 大類 6 小類

《漳州語藝》上面的特色數量短語，是漢語普通話沒有的。
韓國語也有一些漢語普通話、《漳州語藝》裡都沒有的特色數量
短語。在對數量短語修飾名詞的語法結構進行語法分析時，韓國
語一般把量詞稱為“單位名詞”（단위 명사），把數量短語稱
為“數量表現句”（수량 표현구）。

정우영，양호的論文《韓國語與漢語數量短語結構比較》
（『한국어와 중국어 수량 표 현구의 구조 비교』）[20]對韓國
語和漢語的數量短語的類型進行了分類和分析後，分別列出了兩
種語言各自具有的數量短語結構如下：

韓國語：명사-수사，명사-수사/수관형사-단위명사，

---

[20]　정우영, 양호.『한국어 단위명사와 중국어 양사의 어순 대비』.동국
대학교동서사상연구소.『철학·사상·문화』, 2013 년, 16 권, 16 호:189p
~216p

수사/수관형사-의-명사, 수사/수관형사-단위명사-
의-명사

名詞—數詞，名詞—數詞/數冠形詞—

單位名詞，數詞/數冠形詞—的—

名詞，數詞/數冠形詞—單位名詞—的—名詞

漢　語：명사-수사-양사, 수사-명사, 수사-양사-명사

名詞—數詞—量詞，數詞—名詞，數詞—量詞—名
詞

　　本文通過比較分析上面的韓漢數量短語類型上的異同，將韓漢相同的數量短語歸為 3 種類型，而將漢語所沒有的韓國語特色數量短語歸納為 3 大類 6 小類。

　　韓漢語共有 3 種結構相同的數量短語類型，即："名詞—數詞—量詞"，"數詞—名詞"，"數詞—量詞—名詞"，漢語存在的數量短語類型，韓國語全有反之，韓國語存在的一些數量短語、漢語則沒有。韓國語比漢語多了 3 大類 6 小類特色數量短語類型，本文歸納如下。

　　第 1 大類，是數量結構顛倒漢語的語序，名詞在前、數詞在後，不含量詞。包含 2 小類：一是名詞-數詞（명사-수사），二是名詞-數冠形詞—量詞（명사-수관형사-단위명사）。

　　第 2 大類，是數量結構中用韓國語特有的數冠形詞替代數詞，包含 2 小類：一是數冠形詞—名詞（수관형사-명사），二是數冠形詞—量詞—名詞（수관형사-단위명사-명사）。

　　第 3 大類是在數量詞（包括數冠形詞）和其所修飾的名詞之間加"的"（의），包含 2 小類：一是數冠形詞—"的"—名詞（수관형사-의-명사），二是數冠形詞—量詞—"的"—名詞

（수관형사-단위명사-의-명사）。

　　정우영和양호認為，韓國語特色數量結構之所以存在“名詞
－數詞（명사-수사）”結構是因為漢語已從主述結構轉化為修飾
結構，而韓國語還保持主述的結構方式。並認為，韓國特色數量
結構中含結構助詞“的”是與韓國語“의”的使用發達有關。上
述這 3 大類 6 小類韓國語裡存在的特色數量短語，在漢語普通話
裡與《漳州語藝》裡都沒有。

　　數冠形詞又叫數冠詞，它只是冠形詞的一種。冠形詞是放在
體詞前面作定語，起修飾或限定體詞的作用，表示體詞的性狀、
數量、分量、範圍、體積、指示等，沒有詞形和詞性的變化。韓
國語中，冠形詞共分為三類：性狀冠形詞，數冠形詞，指示冠形
詞。性狀冠形詞常用例詞有：새（新），헌（舊），옛（以
前），순（純），온갖（各種），딴（別的），별（特別），순
（純），여느（普通），맨（最）；數冠形詞常用例詞有：한
（一個），두（兩個），반（半），여러（許多/各種），온
（整個），모든（所有），전（全），여러（各種/許多），일
체（一切）等；指示冠形詞常用例詞有：이（這個），그（“那
個”，較近），저（“那個”，較遠），어느（哪個），다른
（其他），무슨（什麼），본（本）전（前）。

　　含有數冠形詞和結構助詞“的”這一類型的韓國語特色數量
短語，尤其具有韓民族語言結構特色，與漢語普通話數量短語和
400 年前的閩南話語法教材《漳州語藝》數量短語相比，有著相
當大的語言結構差異。

結論

　　量詞豐富是漢藏語系語言的語法特徵，現代漢民族共同語和漢語方言中都存在豐富多樣的量詞，並由此構成大量的數量結構。韓國語是非漢藏語系語言，但也具有豐富的量詞和形式多樣的數量結構。本文通過將現代韓國語和閩南話數量結構與 400 年前的漢語閩南話教材《漢語語法：漳州話語言藝術》（1620）中所載錄占全書近一半篇幅內容的數量結構進行對比，發現《漳州語藝》和現代閩南話的文讀數詞、文讀量詞與韓國語漢字詞量詞（在韓國語中量詞稱為"單位名詞"）很多讀音相近。

　　根據本文對韓漢語所有的數量短語類型的異同比較分類，漢語有的類型韓國語全都有，韓漢語的相同的數量結構有 3 類，而韓國語類型比漢語多。根據本文歸納，韓國語比漢語多了 3 大類 6 小類數量短語，第一大類是名詞–數詞（명사-수사）類，這類是顛倒漢語的語序，名詞在前、數詞在後，不含量詞。第二大類是數量短語中用韓國語特有的數冠形詞替代數詞。第三大類是在數量詞（包括數冠形詞）和其所修飾的名詞之間加"的"（의）。這 3 大類數量短語在韓國語中的使用均很活躍，且 3 大類還各自分別包含兩小類。因此，韓國語的數量短語類型比漢語更加形式多樣。

　　如本文開頭所述，量詞豐富是漢藏語系語言的主要語法特徵之一，韓國語量詞豐富、由此構成的數量結構也形式多樣，這顯示出了韓國語與漢藏語系語言的相似點。而且從本文對前述兩部大型韓國語詞典民眾書林《國語詞典》與《延世韓國語詞典》所收錄的量詞中漢字詞所占比例統計來看，來源於漢字詞的量詞在兩部詞典中分別占比 31% 和 52%，由此可見韓國語量詞的主要來源之一是漢字詞，跟漢語量詞有緊密的歷史淵源關係。

　　此外，源自漢語的韓國漢字序數詞的構詞語序"首碼제（第）＋基數"：（如：제이"第二"）與韓民族固有序數詞的語序"基數＋尾碼"째（第）"（如：둘째"第二"）相反。通過與 400 年前漢語教材《漳州語藝》中的序數詞語序比較可知，韓國語漢字序數詞語序與《漳州語藝》一致，均為：首碼"第"/"初"＋基數。

　　本文通過對漢語中 400 年前的閩南話教材《漢語語法：漳州話語言藝術》（1620）數詞、量詞和數量短語（主要是名量短語）的挖掘，並與現今的閩南話量詞與韓國語的量詞進行對比研究，一方面努力探尋古代漢語在海外的發展脈絡和遺存狀況，另一方面努力探尋韓漢數詞、量詞和數量短語的歷史親緣關係和語言接觸關係。

參考文獻

佚名.《漢語語法：漳州話語言藝術》（Gramática china: arte de la lengua chio chiu），至遲成書於 1620 年，尚為手稿，原稿現藏於英國國家圖書館和西班牙巴賽隆納大學圖書館等處。

廈門大學中國語言文學研究所漢語方言研究室. 普通話閩南方言詞典 [Z]. 福建：福建人民出版社，1982.

福建省地方誌編纂委員會. 福建省志·方言志 [M]. 北京：方志出版社，1998.

周長楫. 閩南方言大詞典 [Z]. 福州：福建人民出版社，2006.

劉沛霖. 韓漢大詞典 [Z]. 北京：商務印書館，2004.

林寶卿. 閩南方言與古漢語同源詞典 [Z]. 廈門：廈門大學出版社，1999.

周長楫. 說"一"、"禎"和"蜀" [J]. 語言研究. 1982,(02).

周長楫. 廈門方言研究 [M]. 福州：福建人民出版社，1998.

劉學敏、鄧崇謨. 現代漢語名詞量詞搭配詞典 [Z]. 杭州：浙江教育出版社，2001

韓景熙. 中韓名量詞對比研究 [J]. 濟南大學學報，2002(03).

정우영, 양호.『한국어 단위명사와 중국어 양사의 어순 대비』.동국대학교동서사상연구소.『철학・사상・문화』, 2013 년, 16 권, 16 호 :189p～216p

A Comparative Study on the phrases with quantifiers between Korean and Minnan Dialect in the Book of *Chinese Grammar: The Art of Zhangzhou Dialect* (1620)

Jin Mei

Abstract

The book, *Chinese Grammar: The Art of Zhangzhou Dialect,* is a Chinese textbook written by an anonymous Spanish Dominican missionary no later than the year of 1620. This book recorded the Zhangzhou dialects spoken by Minnan living in Manila, Philippine, which hasn't had Chinese translation yet, but only a manuscript. A total of 418 numerals and quantifiers was recorded from the page 30 to 36 in the manuscript, which includes 337 numerals and 81 quantifiers. Also, 197 phrases containing the 81 quantifiers were recorded.

This paper adopted those numerals, quantifiers and phrases used 400 years ago to compare with present Korean and Minnan dialect. From a cross perspective of time to discuss the similarity and difference in the form, pronunciation and meaning between these three languages. Meanwhile, the historical connection and language contact relationship between those numerals, quantifiers and phrases are also explored in this paper.

中・韓過去時間語法表現形式的對比研究

韓國江原大學國語國文博士
劉虹杉*

摘　要

　　"時間"問題是一個非常複雜的問題。龔千言（1994）表示："宇宙的萬事是在一定的時間和空間內的變化，反映在語言表達上，世界各種語言中也存在時間系統和空間系統。但是時間系統和空間系統並不完全相同。"이익석（2007）表示："時間是在所有文化和語言中存在的普遍現象，但是如何表現各語言中的時間，每個語言的方法都不一樣。"陳平（1988）表示："時（Tense）和體（Aspect）是"時間"系統的子系統，因此理論上存在時和體的語法。"時和體這一語法範疇在很多語言原則上客觀存在。不同語言的語言系統有共同的一面，當然也有個性的一面。共性方面涉及與語法意義相應的多個範疇，個性方面則具有語法標記上的不同體現。因此，雖然各語言語法都有時和體範疇，但表現形式不完整。

　　外國學習者們對於"時間"的子系統"時"和"體"的語法學習是重點涉及的領域，需要更加全面具體的學習資料。但實際上在語言生活中，外國學習者們對於"時"和"體"的運用，往往由於母語的負遷移或者學習資料不足會出現語法錯誤。特別是漢語和韓語中關於過去時間表現形式的問題。例如，有時候很難說明使用"了"的句子意味著什麼。韓國中文學習者，往往把"了"和母語的"-았/었/였-"等聯繫起來，但實際上"了"不單單只有"時"的語法意義。表現過去時間時，有中文中的"過"，"了"，"已經"，"曾經"等和韓國語的"-았/었/였-"，"-ㄴ/은/는/ㄹ/을"，"-었었-"等。所以，對於非母語的語

---

*　　所屬及職位：韓國江原大學，國語國文專業，博士。

言學習者來說，這是有可能引起混亂的問題。

　　因此，語言學習者在判斷此類語法時，應該先判斷是否與“時”和“體”的語法相關。此類的語法偏誤常常是由於不清楚“時”和“體”的具體使用的標準和意義。對此，本研究主要討論中文和韓國語中關於過去時間表現形式的問題，通過中文的“過去時”和“完成體，經驗體”的語法表現形式，闡明韓國語對應的表現形式，並致力於說明使用中文“過去時”和“完成體，經驗體”的語法表現形式時的情況，提出對應的韓國語表現形式。另外，本研究通過對比還為解決韓語母語者習中文或者中文母語者學習韓國語關於過去時間時出現的困難，提供更加詳細準確的對應表現形式，也為語言教學者提供教學資料。

關鍵詞：時（時制，시제，Tense）　過去時　體（時態，상，Aspect）
　　　　　完成體　經驗體　對比　教學資料

1. 緒論

中・韓時（Tense）和體（Aspect）的對比研究非常重要，它不僅具有理論意義，而且具有實用價值。一直以來，普通語言學在解釋語法時和體時，從印度－歐洲語的語法中，把時和體作為範本進行解釋。如果能很好地研究中・韓語法時和體就可以更準確地概括語法時和體。並且，能完善語法體系，更好地教授語言。另外，對語言間的比較研究也有幫助，對不是母語的外國人或外族人的語言學習及機械翻譯也有幫助。

學習非母語的時和體是很難的，在這方面我也感同身受。在學習非母語的時候，容易犯這樣的錯誤，即，根據已經熟悉的母語或印度－歐洲語語法體系分析非母語實際語法現象，這是很大的誤解。這種錯誤做法嚴重妨礙學好非母語。教師們好好研究語法時和體後，對學生進行語法教育會有所說明。時和體範疇本身是非常複雜的系統，不僅與時和體的語法標記本身的語義功能有關，還與文中動詞的類型和句法的結構有關。時和體的具體使用與時間副詞，時間名詞也緊密相關。[1]根據語言不同，不僅是時和體的表現形式，就連具體的時和體概念，分類也會不同。因此，不僅給現代中文和現代韓國語的時和體的研究帶來相當大的難度，而且給語言學習和交際帶來了很多難點和困惑。（會晶吉・張小萌，1998）

第二語言學習者大多有自己母語的語言系統、知識結構、思

---

[1] 本研究著重對常出現語法錯誤的表示過去意義的時（Tense）和體（Aspect）的語法表現形式進行具體對比研究。

維能力，這必然對語言的語法學習有負遷移。學習者的語言學習過程也是類比、思辨的過程，只要學習一個單詞，就會尋找相應的母語單詞，學習語序排列，就會與相應的母語的排列進行比較等，這就是學習者快速掌握第二語言語法的原因。但是，由於語言之間的差異性，這樣的類比和思辨結果並不完全屬實，經常發生錯誤。對於這種習性特徵，一般要採用更科學，系統的對比分析方法。本研究以中文時的下位分類“過去時”和體的下位分類“完成體”，“經驗體”的語法標記為中心，觀察語法標記形式和文章結構，採用形式和意義相結合的方法討論中‧韓關於過去時間語法表現形式的對應表現形式，並解釋使用時的情況。一方面，最大限度地繼承和吸收前研究者的研究成果。另一方面收集大量資料，從大量資料中找出表示過去意義的時和體的形式特徵，加以把握，明確分類。

通過對比，我們可以更加清楚地瞭解中文和韓國語最容易出現偏誤的表示過去意義的時和體的差異，有利於防止國際文化交流中出現的錯誤或誤會，而且本研究在外語教學中也能起到一定的作用。通過對比，加深了韓語和中文母語者對學習中文和韓國語的表示過去意義的時和體的語法標記的認識，從而對韓語和中文母語者學習韓國語和中文起到促進作用。

時和體作為語法範疇，在形式、功能及意義上，具有各自的特徵，應加以區分。時（Tense），表示事件在時間上的位置，體（Aspect），表示事件在時間中的狀態。前者是定位範疇，後者是定狀範疇。兩者都表現為事件的時間因素，但內容不同，時界的性質也不同（戚雨村，1994）。中文語法學界一般認為 Comrie 理論是古典理論的代表，這可能是誤解，但 Comrie 的理論在中文語法學界確實占主流（陳前瑞，2003）。關於中文語法時間體系的研究有龔千言在 1995 年的『漢語的時相時制時態』和李鐵根在 1999 年的『現代漢語時制研究』。大多數研究都是以動詞的正常意義為中心的動詞分類研究。時和體的關係確實非常密切，但兩者是不同的系統，所以大部分情況下，應將兩者分開處理。因為從研究語言的個性角度來看，對印度－歐洲語言和其他語法形態不足的時和體的研究確實是重要的研究課題。從研究語言的共同性角度來看，人們對於時和體的語法表現形式意見出現分歧時，應該進行更加周密的研究。

那麼，下面首先要通過中文過去時間的語法表現形式來分別討論過去時和完成體、經驗體的語法標記，以及每個語法標記的實現條件。然後通過這些語法標記來討論相關的韓國語表現形式。

2. 中・韓時的語法表現形式的對應形式

2.1. 過去時語法表現形式的對應形式

A. 時態助詞 "了" 和韓國語的對應表現形式

中文的 "了"，分為表示動作完成或動作實現的 "了₁" 和表示事態的變化或即將實現的 "了₂"。時態助詞 "了₁" 用在動詞之後，動詞後如果有賓語，"了₁" 用在動詞之後，賓語之前。主要表示動作的完成或實現。根據動詞的性質表示兩種不同的完成或實現。[2]例如，用在結束性動詞（包括述補式動詞短語）之後，表示完成，用在持續性動詞之後，表示實現。[3]"了₁"的"完成"之意在一般情況下往往與過去的含義相融合。"了₁"在中性語境下（假設沒有其他任何語境因素的干涉），是一個"時"和"體"的混合體。但是，在綜合語境下，它們原始的時制性質會被抑制。[4]的確，在不同的語法結構中，很難從不同的語境中分析語法形式和語法意義上的對應關係。"了₁"的語法功能體現在使用它的語法位置和它在不同的句子裡所表現的語法意義。所以，從時制的角度研究"了₁"時，注意語境很重要。一般來說，表示動作完畢的"了₁"在單一事件句中常常表現過去時。

(1) 가. 我昨天見了老師。(나는 어제 선생님을 만났다.)

나. 上個月特別累 Ø。(지난달에는 무척 피곤했다.)

다. 朋友之前是 Ø 公司職員。(친구는 전에 회사원이었다.)

라. 昨天喝酒的時候，我很想 Ø 他。(어제 술을 마셨을 때 그를 보고 싶었다.)

마. 上學期每個星期日晚上都去散步 Ø。(지난 학기 일요일마다 산책했다.)

例句(1가)的中文例句，在動詞後面加"了"，即使沒有時間詞也可以表達過去的意義。但是，像例句(1나，다)的情況，

---

[2] 王還（1990），「再談現代漢語詞尾"了"的語法意義」『中國語文』3.

[3] 房玉清（1994），『實用漢語語法』 北京：北京語言學院出版社。

[4] 金立鑫（1998），「試論"了"的時體特徵」『語言教學與研究』1.

形容詞和指示動詞在表達過去意義時　，　因為不能加時態助詞
"了"，所以句中一定要有表示過去時間的詞。如果在沒有時態
助詞"了"的過去時制句中，省略過去時間的詞，就會混淆為現
在時。像例句(1라)有能願動詞[5]"想"的情況下，即使是過去也
不會使用"了"。另外，像例句(1마)，在過去的一段時間裡，
對於有規律、習慣性地發生的事，不使用"了"。在上述所有的
情況下　，　如對應的韓國語例句所示　，　即使沒有表示過去時間的
詞，在謂詞詞幹後加上過去時制先語末語尾"-었-"[6]就可以知道
這個句子是過去時制。但是，中文並不總是在謂詞後面加時態助
詞"了"。

接下來，看一下否定情況的具體例句。

(2)　가. 我<u>昨天沒</u>見 Ø 老師。(나는 어제 선생님을 만나<u>지</u>
　　　　<u>않았다</u>.)

　　　나. <u>上個月不</u>累 Ø。(지난달에는 피곤하<u>지 않았다</u>.)

　　　다. <u>朋友之前不是</u> Ø 公司職員。(친구는 회사원이 <u>아</u>
　　　　<u>니었다</u>.)

例句(2)是例句(1)的否定句。從例句(2가，나)可以看出，中
文動詞的過去時制的否定形式是在動詞前加"沒（有）"，形容
詞和指示動詞"是"的過去時制否定形式是在形容詞或指示動詞
"是"前加"不"，並且要去掉過去時制的語法標記"了"。韓
國語"-었-"的否定形式是在陳述句的動詞或形容詞的詞幹後面

---

[5]　能願動詞，又叫助動詞，用在動詞、形容詞前，主要表示可能、意願、
　　必須等意義。如：能，會，要，必須等。（參照『對外漢語教學語
　　法』）

[6]　當然韓語的"-었-"也有非時制的用法，本研究不做討論。

加 "-지 않았다"。指示動詞 "-이었다" 的否定式是 "-아니었다"。

而且，"了₁" 可以體現與現在斷絕的過去時制。例如：

(3)　가. 我看了兩次這個電影。(나는 이 영화를 두 번 보았다.)

　　　나. 昨天穿了牛仔褲。(어제 청바지를 입었었다.)

像例句(3가，나)中，"了" 可以表示動作行為在說話之前發生，但事件引起至今仍存在固定情況。例句(3나)，如果 "了" 與表示過去的時間詞相結合，事態發展到今天的意義被淡化了。此時，如例句中韓國語例句所示，可以與 "-었었-" 相對應。

句子末尾的 "了" 有時可以解釋為過去時。例如：

(4)　가. 他的衣服舊了。(그의 옷은 낡았다.)

　　　나. 他老了。(그는 늙었다.)

　　　다. 柿子熟了。(감이 익었다.)

例句(4)中 "舊"，"老"，"熟" 表示的是從 "不舊"，"不老"，"不熟" 到 "舊"，"老"，"熟" 的變化過程。而且，"了" 表示這個變化過程已經實現了。從這個意義上說，這是過去時制。此時，與韓語的 "-었-" 相對應。在這種情況下，這個變化過程的實現需要一個時段，因此它們無法與表達確定時點的詞共現[7]。例如：

(5)　가. *昨天他老了。(*어제 그는 늙었다.)

7　盧英順（1994），「關於 "了" 使用情況的考察」，『安徽師大學報』2.

나. *<u>八點鐘</u>他的衣服舊<u>了</u>。(*8시에 그의 옷은 낡았
　　다.)

　　如例句(5)所示 ， 此時中文和韓國語的情況一樣 ， 句中的
"了"表示這個變化過程已經實現了，這時再與確定時點的詞共
現時，整個句子就會產生偏誤。

B. 時態助詞 "過" 和韓國語的對應表現形式

　　一般，時態助詞 "過" 根據跟時間副詞 "曾經" 能不能共
現，分為兩種語法意義。其中表示過去時意義的 "過" 能跟 "曾
經" 共現，記為 "過₂" (龔千言，1994)。

(6)　가. 我<u>(曾經)</u>去<u>過₂</u>故宮。否定句：我<u>沒(有)</u>去<u>過₂</u>故宮
　　　　。(나는일찍이 고궁에 <u>간/갔던</u> 적이 있다./<u>갔</u>었다.
　　　　否定句：나는고궁에 <u>간/갔던</u> 적이 없다./<u>가지 않</u>
　　　　<u>았</u>다.)

　　　　나. 她<u>(曾經)</u>也漂亮<u>過₂</u>。否定句：她<u>沒(有)</u>漂亮<u>過₂</u>。
　　　　(그녀도예<u>뻤던/예뻔</u> 적이 있다./예<u>뻤</u>었다. 否定
　　　　句：그녀는 예<u>뻤던/예뻔</u> 적이 없다./예<u>쁘지 않았</u>
　　　　다./<u>안 예뻤</u>다.)

　　例句(6)中， "過₂" 加在動詞或形容詞後，表示曾經發生某
動作或存在某狀態，即，過去有過這樣的事情，但現在動作已經
不進行或狀態已經不存在，否定句以 "沒(有)+V/A+過₂" 來表
示過去時意義。此時，如例句中韓國語例句所示，可以與 "-ㄴ
(었)던 적 있다" 和 "-었-，-었었-" 相對應。否定形式分別為
"-ㄴ(었)던 적 없다" 和 "-지 않았다/안+V/A+었다"。

　　"過₂" 表現過去時的時候，與時間詞的結合情況如下：

(7)　<u>前年</u>我去<u>過₂</u>故宮。(<u>재작년</u>에 나는 고궁에 <u>갔</u>었다.)

*有一年，我去過₂故宮。

如例句(7)所示，如果有時間詞，必須用有定的，表示過去時制的時間詞語。如果表達時制，那麼句中存在的時間詞只能起到辨別時制的作用，如果沒有表現時間的成分，"過"本身就無法表達時制。並且，有了過去時間詞，更能體現過去時制之意。韓國語也是如此。

韓國語過去時制先語末語尾的重疊形式"-었었-"可以表示大過去時制，在時制意義上指所表示的事件已經和現在時間沒有聯繫（不延續－結束），完全分離了。例如：

(8)　절대 우리가 일찍이 왔었다고 말하지 말아라. (你可千萬別說我們曾經到這兒來過。)

例句(8)中"過₂"和對應的"(오+)왔었-"的隱含義為"來過，現在已經離開了"。"-었었-"和"過₂"的共同點可以分為兩點，第一，表示過去有過這樣的事情。第二，現在的動作已經不進行或者狀態已經不存在。

韓國語的過去時制有"事件過去時"和"認識事件過去時"的區別。例如：

(9)　명명은 밥을 무척 빨리 먹었더라. (明明快速地吃了飯。)

　　*명명은 밥을 무척 빨리 먹더었다.

例句(9)"-었-"表示"事件過去時"，"-더-"表示"認識事件過去時"，事件的時間肯定比認識事件的時間早。"-더-"表示過去回想的語法意義。"明明吃飯"事件發生以後，"我"（隱含主體）的對明明吃飯的速度"快不快"的判斷認識才可討論。因此，"-었더-"的組合成立，"-더었-"的組合在時間流

上發生矛盾，不能成立。即，由於事件的發生時間先於對事件的認識時間，所以，"-었-"和"-더-"連用時"-었-"先於"-더-"。"-었었-"的重疊情況也相似。例如：

(10) 원래 꽃이 벌써 다 피<u>었었</u>구나. (原來花都已經開了啊。)

*원래 꽃이 벌써 다 피<u>더더</u>구나.

"-었-"表示"事件過去時"，所以可以構成"-었었-"的重疊形式，表示過去完了或大過去時制意義(10가)，而"-더-"表示"認識事件過去時"不能重疊(10나)。

韓國語的詞綴疊用形式有"-었었-"和"-었더-"，但是和漢語的"過了"的疊用形式沒有對應關係。因為"-었었-"表示過去完了或大過去時制意義（不延續－結束），中文裡沒有這種事件過去時和認識過去時的形式上的區別。[8]

C. 時態助詞"的"，語氣詞"來著"和韓國語的對應表現形式

"的"是針對動詞表示過去時制意義的。因此，"的"在句子末尾或動詞之後，賓語之前，表示動作行為的過去時制，事情已經發生了。"的"表示過去時制意義時，常用於口語[9]。它的時制意義可以用刪除法確認。例如：

(11) 가. 姑姑什麼時候走的？(已經離開了—過去時制)

나. 姑姑什麼時候走？(還沒離開—非過去時制)

例句(11)，如果刪除"的"的話，整體文章就會從(11가)的過去時制變為(11나)的非過去時制。

---

[8] 此時漢語中相同語義下有"看來…"，"發現了…"等非時制表現方式。

[9] 陸慶和（2005），『實用現代漢語語法』 北京大學出版社。

下面，看看時態助詞"的"表示過去時制的形式和條件。

(12) 昨天，姑姑什麼時候走<u>的</u>？

如例句(12)，表示過去義時，"的"只出現在動詞謂語句中，並且只能和過去時中的時間狀語一起使用。

(13) 가. 姐姐昨天晚上回<u>的</u>學校。

　　　나. 她是跟外國老師學<u>的</u>英語。

(14) 가. 你什麼時候告訴老師<u>的</u>？

　　　나. 我在書店碰見老師<u>的</u>。

(15) 媽媽什麼時候打來<u>的</u>電話？

"的"在句中有三個位置。如例句(13)，動詞謂語之後，名詞賓語之前，強調動作的時間、地點、方式、主體等。如例句(14)，如果賓語是代詞，那麼"的"就位於代詞賓語之後。如例句(15)，動詞後面如果有趨向補語，一般位於補語之後。

"的"在做時態助詞時，主語之間一般可以加表達語氣的"是"。例如：

(16) 昨天他們是由東門進城<u>的</u>。否定句：昨天他們<u>不是</u>由東門進城<u>的</u>。

如例句(16)，主語之間加"是"時，整個句子增加了強調之意。"的"作為時態助詞時，否定形式不用"沒（有）"。因為"的"經常強調確認動作結束的時間、地點、方式、動作物件等。在否定的時候，主要資訊要在強調的部分前面加"不是"。

接下來，分析與韓國語的對應表現形式。

(17) 가. 你什麼時候去<u>的</u>？(너 언제 갔니?)

　　　나. 昨天見到<u>的</u>同學是高中同學。(어제 만난 친구는 고등학교 동창생이다.)

　　　다. 昨天讀<u>的</u>書太有意思了。(어제 읽<u>은</u> 책이 너무

　　　　　재미있었다.)

　　例句(17가)，從韓國語例句可以看出與"的"相對應的韓國語表現形式是在謂語詞幹後加上過去時制先語末語尾"었"。例句(17나，다)，沒有收音的動詞詞幹後加過去時制慣型詞詞尾"-ㄴ"，有收音的動詞詞幹後加過去時制慣型詞詞尾"-은"表現過去時制。

　　另外，韓國語中也有其他語法表現形式與表示過去時制的"的"相對應。

　　(18) 가. 방금 먹<u>던</u> 케이크가 어디에 있어요?(剛才吃<u>的</u>蛋糕在哪兒？)

　　　나. 조금 전까지 많<u>던</u> 사람이 다 사라져 버렸다.(剛才還很多<u>的</u>人都消失了。)

　　　다. 초등학생이<u>던</u> 소우가 벌써 대학생이 되었다.(是小學生<u>的</u>小宇成了大學生了。)

　　例句(18가)中，"먹던 케이크"指吃剩的蛋糕，表示"먹다"的行為尚未完成。此時從中文例句中看出可以與表現過去時制的"的"相對應。例句(18나)和(18다)一樣，結合形容詞或指示詞的"-던"表示過去是那麼回事，現在情況不同了。此時從中文例句中看出可以與"的"相對應。因此，與單純地表現過去的事實，和動詞一起使用的過去時制慣型詞詞尾"-(으)ㄴ"不同，在"-더-"中加慣型詞形轉成詞尾"-ㄴ"的形態"-던"，表現過去回憶的意義和行為或狀態，過去沒有完成就中斷或過去發生的持續、反覆的行為及狀態。

　　並且，"-었던"也用於回憶行為已完成的事實或過去僅發

生過一次的事情。例如：

> (19) 가. 이 옷이 전에 내가 <u>샀던</u> 것이다.(這件衣服<u>是</u>我以
> 前買<u>的</u>。)
>
> 나. 대학 다닐 때 처음 <u>만났던</u> 여자친구를 오랜만에
> 다시 만났다.(<u>上大學時第一次見面的</u>女朋友，時隔
> 很久再次見面了。)

例句(19가)，用"-었던"來表示回想過去買書的行為已經完成的事實。此時從中文例句中看出可以與"的"相對應。例句(19나)表示對與女朋友第一次見面的回憶。"처음"也是"딱한번"的意思，因此，回憶過去發生一次的事情時，結合"처음"使用。此時從中文例句中看出可以與"第一次…的"相對應。

此外，語氣詞"來著"也可以表現過去時，主要表現近時的過去。

> (20) 가. 媽媽剛才還說<u>來著</u>，現在應驗了吧。
>
> 나. 你們幾個幹什麼<u>來著</u>？我們看電視<u>來著</u>。
>
> 다. 記得我們還在這裡合過一張相<u>來著</u>。

如例句(20)，"來著"可位於動詞的後面，也可位於動賓短語的後面。無論在動詞後面還是在賓語後面，"來著"都要在末端。而且必須位於文章或小句的末尾。

需要指出的是，近時過去是指幾分鐘前、幾小時前、幾個月前甚至幾年前的比較模糊的概念。例如：

> (21) 가. 我還記得，<u>小時候</u>咱倆經常一起玩兒<u>來著</u>。
>
> 나. <u>幾年前</u>，老板派了秘書致賀<u>來著</u>。

如例句(21)，因為在使用"來著"時，說話的人主觀上講到

該事件發生的時間所剩無幾，所以經常被用於回憶很久以前的往事。

"來著"如果要表達否定的意思，只能去掉"來著"，然後在動詞前面加"沒(有)"。例如：

(22) 媽媽叫我來著。否定句：媽媽沒(有)叫我。

分析完了漢語語氣詞"來著"表示過去時制的形式和條件，接下來分析與韓國語的對應表現形式。

(23) 昨天晚飯你們吃什麼來著？(어제 저녁밥 너희들 무엇을 먹었지?)

例句(23)中"來著"表示話者主觀上認為事件發生的時間離說話時不遠，是近時過去。從例句(23)的韓國語例句可以看出與之相對應的韓國語表現形式是在謂語詞幹後加上過去時制先語末語尾"-었"。

3. 中・韓體的語法表現形式的對應形式

3.1. 完成體語法表現形式的對應形式

A. 時態助詞 "了" 和韓國語的對應表現形式

關於"了"的研究大體上分為"了$_1$"和"了$_1$"，"了$_1$"表示的"現實性"（體的意義）在"過去"實現。[10]所以，"了$_1$"有時制的意義也有體的意義。

"了$_1$"用在複合事件句中，例如："我下了班給你打電

---

[10] 戴耀晶（1997），『現代漢語時體系統研究』 杭州：浙江教育出版社。

話。"中的"了₁"主要體現體的意義。即，動作"完畢"之意，這種"完畢"和過去的時間沒有必然聯繫。全文表示將來，可以加進表示將來的時間詞。例如："我明天下了班給你打電話。"這樣的複合事件句陳述的中心不是與"了₁"的動詞結合在一起的。另外，"了₁"在虛擬條件句中也主要表示體的意義。例如："如果去了外地，他就會丟掉這份工作。"

黎錦熙在1992年，把"了"看作是表現完成性的附加助動詞。王力在1946年表示："大多數人認為"了"意味著完成。把"了"加在動詞後面（"了₁"）或者句子末尾（"了₂"）中用兩種用法分開解釋，把"了₁"看作是時態助詞，以此表示完成。完成、實現體是指動作已經發生、進行、完成或狀態以前已經存在或實現。主要用時態助詞"了₁"和語氣助詞"了₂"來表示。"

"了₁"是表示行為、動作的完成，只在動詞後面使用，用於說明說話者意圖的動作或行為在某個角度已經實現或完成。動詞後面的"了"表示動作的完成，這個完成並不是在時制中說的完成時，而是意味著體的完成體。這種完成體徹底排除時間性。[11]

因此，討論完成體時，基本上是在有結果補語[12]的句子中，因為觀察事件的時間不在內部，而在外部。還有，曾提及強調結

---

[11]　劉月華（1996）也認為"了₁"只與動作完成有關，與動作發生時間無關。

[12]　漢語的動詞大多只能表示動作的方式或過程。當表示動作完成後的結果時，一般要求謂語動詞後還要帶上表示結果的動詞或形容詞。我們把這類動詞完成後的結果的動詞或形容詞稱作結果補語。（參照『實用對外漢語教學語法』）

果只是表示狀態的結果，並沒有狀態實現的意思。但是，由於使用這種結果補語的形態為"了"的附加，可從外部時間點轉向內部時間點，具有不可分離的整體性的性質和實現意義上的動態性。通過下面的例句可以確認。

(24) 作業已經做完了。

像例句(24)是使用結果補語的例句，由於"了"的附加，更能體現結果所實現的性質。

中文完成體的語法標記"了"和韓國語的"完成體"對比來看的話，例如：

(25) 가. 作業都做完了。(숙제를 다 끝내 버렸다.)

　　나. 已經過了幾十年了，都忘掉了。(수십 년이 지났으니까 이미 다 잊어 버렸다.)

　　다. 弟弟把剩下的飯都吃掉了。(남동생이 남은 밥을 다 먹어 버렸다.)

如例句(25가)，中文完成體的語法標記"了"表示事情辦完了。例句(25나)表示忘記了地遺憾。例句(25다)表示動作的強調。對應韓國語的瞬間完成型"-어 버리다"，是連接詞尾"-아/어/여"和補助動詞"버리다"相結合的形式，主要與動作動詞相結合。和動詞"버리다"的意思有關，用於表示動作完全完成。完成型"-어 버리다"作為動作的完成，包含話者的心情。這表示心理負擔的消除帶來的輕鬆，與期待背道而馳的遺憾和動作的強調等。

(26) 가. 雖然已經很小心了，最終/還是感冒了。(조심했지만 감기에 걸리고 말았다.)

　　나. 兩個人最終/還是分手了。(두 사람이 결국 헤어지

고 말았다.)

　　다. 拖拖拉拉<u>最終/還是</u>錯過<u>了</u>公交車。(늑장을 부리다

　　　　가 버스를 놓치고 말았다.)

　　中文完成體的語法標記 "了" 在例句(26가)表現出了對患上非自願的感冒的不滿。例句(26나)出現違背兩人的期待，最終選擇分手的情況。例句(26다)表示結果遺憾的是沒有赶上公交車。此時，漢語中一般用 "最終/還是…了" 的形式來表現，對應的韓國語為連接詞尾 "-고" 和表示否定意義的動詞 "말다" 相結合的輔助動詞 "-고 말다"，主要與動作動詞結合使用。常常在有話者所不願意的結局出現的情況下使用。

　　"-어 버리다" 表示說話者的心理。與此相反，"-고 말다" 表示事實或事件的結束。"-고 말다" 通過各種過程，最終表示動作完成，動作結束。這兩個表述在表達出話者的遺憾方面相似，常常用於出現話者不願意看到的結局的情況。中文的完成體標記 "了" 單純地表示事件或狀態結束，話者的感情不顯露，但是通過語境可以判斷話者的感情。韓國語的完成體 "-어 버리다"，"-고 말다" 和中文的完成體 "了" 雖然可以相互對應，但韓國語的完成體表現形式比中文的完成體 "了" 蘊涵著更多的情態（양태）。

　　(27) 가. 因為練習得多，漢語<u>漸漸(變)</u>好<u>了</u>。(연습을 많이

　　　　　하니까 중국어가 점점 좋아 진다.)

　　　　나. 吃了幾天的藥，<u>沒(變)</u>好。(약을 며칠 동안에 먹

　　　　　어도 나아지 지않았다.)

　　在例句(27가)中，中文完成體的語法標記 "了" 表示開始中文不好，現在中文水平提高了很多。通過例句可以看出，"-어

지다”是指以前的狀態和現在狀態的比較。表示這種變化的完成體在中文中用形容詞後加“了”來表現。但“-어 지다”不僅代表了變化，也代表了逐漸變化的過程。中文中表達這樣強調變化的意義時，要在形容詞前加和“漸漸”類似表示“變化”的副詞，但是口語中不加的話更自然。以變化過程為重點的狀態變化結果的持續體“-어 지다”是連接詞尾“-어/아/여”和動詞“지다”的結合形式。和動作動詞或者形容詞連接使用，與動作動詞結合時表示被動。與形容詞結合時，表示狀態自動，逐漸變化的過程。其中，被動與本研究中討論的時和體沒有直接關係，因此這裡只分析與形容詞結合的情況。

(28) 가. 因為工作<u>要</u>出差<u>了</u>。(일로 출장가<u>게 되었다</u>.)

나. <u>終</u>於<u>要</u>畢業<u>了</u>。(드디어 졸업을 하<u>게 되었다</u>.)

다. 聽了誇獎，臉紅<u>了</u>。(칭찬을 듣고 얼굴이 빨갛<u>게 되었다</u>. =빨개졌다)

例句(28가)表示本來就不必出差，現在出現了該出差的情況。雖然事件還沒有發生，但是在說明不久的將來肯定會出現這樣的變化結果時，經常使用這樣的表達方式。例句(28나)表示之前沒畢業。顯示出現在準能畢業。例句(28다)表示臉本來不紅，現在由於其他因素，情況發生了變化。和例句(28)一樣，形容詞後面加上“-게 되다”表示變化的情況與“-어 지다”相似，但更強調“-어 지다”的過程。“-게 되다”更強調變化的結果。“-게 되다”是副詞型詞尾“-게”和動詞“되다”相結合的形式。與動作動詞或形容詞結合使用。與動詞結合，動詞變成被動形式。表示在某種的行為或狀態下，自然產生某種動作或處於某種狀態。中文中這種在不久的將來可能發生的變化用“要…了”來

表現。如果只是表示狀態發生變化，用"形容詞+了"來表現。

　　通過具體的例句分析，中文的完成體標記"了"和韓國語的對應情況可以總結如下：

<表1> 中・韓完成體的對應表現形式

中文完成體的表現形式	意義	韓國語的對應形式	意義
可能補語+V+了	動作完畢	-어 버리다	痛快，遺憾，動作的強調
最終/還是+V+了	動作完畢	-고 말았다	發生意想不到的結果
(漸漸)+(變)+A+了	狀態變化	-어 지다	強調變化的過程
要+V+了 A+了	狀態變化	-게 되다	強調變化的結果

B. 時態助詞"過"和韓國語的對應表現形式

　　時態助詞"過"主要根據跟時態助詞"了"能不能共現，分為兩種語法意義。其中表示完成體意義的"過"能和時態助詞"了"共現，記為"過₁"（劉月華，1988）。

　　那麼，從"了"和"過"一起使用的句子來看，如下：

(29) 大家都見過了，然後喝茶。

　　　他洗過了澡，走進臥室。

　　　他看過了信，把朋友送到公寓。

　　例句(29)中"了"和"過"是同時使用的句子。在完成上已經具備了所有條件，表現一個整體性的話，動態的性質也同時表現出來。

(30) 班長說過了，學校明天要去踏青。(반장은 학교에서 내일 소풍을 간다고 말했었다.)

　　中文在助詞的連用上有語序的限制，只有"過了"而沒有

"了過"。"了"有"實現－延續"的意義。就像例句(30)中，"說"的動作已經完畢了，到現在是不應該延續的，但加"了"後，增加了到現在延續的意義。例句(30)如果有後續句的話，可能是"你該記得吧"。

　　(31) 我吃過₁飯了。否定句：我還沒吃飯呢。

　　　　(나는 밥을 먹었다. 否定句：나는 아직 밥을 안 먹었다.)

　　在單一事件句中，如例句(31)，"過₁"表示動作的完畢，句子中過去時制的意義由句末的"了"來表現。否定句是在動詞前加"沒(有)"，並去掉"過₁"和"了"。此時，譯文中與韓國語"-었"相對應，否定句在動詞前加"안-"。

　　"過₁"在複合事件句裡的情況如下所示。

　　(32) 明天咱們吃過₁飯去學校。(내일 우리 밥을 먹고 학교에 가자.)

　　例句(32)是將來時制句，"過₁"在這樣的將來時制複合事件句中表示前一動作完畢後，後一動作連續發生。這裡的"過₁"表示動作的完畢，但在不同的時制句裡使用。將來的動作完畢有"打算"的意思，表示將要連續發生動作的先後關係。此時，譯文中與韓國語"-고"相對應。

3.2. 經驗體語法表現形式的對應形式

　　將"過"視為體的標記，高名凱是首次。另外還有趙元任、張志公、龔千言等學者將其視為體的標記。

　　表現體時，"過"通常以大部分語法書中表現動作完成（"過₁"）和過去有過這樣的經驗（"過₂"）來區分其功能。

例如：

(33) 가. 都幾點了，已經吃過₁了。

　　나. 我們曾經走過₂不少地方，就是沒有到過新疆。

例句(33가)中"過₁"表現完成體，例句(33나)中"過₂"表現經驗體，是不同的語法意義。這使"過₁"和"過₂"成為區分的基本依據。¹³

經驗體指動作行為的變化是指在參考時間之前發生或進行的，主要用時態助詞"過"和時間副詞"曾經"來表示。龔千炎（1991）主張時態助詞"過"是過去發生的事情的任何經驗或經歷。"過"要表現的是經驗或經歷，動作行為的變化，著重說明過去發生了，強調已經完成的事情。他認為過去發生的事都可以用"曾經"，所以動詞前都可以加"曾經"。例如：

(34) 我過去曾經很相信他。

　　我曾經對他觀察了很長一段時間。

　　我曾經住在這裡。

例句(34)中的"曾經（曾）"和"過"一樣，用來表達經驗，表現過去發生任何行為或情況。時態助詞"過"和時間副詞"曾經"比較，"過"的虛擬化程度更高。

而表示完成體意義的"過₁"不能跟"曾經"共現。"過₁"意味著動作的完成。不受任何時間限制。例如：

(35) 가. 昨天我吃過飯就運動去了。

　　나. 我吃過飯了，現在咱們運動去吧。

---

¹³ 一般，在"過₁"和"過₂"的區分上，其標準是與"了"，"已經"，"曾經"的共現與否。

다. 明天我吃過飯就去運動。

例句(35)的"過₁"不論是在過去，現在，將來句中，都表示動作的完畢。

而"過₂"表示過去曾發生過某事，因此只和過去的時間有關。但這裡所說的"過去"並不是簡單可以理解的問題。例如：

(36) 가. 從前在老家的時候，他追過我一陣子。

　　　나. 到 2025 年，上過大學的人將比現在多一倍以上。

　　　다. 如果學過生物學，一定會知道鯨魚不是魚。

例句(36가)是事件發生在發話之前，可以肯定是過去。例句(36나)以未來的視角來看，將以前的事件視為過去。例句(36다)把假設的事件稱為過去。

表示"完畢"的"過₁"和表示"曾經"的"過₂"相似而不同。從和"了₁"共現的情況可以看出來。例如：

(37) 가. 吃過₁早飯了₁。否定句：還沒吃早飯呢。(V+過₁+O+了 否定句：還沒+V+呢）

　　　나. 大家都見過₁了₁，然後喝茶。

　　　다. 她洗過₁了₁手，走進餐廳。

這兩句中的"過₁"表示"完畢"的體的意義，可以和"了₁"共現。那麼"過₁"和"過₂"的情況整理如下：

<表2> "過₁"與"過₂"的比較

	語法意義	否定句	和"曾經"共現	和"了"共現
過₁	動作完畢(體)	還沒(有)…呢	－	＋
過₂	曾經經驗(體) 過去(時制)	沒(有)…過…	＋	－

　　從<表2>可以看出，表示將來時制的複合事件句裡的“過”是表示動作完畢的“過₁”，不是表示時制意義的“過₂”。因為它可以和“了”共現而不能和“曾經”共現。例如：

(38) 가. 明天咱們吃過₁飯去上課。

　　　나. 明天咱們吃過₁了飯去上課。

　　　다. *明天咱們曾經吃過₂飯去上課。

　　“過₁”在將來時的句子裡表示動作完畢和表示從在將來的某一時刻來看，事情肯定成為過去或假設事情成為過去的“過₂”不同。“過₂”可以和“曾經”共現。例如：

(39) 가. 他醒了之後您可千萬別說我們到這兒來過₂。

　　　가'. 他醒了之後您可千萬別說我們曾經到這兒來過₂。

　　　나. 如果學過₂動物學，一定會知道鯨魚不是魚。

　　　나'. 如果曾經學過₂動物學，一定會知道鯨魚不是魚。

　　例句(39가)雖然話者還沒離開“這兒”，但話者說話的那個時刻在“這兒”的現場，即，已經“到這兒來”了。當“他醒了之後”話者已經離開“這兒”，“到這兒來過”就成為理所當然的事情。如果不在“這兒”的情況下說話，只能會說“您可千萬別說我們還沒到”。即，事情發生的經過確認，已經是不能更改的事實。從傳言的此刻此地的角度表示事件時間。例句(39나)表示假設性過去。假設性的事情和現實時間沒有必然聯繫。而且假設的事件和話者沒有直接關係，而是跟話者對事件的判斷認識有關。

　　關於韓國語中“經驗”的問題이남순（1994）表示，“-었었-”是表示經驗和對比的“경험-대조상（經驗－對照體）”。他主張，“-었었-”表示的過去事件和之後發生的任何事件之間

的先後關係才是 "-었었-" 的基本功能，根据不同情況，具有經驗或對照，斷續（discontinuous）等意義。姑且不論 "-었었-" 是否是體或時的語法標記。

可以使用表現過去時制 "-었-" 的重复形態 "-었었-"。該形態主要用於表現過去的事件或事實與現在不同或比發話時更早發生或與現在時間上相距甚遠、處於斷絕狀態的情況。例如：

(40) 가. 우리는 어제 친구를 만나러 춘천에 <u>갔었</u>다.(我們昨天去<u>了</u>春川見朋友。)

나. 우리는 작년에 춘천에 <u>갔었</u>다. (我們去年去<u>過</u>春川。)

다. 아빠도 젊을 때는 건강<u>했었</u>다.(爸爸年輕時候也健康<u>過</u>。)

例句(40가，나)表示以前去過春川，但現在不在春川。例句(40가)的中文譯文中 "去（가다）" 後加 "了"，表示 "去了春川"。例句(40나)的中文譯文中 "去（가다）" 後加 "過"，表示 "去春川的經歷"。一般，像 "昨天" 這樣在短時間內發生的經驗，不用 "過" 而使用 "了"。即，近的過去在動詞後面加 "了"，在時間上和現在相距甚遠而斷絕的時候，在動詞後面加 "過"。例句(40다)表示現在雖然失去了健康，但是很早以前年輕的時候就很健康了。中文在形容詞後面加上 "過" 來表示經驗。換言之，韓國語在動詞或形容詞後面加 "-었었-" 來表示過去的經歷，而中文在動詞後面加 "過" 或 "了"，形容詞後面加 "過" 來表示過去的經歷。

"-었었-" 有表現 "經驗" 的意義的情況，但僅限於滿足 "經驗" 的意義上。而且，這種情況用 "-(으)ㄴ 적/일이 있-"

可以替換。例如：

> (41) 가. 친구도 내 오빠를 만난 적 있어요.(朋友也見過我
> 哥哥。)
>
> 나. 한복을 입은 적 없습니다.(沒(有)穿過韓服。)
>
> 가'. 我見過他朋友。(나는 그의 친구를 만난 적 있
> 다.)
>
> 나'. 沒(有)去過北京。(북경에 간 적이 없다.)

例句(41)中，先行成分（선행요소）"-ㄴ/은"表示過去的事件，行為，狀態。[14]因此，例句(41)中，"-(으)ㄴ 적 있/없-"表示"有或沒有過去的事件、行為、狀態、經驗的時候"。

"-(으)ㄴ 적 있/없-"主要加在動詞詞幹後面。表示有或沒有經驗，過去的某個時候。對應的中文如例句(41가，가')所示，"-(으)ㄴ 적 있/없-"對應的中文表現形式為"V+過"。否定形式如(41나，나')所示，主要是"沒(有)+V+過"。韓國語的"-(으)ㄴ 적 있/없-"和中文的"過"與動詞結合，表示有或沒有過去的某個時候，有或沒有某個經驗。中文的相關範疇有過去時制，完成現實體，經驗體的區別。如例句(41)所示，在現代中文中，實現時間語法意義的方式用時態助詞"過"和時態副詞"曾經"來表現。因為韓國語中沒有明確的概念區分，所以兩國學習者在學習這方面的語法時往往會出現錯誤。更準確的理解和利用是不可能的。為了進一步明確這個問題，以下將主要對學習者比較容易出錯的問題進行研究。

14　白峰子（2006），視慣型詞詞尾"-ㄴ/은"為"過去的事實"之意。이
익섭（2007）認為，慣型詞詞尾"-ㄴ/은"和"-았/었/였"不能共現，
表示動詞的"過去"。

(42) 가. 동북에 여행갔던 적 있어요. (我曾經去過東北旅
　　　行。)(肯定)
　　　동북에 여행갔던 적 없어요.(我沒(有)去過東北旅
　　　行。)(否定)
　　가'. 我曾經吃過東北菜。(나는 동복 요리를 먹었던
　　　적이 있다。)(肯定)
　　　我沒(有)吃過東北菜。(나는 동복 요리를 먹었던
　　　적이 없다。)(否定)

　　例句(42)中，“-었-(-았-/-였-)던 적 있/없-”主要加在動詞
詞幹後。表示有或沒有某個回想，未完，中斷，過去的時候。對
應的中文表現形式為“曾經+V+過”，否定式為“沒(有)+V+
過”。

　　因此，韓國語“-은 일이 있-”，“-어 보-”，“-(으)ㄴ
적이 있-”可視為“經驗”意義的標誌。以“-ㄴ 적이 있-”和
“-어 보-”相結合的形式在意義上和中文的“過₂”相對應，視
為表現“經驗”的形式。即，“(일찍이)+V+(-어 보-)+-(으)ㄴ(-
던) 적이 있-”的形式表示“經驗性事實”的意義，否定形式是
“(일찍이)+(안+)V+(-어 보-)+-(으)ㄴ 적이 없-”。中文的對應
形式是“(曾/曾經)+V/A+過”，否定形式是“1. 不/未+曾+V/A+
過”和“2. (從來)+沒(有)+V/A+過”。

4. 結論

　　本研究通過繼承和吸收先前研究者的研究成果，收集大量資
料，從大量資料中找出表示過去意義的時（Tense）和體（Aspect）

的形式特徵，加以把握，明確分類。以對比分析理論為基礎，主要就中文過去時間的語法標記，採用形式和意義相結合的方法，通過具體的例句比較分析了與韓國語相關的對應形式。

中・韓關於時制的對應形式，中文的過去時標記在動詞後面加"了"，即使沒有時間詞也可以表達過去的意義。但是，形容詞和指示動詞"是"在表達過去意義時，不加時態助詞"了"，句中一定要有表示過去時間的詞。有能願動詞的情況下，也不使用"了"。在過去的一段時間裡，對於有規律、習慣性地發生的事，不使用"了"。對應的韓國語即使沒有這樣的過去時間詞，謂語詞幹後加上過去時制先語末語尾"-었-"。中文動詞的過去時的否定形式是，在動詞前加"沒(有)"，並且去掉過去時的語法標記"了"，形容詞和指示動詞"是"的過去時否定形式是在形容詞或"是"前加"不"，即，"不是"。韓國語"-었"的否定形式是在陳述句的謂語動詞或形容詞的詞幹後面加"-지 않았다"。指示動詞"-이었다"的否定式是"-아니었다"。根據能否和"了₁"和"曾經"共現，可以分出表示動作完畢（完成體）的"過₁"和表示過去（過去時），經歷（經驗體）的"過₂"，而表現過去時制時，"過₂"往往要與表示過去的時間詞共現。韓國語過去時制先語末語尾的重疊形式"-었었-"表示大過去時制，在時制意義上指所表示的事件已經和現在時間沒有聯繫（不延續－結束），完全分離了。"-었었-"和"過₂"的共同點可以分為兩點，第一，表示過去有過這樣的事情。第二，現在的動作已經不進行或者狀態已經不存在。中文在助詞的運用上有語序的限制，"了"有"實現-延續"的意義，只有"過了"而沒有"了過"。韓國語的過去時制有"事件過去時"和"認識事件過

去時"的區別，"-었-"表示"事件過去時"，"-더-"表示"認識事件過去時"有過去回想的語法意義，事件的時間肯定比認識事件的時間早。因此，"-었더-"的組合成立，"-더었-"的組合在時間流上發生矛盾，不能成立。即，由於事件的發生時間先於對事件的認識時間，所以，"-었-"和"-더-"連用時"-었-"先於"-더-"，"-었었-"的重疊情況也相似。韓國語的詞綴疊用形式有"-었었-"和"-었더-"，但是和中文的"過了"的疊用形式沒有對應關係。因為"-었었-"表示過去完了或大過去時制意義（不延續－結束），中文裡沒有這種事件事件過去時和認識過去時的形式上的區別。中文時態助詞"的"和語氣詞"來著"是口語中常用的過去時的標記，"的"表示過去時制"過去的習慣"之意。另外結合動詞的"-던"表示動作的行為尚未完成，和中文"剛才…的"相對應。結合形容詞或指定詞的"-던"表示過去是那麼回事，現在情況不同了。此時與中文"剛才…的"相對應。用"-었던"來表示回想過去買書的行為已經完成的事實。此時與中文的"以前…的"相對應。表示第一次回憶的"처음…었던"和中文的"第一次…的"相對應。"來著"表示話者主觀上認為事件發生的時間離說話時不遠，是近時過去。這種含義在韓語裡很難完全表達出來。與之相對應的韓國語表現是在謂語詞幹後加上過去時制先語末語尾"-었-"。

中・韓關於體的對應形式，中文在表示首先發生的事件的動詞後，添加了時態助詞"過"或"了"，表示事件的順序。這是體的表現形式，與時制無關。韓國語的"完成體"和中文的"了"相關的輔助謂語（보조용언）有完成體"-어 버리다"，"-고 말았다"，側重於變化過程的狀態變化的結果持續體"-

어 지다”，注重結果的狀態變化的結果持續體“-게 되다”。中文的完成體標記“了”和韓國語的對應表現對照情況以“可能補語+V+了”的形式表示動作完畢時，韓國語對應形式為“-어 버리다”，以“最終/還是+V+了”的形式和韓國語“-고 말았다”的形式相對應，表示痛快，遺憾，動作的強調，還有表示發生意想不到的結果。以“(漸漸)+(變)+A+了”的形式表示狀態變化時，對應的韓國語形式是“-어 지다”，強調變化的過程。另外，以“要+V+了”和“A+了”的形式，表示狀態變化時，與韓國語強調變化的結果的“-게 되다”相對應。表示完成體的“過₁”和表示經驗體的“過₂”根據能否和“了₁”和“曾經”共現可以看出，“過₁”表示動作的完畢，可以和“了₁”共現。經驗體主要以時態助詞“過₂”和時間副詞“曾經”來表現。韓國語在動詞或形容詞後面加“-었었-”來表示過去的經歷，韓國語“-었었-”有表現“經驗”的意義的情況，但僅限於滿足“經驗”的意義上。而且，這種情況用“-은 적/일이 있-”可以替換。韓國語“-은 적이 있-”，“-어 보-”和“-은 일이 있-”可視為“經驗”意義的標記。以“-은 적이 있-”和“-어 보-”相結合的形式在意義上和漢語的“過₂”相對應，視為表現“經驗”的形式。即，“V+(-아/어/여 보-)+-(으)ㄴ(-던) 적이 있-”的形式表示“經驗性事實”的意義，否定形式是“안+V+-아/어/여 본 적이 있-，V+-아/어/여 본 적이 없-”。中文的對應形式是“(曾/曾經)+V/A+過₂”，否定形式是“1. 不/未+曾+V/A+過”和“2. (從來)+沒(有)+V/A+過”。

　　通過中文和對應表現分析活用語法時，錯誤原因主要是因為在母語中沒有相同的概念和樣式，因此沒有認識。因此，學習者

們在學習中文中有，韓國語中沒有的類似時，體範疇的表述時，
會遇到困難。本研究不僅對韓國語和中文學習者，而且對教授他
們的教師也會有所幫助。

參考文獻

국립국어연구원(1999),『표준국어대사전』, 두산동아.

고려대학교민족문화연구소(1995),『중한사전』, 두산동아.

商務印書館(2005),『現代漢語辭典』, 두산동아.

국립국어원(2005),『외국인을 위한 한국어 문법2』, 커뮤니케이션북스.

강현화(2016),「의존(성) 명사를 포함하는 한국어 교육 문법항목 연
구」,『언어 사실과 관점』38, 연세대학교 언어정보연구원.

궁뇌(2013),「중국인 학습자를 위한 관형사형 어미 교육연구」, 부산대
학교 대학원 석사학위논문.

남기심(1985),『국어 문법의 시제 문제에 관한 연구』, 탑출판사.

민현식(2000),『국어 문법 연구』, 역락도서출판사.

백봉자(2006),『한국어 문법 사전』, 세계도서출판사.

소문경(2015),「중국인 중급 학습자를 위한 한국어 관형사형 어미 표
현의 교육 방안 '-(으)ㄴ, -는, -(으)ㄹ, -던'을 중심으로」, 동국
대학교 대학원 석사학위논문.

이희자・이종희(2001),『한국어 학습용 어미・조사 산전(개정판)』, 한
국문화사.

이동혁(2005),「문법적 관용표현의 전산 처리」,『한국어학』26, 한국
어학회.

이익섭(2007),『한국어 문법』, 서울대학교 출판부.

이남순(1994), 한국어의 상 ,『동서문화연구2』, 동서문화연구소.

이재성(2000), 국어의 시제와 상에 대한 연구 , 연세대학교 대학원 박
사학위논문.

_____(2008),「문법적 연어와 문법화의 관계」,『국어학』51, 국어학회.

_____(2010),『한국어 연어 연구』, 월인 도서출판사.

장천(2014),「중국인 학습자 한국어 관형사형 어미 오류 연구」, 경희대학교 대학원 석사학위논문.

함이령(2012),「중국어권 학습자의 관형사형 어미 사용 실태 및 오류 원인」, 창원대학교 대학원 석사학위논문.

陳前瑞(2003),「漢語體貌系統研究」, 華中師範大學博士學位論文.

戴耀晶(1997),『現代漢語的時間系統研究』, 浙江教育出版社.

龔千炎(1991),「談現代漢語的時制表現和時態表達系統」,『中國語文』4 期.

_____(1994),「現代漢語的時間系統」,『世界漢語教學』1 期.

會晶吉・張小萌(1998),『現代漢語時體研究述評』, 漢語學習.

劉月華(1988),「動態助詞'過 2', '過 1', '了 1'用法比較」,『語言研究』1 期.

呂叔湘(1980),『現代漢語八百詞』, 北京商務印書館.

_____(1982),『中國文法要略』, 北京商務印書館.

戚雨村(1994),『語言學百科辭典』 上海: 上海辭書出版社。

A Comparative Study on the Grammar Expressive Form of Past Time in Chinese and Korean

Liu Hongshan

Abstract

The "time" question is a very complex one. Gong Cheon-yeon(1994) said, "Everything in the universe has no movement in a given time or space. It is reflected in language expression and time and space systems exist in various languages. But time and space systems are not exactly the same." Im Seong-eun(2005) said, "Time is a common phenomenon in all cultures and languages, but how to express time in each language is different." Chen Ping(1988) said, "As Tense and Aspect are subsystems of time systems, there is a theoretical grammatical system of time and phase." The grammatical category of time and phase exists objectively in many languages. The language systems of different languages have one side in common, and of course they have one side in person. Commonness involves many categories corresponding to grammatical meaning, and personality has different grammatical symbols. Therefore, although the syntax of various languages belongs to the time system and phase category, the expression form is incomplete.

Foreign learners need a more comprehensive and detailed study materials on grammar, which is the focus of the time subsystem, time system and phase system. In fact, in language life, however, foreign learners use of "Tense" and "Aspect" often results in grammatical errors due to negative migration of the mother tongue or insufficient learning materials. Especially in Chinese and Korean, there are questions about the expression of the past time.

Therefore, language learners should first judge whether the meaning of such articles is related to the grammar of the "Tense" and "Aspect". The grammatical bias of this kind is often due to unclear standards and meanings of the specific use of the time system and phase. In this study, we mainly discuss the syntax expression of past time in Chinese and Korean, explain the common denotation and meaning difference of the grammatical expression of past tense and completion phase, and put forward the corresponding grammatical expression of Korean. In addition, this study provides detailed responses to the difficulties of Korean students learning Chinese or Chinese learning Korean, and provides a teaching plan for language learners.

Keywords: Tense, Aspect, Past tense, Complete phase, Experience, Contrast, Study materials

試論《朴通事諺解》中後綴 "頭"

韓國外國語大學中國語言文化學部

金　梅、朴興洙[*]

摘　要

　　《朴通事》大約編寫於元代末年，是被高麗、朝鮮人用來學習當時漢語的高級會話書。本文用歷時的角度考察《朴通事諺解》和《朴通事新釋諺解》中出現的日頭、草頭、丫頭、饅頭、腳踝尖骨頭等 41 條後綴 "頭"，分析了 "頭" 詞綴的特徵和產生原因。通過對諺解版本《朴通事》中後綴 "頭" 的使用情況進行分類歸納，瞭解詞綴在元末明初時期北方漢語口語的使用現象。以及現代漢語中典型詞綴 "頭"，在近代漢語時期（刪除）到現代漢語時期的演變。《朴通事》在語言學上的意義和價值就是研究當時的實際語言提供了重要參考。

關鍵詞：《朴通事諺解》　"X 頭"　後綴　分類　意義泛化

[*]　韓國外國語大學中國語言文化學部講師和指導教授 /
　　kimmae96@naver.com

1. 引言

　　韓國是高麗末年設立司譯院（1389）重視漢學和蒙學，選拔精通漢文的人才諺解和修改漢學教材。《朴通事》是一本以口語作為會話內容的李朝時期（刪除）朝鮮人學習漢語的高級外語教科書。這本書大約寫成於元代末年即高麗王朝時期（1347～1353），使用於高麗王朝後期至整個李朝五百年間。《朴通事》記錄了元明時期真實的社會狀況，使用時間較長、流傳範圍也廣，在歷史上曾產生了重要影響，它反映著近代漢語音韻、語法、詞彙的變化。書中內容比較豐富，包括日常生活、語言、文學、歷史、地理、文化、經濟、貿易、社會、宗教等內容，反映了元明中朝經濟文化往來的社會情況，可謂是一部可讀性強，規範性高的比較理想的漢語教科書。《朴通事》也和《老乞大》一樣有《翻譯朴通事》（1510 年代：只存上卷）、《朴通事諺解》（1677）、《朴通事新釋諺解》（1765）等多個版本。但迄今為止，還未發現古本《朴通事》，是一件非常可惜的事。《朴通事諺解》是朝鮮著名語言學家崔世珍 1510 年代在古本《朴通事》（迄今尚未發現）基礎上作的諺文注解。崔世珍在《四聲通解》中說道："夫始肄華語者，先讀《老乞大》、《朴通事》二書，以為學語之階梯，……臣即將二書諺解音義。書中古語，匯成輯覽，陳乞刊行，人便閱習。……時正德十二年，歲舍丁丑十一月。"《老乞大》和《朴通事》之所以不斷修改，形成多種版本，是因為它們作為一本初級和高級漢語教材，必須要適應時代的變化和要求，而從《老乞大》和《朴通事》諸多版本的修改變化中，我們也可以瞭解明清時期北方漢語在三四百年間的發展演變情況，所以《老乞大》和《朴通事》對幾代漢語研究具有獨特的魅力。

　　《朴通事》大約流傳於元代末年，是被高麗、朝鮮人用來學習當時漢語的會話書，是唐宋以降在北方話基礎上形成的適用於口頭交際的漢語，是一本書面形式記錄的高級會話書。"通事"就是"翻譯"，"朴通事"大概就是指姓朴的翻譯，《朴通事》可能就是其所傳，因此命名。關於原著的作者和成書的年代在歷史上並沒有明確記載。《朴通事諺解》（1677 年刊：肅宗 3 年，朴世華等人），全書約 27000 字，分為上卷（38 節）、中卷（38 節）、下卷（30 節），共 106 節。《朴通事新釋諺解》（1765 年刊：朝鮮王朝英祖 41 年，清朝乾隆 30 年）是《朴通事諺解》的修訂版本。金昌祚等人改訂的《朴通事新釋諺解》接近口語，《朴通事新釋諺解》當中所注的音已相當接近現代北京音。《朴通事諺解》和《朴通事新釋諺解》是采用當時的口語寫成。這兩本書內容豐富，介紹了當時中國社會生活的各個方面，包括衣食住行、文化娛樂、風俗習慣、名物制度等內容，並且采用對話的形式教給讀者大量的各類高級詞語。書中反映的是宋元時期以來的北方漢語口語，還有少數的元代蒙古語的用法。《朴通事》這本書在語言學上的意義和價值就是研究當時的實際語言提供了重要參考。

　　朱德熙[1]指出："詞綴都是定位語素，有前置的，也有後置的，前置的詞綴稱之為首碼，後置的稱之為尾碼。"因此，他認為所有的不定位語素並非是詞綴。真正的詞綴只能粘附於詞根成

---

[1]　朱德熙（1997），『語法講義』，商務印書館。

分之上，只在位置上與詞根成分存在一定關係，然而並不存在意義上的關係。詞綴在意義上完全虛化，不具備詞彙意義，只具備一定的語法意義。廖序東、黃伯榮《現代漢語》（2007 年版）[2]指出："詞綴是意義不實在，只表示某種附加意義的，能起到構詞作用的，在合成詞內位置固定的不成詞語素"。"頭"在《朴通事諺解》中，可以看到一些詞綴。這些後綴的用法有些與現代漢語的用法相同，有些用法卻已消失。通過對這些後綴常用的（刪除）結合方式的歸納總結，可以瞭解到近代漢語詞綴方面的情況，有助於學習和閱讀關於近代漢語的文獻資料，同時瞭解從近代漢語到現代漢語裡這類詞綴的變化情況。這對近代漢語的詞彙研究乃至近代漢語到現代漢語詞彙演變的研究提供重要參考。

2. 後綴 "頭" 的形成及類型

2.1. 後綴 "頭" 的形成

漢語後綴 "頭" 萌芽於東漢時期的佛經中，產生於晉代時期，發展於魏晉南北朝時期，成熟於唐代時期，衰退於 20 世紀上半葉。"頭"在上古至西漢以前一直是一個實詞，東漢以降開始逐漸虛化，六朝以降才產生真正的 "頭" 後綴，宋元以後開始大量使用。"頭" 的本義是 "首"。動物的最前部或人體最上部長著眼鼻口耳等器官的部分，引申為物體的最前端或者末梢（山頭、布頭、香頭），意義逐漸虛化而來。

2　黃伯榮，廖序東，等。現代漢語：上冊增訂四版[M]。北京：高等教育出版社，2007 年，第 222 頁。

　　許慎的《說文解字》中 "頭，首也" 也即 "頭" 的本義是指人身體最上部長著眼、鼻、口、耳等器官的部分。據王力先生（1980）考察，戰國之前沒有 "頭" 只有 "首"，金文裡也沒有一個 "頭" 字有很多 "首" 字。《詩經》、《尚書》、《易經》都沒有出現 "頭" 字。戰國後期的一些文獻中 "頭" 字最早出現。戰國時期，"頭" 的語義雖然實在，但用法簡單。

1) 立容辨，卑毋詔，<u>頭頸</u>必中，山立時行，盛氣顛實，揚休玉色。（禮記・玉藻）

　　例 1)中 "頭頸必中" 是祭祀的時候，不能歪頭斜腦，人的頭和頸必須在身體的中間。

　　兩漢時期，"頭" 的用法開始漸漸擴展，"頭" 有借代用法和量詞用法，表示具體事物的兩端。

2) 式入山牧十餘歲，羊至<u>千餘頭</u>，買田宅。（史記・平準書）

3) 今有邪田，<u>一頭</u>廣三十步，一頭廣四十二步，正從六十四步。（九章算術・方田）

　　例 2)中 "頭" 是稱量羊，例 3)中的 "一頭" 是指田的一端。

　　另外，佛教的（刪除）傳入中國以後大量的佛經翻譯成了中文。從東漢佛經中發現 "頭" 尾碼，兩漢時期 "頭" 已經開始虛化出現了後綴的用法。

4) <u>上頭</u>為心，中央為意，<u>後頭</u>為識。（阿含口解十二因緣經）

　　例 4)中的 "上頭" 和 "後頭" 是方位詞連用。但這種 "頭" 尾碼用法只出現在東漢的佛經中，同期的其他文獻中並沒發現。

　　魏晉南北朝時期，"頭" 附著 "名詞和方位詞" 之後的用法，"頭"的語義虛化後，只表示語法意義了。

5)　諺曰：鋤頭三寸澤。（齊民要術·雜說）

　　例 5)"鋤頭"中的"頭"位於名詞後，指具體的器具和物體。

　　劉慧[3]（2001）考察了唐五代時期的"頭"作為後綴的用法比較完善，"頭"後綴附加於方位詞、時間名詞、普通名詞、身體名詞、形容詞、動詞等之後。認為唐五代時期的"頭"是處於一個承上啟下的重要階段。

6)　秋雨五更頭，桐竹鳴騷屑。（生查子）

7)　唯心頭暖，賴耶識中無漏智種。（禪源詮序）

8)　明頭來也打，暗頭來也打。（祖堂集）

9)　千個爭一錢，聚頭亡命叫。（快哉混沌身）

　　例 6)中"頭"加在"五更"後表示時間，例 7)中"頭"加在"心"後表示身體的某個部分，例 8)中"頭"加在形容詞"明"後表示某種性質，例 9)中"頭"加在動詞"聚"後表示動詞的名詞化。

　　宋代以後，"頭"後綴新詞大量出現，更進一步的發展和使用。

　　"頭"的本義是"首"。"頭"大多用於名詞後面，作為名詞的後綴，也用在動詞、形容詞和量詞後，使之名詞化。"頭"作為附加後綴，它的構詞能力自中古以來逐漸增強。按筆者統計，在《朴通事諺解》（1677）和《朴通事新釋諺解》（1765）

3　劉慧 2001 唐五代的詞尾"頭"，《江蘇教育學院學報》第 2 期。

中後綴 "頭" 的詞彙出現了 41 條[4]。如下：

> 上頭、後頭、裡頭、前頭、西頭、日頭、家頭、莊頭、角
> 頭、墙頭、鐵頭、刀頭、木頭、香頭、轡頭、金頭、銀頭、
> 襆頭、骨頭、狗骨頭、腳踝尖骨頭、額頭、日頭、曆頭、二
> 十頭、八月初頭、半頭、丫頭、饅頭、尖頭、胖頭、硬頭、
> 掠頭、起頭、為頭、竹頭、草頭、花頭、兩頭、撐頭、字頭

2.2. 後綴 "頭" 的類型

（一）方位、處所名詞＋後綴 "頭"

在文中可見的上頭、後頭、裡頭、前頭、西頭、日頭、家
頭、莊頭、角頭、墙頭，例如：

10) 我有來。為頭兒門外前放一個桌兒，<u>上頭</u>放坐一尊佛像。
（朴通事諺解 下:42a）
나 갔었소. 맨 먼저 문 밖에 탁자를 놓고, 그 위에 불상
하나를 놓았소.

11) <u>後頭</u>又是個茶博士們，提湯灌的、拿茶椀、把盞的跟著。
（朴通事諺解 下:47b）
뒤에는 탕관을 들거나 찻잔과 잔을 든 차박사들이
따른다.

12) <u>後頭</u>又聽得，把船上的人打死了幾個。（朴通事新釋諺解
2:22b）

4　朴在淵：《「老乞大・朴通事」原文・諺解比較資料》，韓國：鮮文大
學校中韓翻譯文獻研究所，2003，第 173-324 頁中筆者篩選。
박재원(2003), <노걸대>, <박통사> 원문,언해 비교자료에서 필자가
조사함.

나중에 들으니 도적놈들이 여럿을 죽였다고 합니다.

13) 如今便入<u>裡頭</u>去時，凍面皮都打破了，不中。（朴通事諺解 中:29b）

지금 바로 안으로 들어가면 언 뺨이 모두 터서 안 되느니라.

14) 我往羊市<u>前頭</u>，磚塔胡同去，賃一所房子，今日早起才收拾完了，明日就搬。（朴通事新釋諺解 2:44a）

양 시장 앞쪽 전탑 골목에 집 한 채를 얻었는데, 집이 너무 좁아서 오늘 아침에 표배 골목에다 다시 집을 한 채 얻었습니다.

15) 他在樞密院<u>西頭</u>住。（朴通事新釋諺解 3:41a）

그는 추밀원 서쪽에서 산다네.

16) 我要你<u>莊頭</u>裡去，不得工夫，去不得。（朴通事諺解 中:43a）

내 자네 농장에 가고 싶은데, 시간이 없어서 갈 수 가 없네.

17) <u>角頭</u>店裡買段子去裡。（朴通事諺解 中:36b）

길거리에 비단 사러 간다.

18) 他在樞密院<u>角頭</u>住裡。（朴通事諺解 下:39b）

그는 추밀원 모퉁이에 산다네.

　　以上例子中"上頭、前頭、西頭"都是表示方位，"莊頭"是表示場所。在《朴通事諺解》中指方位的"上頭"出現 2 次、"後頭"出現 4 次、"裡頭"出現 5 次。指處所的"日頭"出現 6 次，"角頭"出現 4 次。"後"本是指後方的方位詞，隨著認知的發展，"後頭"從空間概念發展為時間概念。《朴通事諺

解》中的 "後頭" 大多數是表示時間的 "後來" 義。"角頭" 在
《朴通事諺解》中出現了 4 次。在近代漢語中 "角頭" 有 "角
落，偏僻的地方"，但除此之外還有 "街" 的意思，所以角頭是
指 "街頭"。《元語言詞典》裡 "角頭" 解釋是 "集市"。朝鮮
時期辭書《訓蒙字會》在 "街" 字下注云："俗呼角頭。凡市在
街，故稱市必曰街上。" 由此可見，所謂 "角頭" 也就是 "街
頭"，"角頭上" 也就是 "街上"。指 "大街" 義的 "角頭" 流
行一段時間後，就消失了。

(二)指物名詞＋後綴 "頭"

　　在文中有鐵頭、刀頭、木頭、香頭、彎頭、金頭、銀頭、襆
頭，例如：

19) 刀頭要什麼鐵打呢？（朴通事新釋諺解 1:18a）
　　칼을 무슨 쇠로 칠 것인가?

20) 揀定了馬也，彎頭都散與他。（朴通事諺解 中:8b）
　　말을 골라 정하였으니, 굴레를 모두 벗겨 마부에게
　　주어라.

　　"彎頭" 是駕馭馬、牛等牲口而套在其頸上的器具，在《朴
通事諺解》中出現了 2 次。"刀頭、鐵頭、木頭" 都是工具，
"金頭和銀頭" 是人們使用的古代貨幣，"襆頭" 是一種包裹頭
部的紗羅軟巾，始於漢代的裝飾工具。

(三)人的身體器官或部位名詞＋後綴 "頭"

　　文中出現有指頭、骨頭、額頭，例如：

21) 將指頭來大小的長鐵條兒插在金屈戌裡，門子關了，腰銓插
　　的牢。（朴通事諺解 中:36a）
　　손가락 굵기 만한 긴 쇠막대로 배목에 꽂게. 문을 닫고

빗장을 단단히 꽂아두게.

22) 他把乾艾揉碎了，放在腳踝尖骨頭上，把火將艾點著了。

　　（朴通事新釋諺解 1:37b）

　　그는 풀을 한 뼘 길이로 자라 그 풀 끝을 발 안쪽
복사뼈의 뾰족한 부분 위에 놓고 불로 쑥을 태웠다.

　　"指頭"在《朴通事諺解》中出現 2 次，《朴通事新釋諺
解》中出現了 4 次。"骨頭"也是"狗和腳踝尖"搭配組成三音
節和五音節等多音節詞語。

(四)時間名詞＋後綴"頭"

　　這類有日頭、曆頭、二十頭、八月初頭、半頭，其中日頭出
現的比較多。例如：

23) 今日好日頭，斗星日得飲食的日頭，好裁衣。（朴通事諺解
　　中:54a）

　　오늘이 좋은 날이구나, 두성일은 음식 얻을 날이고 옷
마름질하기에도 좋다.

24) 等農民間田禾都收割了，八月初頭才起程哩。（朴通事新釋
　　諺解 1:52a）

　　농민들이 오곡을 다 거두어들이고 나면 8 월 초에
출발할 것이오.

　　"日頭"在《朴通事諺解》中出現了 6 次，"頭"尾碼裡高
頻詞彙。"日頭"在西南官話中指太陽，"半頭"指一半。這些
詞彙在現代漢語中已消失，只保留在某些方言的口語中。方言詞
彙是共時系統中的歷時現象，從"朴通事"的語料裡我們能找到
這些方言的蹤跡。所以"朴通事"的諺解版是崔世珍等朝鮮時代
漢學者們留下的珍貴資料。

(五) 表食物名詞＋後綴 "頭"

這種類型僅有 "饅頭" 一例，例如：

25) 官人們各自說吃什麼飯。羊肉餡饅頭、素酸餡稍麥、匾食、
水精角兒……（朴通事諺解 下:32a）

나리님들, 무슨 음식을 드실지 각자 말씀해 보십시오.
양고기 소 넣은 만두, 야채 소 넣은 만두, 물만두,
수정만두……

(六) 形容詞＋後綴 "頭"

這類有尖頭、胖頭、丫頭、硬頭，例如：

26) 著那丫頭菜市裡買將些山菜來。（朴通事新釋事諺解 2:34
b）

저 계집종에게는 나물 시장에 가서 산나물을 사오라고
해라.

"丫頭" 在朴通事新釋諺解中只出現 1 次。"丫" 原指樹木
或物體分的部分，小姑娘扎起來的頭髮像分叉的樹枝，所以
"丫" 也可以用來稱女孩指示人。

(七) 動詞＋後綴 "頭"

文中有掠頭、起頭、為頭，例如：

27) 哥，我與你這一個牙刷、一個掠頭，將去使，休吊了。（朴
通事諺解 下:28b）

형장, 제가 칫솔과 빗을 하나씩 드릴 테니 가져다
쓰십시오. 가시는 길에 잃어버리지 마시구요.

動詞 "掠" 加 "頭" 後，表 "梳子" 義，成為動詞的名詞化
詞彙。

除此之外還有 "兩頭、竹頭、草頭、字頭、初頭" 等尾碼，

還出現有實義 "獸頭、虎頭、龍頭、豬頭、獅子頭" 等動物的 "頭"。也有 "剃頭、梳頭、割頭、滿頭、頭面、頭盤、頭戴"。

以上的分類來看《朴通事諺解》和《朴通事新釋諺解》中，大部分是名詞加後綴 "頭" 詞彙，動詞和形容詞加後綴 "頭" 的詞彙極少。從以上歸類可以看出，後綴 "頭" 作為典型的詞綴之一，在近代漢語時期是十分重要的構詞方式。《朴通事》是朝鮮時代的漢語教科書，內容豐富，涉及廣泛，語言反映了元明當時北方漢語口語的百科全書，又因為是用當時規範的漢語寫成的，因此能瞭解元明時期的社會面貌和民俗文化乃至研究近代漢語的珍貴材料。

3. "頭" 後綴的特徵及產生原因

"頭" 在新華大字典[5]第三版的義項如下：

頭 tóu・tou

(1) 動物的最前部或人身體的最上部，長有口、鼻、眼等器官。

(2) 頭髮或髮式：梳～　平～

(3) 物體的頂端或開始：山～　到～來

(4) 物品的剩餘部分：布～　線～　筆～

(5) 頭目；為首的：帶～　強盜～子

(6) 第一；次序在最前的：～一遍　～號選手

---

[5]　《新華大字典第三版》（2017），商務印書館，第 914 頁。

(7) 用在“年”“天”等的前面，表示時間在先：～天 ～兩年

(8) 臨近：～吃飯要洗。

(9) 方面：她一～兒做，一～兒想。

(10) 量詞：一～豬 一～蒜

(11) 名詞後綴：1. 加在名詞後：石～ 拳～ 苗～

2. 加在動詞後：看～ 念～ 盼～

3. 加在形容詞後：苦～ 甜～

(12) 方位詞後綴：前～ 外～

《新華大字典第三版》（2017）“頭”字〈文字源流〉中的解釋如下：豆頁頭是形聲字。繁體寫作頭，頁為形，豆為聲。頭的本義指首、腦袋。引申為物體的末端或頂端，又引申指事情的起點或終點，再引申指事情的兩端。因頭是全身的統領，所以引行申指頭目、首領，又引申指第一。頭又用於蒜和書羊、牛等家畜，作量詞用。“頭”還讀輕聲 tou，作名詞、方位詞的尾碼。

3.1. 特徵

“頭”本義是“人身最上部或動物最前部長著口、鼻、眼、耳等器官的部分”。這一本義來源於“頭，首也”。在“頭”的詞義的發展演變過程中由於（刪除）“頭”是人身體上最重要的部位，所以虛化以後我們可以用“頭”來指示人，如：老頭兒、丫頭、工頭。

“頭”的形狀類似圓形，因此人們用“頭”來表示圓形或者像圓形的物體，如：石頭、拳頭、饅頭。

“頭”位於人身最上部或動物的最前部，因此人們常用

"頭"來指物體的頂端或開始，如：山頭、香頭、牆頭。

粘附於名詞性詞根後的"頭"有"邊緣"之義。如：白居易《琵琶行》中"潯陽江頭夜送客，楓葉荻花秋瑟瑟。"裡的"江頭"指的是江邊。

3.2. 產生原因

第一，"頭"之類詞綴在表達上比短語更簡潔方便，這表現了語言經濟性原則。"頭"的聲調由原來的陽平變為輕聲，語音的改變必然會影響語義，讀音變為輕聲的"頭"語義逐漸虛化，前一詞根承擔其意義，派生詞"頭"後綴應運而生。派生詞詞綴與短語的句法語用不同促進詞綴不斷地參與構詞具備了能產性，而高頻使用和固化又反過來加速詞綴化的過程。

第二，單音詞的諸多弱點促進漢語詞彙開始走向雙音節化，複音化現象早在商代已出現，在漢語詞彙由單音化向複音化發展這一規律的影響下產生了"頭"後綴。粘附詞綴是漢語雙音化以及多音化的主要途徑，還能表達單音詞不能表達的概念，並且可以彌補單音節詞中存在的很多缺陷。

4. 結語

"頭"後綴泛化的總體特徵是數量由少到多，用法不斷增加，附加意義逐漸泛化。"頭"最初只是與表示方位的名詞結合，如：上頭、西頭等。後來可以與身體名詞結合，如：額頭、指頭等。進入唐代還可以和時間名詞、事物名詞、表人的名詞等結合，如：八月初頭、木頭、丫頭等。唐代以後能夠與"頭"結合的名詞類型和數量也逐漸增多。虛化後的 "頭" 不僅跟名詞結合，還跟動詞、形容詞結合，如：來頭、硬頭等。能與尾碼 "頭" 結合的名詞範圍越來越廣，詞彙也越來越豐富，黏著性和能產性越來越明顯。

　　漢語大量的詞彙和用法更迭從唐五代開始，一直延續到宋元時期，元代時期新型詞彙成批出現後大量運用，更一步加速了舊用法的消亡和新用法的鞏固。

　　漢語後綴 "頭" 萌芽於東漢時期的佛經中，產生於晉代時期，發展於魏晉南北朝，成熟於唐代時期，衰退於 20 世紀上半葉。"名＋頭" 偏正式雙音複合名詞偏語素 "頭" 逐漸後綴化，魏晉南北朝以後，漢語 "名＋頭" 附綴式雙音詞不斷生成，日益發展，唐代就非常活躍。元明時期大部分都是與名詞結合，"頭" 與形容詞結合詞彙極少，與動詞結合的詞彙也罕見。

　　本文用歷時的角度考察《朴通事諺解》和《朴通事新釋諺解》中出現的 41 條後綴 "頭"，分析了 "頭" 後綴的類型和產生的原因。"頭" 後綴具有一定的能產性，中古及近代使用頻率也上升，這些變化是與社會發展以及人的思維有關。社會的不斷發展，新事物的不斷出現，人的思維認識不斷成熟都是泛化和使用頻率上升的原因。

參考文獻

朱德熙(1997)，『語法講義』，商務印書館.

王　力(2004)，《漢語史稿》(第 2 版)，中華書局.

박재원(2003)，　＜노걸대＞，＜박통사＞　원문,언해　비교자료，　선문대학교 중한번역문헌연구소.

왕하, 유재원, 최재영(2012), 역주 <박통사언해>, 학고방.

양오진(2008), 한학서 노걸대 박통사 연구, 제이엔씨.

김태성(2001), 15 세기 조선에서 바라 본 근대중국어 음운체계, 언어와 언어학 제 28 집.

이득춘(1992), 노걸대박통사언해 조선문 주음, 연변대학학보 제 79 기.

규장각(2004), 《朴通事諺解；朴通事新釋諺解》, 서울대학교.

정승혜(2004), 『朴通事新釋(諺解)』의 간행에 대한 考察, 어문연구 32.

박홍수, 김영희(2010), 「준접사의 조어 특성에 관하여」, 한국외국어대학교.

채춘옥(2018), '頭' 의미지도 연구, 중국연구 제 72 권.

王 力(2004), 《漢語史稿》(第 2 版), 中華書局.

劉 慧(2001), 唐五代的詞尾"頭", 《江蘇教育學院學報》第 2 期。

高艷(2006), 近代漢語詞綴"老""頭""子"的發展演變, 首都師範大學期刊.

曹躍香(2004), 現代漢語"V 子_兒_頭"結構的多角度考察, 湖南師範大學博士學位論文.

岳輝(2008), 朝鮮時代漢語官話教科書研究, 吉林大學 博士學位論文.

劉小豔(2014), 《朴通事諺解》, 《朴通事新釋諺解》句法研究, 北京外國語大學 碩士學位論文.

張豔芬(2015), 魏晉南北朝"-頭"結構詞彙語義考察, 中央民族大學 碩士學位論文.

陳盼盼(2016), "頭"綴的演變及其能產性的變化研究, 閩南師範大學 碩士學位論文.

牛琳(2018), 《朴通事諺解》詞彙研究，內蒙古大學 碩士學位論文.

《新華大字典第三版》(2017), 商務印書館.

北京大學中國語言學研究中心 http://ccl.pku.edu.cn

On the Suffix "Tou" in 《Parktongsaonhae》

Kim Mae · Park heung-soo

Abstract

《Parktongsa》 was written around the end of the Yuan Dynasty and was used by Goryeo and Joseon to learn Chinese at that time.

This paper makes a diachronic study of 41 suffix "Tou" such as ri-tou, cao-tou, ya-tou, man-tou, gu-tou in "Parktongsaonhae" and the "Paktongsasinsukeonhae" Interpretation Proverbs through the ages. the reasons for the formation of "Tou" affix are analyzed.

This paper summarizes the use of the suffix "Tou" in the interpretive version of 《Parktongsa》, and finds out the use of northern oral English in the late Yuan Dynasty and early Ming Dynasty. and the typical affix "Tou" in modern Chinese from the modern Chinese period to the modern Chinese period. the linguistic significance of 《Parktongsa》 was an important reference for studying the actual language of the time.

Keywords: 《Paktongsaonhae》, "X 頭", suffix, classification, Meaning generalization.

《老乞大》《朴通事》中的"似"字平比句研究*

中國人民大學文學院
龍國富

摘　要

　　《老乞大》《朴通事》中存在"比較標準＋也似（似）＋比較結果"這種特殊平比句。其使用有四個方面的特點：（1）用後置比較標記"也似"；（2）"比較標準＋也似"在功能上作定語和狀語；（3）"比較標準＋也似＋比較結果"作述謂中心語或名詞性短語；（4）比況式有修辭效果。這種特殊平比句的形成可分四個階段：第一階段，唐宋之前"似"字以動詞身份出現在平比句中；第二階段，金元比況助詞"也似"產生，其"比較標準＋也似＋比較結果"語序的產生受了蒙語的影響；第三階段，明代強調標記"的"進入該結構，比況詞語"也似的"產生；第四階段，清代為適應漢語韻律，"也"字脫落，新的雙音節標記"似的"產生。以往研究認為，現代漢語通語和漢語方言中的"似"字平比句來自明清時期的用法，而我們的研究發現，明清時期的"似"字平比句源自於對元代受語言接觸影響而產生的用法的改造。目前現代漢語研究學者在追溯語法現象來源時多把明、清時期看作來源點，殊不知，明、清時期有一些用法不是源自漢語本身，而是源自對元代因語言接觸而新出現的用法的一種創新。

關鍵詞：《老乞大》　　《朴通事》　歷史句法　平比句　語言接觸

---

*　[基金項目] 國家社科基金重大項目"近代漢語後期語法演變與現代漢語通語及方言格局形成之關係研究"（項目編號：19ZDA310）。此文參加台灣師範大學舉辦的第四屆韓漢語言學國際學術研討會，會上吸收了方一新教授、王雲路教授和台灣中央研究院語言研究所蕭素英教授的建議和意見，特此致謝。

一　語料及既往研究

《老乞大》有四種版本，其依次為：

A・元寫本《古本老乞大》（簡稱“古老”，用“A”代號），韓國一私人收藏者之古書本；據考證，成書於元末，約1418 年，現存有影印本。

B・明刊本《老乞大諺解》（簡稱“老”，用“B”代號），奎章閣叢書第九，京城大學法文學部影印，1944 年。韓國學文獻研究所編《老乞大、朴通事諺解》本，1973 年，亞細亞文化社；1515 年朝鮮著名學者崔世珍奉敕諺解《老乞大》，於 1670 年刊行。

C・清刊本《老乞大新釋諺解》（簡稱“老新”，用“C”代號），奎章閣漢語本，1761 年對《老乞大》做新解。

D・清刊本《重刊老乞大諺解》（簡稱“重老”，用“D”代號），1795 年對《老乞大諺解》做修訂重刊。現存 1984 年出版的弘文閣影印本。

《朴通事》有三種版本，其依次為：

A・《翻譯朴通事》（簡稱“A”和“翻譯朴”），1515 年李朝學者崔世珍奉敕翻譯《朴通事》，古本《朴通事》迄今尚未出現。它是今天所見最早的《朴通事》版本，現在僅存上卷，缺中卷和下卷。於 1517 年刊行。

B・《朴通事諺解》（簡稱“B"和“朴諺”），李朝顯宗時期（1660-1674）邊暹、朴世華等人對《翻譯朴通事》所做的修訂，其漢文部分除了少數用字不同以外，內容基本一致。現在所見本子是 1483 年經過中國使臣葛貴等人修改過的，已經不同於元代的初版。它大體反映明初北方話口語，其中也雜有南方語言成分，於 1677 年刊行。

　　C·《朴通事新釋諺解》（簡稱"C"和"朴新諺"），1765 年重刊《朴通事》。現在的本子是 1984 年影印弘文閣本。

　　《老乞大》以上四種版本和《朴通事》以上 B、C 兩種版本均使用汪維輝《朝鮮時代漢語教科書叢刊》（中華書局，2005 年）及其《朝鮮時代漢語教科書叢刊續編》（中華書局，2011 年）。元、明、清時期漢語非常複雜，本文以"似"字平比句為個案，以跨元、明、清三個朝代約 400 年的《老乞大》《朴通事》及其異譯本為材料，研究這一時期特殊語言現象，以此來揭示這一階段特殊語言現象是怎樣進入漢語並與漢語融合創新的過程。

　　漢語史平比句已經取得了很好的成果，對"似"字平比句作專題研究的有江藍生和黑維強兩位先生。江藍生（1999）研究發現漢語史中"也似"比擬式不是漢語原有句式的繼承和發展，而是受阿爾泰語（主要是蒙古語）語法影響而產生的。黑維強（2002）認為近代漢語比擬助詞"也似"的來源，是漢語土生土長的成分，而不是外來的。它們在陝北方言廣泛使用。對於助詞"也似"的來源兩位的觀點有所不同，可以做進一步研究。

　　本文從《老乞大》《朴通事》中作助詞的"似"字平比句使用入手，考察其形成過程，及其與各地方言分佈關係，進而研究其來源。

二　《老乞大》《朴通事》中的"似"字平比句

根據標記是否框式，《老乞大》《朴通事》中的"似"字平比句有框式"似（是）……也似"結構和非框式"……似（也似）"結構兩類。

2.1　"似（是）……也似"結構

A.比較結果在"似（是）……也似"格式前面，1 例。如：

(1)　咳，今日天氣冷殺人，腮頰凍的刺刺的疼，街上泥凍的只是一劁狼牙也似，馬們怎麼當的？（明《朴通事諺解》）

此類平比句式為"主體＋結果＋標記'是'＋標準＋標記'也似'"格式，比較標記為框式結構"是……也似"，"是"與"似"通用，"是……也似"即"似……也似"，猶然"像……一樣"。該格式的特點是比較結果"凍"在比況格式"是一劁狼牙也似"的前面；"也似"在句子末尾。例(1)"街上泥凍的只是一劁狼牙也似"指街上的泥凍得像一鑱狼牙一樣。比較結果"凍"在句子中作謂語，比況格式"是一劁狼牙也似"在謂語後面作補語。

該"似……也似"句式的前身不是唐宋時期"似……相似"句式。因為"似……也似"為單句，"也似"是助詞，"似……相似"則是兩個句式雜糅，"似"和"相似"均作謂語。"似……相似"源於"如……相似"，而"似……也似"最早見於與北方民族有關的文獻中。宋代徐夢莘編的《三朝北盟會編》中的《靖康城下奉使錄》出現了。如：

(2) 既是上皇禪位，無可得爭，卻與他講和休。如今來南
　　 朝，只似買賣也似。（《三朝北盟會編・靖康城下奉使
　　 錄》）

此例“如今來南朝，只似買賣也似”指如今宋朝與金人的關
係就像買賣關係。比較結果“宋朝與金人的關係”承前省略，處
於比況格式“似買賣也似”左邊。《靖康城下奉使錄》是鄭望之
記載宋徽宗崇寧年間（1102-1106）他與金談判的內容，其中有
一些語言現象帶有蒙古語言成分。

元代，這類比較結果在左邊的情況，除了用“似……也似”
以外，也用“如……也似”。見於《直說大學要略》和《直說通
略》中裡。如：

(3) 這幾件的道理須索用自己心一件件體驗遇，依著行呵，
　　 便有益；若不用心體驗，便似一場閒話也似，這般說過
　　 去了便無益。（《魯齋遺書・直說大學要略》）

(4) 有一等人常常的做歹勾當，卻來人面前說道俺做的勾當
　　 好，便如掩著那耳朵了去偷那鈴的也似。（《魯齋遺
　　 書・直說大學要略》）

(5) 帝說道：“這箇真是將軍。先來霸上、棘門卻如兒戲也
　　 似。”（《直說通略》卷三）

(6) 在上使令在下的，便如心腹運手足、根本制枝葉也似。
　　 （《直說通略》卷一）

此例比較結果“不用心體驗這幾件的道理”承前省略，處於
比況格式“似一場閒話也似”左邊。《直說大學要略》是許衡用
當時通俗易懂、口語化程度較高的語言解說《大學》內容，保持
了元代口語的基本面貌。許衡一生在蒙古人忽必烈王朝中做官，

與他們打交道，《魯齋遺書》存在蒙古語言成分。《直說通略》是鄭鎮孫撰於元代中後期，該書用當時比較正統的北方通語口語為基礎寫的有關歷史知識的普及讀物，其中雜有蒙古語成分。鄭鎮孫一生在大都擔任蒙古王朝中的監察御史等職務，經常與蒙古人打交道，《直說通略》帶有蒙古語言成分。這兩部是均帶有阿爾泰語成分的作品。

明代，"結果＋似……也似"結構擴展到中土漢語北方官話中。如：

(7) 謝希大道："你這花子，兩耳朵似竹簽兒也似，愁聽不見！"（《金瓶梅詞話》第六十一回）

該時期"結果＋似……也似"受到改造，像似詞"似"開始脫落，"的"字結構廣泛在各類句式中使用，此類句子末尾開始加"的"。如：

(8) 糊了五間雪洞兒的房，買了四五個養娘扶侍。成日怕見了風也似的！（《金瓶梅詞話》第三十四回）

(9) 金蓮道："怪道囚根子唬的鬼也似的。"（《金瓶梅詞話》第二十六回）

(10) 人家當的，知道好歹也？黃狗皮也似的，穿在身上教人笑話。（《金瓶梅詞話》第四十六回）

該時期，"結果＋似……也似"中的"也似"被"一般"替換，開始出現新的"結果＋似……一般"格式。如：

(11) 吃他那日叉簾子時見了一面，恰似收了我三魂六魄的一般，日夜只是放他不下。（《金瓶梅詞話》第二回）

(12) 那西門慶聽了這話，似提在冷水盆內一般。（《金瓶梅詞話》第五回）

　　清代，"似……也似"格式分化為兩類格式，一類是由元代的"似……也似"格式此時變為"似……一般"，"似……一般"語義不變，仍然為"像……一樣"。"也似"被漢語拋棄。《重刊朴通事諺解》中，原來的"主語＋結果＋標記'是'＋標準＋標記'也似'"格式替換為"主語＋結果＋標記'似'＋標準＋標記'一般'"格式。對比例(1)可知，如：

　　(13) 咳，今日天氣冷殺人，腮頰凍的刺刺（刺刺）的疼哩，街上泥凍的都似狼牙一般，牲口怎麼當的？（《重刊朴通事諺解》）

　　二是由元代的"似……也似"格式變為"比較結果＋比較標準＋也似的"，像義詞"似"脫落。

B.比較結果在"似（是）……也似"格式後面，1 例。如：

　　(14) 似這一個布，經緯都一般，便是魚子兒也似勻淨好有。（《原本老乞大》）

　　此類平比句式為"主體＋標記'是'＋標準＋標記'也似'＋結果"格式，比較標記也是框式結構"是……也似"，"是"與"似"通用，"是……也似"即"似……也似"，猶然"像……一樣"。但是它與 A 式不同的是比較結果從比況式"是……也似"前面移到後面。A 式中的"也似"在句子末尾，而此式中的"也似"後面還接著中心語。例(1)"是魚子兒也似勻淨好"指布匹像魚子一樣地很均勻很平整。比較結果"勻淨好"在比較標記後面作謂語，比況式"是魚子兒也似"在謂語前面作狀語。

　　該句式產生於元代，除了《老乞大》中使用以外，其他文獻也有。如：

(15) 搭扶定推磨杆，尋思了兩三番，把郎君幾曾是人也似
　　看。（《全元散曲選·寨兒令·戒嫖蕩》）

比較結果由動詞"看"充當，作謂語。比況式"是人也似"
作狀語。

明代文獻中繼續使用。如：

(16) 真個是布機也似針線，縫的又好又密，真個難得！
　　（《水滸全傳》第二十四回）

(17) 到是插燭也似與西門慶磕了四個頭，方纔安座兒，在旁
　　陪坐飲酒。（《金瓶梅詞話》第十二回）

此時這類"似……也似"結構中的"也似"被"一般"替
代。如：

(18) 那土兵齁齁的，恰似死人一般挺在那裏。（《金瓶梅詞
　　話》第九回）

(19) 賊瞎道："好教娘子得知，用紗蒙眼，使夫主見你一似
　　西施一般嬌豔。"（《金瓶梅詞話》第十二回）

例(18)比似式"似死人一般"作述謂中心語"挺在那裏"的
狀語，修飾謂語。例(19)比較結果由謂詞"嬌豔"充當，作謂
語。比況式"是似西施一般"作狀語，修飾述謂中心語"嬌
豔"。

清代這類用法衰弱，"似"屬於書面語詞匯，不適應明清以
來口語語體的需要。

2.2 "似（也似）"格式

在《老乞大》和《朴通事》中，"似（也似）"格式有兩種
不同的結構："似＋標準＋結果"和"標準＋似（也似）＋結

果"。

A. "似＋標準＋結果"格式，1例。如：

> (20) 客人每休怪。其實來今年生受。若是似往年好收時，休
> 道怎兩三箇人，便是十數箇客人，也都與茶飯喫。
> （《原本老乞大》）

此類平比句式為"（主體）＋標記'似'＋標準＋結果"格式。"似＋比較標準＋結果"這類句法形式與 1.1 節的"結果＋似……也似"格式有兩點不同：第一，沒有後置比擬標記"也似"，只有前置比擬標記"似"；第二，1.1 節的格式中比較結果處於比較標記"似……也似"的前面，而此例中的比較結果處於比較標記"似"的後面。"似往年好收"指今年像往年一樣好收成。比較結果"好收"在句子末尾作賓語，比較標記和比較標準"似往年"在賓語前面作定語。

這種"似＋標準＋結果"格式承傳前代而來，但與之前比較，它有三個方面的發展：

第一，比擬詞"似"產生介詞用法。之前"似"作動詞，如：（古之真人）淒然似秋，暖然似春，喜怒通四時，與物有宜而莫知其極。"（《莊子·內篇》）

第二，比擬介詞"似"與後面的比較標準組成介賓結構作狀語。之前"似＋比較標準"組成動賓結構作謂語和賓語。如"（伯宗）曰：'吾言于朝，諸大夫皆謂我智似陽子。'"（國語·晉語）

第三，比較結果移到比較標記和比較標準的後面做謂語。之前比較結果在比較標記和比較標準的前面做謂語。如"《魏王花木志》曰：'君遷樹，細似甘蕉，子如馬乳。'"（《齊民要

術》卷十）

這種"似＋標準＋結果"句式在與《原本老乞大》同時期的金元北方官話中也有使用，在《董解元西廂記》中 5 例，《元刊雜劇三十種》中 9 例。如：

(21) 體若凝酥，腰和弱柳。指猶春筍纖長，腳似金蓮穩小。
（《董解元西廂記》卷一）

(22) 添香侍者似風狂。（董解元西廂記》卷一）

(23) 孜孜地，覷著卻渾似天遠。（董解元西廂記》卷七）

(24) 歡興乇眉鎖廟堂愁，為功名人似黃花瘦。（《元刊雜劇
三十種‧陳季卿悟道竹葉舟》第二折）

(25) 誰似俺公婆每窮得煞，喀怎生直恁地月值年災。（《元
刊雜劇三十種‧公孫汗衫記》第三折）

這 5 例與《原本老乞大》中例(20)"似往年好收"有所不同，例(20)中比較結果由名詞充當，為句子賓語，比擬結構"似＋基準"作定語。而例(21-25)中比較結果由形容詞充當，為句子謂語，比擬結構"似＋基準"作狀語。

明代，"似"字結構在口語文獻中也使用，只是因語體的原因越來越少。如：

(26) 虎來撲人似山倒，人去迎虎如岩傾。（《金瓶梅詞話》
第一回）

(27) 油煎肺腑，火燎肝腸。心窩裏如雪双相侵，滿腹中似鋼
刀亂攪。（《金瓶梅詞話》第五回）

(28) 說猶未了，傍邊耳房裡走出二十餘人，把林沖橫推倒
拽，恰似皂雕追紫燕，渾如猛虎啖羊羔。（《水滸全
傳》第六回）

B. "**標準＋也似＋結果**" 格式，**5** 例。如：

(29) 這鑀刀是俺親眷家的，不付能哀告借將來，風刃也似快。恁小心些使，休損了他的。（《原本老乞大》）

(30) 系著鴉青緞子繡花護膝，騎著一匹墨丁也似黑的肥馬。（《朴通事諺解》）

(31) 這的恰將來的馬，飛也似緊躘，快走的、點的都有了。（《朴通事諺解》）

(32) 黃豆來大的，血點也似好顏色，圓淨的，價錢大，你要那？（《朴通事諺解》）

(33) 三尺寬肩膀，燈盞也似兩隻眼，直挺挺的立地，山也似不動憚。（《朴通事諺解》）

此類平比句式為 "（主體）＋標準＋標記'也似'＋結果" 格式，比較標記 "也似" 猶然 "一般"。上面五例**"標準＋也似＋結果"格式**可以分兩類：例(29-31)是狀語修飾謂詞性中心語組成的結構；例(32-33)是定語修飾體詞性中心語組成的結構。例(29)中 "風刃也似快" 指鑀刀刀刃像風一樣快。比較結果 "快" 在句子末尾作謂語，比較標準和比較標記 "風刃也似" 在謂語前面作狀語，修飾形容詞 "快"，表程度。例(302)中 "墨丁也似黑" 指像墨丁一樣黑。比較結果是形容詞 "黑"，在平比結構中作謂語，比較標準和比較標記 "墨丁也似" 在謂語前面作狀語。例(313)中 "飛也似緊躘" 指馬像飛一樣躘跳得厲害。比較結果 "躘" 在句子末尾作謂語，比較標準和比較標記 "飛也似" 在謂語前面作狀語。例(324)中 "血點也似好顏色" 指珊瑚像血點一樣美的顏色，比較結果 "好顏色" 在名詞短語末尾作中心語，比較標準和比較標記 "血點也似" 在中心語前面作定語。(335)中

"燈盞也似兩隻眼"指站在衙前的四位將軍有像燈盞一樣的雙眼。比較結果"兩隻眼"在名詞短語末尾作中心語，比較標準和比較標記"燈盞也似"在中心語前面作定語。此類結構在《老乞大》《朴通事》中出現最多、最典型。

該句式萌芽于金元時期北方官話，隨後進入中土北方官話文獻中。如：

(34) 回頭來覷著白馬將軍，喝一聲爆雷也似喏。（《董解元西廂記》卷三）

(35) 正熟睡，盆傾也似雨降，覺來後不見牛驢。（《劉知遠諸宮調》）

(36) 殿直從裡面叫出二十歲花枝也似渾家出來，道："你且看這件物事！"（《清平山堂話本·簡貼和尚》）

(37) 皇甫殿直拿起箭簾子竹，去妮子腿上便揍，揍得妮子殺豬也似叫，又問又打。（《清平山堂話本·簡貼和尚》）

(38) 問鄰舍："他老夫妻那裡去了？"鄰舍道："莫說！他有個花枝也似女兒，獻在一個奢遮去處。（《京本通俗小說·碾玉觀音》）[1]

(39) 後來畢竟做官蹭蹬不起，把錦片也似一段前程等閒放過去了。（《醒世恒言·錯斬崔寧》）

(40) 兩個主管在門前數現錢，只見一個漢渾身赤膊，一身錦片也似文字，下面熟白絹棍揪紮著。（《喻世明言·宋四公大鬧禁魂張》）

---

[1] 《碾玉觀音》出自宋代，成書於元代，收入《京本通俗小說》。

(41) 錢大王差下百十名軍校,教捉笊籬的做眼,飛也似跑到
　　　禁魂張員外家。（《喻世明言·宋四公大鬧禁魂張》）

　　《董解元西廂記》和《劉知遠諸宮調》均為金代作品,反映
金代北方官話語言。據學術界目前的觀點,《京本通俗小說》中
的《碾玉觀音》、《清平山堂話本》中的《簡貼和尚》、《醒世
恒言》中的《錯斬崔寧》、《喻世明言》中的《宋四公大鬧禁魂
張》,這四部作品均反映南宋至元代的語言。這說明這種作定語
和狀語的"也似"句已經廣泛進入南北官話。

　　"風刃也似快"一句,明代的《老乞大諺解》中與《原本老
乞大》一致,仍然繼續使用。這種"標準＋標記'也似'＋結
果"格式廣泛使用。如:

(42) 武大雲飛也似去街上賣了一遭兒回來。（《金瓶梅詞
　　　話》第五回）

(43) 王婆當時就地下扶起武大來,見他口裏吐血,面皮蠟渣
　　　也似黃了。（《金瓶梅詞話》第十二回）

(44) 一面罵著又打,打了又罵,打的秋菊殺豬也似叫。
　　　（《金瓶梅詞話》第四十一回）

　　例(42)比較結果由動詞"去"充當,比較標準和比較標記
"飛也似"作"去"的狀語。例(43)比較結果由形容詞"黃"充
當,比較標準和比較標記"蠟渣也似"作形容詞"黃"的狀語。
例(44)比較結果由動詞"叫"充當,比較標準和比較標記"殺豬
也似"作動詞"叫"的狀語。

　　此時期產生一種新的"結果＋比較標準＋比較標記＋的"句
式,末尾產生助詞"的"字。如:

(45) 金蓮怪道:"囚根子!譹的鬼也似的。"（《金瓶梅詞

話》第二十六回）

(46) 人家當的，好也罷也，黃狗皮也似的，穿在身上教人笑
話，也不氣長久，後還贖的去了。（《金瓶梅詞話》第
四十六回）

例(45)比況結構"鬼也似"後面帶"的"，作動詞"諕"的
補語。例(46)比況結構"黃狗皮也似"後面帶"的"。這種結構
是為適應漢語"的"字結構的發展而出現的。這些特殊平比句式
進入漢語以後，受到漢語不斷改造，逐漸演變成為漢語的格式，
經歷一個漢語化的過程。

清代，這種平比結構產生平比標記"似的"，並普遍使用。
如：

(47) 你瞧，好一個小黑驢兒！墨錠兒似的東西，可是個白耳
掖兒、白眼圈兒、白胸脯兒、白肚囊兒、白尾巴梢兒！
（《兒女英雄傳》第四回）

(48) 那禿和尚手裡只剩得一尺來長兩根大鑷頭釘子似的東
西，怎的個鬥法？（《兒女英雄傳》第六回）

(49) 你打量怎麼著？我好容易救月兒似的才攔住了。（《兒
女英雄傳》第七回）

到清代 19 世紀中期北京話中，這種平比結構產生平比標記
"也似價""似價"，15 例。如：

(50) 那水直串到本工的土泊岸裡，刷成了浪窩子，把個不曾
奉憲查收的新工排山也似價坍了下來！（《兒女英雄
傳》第二回）

(51) 鏇子邊上擱著一把一尺來長潑風也似價的牛耳尖刀。
（《兒女英雄傳》第二回）

(52) 言還未了，只聽腦背後暴雷也似價一聲，道："不多，
　　還有一個！"（《兒女英雄傳》第六回）

(53) 安太太聽了，便同張太太各拈了一撮香，看著那張姑娘
　　插燭似價拜了四拜，就把那個彈弓供在面前。（《兒女
　　英雄傳》第十三回）

"價"用於"也似"後作助詞，相當於"的"，或起強調作
用，或起調節音節作用。例(50)比較結果"坍了下來"充當謂
語，比較標準和比較標記"排山也似價"作"坍了下來"的狀
語，"價"用於句尾作助詞，相當於"的"。例(51)比較結果
"牛耳尖刀"充當名詞，比較標準和比較標記"潑風也似價的"
作"牛耳尖刀"的定語，"價"用於"也似"後作助詞，起音節
作用。例(52)比較結果"一聲"充當賓語，比較標準和比較標記
"暴雷也似價"作"一聲"的定語，"價"用於"也似"後作助
詞，相當於"的"。例(53)比較結果"拜"充當謂語，比較標準
和比較標記"插燭似價"作"拜"的狀語，"價"用於"似"後
作助詞，相當於"的"。

助詞"價"產生於元明時期北方山東、河北一帶的冀魯官話
以及河南、陝西一帶的中原官話中，相當於"的"。如出現在帶
冀魯官話的元代山東人高文秀《《好酒趙元遇上皇》和明代《水
滸全傳》，帶中原官話的《警世通言》《醒世恒言》《拍案驚
奇》等文獻中。如：

(54) 每日價醺醺醉，問甚三推六問，不如撞酒沖席。（元高
　　文秀《《好酒趙元遇上皇》）

(55) 正在西山邊氣忿忿的，又聽得東山邊鑼聲震地價響，急
　　帶了人馬又趕過來東山邊看時，又不見有一個賊漢，紅

旗都不見了。（《水滸傳》第三十四回）

(56) 老尼淨了手，向佛前念了《血盆經》，送湯送水價看覷
鄭夫人。（《警世通言》第十一卷）

(57) 他自幼行善，利人濟物，兼之慕仙好道，整千貫價佈
施。（《醒世恒言》第三十八卷）

(58) 那烏龜分毫不知一個情由，劈地價來，沒做理會，口裡
亂嚷，太守只叫掌嘴。（《初刻拍案驚奇》第二卷）

今天用冀魯官話寫的小說中仍然使用助詞"價"。如：

(59) 只好一顆顆價數著吃。（束為《第一次收穫》）

(60) 羅同志，我好好價想過了。（李南力《薑老三入黨》）

今天中原官話區的河南內黃話、晉語區河南新鄉話、汲縣話
以及陝西北部地區，助詞"價"仍多見。如：

(61) 咱倆坐這裡說婆婆，您那婆婆怪好價。（劉經菴《河南
歌謠》）

(62) 他兩人怪好價。你瞧，凳子多醃臢價。（河南新鄉話、
汲縣話）

(63) 啊，這搭山坡光溜溜價，我把它務得綠油油價。（陝西
北部秧歌劇《栽樹》）

(64) 你看這邊劉二嫂，整年整月能紡紗，賺下票子一打打，
渾身穿得新新價。（陝西北部秧歌劇《貨郎擔》）

可以看出，平比標記"也似價"就是"也似的"。其中的助
詞"價"產生於元明時期，帶有明顯的地域方言特色，主要在北
方的冀魯官話、中原官話和晉語地區。

綜上所述，《老乞大》《朴通事》中存在"比較標準＋也似
（似）＋比較結果"這種特殊平比句。其使用有四個方面的特

點：（1）用助詞性質的後置比較標記"也似（似）"；（2）"比較標準＋也似（似）"在功能上作定語和狀語；（3）"比較標準＋也似（似）＋比較結果"作述謂中心語或名詞性短語；（4）比況式有修辭效果。

三　特殊平比句"比較標準＋似的＋比較結果"結構的形成

　　根據我們對照中土文獻發現上面《老乞大》《朴通事》中有兩種格式，即"似＋比較標準＋也似＋比較結果"和"比較標準＋也似＋比較結果"，與漢語不同，可能與蒙語的接觸有一定的關係，前一種後來發展成為"似……一般＋比較結果"，後一種發展成為"比較標準＋似的＋比較結果"。這裡主要研究"比較標準＋似的＋比較結果"的形成，其形成可以分為四個階段：

3.1　唐宋以前動詞"似"進入平比句

　　"似"的本義為想像、類似（《說文》："似，象也。"）。上古"似"開始用於比況。《周易·繫辭上》："與天地相似，故不違。"早期"似"字平比句帶有一定的誇張色彩，中古發展出對事物客觀表達的用法。如：

　　(65) 種菘、蘆菔法，與芫菁同。菘菜似蕪菁，無毛而大。（《齊民要術》卷三）

　　例(65)"似"作動詞，相當於"像"。這是對菘菜的客觀掃描，沒有主觀誇張。

　　上述用法在中古比較少見，唐代這類"似"平比句廣泛使用在各個方面。可用於對具體事物的比況，如自然現象的山河大海，也可用於對人類活動有關抽象事物的比況，如人的心情等。如：

> (66) 花態繁於綺，閨情軟似綿。（元稹《全唐詩·見人詠韓舍人新律詩因有戲贈》）

> (67) 釵擘黃金合分鈿，但教心似金鈿堅。（白居易《全唐詩·長恨歌》）

> (68) 不知身老大，猶似舊時狂。（許渾《全唐詩·南陵留別段氏兄弟》）

此時"似"字平比句有一個較大變化，就是比較結果從"似"字之前移到了後面，成為"似＋比較標準＋比較結果"格式，如例(67)"似金鈿堅"，例(68)"舊時狂"。但是這裡的"似"還是前置比較標記，還缺少"似……一般"這樣的框式結構。

3.2 金元時期比況助詞"也似"產生

宋至金元時期，受北方阿勒泰語影響的北方白話文獻中出現"似……也似"句式，有時"似"字作"是"。如：

> (69) 既是上皇禪位，無可得爭，卻與他講和休。如今來南朝，只似買賣也似。（《三朝北盟會編·靖康城下奉使錄》）

> (70) 這幾件的道理……若不用心體驗，便似一場閒話也似。（《許衡直解集·直說大學要略》）

> (71) 似這一個布經緯都一般，便是魚子兒也似勻淨好有。（《元刊老乞大》）

(72) 搭扶定推磨杆，尋思了兩三番，把郎君幾曾是人也似
看。（劉庭信《全元散曲·戒嫖蕩》）

　　《靖康城下奉使錄》是鄭望之記載宋朝與金人談判內容。許
衡一生在忽必烈朝中人職，與蒙古來往甚多。《直說大學要略》
是許衡用當時的口語解釋經典《大學》，其語言帶有一定的蒙古
語成分。劉庭信山東人，元代南台御史，即蒙古人朝廷中的侍御
史，長期與蒙古人大交道。例(69、70)“似買賣也似”和“似一
場閒話也似”中的“似”作像義動詞，比較結果在平比句的左
邊，“似……也似”句式作謂語。例(71、72)“是魚子兒也似勻
淨好”和“是人也似看”中的“是”即“似”，作像義介詞，比
較結果在平比句的右邊，“是……也似”句式作狀語。

　　該時期產生不用像義詞“似”的“比較標準＋也似＋比較結
果”句式，多出現在受阿勒泰語影響的北方白話文獻中。《劉知
遠諸宮調》1 例，《西廂記諸宮調》1 例，《元典章》1 例，
《元刊雜劇三十種》7 例。如：

(73) 鄰舍道：“莫說！他有個花枝也似女兒，獻在一個奢遮
去處。”（《展玉觀音》）

(74) 妻兒，三教堂中避他炎暑，正熟睡，盆傾也似雨降。
（《劉知遠諸宮調》）

(75) 回頭來覷著白馬將軍，喝一聲爆雷也似喏。（《西廂記
諸宮調》）

(76) 我去這觸熱也似官人行將禮數使，若是輕咳嗽便有官
司。（《關漢卿雜劇集·謝天香》）

(77) 不把我人也似覷，可將我謎也似猜。（武漢臣《元刊雜
劇三十種·老生兒》）

(78) 俺也商量得：依著他每的言語，則依先的體例裡行呵，
　　　怎生？"奏呵，"闍裡吉思戲言也似說來也者。《元典
　　　章‧刑部》

　　上面"也似"的比況格式均用於"比較標準＋也似"，作短
語，修飾後面的比較結果。"比較標準＋也似"在句子中作狀語
和定語。例(7612)中"觸熱也似官人"指不曉事理的權貴一般的
官人。例(77)中"人也似覷""謎也似猜"指像人一樣看待，像
謎語一樣猜。

　　《展玉觀音》的成書時間問題，自繆荃孫于 1915 年刊行以
來，學術界的意見並不一致，有相信繆荃孫跋語所言"影元人寫
本"者，有認為是明代出現者，也有認為此書乃繆荃孫偽造者。
我們認為它源于宋代民間流傳的話本小說，由元人彙集編就，反
映宋元時的社會生活及風俗人情。《劉知遠諸宮調》和《西廂記
諸宮調》兩篇屬於宋、金時期金人作品，其語言反映北方官話的
語言特色。《劉知遠諸宮調》發掘于古代西域黑水域今甘肅境
內，其語言受到北方民族的影響。《西廂記諸宮調》為金人董解
元作，其語言受到元代蒙古語影響。關漢卿大都（今北京市）
人，在大都專事戲劇活動。大都是蒙古統治階級控制的地區，其
雜劇的語言受蒙古語影響。《元典章‧刑部》是蒙古語法律的白
話翻譯，有比較典型的蒙古語成分。

　　除上述"比較標準＋也似＋比較結果"格式以外，該時期還
廣泛使用"比較標準＋似＋比較結果"格式，也多出現在受阿爾
泰語影響的文獻中。《劉知遠諸宮調》2 例，《西廂記諸宮調》
6 例，《元刊雜劇三十種》7 例。如：

(79) 把山海似深恩掉在腦後，轉關兒便是舌頭，許了的話兒

都不應口。（《西廂記諸宮調》）

(80) 忿氣填胸，怎納無明火。璧玉似牙嚼欲將破。（《劉知
遠諸宮調》）

(81) 虎狼似惡公人，撲魯推擁廳前跪。我則見喑著氣，吞著
聲把頭低。（《元刊雜劇三十種·魔合羅》）

上面“似”的比況格式均用於“比較標準＋似”，“似”作
比擬助詞，相當於“一樣”。“比較標準＋似”修飾後面的比較
結果。“比較標準＋似”在句子中作狀語和定語。例(79)中“山
海似深恩”指山海一般的深恩，定中結構。例(80)中“璧玉似
牙”指璧玉一樣的牙，定中結構。例(81)中“虎狼似惡公人”指
像虎狼一樣的惡公人（辦理公事的人），定中結構。

上面這類“比較標準＋似（也似）＋比較結果”格式的特點
有四：

第一，之前“似”只在比較標準之前，做像義動詞，“也
似”還沒有產生。此時平比標記“似（也似）”在比較標準之
後，作比況助詞。

第二，格式的語義表示比況，表示本體具有與喻體相近的特
徵或性質。

第三，格式具有一定的修辭色彩，大多是將本體承前省略，
將喻體提前加以突出。

第四，之前“似”在比較標準前面，只作謂語，與比較標準
組合為動賓關係。而現在“似”（又增加了“也似”）到了比較
標準後面，作助詞，比況結構作定語和狀語，修飾後面的中心
語。中心語可以是名詞性成分和謂詞性成分。這種“比較標準＋
似（也似）＋中心語”偏正式短語語序與蒙古語明喻運算式語序

相同。

　　蒙語中明喻修辭手法廣泛使用，其比況句格式用後置小品詞 metu 和 siq/sik，置於所定主格之後，格式為"比較標準＋metu (siq/sik)"，相當於"像……一樣的""……似的"。如：Naran metu（像太陽一樣的），Kunlung a'ula siq（昆侖山似的）。主格名詞和小品詞一起修飾比較結果，為"比較標準＋metu (siq/sik)＋比較結果"格式。蒙式漢語接受了蒙語比況式這一語序。[2]第二節中的"似＋比較標準＋也似＋比較結果"、"比較標準＋也似＋比較結果"和"比較標準＋似＋比較結果"三種格式均受到蒙古語一定的影響。[3]這可以從下面三個參數得到見證。

A."似"字格式使用頻率增加

　　複製語言的說話者中存在一種在過去很少或低頻的使用模式，他們用來複製模型語中被認為意義等價的使用模式，因模型語的使用模式頻率高導致複製語中使用頻率迅速增加。（Heine & kutava 2005:47）下面表格是"似＋比較標準＋也似＋比較結果"、"比較標準＋也似＋比較結果"和"比較標準＋似＋比較結果"三種格式，與同期中土非蒙語接觸文獻的對比使用頻率。

---

[2]　參見清格爾泰《蒙古語語法》，呼和浩特：內蒙古人民出版社，1991年。

[3]　目前學術界有關"比較標準＋也似＋比較結果"《蒙古語語法》，呼和浩特：內蒙古人民出版社，1991年。

表 1. "似＋比較標準＋也似＋比較結果"等三種格式使用頻率

		受蒙語影響的文獻		不受蒙語影響的文獻	
宋、金、元	劉知遠諸宮調		5	清波雜志	0
	西廂記諸宮調		9	南戲三種	0
	元刊雜劇三十種		19	南村輟耕錄	0
	關漢卿戲劇集		9	大宋宣和遺事	0
	全元散曲		12	宋史	0
總數			54		0

　　表格中統計"似＋比較標準＋也似＋比較結果""比較標準＋也似＋比較結果""比較標準＋似＋比較結果"。從表上統計的數目對照來看，在金元時期，受蒙古語影響的"金元白話"文獻與中土純漢語文獻比較，五部受蒙古語影響的"金元白話"文獻中，用於"似＋比較標準＋也似＋比較結果"、"比較標準＋也似＋比較結果"、"比較標準＋似＋比較結果"格式共有 54例用法。而五部不受蒙古語影響的文獻中，沒有一例用法。

　　這類句法創新的用例比較明顯，其主要的方式是通過翻譯的異化、歸化和改造，使蒙古語平比句運算式在語序和用法方面既照顧蒙古語表達又考慮漢語表達習慣。

B. "比較標準＋也似＋比較結果"語境擴大

　　唐宋時期中土文獻中，"似"字比況格式主要有"似……相似"。如"宗和尚喝云：'什麼念經，恰似唱曲唱歌相似，得與摩不解念經。'"（《祖堂集》卷十八）這裡的"似"和"相似"均可以看作動詞。也有"比較結果＋似……"和"似……＋比較結果"格式，比較結果作謂語，"似"作介詞。當比況式"似……"在比較結果後面時"似……"結構作補語。如"桂布白似雪，吳綿軟於雲。"（白居易《全唐詩·新制布裘》）當比況式"似……"在比較結果前面時"似……"結構作狀語。如"路如天遠，侯門似海深。"（杜荀鶴《全唐詩·與友人對酒吟》）金元時期，新出現比擬助詞"也似"，產生一些新的語法功能。新出現"似＋比較標準＋也似＋比較結果"和"比較標準＋也似＋比較結果"兩種格式，"似＋比較標準＋比較結果"格式使用頻率提高。用於適應蒙古語"比較標準＋後置助詞 metu等＋比較結果"格式的語言環境，蒙漢接觸促成"比較標準＋也似＋比較結果"使用語境擴大，其擴大到在名詞或動詞、形容詞前面做名詞短語和動詞、形容詞短語這樣的新語言環境，新的語境具體有諸多方面："比較標準＋也似＋比較結果"用於指所有能見到的具體事物進行比擬。用於指所有見不到的抽象事物。我們調查的表格中，元代白話文獻中"比較標準＋也似＋比較結果"共有 54 例用於新的語境，都用在關漢卿等一些受蒙古語影響的北方白話文獻作品之中，這說明"比較標準＋也似＋比較結果"的比況用法得到當時蒙漢民族學習者的普遍認同。

C."比較標準＋也似＋比較結果"產生新的意義

　　蒙古語和漢語接觸觸發"比較標準＋也似＋比較結果"的使用頻率增加，頻率增加引發語境擴大，語境擴大又引發功能變化，產生新的意義，"也似"產生比況助詞。"也似"的句法環境有由"比較結果＋似＋比較標準＋也似"脫落"似"，並且比較結果位移至"也似"的後面，產生"比較標準＋也似＋比較結果"。"比較標準＋也似＋比較結果"所在句法由單句縮小為短語，表達一種比擬的概念。"比較標準＋也似"結構作比較結果的狀語或定語。

　　據 Heine & Kuteva（2003、2005、2006、2007）的有關論述以及吳福祥（2008）的有關概括，語言接觸引發語法演變的方式有語法借用和語法複製，語法複製又有接觸引發的語法化和語法結構複製，語法結構複製又有語序重組和結構複製。上面的論證表明，平比句"比較標準＋也似＋比較結果"是蒙漢語言接觸造成的，即語言接觸引發了"比較標準＋也似＋比較結果"新功能的產生。而該新功能產生的方式則是語法結構複製。所謂語法結構複製（grammatical constructional replication），即蒙語學習者用複製語中的語法結構複製與模型語句法語義對等的結構式。具體來說，漢語複製語已經有表比況的"比較標準＋也似＋比較結果"結構式，蒙語模型語中有表比況的"比較標準＋metu＋比較結果"結構式，該結構用於比況語境，學習者用"比較標準＋也似＋比較結果"翻譯蒙語"比較標準＋metu＋比較結果"形式，從而創新出新的"比較標準＋也似＋比較結果"結構式。可見，語法複製觸發了漢語比況式"比較標準＋也似＋比較結果"的產生。

3.3 明代比況助詞和結構助詞合用的"也似的（似的）"產生

　　與元代相比，上面平比句在明代有新的發展，其發展主要表現在以下三個方面：

　　第一、後置比況助詞漢化，產生後置助詞和結構助詞合用的"也似的（似的）"。如：

　　(82) 晁大舍道："這樣人就像媒婆子似的，咱不打發他個喜歡，叫他到處去破敗咱？"（《醒世姻緣傳》卷四）

(83) 那街上擠住的人封皮似的，擠得透麼。（《醒世姻緣傳》第十回）

(84) 金蓮道："怪道囚根子唬的鬼也似的。"（《金瓶梅詞話》第二十六回）

(85) 糊了五間雪洞兒的房，買了四五個養娘扶侍。成日怕見了風也似的！（《金瓶梅詞話》第三十四回）

上面用例的特點是在比況式後面加了強調助詞"的"。例(82)用"像＋比較結果＋似的"結構表比況，句末有比況助詞"似的"。例(83)用"比較結果＋似的"結構表比況，句末有比況助詞"似的"。

第二、句式改造。此時由唐宋時期的"如……一般"改造出"似……一般（般）"。如：

(86) 其形似帶一般，故此得名。（《初刻拍案驚奇》卷三）

(87) 尚書夫人及姑姨姊妹、合衙人等，看見了德容小姐，恰似夢中相逢一般。（《初刻拍案驚奇》卷五）

(88) 正似吊桶般一上一下的思量，晁住出來說道："請楊相公進去。"（《醒世姻緣傳》第二回）

(89) 好教娘子得知：用紗蒙眼，使夫主見你一似西施一般嬌豔（《金瓶梅詞話》第十二回）

第三、功能多樣。如：

(90) 鄭愛月兒、愛香兒，戴著海獺臥兔兒，一窩絲杭州攢，翠重梅鈿兒，油頭粉面，打扮的花儸也似的，都出來門首迎接。（《金瓶梅詞話》第六十八回）

(91) 想著你和來旺兒媳婦子蜜調油也似的，把我來就不理了。（《金瓶梅詞話》第七十二回）

(92) 只是晁大舍病了一個多月，只不見好，瘦的就似個鬼一
　　　般的，晁夫人也便累得不似人了。（《醒世姻緣傳》卷
　　　十七）

(93) 次夜五更，尉遲敬德起來走到村東柳樹底下，只見山也
　　　似的一大堆錢。（《醒世姻緣傳》卷三十四）

　　整個平比式既作句子也作短語，比較結果既作句子謂語也作
賓語，比況式修飾中心語時可做定語、狀語和補語。例(90)表比
況的“花儡也似的”結構作補語，表示動作行為的狀態。例(91)
表比況的“蜜調油也似的”結構作小句謂語，比喻非常親密和
好。例(92)用“似個鬼一般的”結構表狀態，句末有比況助詞和
結構助詞“一般的”。例(93)表比況的“山也似的”結構作名詞
性成分“一大堆錢”的定語，比喻錢極多。

3.4 清代創新的比況助詞“似的”改造完成

　　與明代相比，上面平比句在清代有新的發展，其發展主要表
現在以下三個方面：

　　第一，後置比況助詞“似的”改造完成，在文獻中普遍使
用。《聊齋俚曲集》《紅樓夢》《兒女英雄傳》《語言自邇集》
中“似的”結構用例分別為13、106、76、19次。如：

(94) 於氏說：“你縈掛的合妖精似的，你去給那病人看的，
　　　只顧在這裡站嘎哩？”（《聊齋俚曲集》第一回）

(95) 這一點子小崽子，也挑麼挑六，鹹嘴淡舌，咬群的騾子
　　　似的！（《紅樓夢》第五十八回）

(96) 姑娘微抬了抬眼皮兒一看，只見滿屋裡香氣氤氳，燈光
　　　璀璨，那屋子卻不是照擺玉器攤子洋貨鋪似的那樣擺

法，只有些名書古畫，周鼎商彝，一一的位置不俗。

（《兒女英雄傳》第二十八回）

(97) 可惜他蓋的那房子不像房子的式樣。好像馬棚似的，住著很不像樣兒。（《語言自邇集》）

上面用例的特點是在比況式後面加了強調助詞"的"。例(94)用"合＋比較結果＋似的"結構表比況，句末有比況助詞"似的"。例(95)用"比較結果＋似的"結構表比況，句末有比況助詞"似的"。像"飛也似的去了"（紅樓夢）和"金山也似的人"（兒女英雄傳）一類用法隨處可見。

第二，"似的"代表北方官話，與南方官話中的"一樣"形成南北對立。明清時期帶吳語的《山歌》《夾竹桃》《掛枝兒》《南柯記》（戲文）《霓裳續譜》《海上花列傳》、帶閩語的《千金記》（戲文）《荔鏡記》（戲文）等南方官話文獻中均不用"……似的"格式。南北對立用例如：

(98) 南方官話：你這話實在不明白，好像小孩子的話一樣。
　　　北方官話：你這話實在不明白，好像小孩子的話似的。
　　　（《官話類篇》）

(99) 南方官話：人的性情，喜好爲惡，如同吸鐵石吸鐵一般；北方官話：人的性情，喜好爲惡，如同吸鐵石吸鐵似的。（《官話類篇》）

第三，比況式"似的"功能多樣。如：

(100)李氏說誰說！每日窮的合那破八菜那似的。（《聊齋俚曲集》第二回）

(101)臧姑聽的跑了來，也不怕大伯，罵二成："賊殺的！你不來呀！"二成狗顛呀似的跟了去，只聽的那屋裡，

娘呀娘呀的，動了腥葷了。（《聊齋俚曲集》第二回）

(102)寶玉跺腳道："還不快跑？"一語提醒了那丫頭，飛也似的去了。（《紅樓夢》第十九回）

(103)他是天子腳底下的從龍世家，在南河的時候不肯賺朝廷一個大錢，不肯叫百姓受一分累，是一個清如水明如鏡的好官，真是金山也似的人！（《兒女英雄傳》第十五回）

(104)師老爺不知道，我們這位小爺只管像個女孩兒似的。（《《兒女英雄傳》第三回）

例(100)比況式"合那破八菜那似的"作補語，例(101)比況式"狗顛呀似的"作狀語，例(102)比況式"飛也似的"作狀語，例(103)比況式"金山也似的"作定語，例(104)比況式"像個女孩兒似的"作謂語。上面這些功能其中以作狀語和定語最常見。

四　結語

綜上所述，《老乞大》《朴通事》中存在"比較標準＋也似（似）＋比較結果"這種特殊平比句。其使用有四個方面的特點：（1）用助詞性質的後置比較標記"也似（似）"；（2）"比較標準＋也似（似）"在功能上作定語和狀語；（3）"比較標準＋也似（似）＋比較結果"作述謂中心語或名詞性短語；（4）比況式有修辭效果。

這種特殊平比句的形成可分四個階段：第一階段，唐宋之前"似"字以動詞身份出現在平比句中；第二階段，金元比況助詞

"也似（似）"產生，其"比較標準＋也似（似）＋比較結果"語序的產生受了蒙語的影響；第三階段，明代強調標記"的"進入該結構，比況詞語"也似的"產生；第四階段，清代為適應漢語韻律，"也"字脫落，新的雙音節標記"似的"產生。以往研究認為，現代漢語通語和漢語方言中的"似"字平比句來自明清時期的用法，而我們的研究發現，明清時期的"似"字平比句源自於對元代受語言接觸影響而產生的用法的改造。目前現代漢語研究學者在追溯語法現象來源時多把明、清時期看作來源點，殊不知明、清時期有一些用法不是源自漢語本身，而是源自對元代因語言接觸而新出現的用法的一種創新。"似的"結構是為適應漢語"的"字結構的發展而出現的。這些特殊平比句式進入漢語以後，受到漢語不斷改造，逐漸演變成為漢語的格式，經歷一個漢語化的過程。

參考文獻

馮春田《近代漢語語法研究》，濟南：山東教育出版社 2000 年版，第 670 頁。

高育花《試論漢語的平比句和比擬句》，《勵耘語言學刊》2016 年第 2 輯。

高育花《元代漢語中的平比句和比擬句》，《長江學術》2017 年第 4 期。

黑維強《从陝北方言看近代汉语助词"也似"的来源》，《延安大學學報》（社會科學版）2002 年第 1 期。

黃嶽洲：《試談"一樣""像……一樣""似（是）的"》，《語文學習》1955 年第 5 期。

江藍生《助詞"似的"的語法意義及其來源》，《中國語文》1992 年第 6

期。

江藍生《從語言滲透看漢語比擬式的發展》，《中國社會科學》1999 年第
4 期。

陸儉明《析“像……似的”》，《語文月刊》1982 年第 1 期。

李思明《晚唐以來的比擬助詞體系》，《語言研究》1998 年第 2 期。

梁銀峰《漢語史指示詞的功能和語法化》，上海：上海教育出版社，2018
年。

太田辰夫《中國語歷史文法》（修訂譯本），蔣紹愚、徐昌華譯，北京：
北京大學出版社 2003 年版，第 94 頁。

魏培泉《中古漢語新興的一種平比句》，《台大文史哲學報》2001 年第 54
期，第 45-68 頁。

魏培泉《中古漢語時期漢文佛典的比擬式》，《台大文史哲學報》2009 年
第 70 期，第 29-53 頁。

謝仁友《漢語比較句研究》，北京大學博士研究生學位論文，2003 年。

張美蘭《漢語雙賓語結構句法及其語義的歷時研究》，北京：清華大學出
版社，2014 年。

朱德熙《說“跟……一樣”》，《漢語學習》1982 年第 1 期。

[韓]李泰洙《〈老乞大〉四種版本語言研究》，北京：語文出版社，2003
年版。

Peyraube, Alain.(貝羅貝) History of the Comparative Construction in Chinese
from the 5th Century B.C.to the 14th Century A.D., Reprinted Proceeding
on the Second International ConFerence on Sinology Academia
Sinca.1989.

Heine, Bernd and Tania Kuteva. 2003. On contact-induced grammaticalization
[J]. Studies in Language 27, 3: 529-572.

Heine, Bernd and Tania Kuteva.2005. Language contact and grammatical change
[M]. Cambridge: Cambridge University Press.

Heine, Bernd and Tania Kuteva.2006. The changing languages of Europe [M].
Oxford: oxford University Press.

Heine, Bernd and Tania Kuteva.2007. Identifying instances of contact-induced grammatical replication [C]. Paper presented at the Symposium on Language Contact and the Dynamics of Language: Theory and Implications.

A study of the comparative sentences of the word 'like 似' in Lao 'Qida 老乞大' and 'Piao Tongshi 朴通事' in Chinese

Guofu Long

Abstract

In Laoqida 老乞大 and Piaotongshi 朴通事, there is a special comparative sentence of "comparative standard ＋ yěsi 也似 'similar' ＋ comparative result". There are four characteristics in its use: (1) it uses the post comparative marker yěsi 也似 'similar'.(2) "Comparative standard ＋ yěsi 也似 'similar'" is used as attributive and adverbial in function.(3) "Comparative standard ＋ yěsi 也似 'similar' ＋ comparative result" is used as the predicate head or noun phrase. (4) Comparison has rhetorical effect. The evolution of this comparative sentence can be divided into four stages: in the first stage, the word si 似 'similar' appeared as a verb before the Tang and Song dynasties; In the second stage, the auxiliary word si 似 'similar' came into being in Jin and Yuan Dynasties, and the word order of "comparative standard ＋ yěsi 也 似 'similar' ＋ comparative result" was influenced by Mongolian; In the third stage, the Ming Dynasty emphasized the marker de 的 'similar' into the structure, and the comparative word yěside 也似的 'similar' came into being; In the fourth stage, in order to adapt to the Chinese rhythm, the word yě 也 fell off and a new disyllabic mark side 似的 'similar' came into being in the Qing Dynasty. Previous studies have suggested that the parallel sentences of the word "like" in the general language of modern Chinese and Chinese dialects originated from the usage in the Ming and Qing Dynasties. However, our research has found that the parallel sentences of the word "like" in the Ming and Qing Dynasties originated from the transformation of the usage influenced by language contact in the Yuan Dynasty. At present, when modern Chinese scholars trace the origin of grammatical phenomena, they mostly regard the Ming and Qing Dynasties as the source. However, some usages in the Ming and Qing Dynasties do not originate from Chinese itself, but from an innovation of the new usages in the Yuan Dynasty due to language contact.

Keywords: Laoqida 老乞大 and Piaotongshi 朴通事; Chinese history of syntax; comparative sentence; contact of language

從歷時角度重新探討韓語"漢字詞"的定義
——以近代漢音借詞爲例

光云大學國際教育院
蕭悦寧

摘　要

　　韓語詞彙一般根據其詞源分為固有詞、漢字詞及外來詞。韓國學界對漢字詞的普遍認知為"與現代韓國漢字音一致"的詞語。按照這一標準，不僅"먹"（墨）、"짐승"（衆生）、"겨자"（芥子）等會被排除在"漢字詞"的範圍之外，就連"홍차"（紅茶）、"녹차"（綠茶）的"차"也可能無法獲得漢字詞的地位。漢字詞的分類標準是韓語詞彙研究中的根本問題，學界卻鮮少有人對此進行深入探討。為此，本文欲從從歷時角度重新探討"漢字詞"的定義，為韓語詞彙的研究與教學提供更明確的分類依據。首先，本文回顧了幾種較具代表性的"漢字詞"定義，歸納出三大類讀音與現代韓國漢字音不一致的漢源詞，指出現有"漢字詞"定義的局限。接著，通過對朝鮮時代文獻中的近代漢音借詞以及現代韓語中漢語借詞進行分析，嘗試論證"韓國漢字音"的範疇在韓語母語人士的認知裡具有"邊界模糊性"。最後，本文認為"漢字詞"的定義應刪掉"必須與現代韓國漢字音一致"的附帶條件，將其修改為"源自漢字詞素、符合'一字一音節'原則的詞語"。

關鍵詞：漢字詞　詞源　近代漢音借詞

1. 前言

　　韓語詞彙一般上可根據其來源分爲固有詞、漢字詞或外來詞。[1]固有詞指韓語原有的詞彙，漢字詞指源自漢字的詞語，而外來詞則是除去漢字詞以外的其他外語借詞。有些詞可能同時混有兩種不同來源的成分，這類詞可稱爲"混種詞"（hybrid），例如：

(1)　a. 안방(-房)、호떡(胡-)
　　　b. 게임기(game 機)、경기홀(競技 hall)
　　　c. 골프공(golf-)、마을버스(-bus)

　　上述詞語中，(1a)屬於固有詞與漢字詞的結合，(1b)屬於漢字詞與外來詞結合，而(1c)則是固有詞加上外來詞的例子。[2]固有詞、漢字詞、外來詞的三分法看似能用來解釋所有韓語詞語的來源，實則不然。韓語詞彙中有不少詞語在這個標準下難以分類，或是出現分類不合理的情況，下面以《標準國語大辭典》（표준국어대사전）爲例略作説明。

　　《標準國語大辭典》是韓國國立國語院主持編修的大型韓語

---

[1]　韓語稱爲"고유어"（固有語）、"한자어"（漢字語）及"외래어"（外來語）。本文遵循中文學界的學術用語習慣，一律以"詞"來指稱"word"的概念。以此類推，詞的組成元素——"morpheme"亦稱"詞素"而不稱"語素"。語音學、音系學術語方面，"자음"、"모음"不稱"子音"、"母音"，而使用漢語語言學界慣用的"輔音"、"元音"。

[2]　例子中的"호-"（胡）、"-기"（機）等嚴格來説並不是一個詞，而是附加於其他成分組成派生詞的前綴與後綴，爲行文方便此處不詳加區分。

詞典。該詞典在處理非固有詞詞條的詞源信息時有兩種做法，分別稱爲"원어 정보"（原語情報）和"어원 정보"（語源情報）。[3] "原語情報"和"語源情報"提供的都是詞條的詞源信息，分別在於前者主要用來處理漢字詞和外來詞，直接在詞條後面用括弧標出原來的詞形，後者則用於標注那些"如今被視爲固有詞，但原本是漢字詞，或是從蒙語、漢語等的借詞演變而來的詞語的詞源"，[4]放在釋義和例句後面。

(2)　a. 당분(糖分)、사탕(沙糖/砂糖)
　　　b. 도장(道場)、도량(道場)
　　　c. 십방(十方)、시방(十▽方)
　　　d. 창고(倉庫)、곳간(庫間)
　　　e. 다도(茶道)、녹차(綠차)
　　　f. 호도(胡桃)、호두
　　　g. 창옷(氅-)、도량 창옷(道場-)
　　　h. 흐지부지、시금치
　　　i. 수라(水剌▽)、타락(駝酪)
　　　j. 사돈(查頓)、사돈댁(查頓宅)、사돈처녀(查頓處女)
　　　　、사돈총각(查頓總角)

(2a)至(2j)均為《標準國語大辭典》的詞條。按照前述標

---

[3]　韓文術語後面用括弧標出的是韓語漢字詞的寫法，不是中文譯名。須要直接引用韓語漢字詞術語而不另作翻譯時，會在有關術語加上開關引號以示區別。

[4]　詳見《標準國語大辭典》凡例。https://stdict.korean.go.kr/help/popup/entry.do。

準，除了(2h)，其餘各條表面上皆爲"漢字詞"或"混種詞"（漢字詞＋固有詞），但這種詞源處理方式其實是沒有統一標準的。

　　首先，(2a)至(2c)屬於承認"一字多音"的情況。在(2a)的例子中，"糖"有兩種讀法，在"糖分"裡讀"당"，屬於符合韓國漢字音歷史演變的讀法，在"沙糖/砂糖"裡則讀"탕"，反映的是漢語近代音的讀法。由於詞典編纂者承認"糖"字的兩種讀音，因此"당"、"탕"兩種讀音的詞語均被視爲漢字詞。(2b)的"道場"有兩個讀音，念"도장"時表示習武之地，讀作"도량"則專指佛門中的道場。"량"雖然是"場"字在佛門裡的特殊讀音，但也被承認為韓國漢字音，使得"도량"在詞典中獲得漢字詞的地位。(2c)"십방"中的"십"是"十"的一般讀音，"시방"則是佛門中"十方"的讀法，因其讀音與"십"不同，詞典編者遂以"▽"來表示這是一種變音。除了"시방"，"시월（十▽月）"的讀法也獲得承認，被標爲漢字詞。(2d)的"庫"實際上只有"고"一個讀音，"곳간"中"곳"的韻尾"ㅅ"嚴格來説並非"고"的一部分，而是"庫"與"間"結合時插入的輔音"ㅅ（시옷）"，故稱爲"사이시옷"，漢字詞術語稱作"삽입 자음"（插入字音）。[5]由於這個輔音在拼寫時寫在前一個音節的尾端，因此看起來就像是"庫"的一部分。

　　與前面四例不同，(2e)與(2f)則屬於不承認"一字多音"而使得源自同一漢字的詞語分別被歸類爲漢字詞和固有詞。"다

---

[5]　"사이시옷"一般出現在固有詞之間或固有詞與漢字詞結合的合成詞中間，但也有少數漢字詞帶有這種插入中間的輔音，例如"횟수"（回數）、"숫자"（數字）、"셋방"（貰房）等。

도"的"다"屬於"茶"字原本的韓國漢字音,"녹차"的
"차"則是比"다"較晚近層次的讀音。詞典編纂者只承認
"다"音,於是"녹차"就被標爲"綠차",只有"녹"是漢字
詞,"차"遂成固有詞。(2f)的"호도"、"호두"兩個詞形都
源自"胡桃",但"두"的讀音與"桃"字的韓國漢字音"도"
不一致,因此不被承認爲漢字詞。與"녹차"被標爲"綠차"不
同,"호두"並沒有被寫作"胡두",而是整個詞被當作固有
詞,這種處理方式顯然是前後矛盾的。(2g)的處理方式也屬於前
後不一之例。"창옷"被視爲混種詞,由漢字詞素"氅"與固有
詞"옷"組成。然而,在"도량 창옷"一詞中,同樣的"창
옷"卻成了一個純固有詞,只有"도량"被標出漢字原形。

　　(2h)的兩個詞語原爲漢字詞,但反映的讀音層次不一樣。
"흐지부지"是"諱之秘之"的韓國漢字音發生變化後形成的,
"시금치"則借自"赤根菜"的近代漢音。[6]由於這兩個詞均與
現代韓國漢字音的讀法不一致,因此詞典中並未在詞條後面直接
用括號標出漢字原形,而是在釋義及例句後面用所謂"語源情
報"(어원 정보)的方式來注明詞源。同一部詞典裡另收有符
合現代韓國漢字音的"휘지비지"及"적근채",均按典型的漢
字詞處理,直接在詞條旁邊用括弧標出漢字。

　　《標準國語大辭典》凡例"원어 정보"(原語情報)條中提
到:固有詞詞條中,有些也可以寫作漢字,對這類詞不提供任何
原來詞形的信息,而是在釋義裡加注"亦借用漢字寫作'～'"

6　本文混用"近代漢音"與"漢語近代音",兩者同義。

字樣（한자를 빌려 '～'으로 적기도 한다.）。[7]按照這一標準，(2i)與(2j)的"수라"、"타락"、"사돈"亦不應在詞條旁邊用括弧標注漢字，因為這三個都是外語借詞，並非真正的漢字詞，但詞典編纂者卻依然將其當作漢字詞來處理。

　　"수라"指"御膳"，《標準國語大辭典》在"水剌"後面加注"▽"，以表示"라"讀的不是"剌"的本音"랄"。"수라"一詞為蒙語借詞，李基文（1991:156-159）引述周時經的説法指出"수라"為高麗時代元朝公主在宮中使用的蒙語，也轉引方鍾鉉提到的《經國大典》平壤本注記"水剌本蒙古語，華言湯味也"，接著更詳細論證"수라"實為蒙語"šülen"之借用。"타락"也一樣，雖然用括弧標出漢字"駝酪"，但釋義下方注明其詞源為蒙語"taraq"。

　　(2j)表示親家的"사돈"一詞與"타락"的情況類似。詞典編纂者用括弧標出"查頓"，表示這是漢字詞；在"사돈댁"、"사돈처녀"、"사돈총각"等合成詞裡，"사돈"也與"댁"、"처녀"、"총각"一樣被當成漢字詞。然而，在"사돈"一詞的釋義下方，清楚注明其詞源為滿語的"sadun"。換言之，"사돈"根本就不是漢字詞，"查頓"只不過是被借來標注這個滿語借詞的漢字，跟訓民正音創製前借用漢字音義來記錄韓語固有詞的"借字表記"（차자 표기）在本質上並無區別。

　　本文以《標準國語大辭典》處理詞源信息的做法為例，説明目前"漢字詞"這一概念尚無明確定義，但這些問題並不局限於一部詞典而已。《標準國語大辭典》是國立國語院主持編修的辭

7　同注 4。

書，具有官方背景，其地位不亞於海峽兩岸之《現代漢語詞典》或《教育部國語辭典》，且當年的編纂團隊囊括了韓語語言學界精英，其成果在很大程度上反映了韓語語言學界的主流觀點。換言之，詞典裡詞源信息處理標準不一的"亂象"，其實就是學術界尚未對"漢字詞"內涵進行深入討論的結果，而這也會間接對韓語詞源研究的發展形成一定的障礙。這類問題大致可歸納為以下三點：

(一)對不同層次的韓國漢字音的認定原則不夠明確　，例如承認"사탕"為漢字詞"砂糖"，卻不承認"녹차"的"차"是漢字詞"茶"；

(二)對韓國漢字音內部的語音變化缺乏統一的判斷準繩，例如承認"도량"是漢字詞"道場"，卻不能接受"호두"的"두"也是漢字詞素"桃"；

(三)未能嚴謹處理漢字詞的歸屬問題　，蒙語、滿語借詞如"수라"、"사돈"被歸為漢字詞，近代漢音借詞如"시금치"卻無法獲得漢字詞的地位。

　　本文的目的就是為了解決以上三項問題，嘗試為"漢字詞"尋找一個更明確的定義，以期在"漢字詞"與"非漢字詞"之間劃出一條（至少比目前）更明確的界限。為此，第二章將先回顧幾種較具代表性的"漢字詞"定義，然後整理出現有定義下歸屬劃分會面臨困難的漢源詞。接著，通過集中分析這類漢源詞中的近代漢音借詞及現代韓語中的漢語借詞，以探討韓語母語人士對"漢字詞"的認知，最後再據此導出較為合理的"漢字詞"定義，為韓語詞源研究提供較為實用的分類依據。

2. "漢字詞"定義回顧

　　韓語語言學界對漢字詞的定義可謂因人而異。筆者認爲，各家的定義可概括爲廣義與狹義兩類，而兩者的最大區別在於是否將"與現代韓國漢字音一致"視爲判斷準繩。廣義的"漢字詞"並不以"與現代韓國漢字音一致"當作界定"漢字詞"範圍的條件，屬於一種比較寬鬆的標準；狹義的"漢字詞"則以"與漢字的韓式讀音一致"爲前提。另外，還有一種沒有爲漢字詞和非漢字詞劃清界限的"折衷派"，其觀點可視實際需要而做出調整。

2.1 廣義的"漢字詞"

　　朴英燮（1995:22-162）在論及漢字詞的譜系時，將韓語漢字詞分爲"中國文言系漢字詞"、"佛教語系漢字詞"、"中國白話系漢字詞"、"日語系漢字詞"以及"韓國漢字詞"。[8]這五類詞彙當中"中國白話系漢字詞"有相當一部分屬於全部或局部反映近代漢音特徵的借詞，但依然被歸類爲"漢字詞"，可見這是一種廣義的"漢字詞"。

　　沈在箕（2000:41-49）立足於詞彙史的觀點，認爲在說明韓國社會的歷史變遷時，必須要明確闡明漢字詞起源之譜系，並將韓語漢字詞根據其來源分爲五大類，分別是："源自中國古典的"、"來自佛教經典、經由中國傳入的"、"源自中國的口語，即白話文的"、"日本所造的"以及"韓國獨自所造的"。

---

[8]　韓語原文分別爲"中國文語系漢字語"、"佛教語系漢字語"、"中國白話系漢字語"、"日本語系漢字語"及"韓國漢字語"，本文根據漢語表達習慣在翻譯時略作更改。

這些來源各異的詞語同被歸入"漢字詞"這一大類，足見此為廣義之"漢字詞"概念。

陳榴（2012:70-149）將韓語漢字詞分為"源自中國古代典籍的漢字詞"、"譯自中國佛經的漢字詞"、"源自中國古代白話的漢字詞"、"來自近代日本的漢字詞"以及"韓國自造漢字詞"五類，[9]與上述兩項研究的分類基本相同。這五類詞語一律以"漢字詞"稱之，並沒有將"漢字詞"局限在那些讀音與韓國漢字音一致的詞語，由此可知這也是一種廣義的用法。

2.2 狹義的"漢字詞"

宋基中（1992）可說是狹義"漢字詞"的代表作。這篇論文提出"漢字詞詞素"與"非漢字詞詞素"的概念，[10]認為"漢字詞詞素"必須是"能與個別漢字結合的音節形式"，也就是與現代韓語中的漢字讀音（=現代韓國漢字音）一致的音節形式。換言之，只要是漢字詞，就必須能"還原"為漢字，而這個漢字的語音形式必須與現代韓語中的韓國漢字音一致，否則就是"非漢字詞詞素"。在此標準下，宋基中（1992）認為"자두"、"앵두"、"호두"的"두"因與"桃"的現代韓國漢字音"도"不一致，因此不是漢字詞詞素。"배추"、"김치"、"가지"、"후추"、"고추"等雖然來自漢字，但也不被視為漢字詞詞素，就連"차"和"칸"這種能輕易與漢字"茶"和"間"結合的詞也不是漢字詞詞素，因為其讀音"並非該漢字的讀音"。宋

---

[9]　此書原文為中文，但筆者只藏有韓文版，故此處所使用的中文術語為根據韓文譯文所譯，未必與中文原文一致。

[10]　韓語原文為"漢字語 形態素"與"非漢字語 形態素"。

文顯然認爲"茶"只能讀"다"，"間"只能讀"간"，因此才不承認"차"與"깐"的讀法是漢字詞。這種觀點與《標準國語大辭典》處理詞源的方式基本一致。

李得春主編（2006:8-15）既使用"漢字詞"這一名稱，也使用"源於漢字的韓國語詞彙"這種説法，但兩者指涉内容並不完全相同。該書將"源於漢字的韓國語詞彙"分爲"固有詞化的漢語詞彙"、"韓國音韻讀法的漢語詞彙"、"中國音韻讀法的漢語詞彙"、"韓國自造漢字詞"以及"日源漢字詞"五大類，其中只有第二種"韓國音韻讀法的漢語詞彙"是"遵循韓國漢字音規範，讀音依據韓國聲韻讀法"的，"這類詞通常稱之爲漢字詞"。換言之，此處所使用的"漢字詞"概念依然是狹義的、以讀音符合韓國漢字音的規範爲前提。實際上除了這類"韓國音韻讀法"的漢字詞，"韓國自造漢字詞"及"日源漢字詞"基本上也是按韓國漢字音發音的漢字詞，而"固有詞化的漢語詞彙"雖被視爲"漢語詞彙"，不過並沒有被稱爲"漢字詞"。

2.3 折衷派的"漢字詞"

심재기等（2016:33-46）在分析韓語詞彙的來源時首先將其分爲固有詞和借詞（차용어，loan word）兩種，然後再進一步將借詞分爲漢字詞和外來詞兩類。同樣借自漢語，像"국가"（國家）、"학교"（學校）這類"以漢字標記並以韓國漢字音發音的"稱爲"漢字詞"，而"자장"（炸醬）、"쿵후"（功夫）之類借自漢語原音的則視爲"外來詞"。就這一點而言，這應該屬於狹義的"漢字詞"用法，但在提到近代漢音借詞時，該書又稱之爲"白話系漢字詞"，並指出"비단"（匹段）、"다

紅”（大紅）、“사탕”（砂糖）這類詞從借用時期來看，與其說是漢字詞，更有可能被視爲由中國傳入的外來詞。這類借詞中有相當一部分仍存在於現代韓語中，如“보배”、“비단”、“사탕”、“배추”等，屬於“因遠離原來的詞形而被當作是固有詞”的詞語。綜上所述，可知這是一種較有彈性的“漢字詞”定義：近代漢音借詞從本質上講也屬於漢字詞，故稱“白話系漢字詞”；從歷時的角度看，像是從中國傳入的“外來詞”；在共時層面上，現今的韓語使用者更傾向於將其認作“固有詞”。

　　王芳（2020：15-19）根據漢字詞的系譜，將其分爲“中國漢字詞”、“佛教漢字詞”、“日源漢字詞”以及“韓國自造漢字詞”。“中國漢字詞”包括通過中國文獻進入韓語的漢字詞及在其他著作中被稱爲“白話系漢字詞”的近代漢音借詞。書中提到那些在語音上發生變化的漢字詞“已融合為固有詞，而不被看作漢字詞”，但同時又以“漢字詞”稱之，故本文姑且將其見解歸入“折衷派”。

　　前人研究雖然很努力地爲“漢字詞”這一概念下定義，並對這類詞語進行分類，但還是未能解決本文在前言中提到的那三個問題。除了對不同層次的韓國漢字音的認定標準模糊不清、對韓國漢字音內部的語音變化缺乏統一鑒別準繩以及借用漢字標記的蒙、滿語借詞的處理問題，這裡還可以加上另一個問題：要如何處理所謂的“歸化詞”？[11]“已經歸化的漢字詞”或“已經固有詞化的漢字詞”到底是固有詞還是漢字詞？從共時的角度看，不論“歸化”程度的深淺，韓語的漢字詞確實如노명희（2005:14）

---

[11]　韓國學界用語爲“귀화어”（歸化語）。

所言──帶有借詞特徵、被固有詞同化的同時，依然保留漢字詞本身的固有特性，是一種具有雙重性質的詞彙。然而，站在研究詞源的立場，我們有必要從詞語本身的來源給"漢字詞"下一個較為明確的定義。本文的目的不在於描寫現代韓語漢字詞的特徵，而旨在解決詞源研究過程中漢字詞歸屬劃分的問題。為此，下一章將集中討論在現有的"漢字詞"定義下，分類會面臨困難的各種漢源詞，然後再進一步提出解決方案。

3. 現有"漢字詞"定義下 面臨歸屬問題的漢源詞

　　第二章回顧的"漢字詞"定義包括廣義、狹義和折衷派三種，顯示不同學者對"漢字詞"概念的認知頗有出入，未有定論。在這種情況下，具有權威性的《標準國語大辭典》採用狹義的"漢字詞"標準來處理詞源信息，影響不可不謂深遠。在現有的"漢字詞"定義下，至少有以下三類漢源詞[12]會面臨難以歸類的窘境。

3.1 甲類：與現代韓國漢字音完全不一致的詞語

(3)　a. 붓(筆)、먹(墨)、설(歲)
　　　b. 짐승(衆生)、나중(乃終)
　　　c. 픈(分)、배추(白菜)、상추(生菜)

---

[12] 因本文尚未完全導出"漢字詞"具體應包括哪些詞彙之結論，故此處姑且以"漢源詞"來指稱這類詞語。

　　甲類漢源詞是三種詞語當中與韓國漢字音完全"脫節"的，從"歸化"程度看，這一類詞可能是歸化得最徹底、最接近固有詞的。

　　(3a)一般被認爲是借自漢語上古音的詞語，其中"붓"堪稱最典型的例子。"붓"是"筆"的意思，但"筆"字的韓國漢字音為"필"，兩者不一致。《訓蒙字會》（1527）對"筆"字的說明為"붇 필"，其中"붇"是訓，"필"為音，而這個"붇"就是"붓"的前身。漢語入聲韻尾/-t/在韓國漢字音系統中很有規律地對應為/-ㄹ/韻尾，因此"筆"字讀作"필"，"붇"反映的應爲更早的音韻層次，有可能是從當時的漢語口語音借入的。（김무림 2020:503）

　　表示歲首、元旦的"설"有"歲"字漢語上古音*/sjwat/借用說與固有詞"새"[新]演變說兩種起源假説（김무림 2020:556），但若考慮到"설"在中世韓語中可以用來表示年齡（歲），要到近代韓語後期才分化出現在的"살"，則"歲"上古音借用說似乎更爲可信。至於表示"墨"的"먹"，情況與前兩者略有不同。"먹"與現代韓國漢字音"묵"不一致，那是因爲這兩種讀音反映的是不同的歷史層次。"墨"屬曾攝開口一等入聲德韻，申祐先（2015:210-211）指出此韻的"-ㅓ"讀音反映的是魏晉南北朝時期的音韻層次，同韻字如"德"（덕）、"賊"（적）等今音皆讀"-ㅓ"韻。換言之，"墨"讀"먹"在現代韓國漢字音裡亦可算是符合常規的演變結果，即使母語人士沒有意識到這個詞與漢字"墨"的關係，我們也可將其視爲典型的漢字詞。

　　(3b)屬於原本與韓國漢字音一致、發生語音變化後與漢字音"脫鉤"的例子。"衆生"的中世韓國漢字音為"즁싱"。這個

詞在佛教裡本指一切有情，並不局限於禽獸，但在中世韓語中開始出現表示野獸的用法，例如《龍飛御天歌》中就有“뒤헤는 모딘 즁싱（後有猛獸）”的例句。조항범（2014:292-294）指出，此乃“즁싱”詞義縮小的結果，而這個“즁싱”經歷了“즘싱>즘승”的演變，才成為現在的“짐승”，與“眾生”的現代韓國漢字音“중생”完全無法對應。表示將來、然後的“나중”本來也是個與韓國漢字音讀音一致的詞語“乃終”，其中世韓語讀音為“내죵”。這個詞後來演變為“나죵”，再進一步變成現在的“나중”，與“乃終”的韓國漢字音“내종”脫節。《標準國語大辭典》同時收有“내종”、“나중”二詞，前者被視為漢字詞，後者則當作固有詞處理。

　　(3c)均為近代漢音借詞。“푼”借自“分”的漢語近代音。《老乞大諺解》（1670）中有“픈”、“푼”混用的現象，加上“分”的對譯漢音[13]作“븐”，因此“푼”有可能是“픈”圓唇化的結果。（蕭悅寧 2014:175-176）“상추”、“배추”這兩種蔬菜名是從近代漢音借入後使用至今的詞語，但它們的詞形原先並非如此。“상추”的近代韓語詞形為“샹치”（김무림 2020:536），筆者在調查《方言類釋》（1778）時則找到“샹채”的詞形；“배추”在中世和近代韓語詞形為“비치”。《標準國語大辭典》在“상추”、“배추”之外尚收有符合“生菜”與“白菜”現代韓國漢字音的“생채”與“백채”。“백채”與“배추”是同義詞，但“생채”卻不是蔬菜名，而是指沒有煮熟

---

[13]　指朝鮮時代漢語會話教材中用訓民正音在課文漢字下方標注的漢語讀音。

的涼拌菜。

這類詞語雖然已經"高度固有詞化"，但從來源或譜系來講，它們並不屬於固有詞。

3.2　乙類：與現代韓國漢字音局部一致的詞語

(4)　a. 가난(艱難)、나인(內人)、재미(滋味)、재촉(催促)
　　　b. 겨자(芥子)、창자(腸子)、보배(寶貝)
　　　c. 반야(般若)、보리(菩提)、남전참묘(南泉斬貓)、주변(周遍/徧)
　　　d. 잉어(鯉魚)、숭어(秀魚)、상어(鯊魚)、붕어(鮒魚)
　　　e. 미숫가루(米食-)　、지렁이(地龍-)、원숭이(猿猩-)
　　　f. 모과(木瓜)、모란(牡丹)

乙類詞與甲類不同之處在於詞的一部分保留著與韓國漢字音一致的成分，在上述例子中下劃綫的部分均為與韓國漢字音一致的部分。這類詞語的問題相對容易解決，主要就是考慮"是否承認一字多音"的問題。從前言所舉的(2a)至(2c)可以看出，《標準國語大辭典》早就有承認"一字多音"、將不符合韓國漢字音常規讀法的詞語當作漢字詞處理的先例，現在就看要不要將此範圍進一步擴大而已。

(4a)的詞形原本都與韓國漢字音一致，在語音發生變化後其中一部分變得與韓國漢字音不一致。例如"艱"從"간"變為"가"，"內"從"내"轉為"나"，"滋"從"자"變成"재"、"催"由"최"轉為"재"。此外，像"앵두"（<앵도<櫻桃）、"작두"（<쟉도<斫刀）、"감자"（<감져<甘藷）屬

於這種演變類型。這類例子為數甚多，此處無法一一臚列。有些學者可能會認為其中一個音節與韓國漢字音脫鈎後，母語人士就會將其視為固有詞，但這還得考慮個別母語人士的漢文造詣。以"재미"為例，在日常文字生活幾乎已經是"專用韓字"的 21 世紀，大部分韓國人很可能不會意識到這是一個漢字詞，可是在五十年前的新聞報導裡，我們還是能找到"滋味"的寫法。1970 年 4 月 17 日，《每日經濟》（매일경제）有一篇題為〈萬能資材로 둔갑한 紋鳥〉的報導，裡面有這樣一句話：

"한 쌍에 1~2 달러짜리가 국내에서는 4~5 천원의 時勢가 있다고 하니 수입하는 업자는 少額 투자로 톡톡이 **滋味를 볼 수 있어** 話題"

"滋味를 보다"跟"재미를 보다"的用法完全一樣，是一個表示取得某種成果的慣用形式。由於報導中使用的是漢字，我們無法憑"滋味"二字斷定當時的記者或讀者口中念的是"자미"還是"재미"，但可以肯定的是，一個漢源詞局部的語音變化不一定就會導致其與漢字詞形完全脫鈎，具備漢字漢文知識的韓語使用者依然可以把兩者聯繫起來。

　　(4b)屬於近代漢音借詞，這類借詞在進入韓語後往往會與韓國漢字音趨同，這一點會在第四章詳細論述，此處暫且略過。(4c)均為與佛教有關的詞語。"般若"、"菩提"在漢語中也是梵語音譯詞，其中"般若"今音"bōrě ㄅㄜ ㄖㄜˇ"。韓語

"반야" 中的讀法很明顯與 "prajñā" 對應，而 "보리"[14]則應
為 "bodhi" 的音譯，很可能先借為 "*보디"，然後元音之間的
"ㄷ" 再變爲 "ㄹ"。

　　"泉" 字讀 "전" 而不讀 "천"，這是佛門中的口傳漢字
音，而且僅用於指稱唐代的南泉普願禪師，因此禪門公案 "南泉
斬貓" 在韓國禪宗裡讀作 "남전참묘"。[15]今人不知佛門獨特的
"전" 音，故網絡上亦有寫作 "남천참묘" 之用例。"遍/徧"
韓國漢字音讀 "편"，"변" 的讀音只存在於韓國寺院的課誦內
容，例如早晚課《五分香偈》中的 "光明雲臺，周徧法界" 讀作
"광명운대 주변법계"，《千手經》中 "千眼光明遍觀照" 讀
作 "천안광명변관조" 等。

　　(4d)的例子為第二音節的聲母變成前一音節韻尾的例子。
"鯉"、"秀"、"鯊"、"鮒" 的韓國漢字音為 "이"、
"수"、"사"、"부"，都是開音節。現在的詞形之所以會帶
有 "ㅇ" 韻尾，和 "魚" 字的中世韓國漢字音有關。"魚" 屬疑
母字，在漢語中古音裡以鼻音/ŋ/為聲母，中世韓國漢字音作
"어"。這個詞頭的 "ㆁ" 稱 "옛이응"，音值為/ŋ/。中世韓
語的 "이어" 讀作/i-ŋə/，第二個音節的聲母與前一個開音節結
合，變成/iŋ-ə/，於是便有了/잉어/的寫法，其他三種魚類的情況
與此相同。

---

[14]　"보리" 很可能是後起詞形。中世韓語文獻如《釋譜詳節》把 "菩提"
　　　寫作 "뽕뗑"，可見其原本的讀音應該是與當時的韓國漢字音一致的。
　　　"뽕뗑" 為東國正韻式漢字音，韻尾的 "ㅇ" 不代表具體音值。

[15]　現任曹溪寺禪林院長的南泉法師（남전 스님）曾於 2015 年告知筆者這
　　　一特殊讀音，謹此致謝。

　　(4e)的詞語為“符合韓國漢字音的成分＋音變成分＋固有詞成分”的組合。“미숫가루”是“미수”與“가루”結合，中間插入“ㅅ”的詞形。“미수”來自“미시”，這一點在韓語學界已可視爲定論，但“미시”一般卻被視爲固有詞。筆者在研究《訓蒙字會》的近代漢音借詞時，爲了解釋“麨 미시 쵸”和“糗 미시 구”中“미시”的詞源，分別在以下兩部朝鮮時代的文獻中找到有關記錄：[16]

　　徐有榘《鼎俎志》（1845）〈糗麵之類・總論〉：“麨……東俗呼為‘糜食’。”

　　黃泌秀《名物紀畧》（1870）〈飮食部〉：“麨麵，俗言米食미식，<u>食，華音시</u>。”

　　從詞義上說，“米食”顯然更符合“미시（＞미수）”的實際狀態，因此筆者認爲這是一個借自“米食”的近代漢音的詞語，而“米”的韓國漢字音正好也讀“미”，故此處列爲與韓國漢字音局部一致的詞語。“食”字讀“시”反映的是近代漢音入聲韻尾脫落的特徵，同樣的例子還有借自“匾食”近代漢音的“변시”。

　　表示蚯蚓的“지렁이”在 16 世紀文獻中本作“디룡”，學者大多認爲其為漢字“地龍”。（조항범 2014:359）後來“디룡”與後綴“-이”結合，“ㄷ”顎化成“ㅈ”，“룡”變成“룡”，“ㅗ”變成“ㅓ”，最後才成爲“지렁이”。猴子“원숭이”為“원싕”加上後綴“-이”的詞形，“원싕”來自漢字

<hr>

[16]　詳見蕭悅寧（2021）。

"猿猩"。김무림（2020:700）指出，"猩"讀"싱"取的是"所庚切"的讀音，與"生"讀"싱"一致，而"원싱이"後來變成"원승이"，"싱>승"的變化也與"衆生"從"즁싱"變成"짐승"的情況一樣。"승"在圓唇化後變成"숭"，於是才成爲今日的"원숭이"。這一類漢字加固有詞後綴"-이"的動物名稱還有一個"호랑이"，只是"호랑"與"虎狼"二字的現代韓國漢字音完全一致，因此《標準國語大辭典》將其列爲漢字詞。

　　(4f)的"모과"其實可以歸入(4a)或(4b)。如果認爲"모"是"木"的韓國漢字音"목"丟失韻尾"ㄱ"的結果，那便可歸入(4a)；若像김무림（2020:398）那樣認爲"모"是近代漢音的借用，則可列入(4b)。與(4a)、(4b)兩類詞不同的是，《標準國語大辭典》承認這是一個漢字詞，在"모과"旁邊用括弧標出"木瓜"，並在"木"字旁加注"▽"，表示這是發生變化的漢字讀音。至於"모란"，第二個音節"丹"的讀音從"단"變成"란"，被視爲漢字的變音。

　　上述所舉諸例，只要承認另一個與韓國漢字音不一致的音節為有關漢字的異讀，基本上就能把所有詞語都歸入"漢字詞"的範疇。至於"잉어"、"숭어"、"상어"、"붕어"，若是承認第一個音節也是漢字音，可能引來"人爲地將陰聲韻變成陽聲韻"的批評。不過換個角度想，如果不這麼做，那這類詞就會變成只有"어"可以承認為"魚"[물고기]的漢字音，而前面"잉"、"숭"、"상"、"붕"則會成爲不具任何意義的詞素，這在共時的角度看來也會對分析構詞成分形成障礙。既然我們知道這些詞都源自漢字，也清楚瞭解其演變過程，那從歷時的觀點將其列爲漢字詞亦無不可。

3.3 丙類：不符合"一字一音節"特徵的詞語

(5)　a. 쉰(小人)、성냥(石硫磺)

　　　b. 베이징(北京)、타이베이(臺北)

　　　最後一種面臨難以分類窘境的，是上述不符合漢字"一字一音節"特徵的詞語。(5a)屬於縮略型，"쉰"是"小人"的韓國漢字音"소인"的縮略；"성냥"則是從"石硫磺"的韓國漢字音"셕류황"縮略而來。"소인"縮略成"쉰"與固有詞"오이"壓縮成"외"一樣；"셕류황"的實際發音為[셩뉴황]，縮略成"성냥"基本上保留了第二個音節的聲母與介音以及第三個音節的主要元音和韻尾。它們雖然都比其詞源少了一個音節，但縮略後基本上還是保留原有詞語的語音特徵，因此不妨繼續視為漢字詞。

　　　(5b)則不同。這一類詞語是現代漢語的音譯，音節數目多於其詞源，大多屬於專有名詞。這種借詞若納入漢字詞的範疇，那問題就不僅僅是要不要承認一字多音的問題這麼簡單，而是要重新定義漢字"一字一音節"的特徵。"北"在現代漢語中雖為單音節，但在現代韓語的結構中卻必須拆分成兩個音節，就算有些懂漢語的韓國人在讀"베이"時傾向於把"에이"當作一個類似漢語前響複合元音韻母/-ei/的音節來念，　也不代表其他韓語使用者會這麼處理。另一方面，《標準國語大辭典》中收錄的漢語外來詞——也就是按照現代漢語讀音音譯的詞一共才 52 個，[17]這

---

[17]　包括與其他固有詞或漢字詞結合的混種詞，詳細 https://stdict.korean.go.kr/statistic/dicStat.do。

些外來詞也並非每一個都不符合"一字一音節"原則，因此即使將(5b)之類的專有名詞排除在"漢字詞"的範圍之外，基本上也不影響我們解決韓語詞源研究中漢字詞歸屬問題的大方向。

4.近代漢音借詞與現代漢語借詞的 "邊界模糊性"

近代漢音借詞指從近代漢語的口語讀音借入韓語的詞彙，反映漢語近代音入聲韻尾脫落、陽聲韻尾/-m/被歸入/-n/等特徵，上一章(3c)、(4b)所舉的例子均屬於這一類借詞。現代漢語借詞則是主要依照現代漢語（包括標準語和方言）的讀音音譯的、目前通常被歸類為"外來詞"的詞語，以韓國華僑及中國朝鮮族引進的中餐菜名為大宗，另有少數像(5b)那樣的其他專有名詞。

這兩種借詞在進入韓語的時期不同，但都具有一個共同特點，那就是它們與傳統的韓國漢字音之間並沒有明顯的界限，兩者之間存在著一種可以"自由往來"的"邊界模糊性"，而這種"邊界模糊性"將能幫助我們更好地理解韓語"漢字詞"的內涵。為此，本章將把這兩種借詞的特點歸納如下，並舉出實際例子來進行分析說明。

4.1 具有局部音節與韓國漢字音趨同的傾向

李基文（1965）很早就提過，從近代漢音借入韓語的詞語會受到韓國漢字音的影響，部分音節或是整個詞變得跟韓國漢字音一樣。筆者此前在分析 16 至 19 世紀十部朝鮮時代漢語教材的諺解部分後，一共找出 117 個近代漢音借詞，其中有 69 個借詞的部分音節與韓國漢字音一致，例如：

(6) 쐉뉵(雙六)、쉬믄(水門)、야토록(鴨頭綠)、
야쳥(鴉青)

上述詞語中下劃綫的部分為與韓國漢字音趨同的音節。以
"쐉뉵"、"야토록"二詞爲例，其餘的音節反映的都是近代漢
音的特徵，只有"六"、"綠"被"校正"為與韓國漢字音一致
的、帶有入聲韻尾的"뉵"和"록"。至於"쉬믄"與"야
쳥"，若要完全反映近代漢音，"水門"應作"쉬믄"或"쉬
면"，"鴉青"應為"야칭"。"門"與"青"分別寫作"믄"
與"쳥"，很明顯是受到韓國漢字音的影響。

有時候即使是在同一個時代，不同的韓語使用者對於某個漢
字的具體讀音也有不同看法。以"鋪"字爲例，現代韓國漢字音
只有"포"一種讀音，但中世韓國漢字音曾有"포"、"푸"兩
讀。崔世珍的《訓蒙字會》（1527）收的是"푸"音，而柳希春
的《新增類合》（1576）只只收"포"。換言之，即便同樣在
16 世紀，"푸즈"這個詞在崔世珍的眼裡是與韓國漢字音一致
的漢字詞，在柳希春看來卻可能不是。

漢音借詞受韓國漢字音影響的現象不僅在朝鮮時代出現過，
在現代韓語中亦相當常見。

(7) 면진(麵筋)、마라향귀(麻辣香鍋)、향라(香辣)새우

以上例子為筆者在日常生活中搜集到的借詞，全屬中餐菜
名。"麵筋"若按漢語讀音借用，應作"몐진"，"麵"作
"면"無疑是韓國漢字音的讀法。"麻辣香鍋"、"香辣"等更

是饒有趣味，除了"香"字，其他的音節均爲漢語讀音的音譯，
唯獨原本應寫作"샹"的"香"被"糾正"爲韓國漢字音"향"
。這種現象在在說明，從漢語借用這類詞語的雙語人士在潛意識
中並未對韓國漢字音和漢語讀音做出明確區分，因而使得這些詞
語可以局部被改爲韓國漢字音。

<圖1：中餐館招牌上的"면진"＞

<圖2：受韓國漢字音影響的"향"＞

4.2　內部成分可以重新組合

　　漢音借詞的部分音節會與韓國漢字音趨同，意味著在韓語母
語人士的腦海裡，這些借詞很可能不是只有一個詞素的單純詞，
而是由一個以上的詞素構成的合成詞或派生詞。

(8)　조찬빙(早餐餅)、호미젠(好味珍)、탕수육(糖醋肉)、
　　　표고샤(-蝦)

　　上面三個借詞中下劃綫的部分為與現代漢語讀音一致的音節。"早餐餅"沒有譯作純韓國漢字音讀法的"조찬병",也沒有寫成純漢語音譯的"자오찬빙",而是以"韓國漢字音＋現代漢語音"的"조찬빙"出現。由此可見,在譯者的認知裡"빙"是一個可以從整個詞中分割出來的詞素。

　　"好味珍"是一家臺式三明治專賣店,其店名既不叫"호미진",也不叫"하오웨이전",而用韓國漢字音"호미"加上漢語音譯的"젠",説明取名之人並沒有對兩套音韻系統做出明確區分,因而可以隨意混用。

　　"탕수육"是韓國家喻戶曉的中餐菜品,《標準國語大辭典》當作漢字詞處理,標作"糖水肉",但在釋義後面的"語源情報"部分又注明其詞源為"糖醋肉"。把"탕수"看作"糖醋"的漢音借用事實上並無不妥。"醋"之所以會變成"수",那是因為漢語的送氣塞擦音/tsh/氣流很強,在不少韓語人士聽來很像擦音/ㅅ/,因此"赤根菜"在朝鮮時代被借用為"시근ᄎᆡ","榨菜"在現代韓語裡除了"짜차이"[18]也有"짜사이"的寫法。"탕수"是來自漢語的借用,而"육"則是韓國漢字音,顯示這個詞至少被分析成兩個詞素。

　　如果說前三個借詞足以説明漢音借詞的内部可以重新分析、組合,那最後一個例子"표고샤"則是一個更有力的證據。韓國中餐館有一道菜叫"멘보샤",是"麵包蝦"的漢音借用。按理

---

[18]　符合外來詞標記法的詞形應爲"자차이"。

説不懂漢語的人應該只會把這個詞當作一個整體來使用 ， 不會
（也不具備能力）去分析"멘보"是韓語"빵"、"샤"是韓語
" 새우 " 的意思。但現在有藝人推出仿麵包蝦做成的 " 香菇
蝦"，取名為"표고샤"，這就表示"멘보샤"的"샤"在部分
韓語使用者的意識裡是可以析出的一個詞素，因此才能與表示香
菇的固有詞"표고"結合，另造新詞。

<圖3："조찬빙"與"호미젠">

4.3 有單音節化的傾向

　　筆者在分析朝鮮時代的近代漢音借詞時曾指出這類借詞有元
音縮略的傾向：原本在漢語中擁有三個元音的韻母，被借進韓語
後往往變成兩個元音；漢語中的雙元音韻母則有不少在韓語中以
單元音的形式出現。下面引蕭悅寧（2014:199）的幾個例子略作
説明。

　　(9)　a. 툐ㅇˋ(條兒)、쥬벼ㅇˋ(酒鱉兒)
　　　　　b. 사ㅈˋ(刷子)、로고(羅鍋)

(9a)是三個元音的韻母被縮成雙元音的例子，以"요"來對

應/-iau/，用"유"來對應/-ieu/；(9b)則是雙元音縮略成單元音的借詞，/-ua/縮略成"아"，/-uɔ/則變成"오"。這種元音的縮略使得大部分借詞都可以符合"一字一音節"的漢字特徵，在韓語裡依舊保持單音節的形式。

　　單音節化是一個現在進行式的過程，在現代韓語的漢語借詞當中也能發現這種傾向。

(10) a. 소롱포、샤오룽바오、쇼룽보(小籠包)

　　　b. 꽈파육、궈바오로우、궈바오러우、꿔바오로우、
　　　　꿔바오러우、꿔바로우、꿔바로(鍋包肉)

　　(10a)為"小籠包"的韓文名稱。除了採用韓國漢字音的"소롱포"，也有完全來自漢語音譯的"샤오룽바오"。在這兩者之餘，還有一些店家和網民使用"쇼룽보"的寫法。這"쇼룽보"很可能是受韓國漢字音影響而出現的詞形，但它既不完全與韓國漢字音一致，也不完全反映漢語讀音，只能視為一種"混血兒"。最重要的是，這個"쇼룽보"在沒有完全放棄漢語音譯的同時，可以把原本有五個音節的"샤오룽바오"縮短成三個音節，與"小籠包"直接形成"一字一音節"的對應關係。

　　(10b)是"鍋包肉"的各種韓文譯名。韓國漢字音"꽈파육"的使用頻率並沒有漢語音譯的"궈바오로우"等高，但這裡值得注意的是，在眾多漢語音譯的借詞中，第二行的"꿔바로우"首先把"包"的音譯"바오"縮減為單音節"바"，而"꿔바로"更進一步把"肉"的讀音從"로우"縮成"로"，使這個漢語音譯借詞得以直接與"鍋包肉"三個漢字對應。

　　這種單音節化帶給我們甚麼樣的啟示呢？首先，從歷史上的

詞彙演變來看，直接從漢語借用的音譯詞往往會出現韻母簡化、縮略的現象，原本超過一個音節的音譯成分最後很可能變成單音節。其次，正因爲漢音借詞有單音節化的可能，所以我們不必爲了提出一個廣義的、能涵蓋所有漢源詞的"漢字詞"概念而犧牲漢字的單音節特徵。對於那些尚未縮略、簡化的借詞，不妨暫且將其擱置一旁，等到出現像"멘보샤"、"쇼롱보"、"꿔바로"這種"一字一音節"的詞形時再將它們納入漢字詞的範疇。

　　以上三種特點都足以說明，至少在詞源問題上，韓語使用者認知裡的狹義"漢字詞"（符合韓國漢字音讀法）與其他漢音借詞並無明確分野，兩者之間存在著"邊界模糊性"，因此可以自由替換、重組、縮略。

5. 結語

　　本文在前言部分以《標準國語大辭典》爲例，指出目前學界對"漢字詞"概念缺乏統一標準的問題，並闡明深入探討這一問題的必要性。第二章回顧了廣義、狹義和折衷派三種不同的"漢字詞"定義，第三章則分析了在現有定義下難以歸類的三種詞語。接著，第四章探討了近代漢音借詞與現代漢語音譯借詞的"邊界模糊性"，說明漢音借詞與符合韓國漢字音讀法的傳統漢字詞之間其實是可以"自由往來"的。

　　綜合以上論述，本文主張"漢字詞"應具備以下兩大條件：
　　1. 源自漢語或由漢字詞素構成；
　　2. 符合‘一字一音節’原則。
　　"源自漢語"，意味著所以來自漢語的借詞都可以視爲漢字

詞，不論其反映的是哪一個歷史層次的語音，"與韓國漢字音一致"不再是鑒別漢字詞的標準。此外，除了官話，來自漢語方言的借詞如"차슈"（叉燒）、"딤섬"（點心）、"완탄"（雲吞）等粵語借詞亦可視爲漢字詞。"由漢字詞素構成"的意思是：就算不是來自漢語，而是由韓語使用者利用漢字造出來的詞語也可算作漢字詞。在這第一條標準下，"보살"（菩薩）、"반야"（般若）等佛教漢字詞雖然是梵語音譯詞，但因爲是通過漢語間接借用的，符合"源自漢語"的條件，因此可視爲漢字詞。反之，"타락"（駝酪）、"타락"（查頓)之類借用漢字讀音來標記的蒙語、滿語借詞則應從漢字詞目錄中刪除。

　　"符合'一字一音節'原則"，説的是被納入漢字詞範疇的詞語與其詞源應能形成"一字一音節"的對應。換言之，"베이징"（北京）、"타이베이"（臺北）目前尚無法列入漢字詞目錄，但"쇼룽보"（小籠包）、"꿔바로"（鍋包肉）則可以。至於音節數減縮而無法符合這一條件的"쉰"（小人）、"성냥"（石硫磺）之類，可作爲少數的例外納入漢字詞目錄。

　　這個"漢字詞"的新定義雖然不完美，但至少能解決第三章所提到的甲、乙二類大部分詞語的歸屬問題，擴大漢字詞的範圍，可為詞源研究立下一個較清晰、明確的分類標準。其次，在進行韓語漢字詞的對比時，也不必再局限於"與韓國漢字音一致"的詞語，相信將有助於更準確地掌握兩種語言詞彙異同的全貌。

參考文獻

古代文獻：

黃泌秀(1870/2015)。《名物紀畧》朴在淵・具仕會・李在弘 校注。學古房。

徐有榘(1845/2020)。《林園經濟志 권 41-42・鼎俎志 1》 徐宇輔 校, 임원경제연구소 譯。풍석문화재단。

韓文文獻：

南豊鉉(1968)。〈15 世紀 諺解 文獻에 나타난 正音 表記의 中國系 借用語辭 考察〉。《國語國文學》제 39・40 권, 39-86.

노명희(2005)。《현대국어 한자어 연구》. 태학사.

朴英燮(1995)。《國語漢字語彙論》. 박이정.

李基文(1965)。〈近世中國語 借用語에 對하여〉。《아시아연구》, 193-204.

李基文(1991)。《國語語彙史研究》. 東亞出版社.

蕭悅寧(2014)。《韓國語近代漢音系借用語研究》. 成均館大學校國語國文學科博士學位論文.

소열녕(2021)。〈《訓蒙字會》에 나타난 近代漢音系 차용어〉。《국어사연구》32, 7-32.

宋基中(1992)。〈現代國語 漢字語 形態論〉。李秉根・蔡琬・金倉燮編(1993)《形態》, 367-440. 太學社.

沈在箕(2000)。《國語語彙論》. 集文堂.

심재기・조항범・문금현・조남호・노명희・이선영(2016)。《국어 어휘론 개설》. 박이정.

조항범(2014)。《국어 어원론》. 충북대학교 출판부.

陳榴(2012)。《韓國漢字語研究》（朴雲錫・李春永・權芙經・羅浩英譯）. 嶺南大學出版部.

中文文獻：

蔡瑛純（2002）。《李朝朝漢對音研究》。北京大學出版社。

李得春主編（2006）。《中韓語言文字關係史研究》。延邊教育出版社。
申祐先（2015）。《韓國漢字音歷史層次研究》。國立臺灣大學中國文學系博士論文。
王芳（2020）。《韓國語漢字詞與漢語詞對比研究》。商務印書館。
王力（1985）。《漢語語音史》。中國社會科學出版。
蕭悅寧（2015）。〈近代漢音借詞"선비"考〉。《中國言語研究》第 61 輯，237-249。
徐時儀（2013）。《近代漢語詞彙學》。暨南大學出版社。

辭書：

權仁瀚(2009).《改訂版 中世韓國漢字音訓集成》. 제이엔씨.
김무림(2020).《국어 어원 사전》. 지식과 교양.
박재연‧이현희 주편(2016).《고어대사전》. 선문대학교 출판부.
한글학회(1992).《우리말 큰사전 4: 옛말과 이두》. 어문각.

網絡數據庫：

《표준국어대사전》（標準國語大辭典）　https://stdict.korean.go.kr/main/main.do
《教育部異體字字典》　http://dict.revised.moe.edu.tw/cbdic/index.html
韻典網　https://ytenx.org/
네이버 뉴스 라이브러리　http://newslibrary.naver.com

Redefining the Sino-Korean words (*Hanja-eo*) in a Diachronic Perspective: With a Special Focus on Early Mandarin Lo anwords

Seow Yuening

Kwangwoon University, Republic of Korea.

Abstract

The purpose of this paper is to redefine the "Sino-Korean words" from a diachronic perspective. Korean vocabularies are usually divided into three categories, namely native words, Sino-Korean words and foreign words. Sino-Korean words or *Hanja-eo* (漢字語) literally means the words that are of Chinese origin, but in fact, scholars tend to use this term in the narrow sense where they assume that a Sino-Korean word should be pronounced exactly the same as the Sino-Korean pronunciation (韓國漢字音). Thus, words that are not consistent with the Sino-Korean pronunciation due to a sound change, like *meok* (먹墨), *jimseung* (짐승衆生) and *gyeoja* (겨자芥子) will not be categorized as Sino-Korean words, although they originated from Sino-Korean morphemes (漢字語形態素). By analyzing the structure of Early Mandarin loanwords from the Joseon Dynasty documents and the transcription of Mandarin loanwords in

Modern Korean, this paper tries to prove that the current definition of Sino-Korean word is inappropriate and needs to be modified as "words that originated from Sino-Korean morphemes and monosyllabic for each character".

Keywords: Sino-Korean words, etymology, Early Mandarin loan words

《語錄解》用於韓國漢字音形成分析的可行性研究

臺灣師範大學教授
吳聖雄

摘　要

　　《語錄解》是十六、七世紀的韓國儒學者們摘錄程朱語錄中的生詞、逐項注釋，再依詞語字數分類編纂而成的工具書。本文討論如何利用《語錄解》初刊本收錄的詞項、搭配其他文獻材料，篩選出經由書面途徑、採用韓國漢字音轉譯漢字詞語而進入韓語詞彙系統的例證。解決僅憑音韻特徵不易區分時代層次的困難，作為判斷韓國漢字音性質的檢測工具。具體示範如何由音韻特徵相同的韓語漢源詞中，區分出用傳統韓國漢字音誦讀書面生詞的一層。

關鍵詞：語錄解　韓國漢字音　漢語音韻史　韓語音韻史

一、研究問題

本文討論如何利用韓國第一部收錄漢語白話詞語的工具書《語錄解》，找到分辨韓國漢字音書面來源的線索，為韓國漢字音的研究方法，提出一種新的可能性。

韓國漢字音是研究漢語音韻史的重要佐證。隨著音韻層次分析的進展，學者們利用語音形式的不同，為韓國漢字音畫分層次[1]；再利用各層次的特徵，進一步討論借入時代的漢語特徵。面對這種發展，本人認為在方法上有必要再作精進。

現代韓文的使用者在面對漢語生詞的時候，既可能用模擬漢語讀音的方式來表記，也可能用傳統的韓國漢字音來表記。如「習近平」，有人用模擬漢語讀音的方式讀作「시진핑 si tsin pʰiŋ」、也有人用韓國漢字音讀作「습근평 sip kin pʰjəŋ」。模擬漢語讀音的表記，它的性質是一種描述，可以用來作為考證某時代讀音的線索。但此處的韓國漢字音表記則只是一種轉譯，它所記錄的讀音並不是當代漢語的實際發音，而是當代韓國人對這三個字的發音。這種類型的材料固然可以用來研究韓語音韻史，但要作為漢語音韻史研究的佐證就有很大的限制。

韓國漢字音發源於韓國人學習漢語發音，因此這部份的材料對研究漢語音韻史有很大的重要性。然而韓國漢字音可以用來閱讀任何時代的漢文文獻，經由書面轉譯進入韓語的漢源詞與經由語言借入韓語的漢源詞，在語音形式上可能具有相同的特徵，不

---

[1]　如：河野六郎（1968）、伊藤智ゆき（2007）、盧慧靜（2014）、申祐先（2015）。

易區分。如何在語音形式之外，找到區別的線索，便成為韓國漢字音研究的基礎問題。

　　由於《語錄解》被學界視為「歷史上最早的漢語白話詞典」[2]，本文希望藉助書中收錄詞項所提供的時代訊息，作為分辨韓國漢字音書面來源層次的線索。

二、文獻探討

　　小倉進平（1964:545）以六頁的篇幅提及了四種版本的《語錄解》，由語言學史的角度對《語錄解》作介紹。根據各本的跋文與凡例討論該書的性質與流傳關係。可說是《語錄解》研究的首位奠基者。

　　安秉禧（1983）詳細地介紹了《語錄解》產生的背景、刊刻的經過、內容與體例、編纂相關的記載、以及諺文說解反映的若干韓語音韻現象，是一篇很有用的導讀文章。文後又附錄了《語錄解》的初刊本與改刊本的影印本，對研究者提供了許多便利。

　　竹越孝（2008、2011）對《語錄解》作了許多基礎工作。前者將《語錄解》初刊本的詞項依漢語拼音重排，作成索引。後者將《語錄解》初刊本、改刊本與日本唐話詞書《語錄解義》的內容逐條比較，證明《語錄解義》是受《語錄解》影響而編纂的。

　　玄幸子（2011）指出《語錄解》使用了諺文[3]、直音、反切三種注音方式，整理出注音 65 條，認為它們分別反映出：

---

[2]　參汪維輝（2018:54）引竹越孝（2011）語。

[3]　原文作「訓民正音」，為避免與書名混淆，本文轉述時改為「諺文」。

「一、李朝讀書音與明代漢語口語音」、「二、到《字彙》《正字通》之前的《篇海》《海篇》諸韻書上出現的明末清初的字音」。《語錄解》收錄了一千多條資料中，注音的數量卻不到十分之一[4]，在運用材料時，這個數字值得注意。

汪維輝（2018）從釋義、字形、注音、體例、疑難問題五個方面討論《語錄解》中的一些問題。認為本書在釋義與字形方面較有價值，在語音方面的參考價值則沒有詞義方面高。

田小維（2018）以竹越孝（2011）為基礎，對韓國的《語錄解》與日本的《語錄解義》作詞彙與文字的比較研究。值得注意的是在第二章第三節立了：「《語錄解》注音方法」一項，分別就使用諺文、直音、反切以及綜合多種方法的注音方式舉了若干例子。

洪允杓（2019）對《語錄解》收錄的漢語白話詞以及《語錄解》的各種版本作了深入的分析。值得注意的是他將《語錄解》二字類的前 100 詞分別與韓國的《標準國語大辭典》和中國的《漢語大詞典》比較，發現有 50 個詞收錄於現代韓語辭典、74 個詞收錄於現代漢語辭典。他認為這些詞在十七世紀的時候還未進入韓語。這個看法有很大的啟發性。本文擬在此基礎上，將詞彙史的研究成果導入音韻史的研究，試圖解決音韻研究在分層上的限制。

---

[4]　本文統計所得的數量雖然較玄幸子多一些，但也不超過十分之一。

三、研究對象

　　傳世的《語錄解》有多種版本[5]。常被學者引用的是 1657 年由慶尚道比安縣監鄭瀁首度刊行的「初刊本」[6]，以及 1669 年朝鮮顯宗命南二星、宋浚吉等人校正重刊的「改刊本」[7]。為了便於討論，本文以「初刊本」為研究對象，這裡先對此書作一個概要的觀察。

（一）成書過程

　　檢視初刊本的跋文：

> 右語錄解者，本出退溪李先生門。先生嘗曰：古無語錄，至程朱始有之。是蓋當時訓誨門人之俗語，而至於書尺亦遲遲用此，則本欲人之易曉，而我東顧以語音之不同，反成難曉，可嘅也已。幸而今有此解，復使難曉者易曉，而郢書燕說之患終可以免焉。則先生之功可謂大矣。第其中有所謂溪訓之目以別眾說，而又參以柳眉巖希春之訓，則知此解不盡出於先生。而又諸本各出，異同相半，苟非具眼者殆難下識矣。今謹就其緊語而拈出之，竝以漢語解聯爲小編，既又以其所得於傳紀諸家者若干條而附錄焉。將以爲巾笥之藏，適有語類分刊之役，而幸有零板，故仍刊于縣之龍興寺，以爲欲看語類者尤不可以無此也。皇明紀

---

[5]　參洪允杓（2019）。

[6]　參《語錄解》初刊本鄭瀁跋。

[7]　參《語錄解》改刊本宋浚吉跋。

　　　　元之丁酉三月下澣，志于屏山之縣齋。

　　可知鄭瀁對本書的看法是：韓國大儒李滉（退溪，1501-1570）
的門人，為了閱讀程朱語錄，摘錄書中的生難詞語，逐項注釋，
再依詞語字數分類編纂而成的工具書。由於書中若干註解會區別
「溪訓」（退溪李滉的說解）與「眉訓」（眉巖柳希春的說
解），鄭瀁因此認為他得到的書，應該已添加了一些其他的材
料，不完全是李退溪的說法。當時已有一些不同的版本在流傳，
他不但對各種版本的內容作了選擇，又添加了「漢語解聯」和
「得於傳紀諸家者若干條」等其他來源的材料。

　　因此，這本書的形成可能經過多重編纂的過程，鄭瀁得到的
幾種本子已將李滉、柳希春甚至其他材料匯集在一起，而鄭瀁在
刊刻的時候又添加了其他的材料。本文將此書的性質理解為：
《語錄解》是十六、七世紀的韓國學者接觸近代語錄體文獻，尤
其是程朱語錄，為了解讀書中生難詞語所編纂的工具書。它形成
的過程比較複雜，收錄的材料也很多元。

　　由韓、漢語文接觸的歷史來看，韓國人先學了古典文言文，
之後才學近代的白話文，因此產生了用文言文知識來理解白話文
詞語的有趣現象。

（二）內容分析

1. 分類方式

　　初刊本《語錄解》的內容可以分為「語錄解、漢語集覽字
解、附錄」三部分，每部分再依字數分類排列。為了便於說明，
以下將全書各部分內容收錄之詞項數目作成統計表：

表一、《語錄解》初刊本詞項數目統計表

	一字類	二字類	三字類	四字類	五字類	六字類	計
語錄解	183	618	76	54	13	2	946
漢語集覽字解		64					64
附錄		149	12	11			172
計	183	831	88	65	13	2	1182

根據這張表可以理解跋文中所謂的「以漢語解聯爲小編」指的是64 項的「漢語集覽字解」，而「以其所得於傳紀諸家者若干條而附錄爲」指的是 172 項的「附錄」。根據跋文可知這兩部分應是鄭瀁所加，而第一部分的「語錄解」則是前有所承。

2. 註解字數

除了「懁懁、未解、將就的、真箇會底」等 4 個詞項沒有註解以外，每個詞語之下都會有一段簡短的註解。為了把握整體情況，以下按照註解的字數統計詞項的數目，作成表二：

表二、《語錄解》初刊本註解字數之詞項數目統計表

註解字數	0	1	2	3	4	5	6	7	8	9	10	11	12	13	14	15
詞項數	4	3	126	126	162	94	87	80	84	54	55	40	42	38	20	28
註解字數	16	17	18	19	20	21	22	23	24	25	26	27	28	29	30	31
詞項數	17	14	12	10	14	7	7	6	4	3	7	5	2	5	2	2
註解字數	32	33	34	35	36	39	41	42	45	46	47	50	51	80	89	
詞項數	1	1	2	3	2	1	1	1	1	1	1	2	2	2	1	

根據表二，可以依註解的字數範圍再作成以下的統計：10 個字以內的有 875 項，佔74%。11 至 20 字的有 235 項，佔20%。超過 20 字的只有 72 項，佔 6%。由這些數據可以理解：《語錄

解》的註解大部分都很簡短，約有 3/4 的詞項註解字數不超過
10 個字，註解字數超過 10 個字的只佔 1/4。

3. 註解方式

以下依註解字數由少到多，舉若干例子作說明：

表三、《語錄解》初刊本註解舉例表

詞項	註解
頭	굿。
觉	音黨。
教	ᄒ여곰。
沒	無也，眉訓。
才	與纔同。又ᄌ。
只管	다함。又술ᄋ여。
秤	與稱同，權衡總名。
悠悠	有長遠之意。힘힘타。
杜撰	杜前人說話撰出新語。
攙前去	如云爭向前去。攙作奪意。
自由	제쥬변。漢語集覽字解云：제 ᄆᆞᆷ으로 ᄒᆞ다。
無縫塔	塔高數層，而中間有門相通，有梯可上。而亦有石結成兂門兂梯者曰：無縫塔。
一摑一掌血	摑音괵。ᄒᆞᆫ 손바당으로 티매 ᄒᆞᆫ 손바당 피라。手打則隨手而有一掌血漬，謂其言之痛着如此。
除是	일란말오「除是人間別有天」是을 除ᄒᆞ고 人間애 各別히 天이 잇도다。言除武夷九曲之天，而於人間別有天也。又이리마다。
大拍頭	拍音빅。樂之一曲ᄆᆞᄅ日拍頭。言其專主談論也。拍頭，拍之題頭也。自負其才，与人爭論，必作氣勢，高談大論，無所忌憚之意。○如今用栢板以節樂也。頭如詞頭、話頭、歌頭之頭，謂奏曲之一頭段。大拍頭，大張樂也，以比大作氣勢也。

這些例子顯示《語錄解》的註解有以下幾項值得注意的地方：

(1)雜用漢字與諺文

有的註解全用諺文，如「頭」、「教」。有的全用漢字，如「党」、「沒」、「秤」、「杜撰」、「攙前去」、「無縫塔」。有的則混用諺文與漢字，如「才」、「只管」、「悠悠」、「自由」、「一摑一掌血」、「除是」、「大拍頭」。

(2)指出特殊用法

由「頭」的例子來看，註解只用了一個諺文「끗」，是「末端」的意思。而同書「轉頭」註為「머리 도로혀」用「머리（韓文的「頭」）」註「頭」，可知收錄「頭」並不一定因為韓國人不認得「頭」字，而是特別註出它用為「末端」的意思。又如「教」註「ᄒ여곰」是註出「使令」的意思、「沒」註「無也」也是註出它近代的新用法，而不是「沉沒」的意思。

(3)說明異體字

如「党」是「黨」的俗字、「秤」是「稱」的俗字。這裡註出來，可能是因為字形造成的閱讀障礙，未必不認得「黨」與「稱」字。

4. 注音

玄幸子（2011）已對《語錄解》的注音作過整理。本文的統計，與她的結果略有出入。初刊本《語錄解》的註解中，54 項有諺文注音、41 項有漢字的直音、7 項有反切、1 項有記聲調。由於有的詞項既有諺文注音又有直音或反切，含有注音的詞項一共有 96 項，在所有詞項中的比例不到 1/10。由於讀音資訊的缺乏，勢必會對比較研究形成一定程度的限制。如何由其他材料設法補充缺乏的讀音資訊，便成為本文考慮的重點。

5. 詞項重複

《語錄解》初刊本有 4 個詞項重複出現。以下根據它們出現的先後順序，列出對照表：

表四、《語錄解》初刊本重複詞項對照表

頁碼	標題	項目	注解
7b	語錄解	自由	제 쥬변。漢語集覽字解云：제 ᄆᆞᆷ으로 ᄒᆞ다。
8a	語錄解	上頭	웃머리。
9a	語錄解	着落	박아 덧다。又如歸宿意。
10a	語錄解	分外	분 밧기라。蓋所可為者分內，而分外則所不可為者。
13b	語錄解	有箇	如云一物。
17b	語錄解	有箇	猶言有一物也。
23a	漢語集覽字解	着落	使之為也。吏語亦曰：着令。
23b	漢語集覽字解	上頭	전ᄎ로
23b	漢語集覽字解	自由	제 ᄆᆞᆷ으로 ᄒᆞ다。以自家之心為之。
24a	漢語集覽字解	分外	十者數之終。十分為數之極，而甚言其太過，則曰：分外。上分外參考。

由詞項相同而註解內容互有出入的情況來看，可能是編者抄錄時沒有作好整合，以致出現了重複。「自由、上頭、着落、分外」之所以重複，可能是因為鄭瀁在抄錄「漢語集覽字解」時沒有注意到而重複。「有箇」皆見於「語錄解」，而註解大同小異，則可能是在鄭瀁得到的《語錄解》中已有的重複現象。

四、方法

　　洪允杓（2019）將《語錄解》二字類的前 100 詞與韓國的
《標準國語大辭典》比較，認為收錄於現代韓語辭典的 50 個詞
在十七世紀的時候還未進入韓語。這個看法非常有啟發性。本文
在此基礎上，將《語錄解》與《標準國語大辭典》（簡稱《大辭
典》）作為兩個參考點，根據它們之間的傳承關係，判斷詞項進
入韓語的時代。也就是說：如果《標準國語大辭典》收錄了《語
錄解》中的詞項，這些詞項進入韓語的時代上限就可以定為《語
錄解》的成書時代，也就是十七世紀。

　　由於《語錄解》提供的讀音訊息不足，本文由近代白話文獻
中分別採用《老乞大諺解》（簡稱《老諺》）的右音作為明代漢
語的參考，松廣寺版《蒙山和尚法語略錄諺解》（簡稱《蒙
諺》）的注音作為朝鮮時代韓國漢字音的參考。由讀音的特徵進
一步判斷這些詞項究竟與明代漢語、還是韓國漢字音相合？便可
將經由書面途徑、採用韓國漢字音轉譯漢字詞語的層次分離出
來。以下將本文設計的方法用實際操作的方式，具體呈現獲得的
結果：

1.將《語錄解》初刊本所收詞項與韓國《標準國語大辭典》比較

　　本文先用《語錄解》初刊本的詞項搜尋《標準國語大辭
典》，得到詞項相同的 301 筆，列於附錄一。由於「自由、上
頭、着落、分外、有箇」等 5 個詞項在初刊本中兩見，附錄一依
照它們在《語錄解》初刊本中的順序排列，加上 5 個重複的詞
項，共 306 筆。現在將統計數字加入表一的統計數字右方，以斜
線隔開，列為表五：

表五、《語錄解》初刊本詞項見於《標準國語大辭典》數目統計表

	一字類	二字類	三字類	四字類	五字類	六字類	計
語錄解	53/183	208/618	4/76	1/54	0/13	0/2	266/946
漢語集覽字解		24/64					24/64
附錄		16/149	0/12	0/11			16/172
計	53/183	248/831	4/88	1/65	0/13	0/2	306/1182

這個數據顯示：《語錄解》初刊本收錄的詞項中，大約有三百筆在《語錄解》成書之後進入韓語。其餘的八百多筆則沒有進入韓語的詞彙系統。

2.將《語錄解》初刊本所收詞項與《老乞大諺解》、韓國《標準國語大辭典》比較

《老乞大諺解》是朝鮮時代韓國人學習漢語的教科書，每個漢字之下注的右音，一般認為反應當時的漢語發音。本文根據《語錄解》初刊本二字類以上的詞項查詢《老乞大諺解》，凡是出現於《老乞大諺解》的，便摘錄其右音，計 79 筆，列於附錄二的「《語錄解》初刊本、《老乞大諺解》、韓國《標準國語大辭典》詞項比較表」。由於「上頭、着落、分外、有箇」在《語錄解》初刊本中各出現兩次，表中將這 4 個詞項以網底標出。扣除 4 筆，共得 75 筆。這也就是說：《語錄解》所收的生詞，有 75 個出現於《老乞大諺解》。參考《老乞大諺解》的右音，可以推知這 75 個詞在明代漢語的讀音。

本文再將這 75 個詞項查詢《大辭典》，凡是有收錄的，便將讀音填入附錄二的比較表，計 43 筆。扣除重複的「上頭、分外」，共得 41 筆。查不到的則空白，計 36 筆。扣除重複的「着落、有箇」，共得 34 筆。據此可知這 75 個詞項在《語錄解》成

書之後，有 41 個可能進入了韓語的詞彙系統，34 個沒有進入韓語的詞彙系統。

　　將《老乞大諺解》的右音與《大辭典》的讀音比較，可以發現兩者的音系明顯不同。《老乞大諺解》的右音反映明代漢語鼻音韻尾-m 變為-n，而入聲字韻尾-p、-t、-k 消失的格局，《大辭典》所用的則是以韻尾-m、-n、-ŋ 與-p、-r、-k 分別對立，反映中古漢語-m、-n、-ŋ 與-p、-t、-k 對立格局的韓國漢字音。也就是說《大辭典》顯示出：進入韓語詞彙系統的這 41 個詞，沒有採用明代漢語的讀法，而採用了韓國漢字音的讀法。用存古的讀音來讀近代的白話詞語，這是一個值得注意的現象。

3.將《語錄解》初刊本所收詞項與松廣寺版《蒙山和尚法語略錄諺解》、韓國《標準國語大辭典》比較。

　　《蒙山和尚法語略錄》屬於禪宗語錄體文獻。朝鮮時代由慧覺尊者信眉翻譯口訣，用《東國正韻》式的注音加註，出版了《蒙山和尚法語略錄諺解》。松廣寺版《蒙山和尚法語略錄諺解》（1577）將原來的注音改為所謂「現實漢字音」的注音方式。這裡採用它的注音，作為朝鮮時代韓國漢字音的參考。

　　本文根據《語錄解》初刊本二字類以上的詞項查詢松廣寺版《蒙山和尚法語略錄諺解》，凡是出現於《蒙諺》的，便摘錄其注音，計 39 筆，列於附錄三的「《語錄解》初刊本、松廣寺版《蒙山和尚法語略錄諺解》、韓國《標準國語大辭典》詞項比較表」。再將這 39 個詞項查詢《大辭典》，凡是有收錄的，便將讀音填入，計 21 筆。查不到的則保持空白，計 18 筆。

　　將《蒙諺》的注音與《大辭典》的讀音比較，可以發現兩者的音系有明顯的相似性。讀音相同的有「抖擻、公案、分曉、許多、話頭、知覺、所有、畢竟、一等」9 筆，看得出有音韻演變關係的有「主張、骨子、任他、精彩、樣子、提起、思量、穿鑿」8 筆，部份音素小異的有「提撕、杜撰」2 筆。除了最後兩項，可以說《蒙諺》與《大辭典》共有的 17 個詞，在讀音方面是同一個系統的先後兩階段。

據此可知這 39 個詞在《語錄解》成書之後，有 21 個以韓國漢字音的形式進入了韓語的詞彙系統，18 個沒有進入韓語的詞彙系統。

五、討論

(一) 可行性

由以上《老乞大諺解》與松廣寺版《蒙山和尚法語略錄諺解》的例子可以了解：朝鮮時代的學者與現代韓文的使用者一樣，在面對漢語生詞的時候，既可用模擬漢語讀音的方式來表記，也可用傳統韓國漢字音來表記。當他使用韓國漢字音表記的時候，這種用諺文記錄下來的讀音只是一種轉譯，它們所反映的語音訊息是無法上溯到來源漢語的。因此無論是朝鮮時代諺解文獻中標註的韓國漢字音、或是現代韓文字典中收錄的漢源詞，都有一部份詞項是經由書面途徑產生的，不可用來作為研究漢語音韻史的根據。由於它們的產生就是利用既有韓國漢字音作的轉譯，因此在音韻特徵上無法和經由語言途徑進入韓語的詞項作區別。為了克服這個困難，本文嘗試由詞彙史研究中可能獲得的時代訊息切入，利用《語錄解》初刊本所收詞項對十七世紀的韓國學者還是生詞的線索，不但可以到韓國《標準國語大辭典》中找尋例證，得到三百筆左右的候選詞項。還可以用此書收錄的一千一百多筆詞項來檢驗朝鮮時代的諺解文獻，篩選出經由書面途徑轉譯產生的一層。

（二）限制

　　本文提出的方法，植基於《語錄解》與《大辭典》這兩個參考點間的傳承關係，藉以判斷詞項進入韓語的時代上限。所謂傳承關係，不能只憑藉詞項字面上的相同，還要根據註解所提供的線索，以及相關的文獻材料作進一步的判斷。舉例說明如下：

1.　「煞：與殺同，ㄇ갈，音쇄。」（1b）

　　《語錄解》的注音作「쇄 soai」，而《大辭典》讀成「살 sar」，兩者的讀音不同。查考《朱子語類》，有：「若天之高，則里數又煞遠。」、「上蔡所說，已是煞分曉了。」、「如劉定公論人受天地之中以生，鄭子產論伯有為屬事，其窮理煞精。」這裡的：「煞」表示「非常」的意思，而《大辭典》的：「煞」則表示「鬼神」的意思。兩者意義也不同。由於無法確定它們之間的傳承關係，因此表「非常」的「煞」可能並未進入韓語的詞彙系統，而「鬼神」的「煞」何時進入韓語？則無法藉此論證。

2.　「家事：呂伯恭打破家事。朴君寔云：俗指器皿為갸亽。此是漢語。溪訓。」（6b）

　　《語錄解》的「家事 갸亽 kia sʌ」指「器皿」，《大辭典》的「家事 가사 ka sa」則指「家務事」。不但意義不同，兩者的讀音也不同。因此讀「갸亽 kia sʌ」的「家事」可能並未

進入韓語的詞彙系統，而《大辭典》的「家事」何時進入韓語？
則無法論證。

3.　「爲甚：甚音슴。므스거슬 위ᄒᆞ야。」（7a）

　　《語錄解》的「爲甚」是「作什麼」的意思，而《大辭典》
的「爲甚」則是「作得太過份」的意思。《語錄解》的「爲甚」
可能並未進入韓語，而《大辭典》的「爲甚」何時進入韓語？則
無法論證。

（三）範圍

　　《語錄解》雖然號稱為白話文辭典，但是它收錄的詞項也並
不全是白話詞。例如：

1.　「佔畢：佔，視也。畢，簡也，見《禮記》。」（6b）

2.　「規規：《莊子・註》寒淺兒。」（15b）

3.　「較然：《漢書》甚明。又音갹。」（16a）

註解中明白指出它們分別出於《禮記》、《莊子》、《漢書》。
又比如：

4.　「憧憧：音동。往來不定兒。」（15a）

　　是出於《易經》的「憧憧往來，朋從爾思。」

5.　「僬僥：短小人。」（9a）

則是出於《列子・湯問》篇。《大辭典》可以查到「佔畢 졈필
tsəm pʰir、憧憧 동동 toŋ toŋ、僬僥 쵸요 tsʰo io」。這些上古詞
項因為被語錄體文獻引用，也被《語錄解》視為生詞而收錄，部
分詞項隨後又用韓國漢字音轉譯而進入韓語的詞彙系統。這些上
古漢語詞項，使用反映中古漢語特徵的韓國漢字音，實際上是近
代通過書面途徑進入韓語的。這些例子對我們理解韓國漢字音的

性質，無疑是非常有啟發性的教材。

（四）效用

　　本文提出的方法，主要用來篩選經由書面途徑、用韓國漢字音轉譯形成的詞項。經判定為這一層的詞項，就失去了論證來源漢語音韻特徵的資格。對利用韓國漢字音研究漢語音韻史，具有把關的效用。例如：有些果攝字，韓國漢字音在韻母有-a 與-ai 兩讀，論者認為有-i 韻尾的讀音反映上古漢語的特徵，將-ai 畫入上古層、而將-a 畫入中古層。本人（2019.6）由韓語有添-i 構詞法的角度，提出了-ai 由-a + -i 來的可能性。另外又指出：「箇」在松廣寺版《蒙山法語諺解》中有如下的例子：

　　　　只者箇개（kai）無字是宗門一關
　　　　必竟者箇가（ka）無字落在甚處

同樣是「者箇」，讀音卻有 kai 與 ka 錯落出現情況。配合以下的例子：

　　　　道介개（kai）無字意作麼生

推斷「介」應是「个」的錯字，認為「箇（kai）」的一讀可能是由誤讀「个」為「介」字而產生。當時曾懷疑《蒙山法語諺解》的「箇」字，其實是近代白話文的用法。現在翻查《語錄解》，在一字類的第一項有：

個　　語辭，有一個、二個之意。

可見「個」字在十六、七世紀韓國學者的認識之下，是語錄中的俗語，因而被編纂者收錄於這本白話詞彙集中。藉著這個線索可以推斷：作為量詞的「個」字，可能是通過書面的途徑借入韓語的。當時的韓國學者對這個字還有點陌生，有人根據工具書查得它的韓國漢字音讀為 ka，有人則將「個」的異體字「个」讀成了「介」。近代通過書面途徑借入韓語的讀音，自然不可能將它的來源推到上古或是中古。這個例子說明：根據《語錄解》收錄的詞項，可以幫助我們判斷哪些詞項是通過書面途徑進入韓語的。一旦判定為書面轉譯層，便失去論證漢語音韻史的資格。

六、結論

　　本文利用《語錄解》收錄生詞的語感，以及成書的時代，作為鑑定韓國漢源詞書面來源的線索。藉著與《大辭典》以及相關文獻互相參照，作為篩選書面轉譯層的檢測工具。此一方法與傳統的音韻對當關係分析法與詞彙分析法搭配，可以補足它們在方法上的限制，解決過去無法解決的問題。

　　本文藉此方法，由現代韓語漢源詞中，成功地分析出一層經由書面途徑、利用韓國漢字音轉譯形成的詞彙，解決了上古或近代詞語採用中古音韻格局發音的疑惑，為韓國漢字音的研究帶來了新的觀點。

　　本文對《語錄解》的性質，以及韓國漢字音的性質，也得到了新的理解。《語錄解》收錄的詞項，與其說是近代漢語的白話詞，不如說是語錄文獻中所出現的生詞。這些生詞固然有可能是近代漢語的白話詞，也有可能來自更古老的文獻。而韓國漢字音的傳統使得韓國人，無論是朝鮮時代、或是現代，都會使用韓國漢字音來轉譯他們遇到的漢語生詞。這個重要的傾向，無疑對語言、文化接觸的研究，具有重要的意義。

參考書目

小倉進平，1964，《增訂補注朝鮮語學史》，東京：西田書店。（1940 年初刊，1964 年增訂補注再刊。）

玄幸子，2011，〈《語錄解》反映哪種音系？〉，《第 12 屆國際暨第 29 屆全國聲韻學學術研討會會前論文集》，43-56。

田小維，2018，《17-18 世紀韓國和日本的朱子學辭書比較研究》，廈門大學碩士論文。

申祐先，2015，《韓國漢字音歷史層次研究》，臺北：國立臺灣大學中國文學研究所博士論文。

伊藤智ゆき，2007，《朝鮮漢字音研究》，東京：汲古書院。

安秉禧，1983，〈語錄解 解題〉，《韓國文化》，4.153-315。

竹越孝，2008，〈南二星本『語錄解』漢語語彙索引（上）、（中）、（下）〉，《KOTONOHA》，66.55-72、67.4-13、68.4-13。

竹越孝，2011，〈『語錄解』と唐話辭書—『語錄解義』との比較を通じて—〉，《KOTONOHA》，100，55-72。

吳聖雄，2019，〈由韓語構詞法對音韻的影響論漢韓對音研究的問題〉，《國文學報》，65，295-314。

汪維輝，2018，〈《語錄解》劄記〉，《辭書研究》，2018,(3).54-72。

河野六郎，1968，〈朝鮮漢字音の研究〉，《河野六郎著作集 2》，東京：平凡社。

洪允杓，2019，〈中國 俗語 語彙集인 『語錄解』에 對한 考察〉，《韓

語史與漢語史的對話Ⅲ國際學術研討會會前論文集》，71-104。刊
登為：2020，〈중국 속어 어휘집인 『語錄解』에 대한 고찰〉，
《한국어사연구》，6:273-315。

盧慧靜，2014，《語言接觸與語言層次研究——以韓國漢字音為例》，北
京：北京大學中國語言文學系博士學位論文。

後記：

　　本文的想法，導源於 2019 年 6 月 13-14 日在中央研究院舉
辦的「韓語史與漢語史的對話Ⅲ國際學術研討會」。韓國國語學
界泰斗洪允杓先生發表了一篇：〈中國 俗語 語彙集인 『語錄
解』에 對한 考察〉（對中國俗語詞彙集《語錄解》的考察），
洪先生不但首度喚起本人對《語錄解》的重視，還將他收集的各
種《語錄解》版本影像，裝在隨身碟裡（約 7.8G），當場交付
本人，讓本人轉發有興趣的學者，希望兩國學者根據自己的專
業，對這批材料進行研究。會議期間，多位學者拷貝了這些檔
案，預備針對這批材料，由不同的角度進行獨立研究，探索國際
合作的可能。

　　本人多年從事韓國漢字音的研究，一直思索解決研究中的各
種困境，在獲知這批材料之後，有如發現一道曙光；提出：「利
用《語錄解》反映的語感，作為鑑定韓國漢字音書面來源的線
索。」此一設想起於洪允杓先生的啟發與幫助，謹在此向洪先生
致上由衷的感謝與崇高的敬意。也期盼韓語史與漢語史兩大領域
的學者能夠保持對話，共同發掘韓漢語言接觸史中各種有趣的問
題。

附錄一、《語錄解》初刊本所收詞項見於韓國 《標準國語大辭典》對照表

一字類

項目	韓文	拼音
箇	개	kai
下	하	ha
才	재	tsai
化	화	hoa
夫	부	pu
他	타	tʰa
打	타	tʰa
且	단	tan
生	생	saiŋ
合	합	hap
在	재	tsai
如	여	iə
作	작	tsak
妙	묘	mio
沒	몰	mor
走	주	tsu
初	초	tsʰo
和	화	hoa

項目	韓文	拼音
底	저	tsə
押	압	ap
直	직	tsik
便	편	pʰiən
是	시	si
要	요	io
差	차	tsʰa
格	격	kiək
秤	칭	tsʰiŋ
將	장	tsaŋ
得	득	tik
教	교	kio
略	략	riak
剩	잉	iŋ
棒	봉	poŋ
窖	교	kio
等	등	tiŋ
貼	첩	tsʰəp

項目	韓文	拼音
越	월	uər
會	회	hoi
煞	살	sar
當	당	taŋ
解	해	hai
遂	수	su
零	령	riəŋ
頓	돈	ton
僕	복	pok
慢	만	man
漢	한	han
箚	차	tsʰa
管	관	koan
鋸	거	kə
頭	두	tu
鎭	진	tsin
體	체	tsʰəi

二字類

項目	韓文	拼音	項目	韓文	拼音	項目	韓文	拼音
一介	일개	ir kai	大家	대가	tai ka	打圍	타위	tʰa ui
一方	일방	ir paŋ	大率	대솔	tai sor	末疾	말질	mar tsir
一段	일단	ir tan	已事	이사	i sa	末梢	말초	mar tsʰo
一件	일건	ir kən	不同	부동	pu toŋ	本領	본령	pon riəŋ
一場	일장	ir tsaŋ	五種	오종	o tsoŋ	犯手	범수	pəm su
一向	일향	ir hiaŋ	元料	원료	uən rio	生活	생활	saiŋ hoar
一般	일반	ir pan	公門	공문	koŋ mun	田地	전지	tsən tsi
一角	일각	ir kak	公案	공안	koŋ an	由來	유래	iu rai
一味	일미	ir mi	分付	분부	pun pu	白民	백민	paik min
一面	일면	ir miən	分外	분외	pun oi	目今	목금	mok kim
一等	일등	ir tiŋ	分曉	분효	pun hio	矛盾	모순	mo sun
一發	일발	ir par	切脈	절맥	tsər maik	任他	임타	im tʰa
一宿	일숙	ir suk	天機	천기	tsʰən ki	印可	인가	in ka
一意	일의	ir ii	太極	태극	tʰai kik	合當	합당	hap taŋ
一遍	일편	ir pʰiən	夫人	부인	pu in	吉貝	길패	kir pʰai
一團	일단	ir tan	支撥	지발	tsi par	吉徵	길징	kir tsiŋ
一餉	일향	ir hiaŋ	方便	방편	paŋ pʰiən	地步	지보	tsi po
一齊	일제	ir tsəi	日者	일자	ir tsa	地頭	지두	tsi tu
一樣	일양	ir iaŋ	主張	주장	tsu tsaŋ	安置	안치	an tsʰi
十分	십분	sip pun	主顧	주고	tsu ko	安頓	안돈	an ton
上供	상공	saŋ koŋ	他門	타문	tʰa mun	收拾	수습	su sip
上面	상면	saŋ miən	出場	출장	tsʰur tsaŋ	收錄	수록	su rok
上頭	상두	saŋ tu	外間	외간	oi kan	早晚	조만	tso man
下手	하수	ha su	左右	좌우	tsoa u	肉薄	육박	iuk pak
大凡	대범	tai pəm	平人	평인	pʰiəŋ in	自由	자유	tsa iu
大小	대소	tai so	打破	타파	tʰa pʰa	自在	자재	tsa tsai

項目	韓文	拼音	項目	韓文	拼音	項目	韓文	拼音
自別	자별	tsa piər	治定	치정	tsʰi tsəŋ	氣魄	기백	ki paik
自是	자시	tsa si	玩愒	완게	oan kəi	消詳	소상	so saŋ
自家	자가	tsa ka	的當	적당	tsək taŋ	疾足	질족	tsir tsok
自畫	자화	tsa hoa	直下	직하	tsik ha	破綻	파탄	pʰa tʰan
行間	행간	haiŋ kan	直截	직절	tsik tsər	笆籬	파리	pʰa ri
佔畢	점필	tsəm pʰir	知言	지언	tsi ən	笑殺	소살	so sar
利害	이해	i hai	知得	지득	tsi tik	脊梁	척량	tsʰək riaŋ
快活	쾌활	kʰoai hoar	知會	지회	tsi hoi	草本	초본	tsʰo pon
批判	비판	pi pʰan	知道	시도	tsi to	除去	제거	tsəi kə
抖擻	두수	tu su	知覺	지각	tsi kak	除外	제외	tsəi oi
旱路	한로	han ro	花押	화압	hoa ap	骨子	골자	kor tsa
杜撰	두찬	tu tsʰan	亭亭	정정	tsəŋ tsəŋ	骨董	골동	kor toŋ
決定	결정	kiər tsəŋ	剋減	극감	kik kam	勘過	감과	kam koa
走作	주작	tsu tsak	思量	사량	sa riaŋ	參拜	참배	tsʰam pai
那般	나반	na pan	活法	활법	hoar pəp	商量	상량	saŋ riaŋ
依倚	의의	ïi ïi	活計	활계	hoar kiəi	國是	국시	kuk si
初頭	초두	tsʰo tu	疣贅	우췌	u tsʰuəi	宿留	숙류	suk riu
卓午	탁오	tʰak o	相須	상수	saŋ su	寄生	기생	ki saiŋ
卓然	탁연	tʰak iən	穿鑿	천착	tsʰən tsʰak	將就	장취	tsaŋ tsʰui
奈何	내하	nai ha	耐煩	내번	nai pən	張皇	장황	tsaŋ hoaŋ
委曲	위곡	ui kok	音旨	음지	im tsi	從前	종전	tsoŋ tsən
底止	저지	tsə tsi	倀倀	창창	tsʰaŋ tsʰaŋ	悠悠	유유	iu iu
忽地	홀지	hor tsi	剔出	척출	tsʰək tsʰur	掛搭	괘탑	koai tʰap
所有	소유	so iu	剖判	부판	pu pʰan	涵養	함양	ham iaŋ
抵當	저당	tsə taŋ	家事	가사	ka sa	深刻	심핵	sim haik
抵敵	저적	tsə tsək	徒然	도연	to iən	理會	리회	ri hoi
放下	방하	paŋ ha	捃拾	군습	kun sip	畢竟	필경	pʰir kiəŋ
放過	방과	paŋ koa	捏合	날합	nar hap	異時	이시	i si

項目	韓文	拼音	項目	韓文	拼音	項目	韓文	拼音
眼下	안하	an ha	跌撲	질박	tsir pak	樣子	양자	iaŋ tsa
著力	착력	tsʰak riək	愁殺	수살	su sar	盤問	반문	pan mun
著著	착착	tsʰak tsʰak	會得	회득	hoi tik	糊塗	호도	ho to
脫空	탈공	tʰar koŋ	照會	조회	tso hoi	緩頰	완협	oan hiəp
許多	허다	hə ta	照管	조관	tso koan	調停	조정	tso tsəŋ
逐項	축항	tsʰuk haŋ	當下	당하	taŋ ha	諄諄	순순	sun sun
這般	저반	tsə pan	當體	당체	taŋ tsʰəi	磨勘	마감	ma kam
都是	도시	to si	節節	절절	tsər tsər	膳奴	선노	sən no
鹵莽	노망	no maŋ	經行	경행	kiəŋ haiŋ	融融	융융	iuŋ iuŋ
喚醒	환성	hoan səŋ	經題	경제	kiəŋ tsəi	親事	친사	tsʰin sa
喫緊	끽긴	kkik kin	萬化	만화	man hoa	醍醐	제호	tsəi ho
單行	단행	tan haiŋ	裏面	리면	ri miən	霎時	삽시	sap si
報道	보도	po to	裏許	리허	ri hə	頭邊	두변	tu piən
寒流	한류	han riu	解免	해면	hai miən	餐錢	찬전	tsʰan tsən
尋覓	심멱	sim miək	話頭	화두	hoa tu	縱臾	종유	tsoŋ iu
就中	취중	tsʰui tsuŋ	過計	과계	koa kiəi	隱約	은약	in iak
幾回	기회	ki hoi	僬僥	초요	tsʰo io	點檢	점검	tsəm kəm
掣肘	철주	tsʰər tsu	圖賴	도뢰	to roi	歸宿	귀숙	kui suk
提起	제기	tsəi ki	瑣瑣	쇄쇄	soai soai	歸罪	귀죄	kui tsoi
提撕	제시	tsəi si	端的	단적	tan tsək	轉頭	전두	tsən tu
渾身	혼신	hon sin	粹然	수연	su iən	關子	관자	koan tsa
無量	무량	mu riaŋ	精彩	정채	tsəŋ tsʰai	勸分	권분	kuən pun
無賴	무뢰	mu roi	襇襠	양당	iaŋ taŋ	囁嚅	섭유	səp iu
為甚	위심	ui sim	雌黃	자황	tsa hoaŋ	亹亹	미미	mi mi
窘束	군속	kun sok	領略	령략	riəŋ riak	體大	체대	tsʰəi tai
等候	등후	tiŋ hu	審問	심문	sim mun	體認	체인	tsʰəi in
等閑	등한	tiŋ han	憧憧	동동	toŋ toŋ	齷齪	악착	ak tsʰak
腔子	강자	kaŋ tsa	標致	표치	pʰio tsʰi			

三字類

項目	韓文	拼音
形而上	형이상	hiəŋ i saŋ
形而下	형이하	hiəŋ i ha

項目	韓文	拼音
動不動	동부동	toŋ pu toŋ
無縫塔	무봉탑	mu poŋ tʰap

四字類

項目	韓文	拼音
開物成務	개물성무	kai mur səŋ mu

附錄二、《語錄解》初刊本、《老乞大諺解》、韓國《標準國語大辭典》詞項比較表

重複詞項以網底標出。

次序	頁碼	標題	項目	老乞大	標準國語大辭典
1	5a	語錄解	十分	시븐　si fin	십분　sip pun
2	5b	語錄解	理會	리휘　ri hui	리회　ri hoi
3	5b	語錄解	初頭	추투　tsʰu tʰiu	초두　tsʰo tu
4	5b	語錄解	知道	지닫　tsi tao	지도　tsi to
5	5b	語錄解	自家	즈갸　tsi kia	자가　tsa ka
6	6a	語錄解	照管	쟌권　tsiao kuən	조관　tso koan
7	6a	語錄解	自別	즈벼　tsɨ piə	자별　tsa piər
8	6a	語錄解	零碎	링쉬　riŋ sui	
9	6a	語錄解	安排	안패　an pʰai	
10	6b	語錄解	家事	갸스　kia si	가사　ka sa
11	6b	語錄解	怎生	즘ᄼᅳᆼ　tsim sʌŋ	
12	7a	語錄解	爲甚	위슴　ui sʌm	위심　ui sim
13	7a	語錄解	平人	핑신　pʰiŋ zin	평인　pʰiəŋ in
14	7b	語錄解	裏頭	리투　ri tʰiu	
15	8a	語錄解	上頭	샹투　siaŋ tʰiu	상두　saŋ tu

16	8a	語錄解	地頭	디투	ti tʰiu	지두	tsi tu
17	8a	語錄解	胡亂	후뤈	hu ruən		
18	8a	語錄解	這裏	져리	tsiə ri		
19	9a	語錄解	打破	다포	ta pʰo	타파	tʰa pʰa
20	9a	語錄解	肚裏	두리	tu ri		
21	9a	語錄解	角頭	교투	kio tʰiu		
22	9a	語錄解	田地	뎐디	tʰiən ti	전지	tsən tsi
23	9a	語錄解	主顧	쥬구	tsiu ku	주고	tsu ko
24	9a	語錄解	着落	죠로	tsio ro		
25	9a	語錄解	盤問	편운	pʰən un	반문	pan mun
26	9b	語錄解	那箇	나거	na kə		
27	10a	語錄解	仔細	즈시	tsi si		
28	10a	語錄解	提起	티키	tʰi kʰi	제기	tsəi ki
29	10a	語錄解	分外	봰왜	fin oai	분외	pun oi
30	10a	語錄解	勾當	구당	kiu taŋ		
31	10a	語錄解	大小	다샾	ta siao	대소	tai so
32	10b	語錄解	便是	변시	piən si		
33	10b	語錄解	咱們	자믄	tsa min		
34	10b	語錄解	思量	스량	si riaŋ	사량	sa riaŋ
35	10b	語錄解	容易	융이	iuŋ i		
36	11a	語錄解	許多	휴도	hiu to	허다	hə ta
37	11b	語錄解	會得	훠더	hui tə	회득	hoi tik
38	13a	語錄解	只除	즈츄	tsi tsʰiu		
39	13a	語錄解	脊梁	지량	tsi riaŋ	척량	tsʰək riaŋ
40	13a	語錄解	大家	다갸	ta kia	대가	tai ka
41	13b	語錄解	有箇	읶거	iu kə		
42	15a	語錄解	放過	방고	faŋ ko	방과	paŋ koa
43	15b	語錄解	等候	등후	tiŋ hiu	등후	tiŋ hu
44	15b	語錄解	都是	두시	tu si	도시	to si

45	16a	語錄解	不着	부죠	pu tsio		
46	17a	語錄解	商量	샹량	siaŋ riaŋ	상량	saŋ riaŋ
47	17a	語錄解	端的	뒨디	tuən ti	단적	tan tsək
48	17b	語錄解	安置	안지	an tsi	안치	an tsʰi
49	17b	語錄解	有箇	읶거	iu kə		
50	23a	漢語集覽字解	着落	죠로	tsio ro		
51	23a	漢語集覽字解	委案	위시	ui si		
52	23a	漢語集覽字解	生受	숭쉬	sʌŋ siu		
53	23a	漢語集覽字解	收拾	싁시	siu si	수습	su sip
54	23a	漢語集覽字解	罷罷	바바	pa pa		
55	23a	漢語集覽字解	早晚	쟌완	tsao oan	조만	tso man
56	23a	漢語集覽字解	由他	읶타	iu tʰa		
57	23a	漢語集覽字解	定害	딩해	tiŋ hai		
58	23a	漢語集覽字解	強如	걍슈	kʰiaŋ ziu		
59	23a	漢語集覽字解	利害	리해	ri hai	이해	i hai
60	23a	漢語集覽字解	將就	쟝쥐	tsiaŋ tsiu	장취	tsaŋ tsʰui
61	23b	漢語集覽字解	根前	근쳔	kin tsʰiən		
62	23b	漢語集覽字解	根底	근디	kin ti		
63	23b	漢語集覽字解	上頭	샹투	siaŋ tʰiu	상두	saŋ tu
64	23b	漢語集覽字解	省會	싱휘	siŋ hui		
65	23b	漢語集覽字解	知他	지타	tsi tʰa		
66	23b	漢語集覽字解	知得	지더	tsi tə	지득	tsi tik
67	23b	漢語集覽字解	自在	즈재	tsi tsai	자재	tsa tsai
68	23b	漢語集覽字解	不曾	부층	pu tsʰiŋ		
69	23b	漢語集覽字解	囑咐	쥬푸	tsiu fu		
70	23b	漢語集覽字解	剋落	킈로	kʰii ro		
71	23b	漢語集覽字解	疾快	지쾌	tsi kʰoai		
72	24a	漢語集覽字解	這般	져번	tsiə pən	저반	tsə pan
73	24a	漢語集覽字解	生活	숭호	sʌŋ ho	생활	saiŋ hoar

74	24a	漢語集覽字解	那般	나번	na pən	나반	na pan
75	24a	漢語集覽字解	這們	져믄	tsiə min		
76	24a	漢語集覽字解	快活	쾌호	kʰoai ho	쾌활	kʰoai hoar
77	24a	漢語集覽字解	分外	븐왜	fin oai	분외	pun oi
78	24a	漢語集覽字解	那們	나믄	na min		
79	27a	附錄	花押	화야	hoa ia	화압	hoa ap

附錄三、《語錄解》初刊本、松廣寺本《蒙山和尚法語略錄諺解》、韓國《標準國語大辭典》詞項比較表

次序	頁碼	標題	項目	蒙山法語諺解		標準國語大辭典	
1	5a	語錄解	單提	단뎨	tan tiəi		
2	5a	語錄解	只管	지관	tsi koan		
3	5a	語錄解	那裏	나리	na ri		
4	5a	語錄解	主張	쥬쟝	tsiu tsiaŋ	주장	tsu tsaŋ
5	5a	語錄解	拈出	념츌	niəm tsʰiur		
6	5b	語錄解	照顧	죠고	tsio ko		
7	6a	語錄解	提撕	뎨셰~싀	tiəi siəi~sii	제시	tsəi si
8	6a	語錄解	抖擻	두수	tu su	두수	tu su
9	6a	語錄解	杜撰	두좐	tu tsoan	두찬	tu tsʰan
10	6a	語錄解	公案	공안	koŋ an	공안	koŋ an
11	6b	語錄解	骨子	골즈	kor tsʌ	골자	kor tsa
12	6b	語錄解	不同	동	toŋ	부동	pu toŋ
13	6b	語錄解	巴鼻	바비	pa pi		
14	7a	語錄解	任他	심타	zim tʰa	임타	im tʰa
15	7a	語錄解	卜度	복탁	pok tʰak		
16	7b	語錄解	直饒	딕졍	tik zio		
17	8a	語錄解	精彩	졍치	tsiəŋ tsʰʌi	정채	tsəŋ tsʰai

18	8b	語錄解	分曉	분효	pun hio	분효	pun hio
19	8b	語錄解	直下	직~딕	tsik~tik	직하	tsik ha
20	8b	語錄解	惺惺	셩셩	siəŋ siəŋ		
21	8b	語錄解	截斷	졀단	tsiər tan		
22	8b	語錄解	樣子	양ᄌ	iaŋ tsʌ	양자	iaŋ tsa
23	9b	語錄解	那箇	나가	na ka		
24	10a	語錄解	提起	뎨긔	tiəi kii	제기	tsəi ki
25	10b	語錄解	思量	ᄉ량	sʌ riaŋ	사량	sa riaŋ
26	11a	語錄解	許多	허다	hə ta	허다	hə ta
27	11b	語錄解	諦當	뎨당	tiəi taŋ		
28	11b	語錄解	話頭	화두	hoa tu	화두	hoa tu
29	12a	語錄解	錯了	착료	tsʰak rio		
30	12a	語錄解	引他	인타	in tʰa		
31	12b	語錄解	遏捺	알날	ar nar		
32	14a	語錄解	穿鑿	쳔착	tsʰiən tsʰak	천착	tsʰən tsʰak
33	14b	語錄解	知覺	지각	tsi kak	지각	tsi kak
34	14b	語錄解	且道	챠도	tsʰia to		
35	15b	語錄解	所有	소유	so iu	소유	so iu
36	16a	語錄解	不透	투	tʰu		
37	17a	語錄解	畢竟	필경	pʰir kiəŋ	필경	pʰir kiəŋ
38	17a	語錄解	必竟	필경	pʰir kiəŋ		
39	17b	語錄解	一等	일둥	ir tiŋ	일등	ir tiŋ

Feasibility Study on using *"Eologhae"* for Analysing the Evolution of Sino-Korean Pronunciations

Wu, Sheng-shiung

Abstract

Eologhae (語錄解) is a reference book compiled by Korean Confucian scholars in the 16th and 7th centuries. These scholarly editors extracted new words from the Quotations of Cheng–Zhu, annotating every word. The dictionary is arranged according to the number of characters in each words.

This paper discusses how to use lexical items in the first edition of *Eologhae* in collaboration with other literature and materials in order to screen out examples of Korean vocabulary entering the language through written channels, and the transliteration of Chinese characters with Sino-Korean pronunciations.This provides a solution to the difficult problem of distinguishing lexical strata based on phonological features alone, and serves as a tool for detecting characteristics of Sino-Korean pronunciations. It also concretely demonstrates how to distinguish a special stratum of Sino-Korean pronunciations that entered Korean via the written language from traditional Sino-Korean pronunciations by utilizing similar phonological characteristics.

Keywords: *Eologhae*, Sino-Korean, History of Chinese Phonology, History of Korean Phonology

朝鮮時期文獻所反映的中國近代音
——以疑母爲例[*]

高麗大學中國學研究所研究教授
盧慧靜[**]

摘　要

　　本文以中國近代時期疑母爲例，考察朝鮮時期文獻裡中國近代音的反映情況。朝鮮時期文獻中的韓文轉寫對漢語音韻學研究提供重要的資料。本研究分析《洪武正韻譯訓》（1455）、《翻譯老乞大》（1517）、《翻譯朴通事》（1515(?)）、《四聲通解》（1517）裡出現的疑母字的具體表音情況，再考朝鮮時期文獻資料對中國近代音研究的參考價值。通過本文的考察我們可以知道，不同注音體系不一定反映不同時間層次，並且每一注音體系不是很整齊，因此，朝鮮時期文獻所反映的不一定是中國音的實際面貌，研究中國近代音時要慎重地利用朝鮮時期文獻資料。

---

[*]　　本文主要內容基于 2021 年 8 月 21 日在第四屆韓漢語言學國際學術會議上的中文口頭發言，會後修改內容刊登于《韓中言語文化研究》第 62 輯（2021 年 11 月 30 日）。

[**]　노혜정，高麗大學中國學研究所研究教授，luhuijing@gmail.com

1.朝鮮時期文獻與中國近代音

　　本研究以中國近代時期的疑母字為例，考察朝鮮時期文獻裡中國近代音的反映情況。朝鮮時期文獻中的韓文轉寫對漢語音韻學研究提供重要的資料。本研究以疑母為例，觀察《洪武正韻譯訓》（1455）、《飜譯老乞大》（1517）、《飜譯朴通事》（1515(?)）、《四聲通解》（1517）裡出現的疑母字的具體表音情況，再考朝鮮時期文獻資料對中國近代音研究的參考價值。

　　本研究的主要研究材料有如下四種朝鮮時期的文獻：

《洪武正韻譯訓》（1455），申叔舟，高麗大學校出版部影印本，1973

《飜譯老乞大》（1517），崔世珍，大堤閣影印本，1974

《飜譯朴通事》（1515(?)），崔世珍，大堤閣影印本，1974

《四聲通解》（1517），崔世珍，大提閣影印本，1985

　　朝鮮時期文獻中疑母字的反映例有如下：

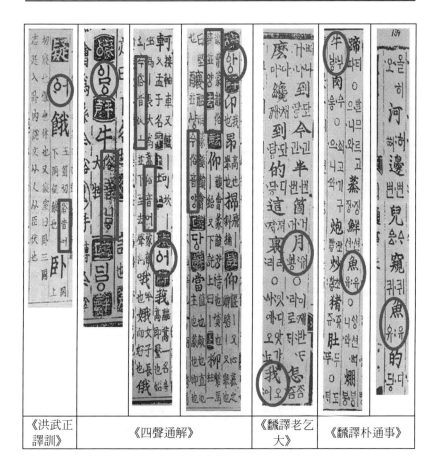

《洪武正韻譯訓》	《四聲通解》			《飜譯老乞大》	《飜譯朴通事》

《洪武正韻譯訓》（1455）、《飜譯老乞大》（1517）、《飜譯朴通事》（1515(?)）、《四聲通解》（1517）在同一個字下面記錄了不同讀音，如下：

《洪武正韻譯訓》（1455）：正音、俗音

《飜譯老乞大》（1517）、《飜譯朴通事》（1515(?)）：左側音、右側音

《四聲通解》（1517）：正音、俗音、今俗音

《洪武正韻譯訓》的俗音是申叔舟記錄的 15 世紀的讀音。《四聲通解》直接繼承了洪武譯訓的正音與俗音。如果崔世珍發現了新的語音變化，再加了今俗音，所以一般認為今俗音反映16 世紀的讀音。崔世珍的《飜譯老乞大》有人認為左側音跟俗音一樣，右側音跟今俗音一樣；有人認為左側音和右側音都是通解的俗音，但是表音方法不同。本文根據前人的研究成果總結如下圖：[1]

	《洪武正韻譯訓》(1455)	《四聲通解》(1517)	《飜譯老乞大》(1517)《飜譯朴通事》(1515(?))
15C 前	正音 ———	正音	
15C	俗音 ———	俗音	左側音
16C		今俗音 ———	右側音

《四聲通解》中有記錄正音、俗音、今俗音三個不同系統，但不是所有的字母都有正音、俗音、今俗音，而是作者聽到發生變化的字母才有記錄。本文以疑母字為例調查了《四聲通解》裡中古疑母字的正音、俗音、今俗音的出現情況：

正音	俗音	今俗音	疑	喻	總	備註
有	無	無	169 字	41 字	206 字	正音
有	有	無	106 字	0	106 字	正音、俗音
有	有	有	15 字	3 字	18 字	正音、俗音、今俗音 喻：額頷詻
有	無	有	3 字	0	3 字	正音、今俗音 疑：釀役業
			總 293 字	總 44 字	總 337 字	

---

[1] 參見朱星一（2000）。

　　《四聲通解》中有注音的和沒有注音的，以往的研究主要關注有注音的字。但是我們需要再考如下幾個問題："不同注音體系反映不同時間層次"這個說法是否正確；每一注音體系是否一致；如果有例外，這是反映漢語在演變過程中還是作者的誤記；"空格"有何意義等一些問題。還有，崔世珍在《四聲通解・凡例》第八條中說道"注內只曰俗音者即通考元著俗音也。曰今俗音者臣今所著俗音也。今俗音或著或否者非謂此存而彼無也。隨所得聞之音而著之也"，不過〈凡例〉和文獻裏的實際情況是否一致，我們還需要慎重考察。[2]

　　下面是《四聲通解》（1517）的正音、俗音、今俗音的空格類型：

	正音	俗音	今俗音	例（字：正音 ／ 俗音 ／ 今俗音）
例1	A	B	C	我：ŋə 어 ／ ə 어 ／ o 오
例2	A	B	無(=B)	仰：ŋaŋ 앙 ／ iaŋ 양 ／ 無
例3	A	無(=A)	無(=A)	宜：i 이 ／ 無 ／ 無
例4	A	B	無(=B?)	傲：ŋaw 앛 ／ aw 앛 ／ 無 (cf. 飜老：aw 앛 ／ ao 안)
例5	A	無(=A?)	無(=A?)	遠：ŋiuiən 원 ／ 無 ／ 無 (cf. 飜老：0iuiən 원 ／ 0iuiən 원)

　　例2和例3中的空白，即俗音和今俗音，與上一階段的讀音相同而沒有變化（或者可以說演變已經完成），我們可以認為作者因此而不記錄。不過，例4和例5的俗音和今俗音雖然沒有記

---

[2]　此外，《飜譯老乞大》（1517）、《翻譯朴通事》（1515(?)）有左側音和右側音，左側音和右側音是不同時間層次還是不同注音方式，也需要進一步的研究。

錄，但根據崔世珍在同一時期《翻譯老朴（1515?）》中的記錄，作者留空格的主要原因很少可能是因為它們與前一階段的讀音相同而沒有記錄。

　　為了分析疑母是否演變為零聲母，今俗音的空格有很重要的意義。如果某個疑母字的俗音轉寫為後鼻音聲母，但今俗音留空白的，那麼崔世珍記錄的當時這個字仍然讀為後鼻音還是只是作者沒有調查清楚而留空格，這個問題以研究中國近代音的關鍵資料是很重要的。

2. 疑母的演變與演變過程

　　在 13 世紀末至 14 世紀的《蒙古字韻》和《中原音韻》，大部分的中古疑母字變為零聲母而合併於影喻母。《中原音韻》中有 200 個中古疑母字，其中 138 個字與影喻母一起排列，5 個字跟泥娘母排在一起，57 個字獨立排列（寧繼福（1985：205）、楊耐思（2012：106））。

　　下面是《中原音韻》中古疑母與影喻母合流的例子[3]：

(1)魚莫二：-iu

    a. 平聲陽：(影)迂紆於 [第 13 空]

    b. 平聲陰：(疑)魚漁虞愚隅禺 [第 8 空]

           (喻)餘餘竽予畬雩與輿歟璵玗好歟譽盂輿榆愉俞覦瑜舍逾渝閾於諛萸,(生)毹 [第 8 空]

---

[3]　《中原音韻》（1324）擬音和例子參見寧繼福（1985）裡的〈聲韻併合表〉，以下《中原音韻》的擬音根據寧繼福（1985）。

  c. 上聲：(疑)語圄圉齬敔禦 / (喻)雨與愈羽宇禹庚 [第 1 空]

  d. 去聲：(影)嫗 / (疑)禦馭遇 / (喻)裕諭芌譽預豫; 育鵒 [第 1 空]

   入聲作去聲：(疑)玉獄 / (喻) 欲浴 / (影)鬱 / (喻)育 / (喻) 鵒 [第 6 空]

 (2)先天二：-iuεn

  a. 平聲陽：(影)淵 / (影)冤宛鴛鴛蜿 [第 16 空]

  b. 平聲陰：(疑)元黿 / (喻)圓員 / (喻)捐 / (喻)園 / (喻)圜 / (喻)袁猿轅 / (疑)原嫄源 / (喻)垣 / (喻)鉛鳶 / (喻)湲 / (喻)援 [第 11 空]

  c. 上聲：(喻)遠 / (疑)阮 / (影)苑婉 [第 1 空]

  d. 去聲：(喻)院 / (疑)願愿 / (影)怨 / (喻)遠 / (喻)援 [第 1 空]

  獨立排列的 57 個字母中有一些與影喻母形成最小對立的，這說明疑母在《中原音韻》中仍然作為與影喻母不同的聲母。下面是《中原音韻》中古疑母與影喻母對立的例子[4][5]：

 (1)江陽二：-iaŋ

  上聲：ŋ- (疑)仰上 [第 21 空]

---

4 《中原音韻》（1324）的例子參見寧繼福（1985）、楊耐思（1981），擬音根據寧繼福（1985）。董同龢（1968[2001]:69）指出江陽韻 "仰" 是作者的誤記而處理為零聲母，把歌戈韻的 "虐" 字構擬為[n]，不過沒有詳細討論相關內容。

5 楊耐思（1981:28、2012:106）添加了車遮（入聲作去聲）的 "[第 4 空]（疑）業鄴額"、"[第 3 空]（喻）拽嗘謁葉/（影）燁"。董同龢（1968[2001]:64）認為這是《中原音韻》的作者誤記了，寧繼福（1985:119）把它們跟去聲喻母 "夜射以" 等一起排在零聲母。

　　　　Ø- (影)鞅 ／(喻)養癢 [第 2 空]

　　去聲：ŋ- (疑)仰_去 [第 25 空]

　　　　Ø- (喻)瀁恙煬養樣 ／(影)怏鉠 ／(喻)漾恙 [第 4 空]

(2)蕭豪一：-ɑu

　　去聲：ŋ- (疑)傲㮯驁 [第 8 空]

　　　　Ø - (影)奧懊澳 [第 30 空]

　　蕭豪三：-iau

　　入聲作去聲：ŋ- (疑)虐瘧 [第 8 空]

　　　　　　Ø- (疑)岳樂 ／(喻)藥 ／(影)約 ／(喻)躍鑰瀹 [第 1 空]

(3)歌戈一：-ɔ

　　上聲：ŋ- (疑)我 [第 12 空]

　　　　Ø- (影)妸 [第 10 空]

　　去聲：ŋ- (疑)餓 [第 12 空]

　　　　Ø- (疑)萼鶚鰐 ／(影)惡堊 ／(疑)鄂 [第 5 空]

　　歌戈二: -iɔ

　　入聲作去聲：ŋ- (疑)虐瘧 [第 7 空]

　　　　　　Ø- (疑)岳樂 ／(喻)藥 ／(影)約 ／(喻)躍鑰 [第 1 空]

　　《中原音韻》所收錄的疑母字中約有 70%字合流為影喻母，但是與影喻母仍有對立的例子，因此可以說疑母字還沒有完全變為零聲母，還有一些字仍然是疑母 ŋ-：

字	中古音韻地位	中原音韻		字	中古音韻地位	中原音韻	
遨	效開一平豪疑	蕭豪一	ŋɑu	莪	果開一平歌疑	歌戈一	ŋɔ
敖	效開一平豪疑	蕭豪一	ŋɑu	哦	果開一平歌疑	歌戈一	ŋɔ
厫	效開一平豪疑	蕭豪一	ŋɑu	娥	果開一平歌疑	歌戈一	ŋɔ
鼇	效開一平豪疑	蕭豪一	ŋɑu	俄	果開一平歌疑	歌戈一	ŋɔ
獒	效開一平豪疑	蕭豪一	ŋɑu	峨	果開一平歌疑	歌戈一	ŋɔ
磬	效開一平豪疑	蕭豪一	ŋɑu	蛾	果開一平歌疑	歌戈一	ŋɔ
嗷	效開一平豪疑	蕭豪一	ŋɑu	鵝	果開一平歌疑	歌戈一	ŋɔ
聱	效開一平豪疑	蕭豪一	ŋɑu	訛	果合一平戈疑	歌戈三	ŋuɔ
驁	效開一去号疑	蕭豪一	ŋɑu	卬	宕開一平唐疑	江陽一	ŋaŋ
齤	效開三平宵曉	蕭豪一	ŋɑu	昂	宕開一平唐疑	江陽一	ŋaŋ
斅	效開二上巧疑	蕭豪二	ŋau				

　　此外，還有進入泥母的字：

(1)車遮一：-iɛ

　　入聲作去聲：n- 钀糵, 臬 [第 1 空]

(2)先天一：-iɛn

　　上聲：n- 讞 [第 8 空][6]

　　　　cf. 牛 Ø-: 尤侯(陽平); 虐 ŋ-: 蕭豪(入聲作去聲),

　　　　歌戈(入聲作去聲)

表《中原音韻》裡排在泥母的中古疑母字

字	中古音韻地位	中原音韻		字	中古音韻地位	中原音韻	
糵	山開三入薛疑	車遮一	niɛ	钀	山開四入屑疑	車遮一	niɛ
讞	山開三上獮疑	先天一	niɛn	臬	山開四入屑疑	車遮一	niɛ
	山開三入薛疑						

6　"讞"字有兩個《廣韻》音韻地位：山開三上獮疑、山開三入薛疑。

　　"蘖讞梟"均為山攝開口三・四等入聲，後接前舌元音-iɛ。《中原音韻》中的"囓韻梟讞"等字排在泥母，在《蒙古字韻》裡"齧梟"為零聲母"ꡙ"，"讞"為後鼻音"ꡃ"。疑母"牛"字在現代北京話讀作[n-]，却在《中原音韻》裡讀作零聲母。在《蒙古字韻》裡"牛"與"有"讀作後鼻音聲母的"ꡃꡟ"[ŋ-]，"牛"字到了《等韻圖經》（1606）才排在泥母[n-]。

　　疑母的演變與演變過程以及相關的中韓文獻的位置總結如下圖：[7]

上古	隋-初唐	晚唐五代	9-13世紀	13世紀末-14世紀	17世紀-18世紀初
ŋ	→ŋ	→ŋ	→ŋ (Ø)	↗ ŋ → Ø ↘ n	→ Ø, n → Ø → n
				《蒙古字韻》(1308) 《中原音韻》(1324) 《洪武正韻》(1375)	《等韻圖經》(1606) 《西儒耳目資》(1626)
				[朝]《洪武正韻譯訓》(1455) [朝]《飜譯朴通事》(1515(?)) [朝]《飜譯老乞大》(1517) [朝]《四聲通解》(1517) [朝]《朴通事新釋諺解》(1765)	

3. 朝鮮時期文獻所反映的疑母

　　本文把朝鮮時期文獻反映的疑母的情況分為如下四種情況：

---

[7]　本表參見楊劍橋（2005:156）。

《中原音韻》裡中古疑母、影喻母合流的字與朝鮮時期文獻；
《中原音韻》裡中古疑母和影喻母對立的字與朝鮮時期文獻；
《中原音韻》裡中古疑母讀[n-]的字與朝鮮時期文獻；中古喻母
在《中原音韻》裡排在疑母的字與朝鮮時期文獻。

　　第一、《中原音韵》裏中古疑母、影喻母合流的字與朝鮮時
期文獻：

字	中古音韻地位	中原 (1324)	四聲通解 (1517)				飜譯老朴 (1515?)	
			聲	正	俗	今俗	左	右
疑	止開三平之疑	i	喻	i 이			(老) ŋi 이	ŋi 이
擬	止開三上止疑	i	喻	i 이				
宜	止開三平支疑	i	喻	i 이			ŋi 이	i 이
儀	止開三平支疑	i	喻	i 이				
義	止開三去寘疑	i	喻	i 이			i 이	i 이
議	止開三去寘疑	i	喻	i 이			i 이	i 이
誼	止開三去寘疑	i	喻	i 이				
言	臻開三平元疑	iɛn	喻	iən 연			iən 연	iən 연
妍	山開四平先疑	iɛn	喻	iən 연				
研	山開四平先疑	iɛn	喻	iən 연				
迎	梗開三平庚疑	iəŋ	喻	iŋ 잉			ŋiŋ 잉	iŋ 잉
虐	宕開三入藥疑	ŋiau ŋiɔ	喻	iaw 얕				
瘧	宕開三入藥疑		喻	iaw 얕				
額	梗開二入陌疑	iai əi	喻	ii 의	ŋii? 읭	ŋəʔ 엉 jəʔ 영		
頟	梗開二入陌疑		喻	ii 의	ŋii? 읭	ŋəʔ 엉 jəʔ 영		
詻	梗開二入陌疑		喻	ii 의	ŋii? 읭	ŋəʔ 엉 jəʔ 영		

　　第二、《中原音韻》裡中古疑母和影喻母對立的字與朝鮮時
期文獻：

字	中古音韻地位	中原 (1324)	洪武譯訓(1455)			四聲通解(1517)				備註
			聲	正	俗	聲	正	俗	今俗	
傲	效開一去号疑	ŋau	疑	ŋaw 압	aw 압	疑	ŋaw 압	aw 압	(?)	飜譯老朴(1515?) aw 압 / ao 앋 現代: ào
鰲	效開一去号疑	ŋau	疑	ŋaw 압	aw 압	疑	ŋaw 압	aw 압		
奡	效開一去号疑	ŋau	疑	ŋaw 압	aw 압	疑	ŋaw 압	aw 압		
我	果開一上哿疑	ŋɔ	疑	ŋə 어	ə e	疑	ŋə 어	ə e	오	飜譯老朴(1515？) ㅓ어/ㅗ오 朴新釋諺解(1765) ŋə어/ㅗ오 現代: wǒ
餓	果開一去箇疑	ŋɔ	疑	ŋə 어	ə e	疑	ŋə 어	ə e	오	
仰	宕開三上養疑	ŋiaŋ	疑	ŋaŋ 앙	ŋiaŋ 양	疑	ŋaŋ 앙	iaŋ 양		
仰	宕開三漾疑	ŋiaŋ	疑	ŋaŋ 앙		疑	ŋaŋ 앙			
虐	宕開三入藥疑	ŋiau ŋiɔ	喻	iak 약		喻	iaw 얍			現代: nüè
瘧	宕開三入藥疑	ŋiau ŋiɔ	喻	iak 약		喻	iaw 얍			現代: nüè

　　《中原音韻》裡有對立的中古疑母字，在《洪武正韻譯訓》、《四聲通解》、《飜譯老朴》等文獻的俗音和右側音記錄為零聲母。"傲"字在《四聲通解》裡俗音記為"aw"，但今俗音為空格。不過，《飜譯老朴》的右側音為"ao"，我們可以推測崔世珍當時確實已意識到字音已經發生變化了，但是我們不能確定作者為何把這一音變沒有反映到《四聲通解》。因此，我們要慎重看待空格的性質，空格不一定意味著讀音沒有發生變化。

　　第三、《中原音韻》裡中古疑母讀[n-]的字與朝鮮時期文獻：

字	中古音韻地位	中原 (1324)	洪武 (1375)	中州 (1506)	洪武譯訓(1455)			四聲通解(1517)				備註
					聲	正	俗	聲	正	俗	今俗	現代音8
讞	山開三上薛疑	niɛn	語蹇切 倪甸切	尼蹇切	疑	ŋian 연		疑	ŋian 연			yàn
孽	山開三入薛疑	niɛ	魚列切		疑	ŋiat 얻		疑	ŋia 여	(?)	(?)	niè
臬	山開三入薛疑	niɛ	魚列切	尼夜切	疑	ŋiat 얻		疑	ŋia 여	(?)	(?)	niè
闑	山開四入屑疑	niɛ	魚列切		疑	ŋiat 얻		疑	ŋia 여	(?)	(?)	niè
齧	山開四入屑疑	niɛ	魚列切	尼夜切	疑	ŋiat 얻		疑	ŋia 여	(?)	(?)	niè
凝	曾開三平蒸疑	iəŋ			疑	ŋiŋ 읭		疑	ŋiŋ 잉			níng
牛	流開三平尤疑	iəu	于求切	移鳩切				疑	ŋiw 닣	niw 닝	(?)	niú 飜譯老朴:뉼/뉴 新釋諺解:뉭/뉴 重刊老諺:뉭/뉴
釀	宕開三去漾娘	niaŋ	魚向切	泥降切	疑	ŋaŋ 앙		疑	ŋaŋ 앙		iaŋ 양	niàng
瘧	宕開三入藥疑	niɑu niɔ	七灼切		喻	iak 약		喻	iaw 얕	(?)	(?)	nüè
嚼	宕開三入藥疑	niɑu niɔ	研奚切 牛加切 倪制切		喻	iak 약		喻	iaw 얕	(?)	(?)	nüè
倪	蟹開四平齊疑	i	研奚切 倪制切	盈雞切	喻	iəi 예		喻	iəi 예			ní
輗	蟹開四平齊疑	i	研奚切 倪制切	盈雞切	喻	iəi 예		喻	iəi 예			ní

8　現代音指普通話，以漢語拼音為表音。

　　有少數字在現代北京話裡讀作 n-，這一現象在《中原音韻》裡有一些例子我們可以觀察，還有南方方言或以南方音為基礎的文獻中經常出現。朝鮮時期文獻裡除了常見的"牛"字並沒有反映這些變化。"讞孽薬薬槷闌爪"等字在《中原音韻》裡已經變為[n-]，可是《四聲通解》的俗音和今俗音或《飜譯老朴》裡沒有反映音變或沒有收錄。

　　第四、中古喻母在《中原音韻》裡排在疑母的字與朝鮮時期文獻：

字	中古音韻地位	中原 (1324)	洪武譯訓(1455) 聲	正	俗	四聲通解(1517) 聲	正	俗	今俗	翻譯老朴(1515 左右) 左側音	右側音
寅	臻開三平真以	iən	疑	ŋin 인	0in 은	疑	ŋin 인	0in 인			
霣	臻開三平真以	iən	疑	ŋin 인	0in 은	疑	ŋin 인	0in 인			
螾	臻開三平真以		疑	ŋin 인		疑	ŋin 인	0in 인			
蚓	臻開三平真以		疑	ŋin 인		疑	ŋin 인	0in 인			
遠	山合三上阮云	iuən				疑	ŋiuiən 원	(?)	(?)	0iuiən 원	0iuiən 원
遠	山合三去願云	iuən	疑	ŋiən 연		疑	ŋiuiən 원				
瑗	山合三去線云	iuən	疑	ŋiuiən 원		疑	ŋiuiən 원				
媛	山合三去線云		疑	ŋiuiən 원		疑	ŋiuiən 원				
援	山合三去線云	iuən	疑	ŋiuiən 원		疑	ŋiuiən 원				
院	山合三去線云	iuən	疑	ŋiuiən 원		疑	ŋiuiən 원				
楥	山合三入月云	iui	疑	ŋiuiəi 웨		疑	ŋiuiəi 웨				
蜎	山合三入月云	iui	疑	ŋiuiəi 웨		疑	ŋiuiəi 웨				
妜	山合三入月云	iui	疑	ŋiuiəi 웨		疑	ŋiuiəi 웨				
鈌	山合三入月云	iui	疑	ŋiuiəi 웨		疑	ŋiuiəi 웨				

字	中古音韻地位	中原(1324)	洪武譯訓(1455) 聲	正	俗	四聲通解(1517) 聲	正	俗	今俗	飜譯老朴(1515左右) 左側音	右側音
越	山合三入月云	iuɛ	疑	ŋiuiet 웛	ŋiuiʔ웡	疑	ŋiuie 웨	(?)	(?)	ŋiuiʔ웡	0iuiə 웨
曰	山合三入月云		疑	ŋiuiet 웛		疑	ŋiuie 웨				
粵	山合三入月云		疑	ŋiuiet 웛		疑	ŋiuie 웨				
悅	山合三入薛以		疑	ŋiuiet 웛		疑	ŋiuie 웨				
說	山合三入薛以		疑	ŋiuiet 웛		疑	ŋiuie 웨				
閱	山合三入薛以		疑	ŋiuiet 웛		疑	ŋiuie 웨				
役	梗合三入昔以	i	疑	ŋiuik 웍	0iʔ잉	疑	ŋiui 위		0iʔ잉		
疫	梗合三入昔以		疑	ŋiuik 웍	0iʔ잉	疑	ŋiui 위				
域	曾合三入職云		疑	ŋiuik 웍	0iʔ잉	疑	ŋiui 위	(?)			
淢	曾合三入職云		疑	ŋiuik 웍	0iʔ잉	疑	ŋiui 위	(?)			
罭	曾合三入職云		疑	ŋiuik 웍	0iʔ잉	疑	ŋiui 위	(?)			
棫	曾合三入職云		疑	ŋiuik 웍	0iʔ잉	疑	ŋiui 위	(?)			
蜮	曾合三入職云		疑	ŋiuik 웍	0iʔ잉	疑	ŋiui 위	(?)			
緎	曾合三入職云		疑	ŋiuik 웍	0iʔ잉	疑	ŋiui 위	(?)			

　　另外，《飜譯老朴》的右側音中已反映到新的讀音，但《四聲通解》的今俗音仍然留為空客：

字	四聲通解(1517)				飜譯老朴	
	聲	正	俗	今俗	左側音	右側音
玉	疑	ŋiu 유			ŋiuʔ욺	iu 유
魚	疑	ŋiu 유			ŋiu 유/ iu 유	iu유/ iu 유
漁	疑	ŋiu 유			ŋiu 유	iu 유
語	疑	ŋiu 유			ŋiu 유	iu 유
五	疑	ŋu 우			ŋu 우	u 우
誤	疑	ŋu 우			ŋu 우	u 우
僞	疑	ŋui 위			ŋui 위	ŋui 위
疑	疑	ŋi 이		(?)	ŋi 이	ŋi 이
月	疑	ŋiuiə 웲			ŋiuiəʔ웷	iuiə 웲
越	疑	ŋiuiə 웲			ŋiuiəʔ웷	iuiə 웲
迎	喩	iŋ 잉			ŋiŋ 잉	iŋ 잉

　　同一作者記錄的《飜譯老朴》的右側音反映新的讀音，但《四聲通解》裡只有正音而沒有記錄俗音和今俗音。由此我們可以推斷，所有空白不意味著沒有發生音變的，而是作者有可能沒有記錄，當時崔世珍對北方音的考察和記錄並不全面，很難看出作者按照一定的規則和標準記錄。

4. 結語

　　朝鮮時期文獻中的韓文轉寫對漢語音韻學研究提供重要的資料。本研究分析《洪武正韻譯訓》（1455）、《飜譯老乞大》

（1517）、《飜譯朴通事》（1515(?)）、《四聲通解》（1517）裡
出現的疑母字的具體表音情況，再考朝鮮時期文獻資料對中國近
代音研究的參考價值。《四聲通解》中有注音的和沒有注音的，
以往的研究主要關注有注音的字，通過本文的考察我們可以得出
如下的結論：不同注音體系不一定反映不同時間層次；每一注音
體系不是很整齊並且很多部分不一致；如果有例外，這是反映漢
語在演變過程中還是作者的誤記，目前我們不能確認；文獻中的
"空格"隨機性強，我們要慎重參考；〈凡例第八條〉和文獻裏
的實際情況是一致的；《飜譯老乞大》（1517）、《翻譯朴通
事》（1515(?)）的左側音和右側音是反映不同時間層次的還是
不同注音方式，我們還得進一步考察。通過以上的討論我們可以
知道，朝鮮時期文獻中的記錄所反映的不一定是中國音的實際面
貌，研究中國近代音時利用朝鮮時期文獻資料要有慎重的態度。

參考文獻

《洪武正韻譯訓》(1455)，申叔舟，高麗大學校出版部影印本，1973。
《飜譯朴通事》(1515(?))，崔世珍，大堤閣 影印本，1974。
《四聲通解》(1517)，崔世珍，大提閣 影印本，1985。
《飜譯老乞大》(1517)，崔世珍，大堤閣 影印本，1974。
강신항(1980)，《四聲通解研究》，서울：新雅社。
강신항(2003)，《韓漢音韻史 研究》，서울：태학사。
노혜정(2018)，〈中古 중국어 疑母의 변화에 대한 이론적 고찰〉，《中
國語文論叢》 第 90 輯，1-21。
노혜정(2021)，〈조선 시기 문헌의 중국 근대음 반영 상황 재고 - 疑母
를 예로〉，《韓中言語文化研究》 第 62 輯，3-29。

愼鏞權(2016),〈《四聲通解》에 나타난 ·今俗音의 성격에 대하여〉，《中國文學》 92, 225-254。

신용권(2019)，《노걸대와 박통사 언해서의 중국어음 연구》，서울: 서울대학교출판문화원。

이영월(2004)，〈《四聲通解》의 正音·俗音·今俗音 성격 고찰: 《洪武正韻》과 《蒙古字韻》과의 관련을 중심으로〉，《중국어문학논집》 제 29 호，119-131。

이재돈(1993)，〈《四聲通解》에 반영된 16 世紀 中國語音系 研究〉，《中國文學》 第 21 輯，287-314。

이재돈(2019)，《중국어 통시음운론》，서울: 학고방。

주성일(2011)，〈《四聲通解》에 반영된 近代漢語 어음 연구〉，《中國文學研究》 제 42 집，293-327。

北京大學中國語言文學系語言學教研室編(2003)，《漢語方言字彙》（第二版重排本），北京：語文出版社。

董同龢(1968[2001])，《漢語音韻學》（第五版），北京：中華書局。

寧繼福(1985)，《中原音韵表稿》，長春：吉林文史出版社。

孫建元(2010)，《《四聲通解》今俗音研究》，北京：中華書局。

唐作藩(2012[2017])，《漢語語音室教程》（第二版），北京：北京大學出版社。

王力(1985)，《漢語語音史》，北京：中國社會科學出版社。

楊劍橋(2005)，《漢語音韻學講義》，上海：復旦大學出版社。

楊耐思(1981)，《中原音韵音系》，北京：中國社會科學出版社。

楊耐思(2012)，《近代漢語引論(增補本)》，北京：商務印書館。

張世方(2010)，《北京官話語音研究》，北京：北京語言大學出版社。

趙蔭棠(1984)，《中原音韻研究》，臺北：新文豐出版公司。

朱星一(2000)，《15、16 世紀朝漢音研究》，北京大學博士學位論文。

濱田武志(2019)，〈論《蒙古字韻》所反映的漢語方言音系〉，*Bulletin of Chinese Linguistics* 12: 88-128。

Coblin, W. South(1997), Notes on the Sound System of Late Ming Guanhua, *Monumenta Serica* 45: 261-307。

Hsueh, F. S.(薛鳳生) (1975), *Phonology of Old Mandarin*, The Hague: Mouton; 김태경 · 손미란 · 이영원 · 장재웅 · 최병권 역(1990), 《쉬에횡성의 중국어 음운학 특강》, 서울: 현학사。

Shen, Zhongwei(沈鍾偉)(2020), *A phonological history of Chinese*, NY: Cambridge University Press。

The reflexes of early Mandarin in mid-16th century Korean texts: The case of the initial Yi (疑)

Roh Hye-jeong

Abstract

This article cites specific examples of the initial Yi (疑) as transcribed in mid-16th century Korean texts such as Saseongtonghae (四聲通解), Beonyeok Nogeoldae (飜譯老乞大), and Beonyeok Baktongsa (翻譯朴通事) and reconsiders the reflexes of early Mandarin in such texts. The initial Yi (疑) had already changed from a velar nasal to a zero-initial sound in early Mandarin in the northern region of China, but this change was not reflected in its entirety in Korean transcriptions, except sporadically in a few characters. In addition, the Korean texts of that period were transcribed using either ㆁ <ŋ> or ㅇ <Ø>. Contrary to expectations, the transcribed material in mid-16th century Korean texts does not contain the complete set— a range of codas and all characters in the initial category—required to observe the phonological changes in early Mandarin. Korean texts, therefore, can only serve as additional circumstantial evidence for the phonological changes in early Mandarin.

Keywords: the initial Yi(疑), velar nasal, ㆁ <ŋ>, ㅇ <Ø>, early Mandarin, Korean transcriptions, Saseongtonghae (四聲通解), Beonyeok Nogeoldae (飜譯老乞大), Beonyeok Baktongsa (翻譯朴通事)

『東國正韻』 韓國漢字音 韻母體系의 中國語 時期層位 분석

— -ŋ 韻尾 글자를 중심으로 —

中國 雲南民族大學
安英姬[*]

摘　要

　　《東國正韻》是一部十五世紀李氏朝鮮時期編纂的韓國漢字音韻書。本文先從語言接觸的角度考察了《東國正韻》漢字音的性質問題，認為漢字音具有歷時性，不同于共時性的韓漢對音，還建立了一套與其相對應的研究方法。然後再以《東國正韻》漢字音-ŋ 韻尾字為例，通過韓國漢字音歷史層次的分析，得出了韓國漢字音與其相對應歷史漢語的語音特徵。

關鍵詞：東國正韻　漢字音　母音　歷史層次

---

[*]　中國 雲南民族大學校 民族文化學科 預聘教師. 본 고는 中國 2020 年 國家社科基金項目　一般項目 “『蒙古字韻』과 『東國正韻』　研究” (20BYY184) 지원을 받아 작성 되었음.

1. 서 론

본고는『東國正韻』(1448) 한자음의 시기층위 분석을 통하여 중국어음운사와의 대응 관계를 찾아 궁극적으로 중세한국어 연구에 유익한 음운정보를 제공하는데 연구의 목적을 둘 것이다. 『東國正韻』은 훈민정음 창제시기에 만들어진 한국한자음 운서로 한국어음운사 연구에 중요한 연구적 가치가 있음에 의심치 않으나 지금까지 연구 접근방법부터 쉽지 않았다. 운서란 자체가 중국어음운학에서 기원이 된 문헌형태이므로 우선 중국운서와의 계승관계부터 찾아보았는데 대표적인 연구로 유창균(1965), 이현선(2007) 등이 있으며『古今韻會擧要』(1292)의 자모운 체계를 따랐을 것이라 보았다. 물론 이외 여러 다른 견해도 있지만 결론적으로『東國正韻』의 음운체계와 완전히 일치한 중국 운서는 없었다. 이에 권혁준(1997, 2001)등 에서는『東國正韻』은 운서 편찬에 있어서『古今韻會擧要』의 '표면체계'를 따랐을 것이지만 음운체계는 현실한자음을 따랐을 것이라 하였다. 특히 최근 연구에서『東國正韻』한자음은 현실한자음을 기반으로 하였음에 견해를 모으고 있는바 강신항(1997), 임다영(2010), 조운성(2011), Fukui Rei(2012)등이 있다. 본고 역시『東國正韻』의 음운체계는 중세한국어 현실한자음을 기초로 하였음에 연구의 출발점으로 삼을 것이다.

구체적으로 제 2 장에서 연구대상과 연구방법에 대해 소개할 것이고 제 3 장에서는『東國正韻』에 수록 된 양성운 - ㅇ운미 글자의 중국어음운사부터 고찰하여 볼 것이며 다음 제 4 장에서 한국한자음과 중국어음운사 층위 분석을 진행할 것이다.

2. 연구대상 및 연구방법

본 고는 한국한자음 연구에 있어서 현실한자음의 연구적 가치 중요성을 인정하는 동시에 좀 다양한 형식의 한자음 자료를 확보하고 각각의 특성에 따라 더욱 입체적인 연구를 진행하고자 『東國正韻』을 연구 대상으로 선정하였다. 주지하다시피 현실한자음 자료는 다양한 시기와 다양한 분야 속에 산발적으로 흩어져 있으므로 완전한 음운체계를 갖춘 한자음 자료를 구성하기 매우 어렵다는 문제가 있다. 아무리 많은 자료를 수집하여도 반드시 빈칸이 생길 것이며 체계성을 갖춘 운서 자료에는 미치지 못한다. 뿐만 아니라 현실한자음에는 다양한 변수가 있을 수 있는바 예를 들어 점차 한국어에 순화되어 심지어 원래의 모습을 찾기 어려운 경우도 종종 있다. 이에 비하여 『東國正韻』은 비록 '현실성'이 떨어진다는 단점이 있겠지만 완전한 체계를 갖춘 운서 자료로 한국한자음의 체계성을 살피는데 매우 중요한 연구적 가치를 갖고 있다고 평가할 수 있겠다. 그리고 『東國正韻』은 당시 조선 학자들이 중국의 음운학 틀에서 엄격한 審音 과정을 통하여 편찬한 책이므로 한국한자음과 중국어음과의 엄격한 음운적 대응이 존재하고 있다. 즉 『東國正韻』을 통하여 한국한자음의 정밀한 審音 연구를 진행할 수 있을 것이다.

사실 지금까지 한국한자음 연구에서 『東國正韻』에 비해 현실적으로 유통이 되었던 현실한자음을 중심으로 연구를 진행하여 왔다. 특히 시기층위 문제는 한자음 연구에서 중요한

논의 대상이었으며 비록 학자들마다 다소 차이가 있으나 기본적인 층위로 중고음 층위이고 동시에 이보다 더 이른 시기 혹은 늦은 시기의 다양한 층위가 동시에 존재하고 있을 것이라는데 견해가 일치한다. 본고 역시 기존 연구 성과에 기본적으로 같은 입장이며 이에 좀 더 나아가 한국한자음과 중국어음운사와의 세밀하고 체계적인 음운 대응 관계를 찾아보고자 한다. 이를 위하여 본고는 한국한자음의 시기층위 분석법이란 이론을 기초로 할 것이다.

한국한자음의 시기 층위 분석법이란 언어접촉의 시각에서 출발하여 중국어 여러 시기 층위의 음을 받아들인다는 전제 하에 한국어와 중국어의 음운적 대응 관계를 분석하는 것이다. 아래의 안영희(2015)에서 제시한 분석법을 참고할 수 있다 (원고의 그림에 비해 일부 수정이 있다).

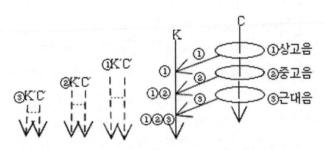

<그림1> 안영희(2015) 중세 한국한자음의 연구방법

그림에서 'C'는 중국어를 말하고 'K'는 한국어를 말하며, 중국어의 상고음, 중고음, 근대음 체계를 각각 ①, ②, ③층위라 하였다. 중국어 ① 상고음 시기의 중국어음이 한국어에

차용되면 한국한자음은 ① 시기 층위를 반영하고, 중국어 ②
중고음 시기의 중국어음이 한국어에 차용되면 한국한자음은
② 시기 층위를 반영하는 동시에 앞서 시기의 ① 층위의 일
부가 축적이 되어 시기는 ①과 ② 두 층위가 존재한다. 이와
같은 방법으로 중국어 ③ 근대음 시기와 대응할 때 한국한자
음은 ①②③ 세 가지 층위가 존재한다. 위의 그림에서 점선
으로 된 부분은 한국한자음에서 각 시기층위의 중국어와 한
국어의 음운적 대응 관계를 말한다.

　사실은 이에 앞서 일찍이 『東國正韻』을 연구대상으로
위와 같은 맥락으로 시기층위 분석을 진행한 선행연구가 있
었는데 바로 김철헌(1959)이다. 김철헌(1959:34-35)에서　제시
한 『東國正韻』 한자음 운류 'ㅇㅕㆁ, ㅇㅑㆁ'에 대한 분석을 살
펴보면 아래의 표 1 과 같다. 아래의 표 1 에서 볼 수 있다시
피 김철헌(1959)에서는 중국어 음운학 연구서 董同龢(1945)와
藤堂明保(1957)을 중심으로 중국어 상고음, 중고음의 음운변
화 연구를 살펴보고 또 중고음 대표 韻圖인 『韻鏡』과 근대
음 대표 韻書인 『中原音韻』 등도 함께 제시하여 『東國正韻』
의 '東音'과 대비하여 음운분석을 진행하였다. 河野六郎
(1968)의 현실한자음 층위분석 연구에서 칼그렌의 『中國音韻
學』(1915 년-1926 년)의 재구음을 참고한 것에 비하여 매우
최신 연구를 참고하고 반영하였음을 볼 수 있다.

<표1> 김철헌(1959) 梗攝 대응 예

等韻	韻目	上古韻	同核母音	開口 董同龢 上古-中古	開口 藤堂明保 上古-中古
1	-		-	-	-
2	庚	陽 耕	a e	aŋ→æŋ --	aŋ→?? eŋ→ɛŋ
2重	耕	蒸 耕	ə e	əŋ→æŋ eŋ→æŋ	eŋ→ʌŋ eŋ→ʌŋ
3	庚	陽	a	jaŋ→jæŋ	r-jaŋ→rjɛŋ
4	清	耕	e	jaŋ→jeŋ	jeŋ→jeŋ
假4	靑	耕	e	jeŋ→jeŋ	eŋ→eŋ

等韻	韻母	東韻	韻鏡	中原	官話	東音
1	-		-	-	-	-
2	庚	(攝)	ɛŋ	↑ əŋ ↓ he	↑ əŋ ↓	잉
2重	耕	↑ 京 ↓	eŋ			잉
3	庚		rjɛŋ		↑	영
假4	淸		jɛŋ	↑ jəŋ ↓	jəŋ (iŋ)	영
4	靑		jəŋ		↓	영

　　본고 역시 선배학자들의 중국어음운학 최신 연구 성과를 받아들이는 전통적인 정신을 이어 받아서 현재의 최신 연구 특히 2000 년 이후의 연구 성과를 적극 소개하고 한국한자음 연구에 응용하고자 한다. 다만 김철헌(1959)에서는 중국어음과 『東國正韻』의 東音과의 음가 대응에 있어서 ‘再構’란 표현을 하였는데, 본고는 중국어와 한국어는 서로 다른 언어이므로 중국어음으로 직접 ‘東音’을 재구할 수 없다고 생각하며 ‘재구음’이 아닌 ‘대응음’이라 할 것이다.

　　구체적인 음운 대응 분석에 앞서 먼저 중국어음운사 시기와 한국한자음 대응 관계 층위부터 정리할 것이다. 중국어음운사 시기를 보면 대개 상고음시기, 전기 중고음시기, 후기 중고음시기, 근고음시기, 근대음시기로 나눌 수 있는데 중국어 상고음과 대응하는 한국한자음 층위를 a 층, 중고음과 대응하는 층위를 b 층으로 하되 전기 중고음은 b_1 층, 후기 중고음은 b_2 층으로 하고, 근고음과 근대음을 하나로 묶어서 c 층으로 할 것이다.

상고음은 鄭張尙芳(2003:5-6)에서 殷나라, 商나라 이전 시기를 前期, 周나라 시기를 中期, 秦나라, 漢나라, 魏나라 시기를 後期로 분류하였다. 본고에서 말하는 a 층 상고음은 아무리 일러도 秦나라 이전으로 거슬러 올라가기 어려울 것으로 대개 상고음 후기단계를 말한다. 다음 麥耘(2002)에 의하면 중고음은 5 세기 초의 南北朝시기에서 12 세기 北宋시기까지 대개 唐宋시기를 말하며, 8 세기 中唐시기를 기준으로 前期 중고음 b_1 층와 後期 중고음 b_2 층으로 나눈다. b_1 층 전기 중고음체계를 반영하는 주요 문헌자료로는 切韻系韻書이고, b_2 층 후기 중고음을 대표로하는 문헌자료는 주로 韻圖이다. 근대음 시기의 대표 자료는 曲韻書 『中原音韻』(1324)이고, 董同龢(1965)에서는 또 『古今韻會韻會』(1292)를 중고음에서 근대음으로 과도하는 시기의 대표 운서이며 이 시기를 '근고음'이라 불렀다. 이 두 시기를 세분화하여 각각 두 개의 층위로 할 수도 있겠으나, 한국한자음은 중국어 譯音과 같이 같은 시기의 중국어 음변화를 적극적으로 반영하는 것이 아니므로 그냥 하나 묶어도 무방할 듯하다. 위의 대응 관계를 도표로 정리하면 아래와 같다.

<표2> 한국한자음과 중국어음운사와의 대응 관계 층위

上古音			中古音		近代音	
前期	中期	後期(過度期)	前期	後期	近古音(過度期)	近代音
殷商	周	秦漢魏	南北朝-中唐	中唐-北宋	元	明淸
		詩經	切韻系韻書	韻圖	古今韻會擧要	中原音韻
		a層	b_1層	b_2層	c層	

본고에서 사용한 『東國正韻』 한자음 자료는 조운성 (2011)을 참고하였으며 먼저 陽聲韻 중에서 -ㅇ운미 글자부 터 중국어음운사적 변화 과정을 살펴보고 다음 시기층위 분 석을 진행하여 보겠다.

3. 陽聲韻 글자 운모의 중국어음운사적 고찰

3.1 중국어음운사 재구음 관련 소개

먼저 본고에서 사용한 중국어 재구음에 대해 소개를 하 면, 상고음은 정장상방(2003), 반오운(2000, 권혁준 역 2014) 을 참고하였고, 전기 중고음은 반오운(2000), 반오운·장홍명 (2013)을 참고하였으며, 근고음과 근대음은 안영희(2020)을 참고하였다. 아래는 중국어 각 시기별 재구음 이해를 돕기 위한 몇 가지 설명을 보충하겠다.

(1) 上古音

인후음 ʔ는 상고음 성모의 인후음 특징을 나타내는 표기 이다. 전기 중고음에서 1,2,4 등운에 속한 글자들의 상고음 특 징이다. 처음에는 정장상방(2003)과 반오운(2000)에서 상고음 모음의 장단음 차이로 보아 중고음에서 1,2,4 등운 글자는 상 고음에서 長모음에 속하고 3 등운은 短모음이라 하였다. 상고 음에 세음성 개음이 없었으며 短모음이 점차 분열하면서 세 음성 개음이 생기고 3 등운 글자를 이루었다고 보았기 때문 이다. 하지만 나중에 반오운(2014)은 William H. Baxter·Laurent Sagart(2014)의 견해를 받아 들여서 상고음 長모음을 인후음 ʔ특징이 있는 것으로 수정하였다. 상고음 성모의 인후음 특

징이 있을 것이며 이는 중고음 시기에 세음성 개음 생성을
저지하는 역할을 한다는 것으로 설명하기에 더욱 설득력이
있기 때문이다.

상고음 재구음에서 r 은 상고음 복자음의 한 성분으로
봐도 되겠지만 개음으로 간주해도 무방하다. 상고음 r 개음을
갖는 글자는 중고음에서 3 등운 중뉴 B 류와 2 등운 글자로
들어간다. 중고음 3 등운 글자 중 성모가 莊組, 知組인 글자
의 상고음에도 r 개음이 있다고 본다. 鄭張尙芳(1981)에서 r
개음은 상고음에서 중고음으로 r>ɣ>ɯ>i>i 의 음운변화를 가
졌을 것이라 하였다, 이 변화 과정에서 ɣ 단계는 중고음 2 등
운 개음에 속하고, ɯ, i 단계는 3 등운 B 류 개음에 속하며, 마
지막 i 단계는 3 등운 A 류 단계에 속한다.

(2) 前期 中古音

3 등운의 분류: 중고음 3 등운은 우선 重紐 글자와 非重
紐 글자로 나눌 수 있다. 重紐란 重紐란 절운계 운서와 운도
에서 3 등운 支韻·脂韻·祭韻·眞韻(諄韻)·仙韻·宵韻·侵韻·鹽韻의
脣牙喉音 글자가 운서에서 두 류로 나누어지고 등운도에서
각각 3 등칸과 4 등칸에 나뉘어 배치되는 현상을 말한다. 3 등
칸에 배치되는 글자를 重紐 3 등 흔히 B 류라 하고, 4 등칸에
배치되는 글자는 重紐 4 등이고 A 류라 부른다. 권혁준(2000)
에서 중뉴 이외 모든 3 등운 글자 즉 非重紐 글자를 C 류라
고 하였다. 비중뉴 C 류 글자는 非重紐韻과 重紐韻의 설치음
이 포함된다. 陸志韋(1939:28), 麥耘(1992:122) 등은 성모의 종
류에 따라 대체적으로 3 등운 莊系, 云母, 知系, 來母등의 反

切下字는 被切字 B 류와 보다 높은 접촉 빈도를 보여주고, 3 등운 章系, 精系, 日母, 以母의 反切下字는 被切字 A 류와 보다 높은 접촉 빈도를 보여준다고 하였다. 이에 근거하여 권혁준(2000)에서는 위의 A 류와 가까운 C 류 글자를 C1 류이라 하고, B 류와 가까운 것을 C2 류이라 하였다.

　　우선 중뉴 B 류와 A 류의 차이는 개음에 있으며, B 류 글자 개음은 A 류 글자 개음보다 상대적으로 후설성을 띤다. 앞서 상고음에서 살펴본바 B 류 글자 개음은 r 개음의 흔적이라 볼 수 있으며 보통 B 류 개음을 ɯ 혹은 ɨ 으로 재구하거나, A 류 개음은 i 로 재구한다. B 류 개음은 학자들마다 재구음 표기가 다양할 수 있는데 혹은 ɰ, 혹은 ɿ, 혹은 ĭ 으로 표기 하기도 한다. 반오운(2013)에서는 개음의 체계성을 고려하여 2 등운 개음으로 ɣ 으로 하고, 3 등운 개음을 ɣi 이라 하였는데 이는 음성적으로 i 와 같다고 하였다. 본고는 ĭ 을 택하여 표기하였다. 그리고 실제로 黃笑山(1996)등을 보면 어떤 C 류 글자는 A 류와도 가까운 동시에 B 류와 가깝게 나타날 수 있다. 만약 상고음과 연결하여 보면, 아마 필자가 아직 미처 파악하지 부분이 있을 수도 있겠지만 C2 류 중 知組, 莊組인 경우 상고음 r 개음과 연결이 가능하지만 기타 C2 류 글자의 개음이 무엇 때문에 B 류와 같은 개음을 갖게 되었는지 잘 모르겠다. 실제로『東國正韻』과의 대응에서도 일부 C2 류 글자의 대응이 혼란스럽게 나타나고 있어서, 본고는 상고음 r 개음과 연결성을 찾기 힘든 성모의 글자들을 따로 분류하여 C3 류라 하였다. 즉, 본고의 C3 류는 非重紐韻 순아후음 및 來母, 云母 글자들을 말하며 개음은 ĭ 혹은 i 모두 하다는 의미로 ǐ(i)으로 표기하였다.

(3) 後期 中古音

후기 중고음의 음운적 특징으로 보면 모두 세 가지 면이 있다. 우선 4 등운 글자의 개음 문제로 전기 중고음 시기에 개음이 있었다는 견해와 없었다는 견해 차이로 논쟁이 있었는데, 현재 대개 개음이 없었다고 본다. 4 등운 글자는 후기 중고음에서 3 등운 글자와 가까워진다. 金雪萊(2005)에 의하면 慧琳『一切經音義』에서 4 등운 글자는 3 등운 글자와 混切 즉 혼용하여 반절하자로 사용하는 경향이 있으며 4 등운과의 混切에 참여하는 3 등운 글자는 대부분 A 류, C1 류임을 밝혔다. 즉, (1) 후기 중고음에서 4 등운 글자는 개음이 생성되며 새로 생성된 개음은 3 등운 A 류, C1 류와 같은 i 개음으로 볼 수 있다.

다음 후기 중고음에서 전기 중고음의 B 류 개음과 A 류 개음의 차이에 의한 대립이 기본적으로 보존되어 있다고 볼 수 있겠으나 중고음 이후 B 류 개음은 점차 전설화 되어 A 류 개음과 합류한다. 안영희(2011)에 의하면 『洪武正韻』 (1375)에서 비록 대부분 글자에서 개음의 합류가 이미 완성되었지만 여전히 일부 B 류 개음 글자가 A 류 개음 글자와 대립을 이루고 있다고 하였다. 본고에서는 일단 후기 중고음에서 B 류개음과 A 류 개음의 합류하여 세음성 개음은 모두 i 개음이다. 다만, 일부 중고음 이후에도 여전히 B 류 개음의 흔적이 남아 있는 글자에 대해서는 B 류 개음을 보류하였다.

마지막으로 사실 攝이란 개념은 후기 중고음 시기에 나

타난 것이고 모음이 비슷한 글자들이 하나의 섭으로 들어가
서 나중에 합류의 경향을 보여준다. 특히 (3)같은 攝에 같은
等을 갖는 重韻 글자들은 중고음 이후 모두 하나로 합류하는
데, 본고는 이 글자들의 후기 중고음을 일단 모두 같은 모음
으로 재구하였다.

(4) 近古音과 近代音

본고의 근고음과 근대음의 재구음은 안영희(2020)을 따
랐다. 안영희(2020)에서는 『蒙古字韻』의 파스파문자 운모체
계를 근거로 근고음 운모체계를 재구하였다. 『蒙古字韻』의
파스파문자 운모체계는 『古今韻會舉要』의 자모운체계를 거
의 그대로 따르고 있어서 이 두 운서 모두 근고음 체계를 반
영한다. 『蒙古字韻』은 표음문자인 파스파문자로 기록되어
있기 때문에 당시의 음가를 살펴보는데 귀한 문헌자료이다.
하지만 일부 파스파문자의 전사음에 대해 학자들의 견해 차
이가 존재하는 특히 파스파문자 e 자모 문제가 주요 쟁점이
이다. 照那斯圖, 楊耐思(1987)에서는 『蒙古字韻』에서의 이
문자를 ė 으로 전사하였고 대부분 학자들이 이를 따랐다. 하
지만 사실 중세 몽골어 파스파문자 문헌자료에서는 e 로 전
사하는 것이 일반적이다. 그러니 『蒙古字韻』과 같은 중국어
파스파문자에서는 ė 로 전사하고, 몽골어 파스파문자에서는 e
로 전사한다고 보았던 것이다.

하지만 문제는 소위의 '중국어 파스파문자'에서 ė 가 나
타내고자 하는 중국어 음가에 대한 학자들의 견해가 일치하
지 않는다는 것이다. 麥耘(1995)에서는 중뉴의 차이를 반영하

고 있다고 보았는데 권혁준(2000)에서 『古今韻會擧要』의 자
모운에서 관련 중뉴 글자들은 이미 개음의 합류가 완성되었
으므로 중뉴의 차이가 아닐 것이라 하였다. 服部四郞(1984)에
서는 이와 대립하는 글자의 비구개음화를 나타내기 위한 것
이라 하였으며, 권혁준(2000)에서는 근대음 시기 중국어 구개
음화 성모가 생성되기 직전 단계의 음운적 특징을 보여준 것
이라 하였다. 안영희(2020)에서는 중국어 근대음에서 구개음
화 성모의 생성 시기가 18세기인데 13세기에서 이미 구개음
화 음운적 특징이 나타났다고 보기에는 너무 이르다고 보았
다. 즉, 파스파문자 'ė'는 중뉴의 차이도 아니고 구개음화도
나타내는 것이 아니라 보았다.

　　안영희(2020)에서는 우선 파스파문자의 전사에 있어서
반드시 몽골어 파스파문자의 전사음 체계를 따라야 함을 주
장하고 중세 몽골어 파스파문자 전사음 체계에 따라 『蒙古字
韻』의 파스파문자를 전부 다시 정리하였다. 그리고 『蒙古字
韻』은 비록 중국어 음체계를 반영하는 운서이지만 파스파문
자의 전사음을 곧바로 중국어 재구음이라 보면 안되며, 이를
반드시 중국어 근고음 이전 단계의 중고음 이후 단계의 근대
음과 결합하여 중국어 근고음 체계를 재구하여야 한다고 주
장하였다. 그러므로 본고의 근고음 재구음을 읽기에 주의할
점은 예를 들어, "拖類(hiŋ) *əŋ, 京類(iŋ) *iŋ, 經類(eiŋ) *iəŋ"에
서 운류는 『蒙古字韻』의 운류이고, 괄호 안의 전사음은 파
스파문자의 전사음을 나타내며 *가 있는 음가가 비로소 중국
어 근고음체계를 반영하는 것이다.

3.2 양성운 글자의 중국어음운사적 고찰

본 절에서는 『東國正韻』에 수록 된 -ŋ 운미 한자들의 중국어음운사 변화 과정을 살펴보겠다.

아래의 표 3 은 曾攝과 梗攝의 開口, 合口 글자들의 중국어 변화과정을 보여주고 있다. 중국어음 변화 발전의 특성에 따라 중국어 음운사를 크게 3 개 부분으로 나누어 쌍선으로 분리를 하였는데, 첫 번째는 상고음과 전기중고음을 하나로 묶어서 서로 대응관계를 갖는다. 다음은 후기 중고음을 한 부분으로 독립되어 있고 마지막으로 근고음과 근대음을 하나로 묶어서 서로 대응 관계를 갖는다. 본고 아래의 중국어음운사 고찰 도표 모두 이와 같이 처리하였다.

<표3> 曾攝, 梗攝 글자 운모의 중국어음운사적 변화

開口

上古音	前期 中古音	後期 中古音	近古音		近代音
蒸部*ʔɯŋ	登*əŋ	曾開一登*əŋ	曾開一登	拒類(hiŋ)*əŋ	庚青*əŋ
蒸部*ɯŋ	蒸 C1*iiŋ	曾開三蒸*iiŋ	梗開二庚耕脣舌齒	拒類(hiŋ)*əŋ	庚青*əŋ
	蒸 C3*ĭ(i)iŋ	梗開二庚耕*ɤ3ɛŋ	曾開三蒸	京類(iŋ)*iŋ	
蒸部*rɯŋ	蒸 C2 知莊*ĭiŋ	梗開三庚清*ieŋ	梗開三庚	京類(iŋ)*iŋ	庚青*iŋ
蒸部*ʔrɯŋ	耕*ɤɛŋ	梗開四青*ieŋ	梗開三清四青脣舌齒		
耕部*reŋ	庚*ɤæŋ		梗開二庚耕牙喉	經類(ein)*iəŋ	
耕部*reŋ	清 C2 知莊*ĭɛŋ		梗開三清四青牙喉	經類(ein)*iəŋ	
耕部*eŋ	庚三 C3*ĭ(i)æŋ				
耕部*eŋ	清 C1*ieŋ				
	清 C3*ĭ(i)ɛŋ				
耕部*ʔeŋ	青*eŋ				

合口

<table>
<tr><th>上古音</th><th>前期 中古音</th><th>後期 中古音</th><th colspan="2">近古音</th><th>近代音</th></tr>
<tr><td>蒸部*^{wʔ}ɯŋ</td><td>登*wəŋ</td><td>曾一合登*wəŋ</td><td rowspan="2">曾一合登
梗二合庚耕</td><td rowspan="2">公類(uŋ)*wəŋ</td><td rowspan="2">東鍾*uŋ
庚青*wəŋ</td></tr>
<tr><td>蒸部*^{wʔ}rɯŋ</td><td>耕*wɣɛŋ</td><td>梗二合庚耕*wɣɛŋ</td></tr>
<tr><td>耕部*^{wʔ}reŋ</td><td>庚$_{二}$*wɣæŋ</td><td>梗三合庚清*wiɛŋ</td><td>梗三合庚清</td><td>弓類(üŋ)*wiŋ</td><td rowspan="3">庚青*iuŋ</td></tr>
<tr><td rowspan="3">耕部*^{w}eŋ</td><td>庚$_{三}$C3*wĭ(i)æŋ</td><td>梗四合青*wieŋ</td><td rowspan="2">梗三合清$_{牙喉}$
梗四合青$_{牙喉}$</td><td rowspan="2">雄類(üŋ)*wiəŋ</td></tr>
<tr><td>淸 C1*wiɛŋ</td><td></td></tr>
<tr><td>淸 C3*wĭ(i)ɛŋ</td><td></td><td></td><td></td><td></td></tr>
<tr><td>耕部*^{wʔ}eŋ</td><td>靑*weŋ</td><td></td><td></td><td></td><td></td></tr>
</table>

위와 같이 開口에서 상고음 蒸部 *ʔɯŋ, *ɯŋ, *rɯŋ, *ʔrɯŋ 글자들이 각각 중고음 1 등운 登韻 *əŋ, 3 등운 蒸韻 C1 류 *iɨŋ 와 C3 류 *ĭ(i)ɨŋ, 蒸韻 C2 류 *ĭɨŋ, 2 등운 耕韻 *ɣɛŋ 에 들어간다. 그리고 상고음 耕部 *ʔreŋ, *reŋ, *eŋ, *ʔeŋ 글자들이 차례로 중고음 2 등운 庚韻 *ɣæŋ, 3 등운 淸韻 C2 류 *ĭᴇŋ, 3 등운 庚韻 C3 류 *ĭ(i)æŋ 와 3 등운 淸韻 C1 류 *iᴇŋ 와 C3 류 *ĭ(i)ᴇŋ, 4 등운 靑韻 *eŋ 에 들어간다. 이 글자들은 후기 중고음시기에 이르러 曾攝에 登韻 *əŋ, 蒸韻 *iɨŋ 그리고 梗攝에 庚韻과 耕韻이 합류하여 *ɣɛŋ, 庚韻과 淸韻이 합류하여 *iᴇŋ, 靑韻 *ieŋ 으로 형성된다.

근고음의 운류 변화를 보면, 우선 2 등운 아후음 글자는 중고음 시기의 개음 ɣ 가 전설음화 되어 세음성 개음 i 로 변화하여 3 등운 淸韻과 4 등운 靑韻의 아후음 글자와 합류해서 함께 經類(eiŋ) *iəŋ 에 들어가고, 2 등운 순음, 설치음 글자는 중고음 개음 ɣ 가 탈락하고 1 등운 글자와 함께 揯類(hiŋ) *əŋ 에 들어간다. 기타 남은 3 등운 글자들은 모두 京類(iŋ) *iŋ 에 들어간다. 근대음에서 근고음의 經類(eiŋ) *iəŋ 와 京類(iŋ) *iŋ

가 합류 하여 庚靑韻 *iŋ 이 된다.

다음 合口를 보면, 전기 중고음 1 등운 登韻 *wəŋ 은 상고음 蒸部 *wʔɯŋ 에서 오고, 2 등운 耕韻 *wɤɛŋ 은 상고음 蒸部 *ʔrɯŋ 에서 온다. 전기 중고음 2 등운 庚韻은 상고음 耕部 *wʔreŋ 에서 오고, 3 등운 庚韻 C3 류 *wĭ(i)æŋ, 3 등운 淸韻 C1 류 *wiɛŋ 와 C3 류 *wĭ(i)ɛŋ 은 상고음 耕部 *weŋ 에서 오고, 4 등운 靑韻 *weŋ 은 상고음 耕部 *wʔeŋ 에서 온다.

합구 근고음을 보면 2 등운 庚韻과 耕韻는 개구에서 아후음에 세음성 개음이 생성된 것과 달리 여기 합구에서는 전부 개음이 탈락 되고 1 등운 글자와 합병하여 公類(uŋ) *wəŋ 에 들어간다. 다음 3,4 등운 글자를 보면 아후음글자는 雄類(üŋ)에 들어가고, 남은 글자는 弓類(üŋ)에 들어가는데 운류는 서로 다르지만 파스파 문자의 주음은 모두 같은 üŋ 으로 표기되어 있다. 이에 대해 몽고자운 기존의 연구에서는 아마 음가는 같지만 전통 운서의 영향을 받아 서로 다른 운류로 나누었을 것이라 보았으나, 안영희(2020)에서 당시 중국어에 *wiŋ 와 *wiəŋ 의 두 가지 음가 대립이 있었으나 파스파문자는 중세 몽골어의 영향을 받아 중국어 이 두 음가의 차이를 반영하지 못하여 같은 문자로 표기하였을 뿐이라 하였다.

근고음의 公類(uŋ) *wəŋ 글자는 중원음운 근대음에서 東鍾韻 *uŋ 과 庚靑韻 *wəŋ 동시에 들어간다. 이는 근대음에서 이 두 운이 합류하는 과정에 있음을 보여 준다.

다음은 通攝 글자이다.

<表4> 通攝 글자 운모의 중국어음운사적 변화

上古音	前期 中古音	後期 中古音	近古音		近代音
冬部*ʔuŋ	冬*oŋ	通一合冬東*uŋ	通一合東1冬	公類(uŋ)*uŋ	東鍾*uŋ
冬部*uŋ	東三C1*iuŋ	通三合鍾東*iuŋ	通三合東3鍾知章娘幫明		
	東三C3*ĭ(i)uŋ		通三合東3鍾牙喉精來日	弓類(üŋ)*iuŋ	庚青*iuŋ
冬部*ruŋ	東三C2*ĭuŋ				
東部*ʔoŋ	東一*uŋ				
東部*oŋ	鍾C1*ioŋ				
	鍾C3*ĭ(i)oŋ				
	鍾C2*ĭoŋ				
東部*roŋ					

위의 <표 4>은 通攝 글자의 중국어 역사음 변화 과정을
보여 주고 있다. 전기 중고음 1 등운 冬韻 *oŋ 은 상고음 冬
部 *ʔuŋ 에서 왔고, 東韻 知莊組 C2 류 *ĭuŋ 는 상고음 冬部
*ruŋ 에서 왔으며 東韻 C1 류 *iuŋ 와 C3 류 *ĭ(i)uŋ 은 상고음
*uŋ 에서 왔다. 1 등운 東韻은 상고음 東部 *ʔoŋ 에서 오고, 3
등운 鍾韻 知莊組 C2 류 *ĭoŋ 가 상고음 東部 *roŋ 에서 오고
鍾韻 C1 류 *ioŋ 와 C3 류 *ĭ(i)oŋ 가 상고음 東部 *oŋ 에서 왔
다.

후기 중고음에 이르러 개음이 합병되고 모두 하나의 通
攝에 들어가고 1 등운 重韻 冬韻과 東韻이 합병하고, 3 등운
重韻 鍾韻과 東韻이 합병한다. 근고음에 이르러 3 등운 東韻
과 鍾韻의 知章組 및 순음 글자들이 성모의 영향을 받아 개
음이 탈락되고 洪音 1 등운 글자와 합병하여 公類(uŋ) *uŋ 에
들어 간다.

이어서 宕攝과 江攝의 開口, 合口 글자를 보겠다.

<표5> 宕攝, 江攝 글자 운모의 중국어음운사적 변화

開口

上古音	前期 中古音	後期 中古音	近古音		近代音
陽部*ʔaŋ	唐*ɑŋ	宕一開唐*ɑŋ	宕開一唐江開		
陽部*aŋ	陽 C1*iaŋ	宕三開陽*iaŋ	二江₩宕開三陽	岡類(aŋ)*aŋ	江陽*aŋ
	陽 C3*ĭ(i)aŋ	江二開江*ɤŋ 莊知章以日			
陽部*raŋ	陽 C2*iaŋ		江開二江[牙喉]宕	江類(eŋ)*iaŋ	江陽*iaŋ
冬部*ʔruŋ	江*ɤŋ		開三陽[牙喉精來]		
東部*ʔroŋ			宕開三陽[莊]	莊類(haŋ)*ɤaŋ	江陽*uaŋ

合口

上古音	前期 中古音	後期 中古音	近古音		近代音
陽部*ʷaŋ	唐*wɑŋ	宕一合唐*waŋ	宕合一唐[喃]	黃類(oŋ)*wɑŋ	
陽部*ʷaŋ	陽 C3*wĭ(i)aŋ	宕三合陽*iwaŋ	宕合一唐[牙喉]		江陽*waŋ
冬部*ʔruŋ	江*ɤŋ	江二開江*ɤŋ	宕合三陽[牙喉]	光類(uaŋ)*waŋ	江陽*waŋ
東部*ʔroŋ			江開二江[知照]		
			宕合三陽	怳類(ueŋ)*iwaŋ	

위의 <표 4>는 宕攝과 江攝 글자의 중국어 역사음 변화를 보여 주고 있다. 먼저 開口를 보면 전기 중고음 1등운 唐韻 *ɑŋ 은 상고음 陽部 *ʔaŋ 에서 오고, 3등운 陽韻 知莊組 C2 류 *iaŋ 은 상고음 陽部 *raŋ 에서 오며, 3등운 陽韻 C1 류 *iaŋ 와 C3 류 *ĭ(i)aŋ 은 상고음 陽部 *aŋ 에서 온다. 그리고 전기 중고음 2등운 江韻 *ɤŋ 은 상고음 冬部 *ʔruŋ 에서도 오고 東部 *ʔroŋ 에서 온다. 후기 중고음에서 1등운 唐韻과 3등운 陽韻은 宕攝에 속하고 2등운 江韻은 江攝에 속한다.

근고음에 이르러 2등운 江韻 脣音 글자와 3등운 陽韻 脣音과 齒音 글자들은 개음이 탈락하고 1등운 글자와 합병하여 岡類(aŋ) *aŋ 에 들어간다. 2등운 江韻의 아후음 글자는 반대로 개음이 전설화되어 i 개음이 생성되면서 3등운 陽韻 아후음 글자와 함께 江類(eŋ) *iaŋ 에 들어간다. 江類 파스파

문자는 비록 e 모음으로 되어 있으나 2 등운 기원 글자는 파
스파문자 ia 모음으로 나타나며 혼용하기도 하여 안영희(2020)
에서 이와 대응하는 중국어음을 *ia 모음으로 재구하였다.

그리고 3 등운 陽韻 莊組 글자는 본래 중고음에서 開口
音인데 근대음에서 合口音로 변한다.『몽고자운』에서는 따
로 하나의 莊類으로 독립시키고 파스파문자는 haŋ 으로 주음
을 하였다. 전기 중고음에서 3 등운 莊組 글자의 개음은 B 류
개음에 속하며 중고음 개음 체계의 시각에서 보면 -ɤi-가 되
는데 보통 B 류 개음의 전설화와 함께 A 류 개음 i 와 먼저
합류하고 다음 근대음에 이르러 莊組 성모의 권설성에 의하
여 개음이 탈락 되고 洪音으로 변한다. 하지만 여기서 陽韻
莊組 글자는 다른 글자들과 달리 근고음에서 개음이 전설화
되지 않고 세음성 개음이 먼저 탈락 되어 ɤi→ɤ 가 되어 파스
파문자에서도 haŋ 으로 나타 났고 이를 *ɤaŋ 으로 재구하였
다. 그리고 개음 ɤ 은 근대음에서 권설성모와 비음운미 등의
영향을 받아서 합구 개음으로 바뀌었을 것으로 해석하였다.

다음 合口 글자를 보면, 전기 중고음 1 등운 唐韻 *waŋ
은 상고음 陽部 *wʔaŋ 에서 오고, 3 등운 陽韻 C3 류 *wĭ(i)aŋ
은 상고음 *waŋ 에서 온다.

여기서 보다 특이한 것은 근고음에서 우선 3 등운 陽韻
아후음 글자의 개음이 탈락 되고 1 등운 唐韻과 합류하며, 2
등운 江韻은 중고음에서 開口 글자임에 불구하고 知照組 글
자가 개음이 탈락되어 역시 洪音으로 변하여 합병한다. 이들
은 근고음에서 光類(uaŋ) *waŋ 에 들어간다. 1 등운 唐韻 匣母
일부 글자는 黃類(oŋ)로 독립하는데 이를 모음의 차이로 보

아 근고음 *waŋ 으로 재구하였고, 3 등운 陽韻 曉母 글자는 悅類(uen)으로 독립하는데 이는 개음 탈락이전의 모습으로 *iwaŋ 으로 재구하였다. 하지만 이들은 중원음운 근대음에 이르러 세음성 개음과 모음의 합병이 모두 완성되고 하나의 江陽韻에 들어가고 *waŋ 으로 재구 한다.

4. 『東國正韻』 한자음 운모의 중국어음운사 층위 분석

4.1 - ㅇ운미

4.1.1. 揻韻(ㅣㅇ, ㅡㅇ, ㅣㅇ), 肱韻(ㅓㅇ), 觥韻(ㅓㅇ)

본 절부터는 이제 본격적으로 『東國正韻』 한자음과 중국어음운사와의 음운 대응 층위 분석을 진행하겠다. 아래 먼저 -ㅇ운미 고모음계열의 揻韻(ㅣㅇ, ㅡㅇ, ㅣㅇ)부터 보겠다.

<표6> 揻韻(ㅣㅇ, ㅡㅇ, ㅣㅇ) 수록 한자의 중국어 대응음 분석

東國正韻 수록 한자		a 層	b₁ 層	b₂ 層	c 層	漢字音
曾開一登	(1)전부	*ʔuŋ	*əŋ	*əŋ	*əŋ	揻ㅡㅇ
曾開三蒸	(1)莊組	*ruŋ	*ĩiŋ	*iiŋ	*iŋ	揻ㅡㅇ
	(2)見組,影組,來母	*uŋ	*ĩ(i)iŋ	*iiŋ	*iŋ	
	(3)精組,以母	*uŋ	*iiŋ	*iiŋ	*iŋ	
	(4)知組,生母	*ruŋ	*ĩiŋ	*iiŋ	*iŋ	揻ㅣㅇ
	(5)幫組,曉母	*uŋ	*ĩ(i)iŋ	*iiŋ	*iŋ	
	(6)章組,心母,以母,日母	*uŋ	*iiŋ	*iiŋ	*iŋ	
梗開二庚	(1)見組,匣母	*ʔreŋ	*ɤæŋ	*ɤɛŋ	*iəŋ>*iŋ	揻ㅣㅇ
	(2)知組,幫組,莊組,來母	*ʔreŋ	*ɤæŋ	*ɤɛŋ	*əŋ	
梗開二耕	(1)影母,匣母	*ʔruŋ	*ɤɛŋ	*ɤɛŋ	*iəŋ>*iŋ	揻ㅓㅇ
	(2)知組,幫組,莊組,來母	*ʔruŋ	*ɤɛŋ	*ɤɛŋ	*əŋ	

먼저 攝韻 'ᅙ'류 수록 한자를 보면, 曾攝 開口 1 등운 登韻 글자와 3 등운 蒸韻(1,2,3) 성모 글자들을 수록한다.

1 등운 登韻 글자의 중국어 상고음부터 근대음까지 역사음 음변화가 $*^{?}\text{ɯŋ}>*\text{əŋ}$ 이다. 한자음 모음과 대응하는 중국어 역사음의 모든 층위를 도표에서 모두 음영으로 표시하였다. 한자음 모음 'ᅙ'은 登韻 글자 중국어음 $*^{?}\text{ɯŋ}$(a 층), $*\text{əŋ}$(b 층, c 층) 대응이 된다. a 층 $*^{?}\text{ɯŋ}$ 에서 인후음은 자음의 범주에 속하므로 어쩌면 순수한 모음의 음가 대응이라 할 수 없다. 하지만 중국어 상고음 인후음은 전기 중고음에서 운모 차이에 의한 등운 분류의 원인이 되기에 중어 대응음의 경향과 특징에 관한 정보를 줄 수 있을 것으로 보아 함께 포함시켜 보겠다.

3 등운 蒸韻(1) 莊組 성모 글자의 중국어 역사음 변화는 $*\text{rɯŋ}>*\text{ĩiŋ}>*\text{iiŋ}>*\text{iŋ}$ 이고, 蒸韻(2) 見組·影組·來母 글자는 $*\text{ɯŋ}>*\text{ĩ(i)iŋ}>*\text{iiŋ}$, 蒸韻(3) 精組·以母 글자는 $*\text{ɯŋ}>*\text{iiŋ}>*\text{iŋ}$ 이다. 중국어 상고음 $*\text{rɯŋ}$ 에서 r 은 비록 자음 범주에 속하지만 개음으로도 볼 수 있으므로 모음 대응에 함께 넣을 수도 있을 것 같으나 우선 중세 한국한자음 음절구조상 r 과 음가 유사성을 찾을 수 없으며, 그리고 r 은 전기 중고음에서 2 등운과 3 등운 B 류 개음으로 흔적을 보여주고 있어서 상고음 역추적이 가능하여 이를 대응음에 포함시키기에는 큰 의미가 없을 것으로 판단된다.

중고음에서 ĩ 는 3 등운 B 류 개음을 나타내는 표기인데 중고음 개음의 체계로 보면 ɣi 이라 이해할 수 있고, 반오운 (2013)에서도 이는 음성적으로 융합음 [i]으로 볼 수 있다고 하였다. 그러니 중고음 *ĩiŋ 은 중국어 음절 구조에 맞추어 재구를 한 것이고 실제 음가는 [iŋ]이다. 즉, 한자음 '능'류와 蒸韻(1) 글자와 대응은 *ĩiŋ[iŋ](b₁ 층), 蒸韻(2)와의 대응은 *ɯŋ(a 층)과 *ĩiŋ[iŋ](b₁ 층), 蒸韻(3)와의 대응은 *ɯŋ(a 층)이다.

다음 攝韻 '긍'류를 보면 曾攝 開口 3 등운 蒸韻(4,5,6) 성모 글자들을 수록 한다. 蒸韻(4) 知組·生母 글자의 중국어 역사음 변화는 *rɯŋ>*ĩiŋ>*iiŋ>*iŋ 이고 대응 층위는 *iiŋ(b₂ 층), *iŋ(c 층)이다. 蒸韻(5) 幇組·曉母 글자의 중국어 역사음은 *ɯŋ>*ĩ(i)iŋ>*iiŋ>*iŋ 이고, 蒸韻(6) 章組·心母·以母·日母 글자의 중국어 음변화는 *ɯŋ>*iiŋ>*iŋ 인데 이들의 한자음 층위는 모두 *iiŋ(b 층), *iŋ(c 층)이다. 전기 중고음 b₁ 층과 후기 중고음 b₂ 층이 대응이 모두 가능할 때 간단히 b 층으로 표시하겠다.

마지막으로 攝韻 '깅'류를 보면 梗攝 開口 2 등운 庚韻, 耕韻 글자를 수록 하고 있다. 庚韻(1) 見組·匣母 성모 글자의 중국어 역사음 변화는 *ʔreŋ>*ræŋ>*ɤɛŋ>*iəŋ>*iŋ 이고, 庚韻(2) 知組·幇組·莊組·來母 글자의 중국어음 변화는 *ʔreŋ>*ræŋ>*ɤɛŋ>*əŋ 이며, 耕韻(1) 影母·匣母 글자의 중국어 역사음 변화는 *ʔrɯŋ>*ɤɛŋ>*iəŋ>*iŋ, 耕韻(2) 知組·幇組·莊組·來母 글자의 중국어음 변화는 *ʔrɯŋ>*ɤɛŋ>*əŋ 이다.

한자음 '깅'의 음절구조를 보면 이중모음 'ㅣ'와 자음운미 '-ㅇ'가 결합되어 있지만 중국어 음절 구조의 특성상 자음운미는 이중모음이 올 수 없어서 한국한자음 '깅'와 음절구조가 완전 일치한 중국어 음가는 찾을 수 없다. 언어접촉의 시각에서 보면 한자음 '깅'은 중국어음을 받아들인 후 다시 한국어식 순화를 거친 음가인 것이다. 이런 경우 오직 대응이 가능한 층위 음가를 추측 할수 밖에 없다. 우선 앞서 *$ɯŋ$, *$əŋ$ 은 한자음 '능'과 대응하고 *$iŋ$ 은 한자음 '싱'과 대응하며, *$iəŋ$ 은 아래 <표 11>을 참고하면 주로 京韻 '셩'과 대응한다. 이제 남은 중국어음과 한자음 '싱'과 대응시켜 보면 *$ɤæŋ$(b_1 층), *$ɤɛŋ$(b_2 층)이 된다.

다음은 합구 肱韻(긩), 觥韻(굉) 한자음과 중국어 역사음과의 대응 분석이다.

<표7>東國正韻 肱韻(긩), 觥韻(굉) 수록 한자의 중국어 대응음 분석

東國正韻 수록 한자		a층	b_1층	b_2층	c층	한자음
曾合一登	(1)見組,影組	*$^{w^2}ɯŋ$	*$wəŋ$	*$wəŋ$	*$wəŋ$	肱긩
梗合二耕	(1)見母,影組,匣母	*$^{w^2}rɯŋ$	*$ɤwɛŋ$	*$wɛŋ$	*$wəŋ$	觥굉
梗合二庚	(1)見母,影組,匣母	*$^{w^2}reŋ$	*$ɤwæŋ$	*$wɛŋ$	*$wəŋ$	

먼저 肱韻(긩)류 수록 한자를 보면 曾攝 合口 1 등운 登韻(1) 見組·影組 성모 글자만 있는데 중국어 역사음 변화는 *wʔ$ɯŋ$>*$wəŋ$ 이다. 이어서 바로 觥韻(굉)류에서 수록한 한자를 보면 梗攝 開口 2 등운 耕韻(1)과 庚韻(1) 글자가 있으며 각각 耕韻(1) 見母·影組·匣母의 중국어 역사음 변화는 *wʔ$rɯŋ$>*$ɤwɛŋ$>*$wɛŋ$>*$wəŋ$, 庚韻(1) 見母·影組·匣母의 중국어 역사음 *wʔ$reŋ$>*$ɤwæŋ$>*$wɛŋ$>*$wəŋ$ 가 있다.

앞서 揤韻 '싱'류 분석에서 이미 설명한바 중국어에서 자음운미에 이중모음이 올 수 없으므로 여기서도 肱韻(긩)류, 觥韻(굉)류 한자음 역시 중국어 음절구조와 완전일치한 음가를 찾을 수 없으며 좀 더 분석이 필요하다. 앞서 <표 9>에서 개구 1 등운 登韻글자는 揤韻 '능'류에 들어가고 2 등운 개구

庚韻과 耕韻 글자는 揿韻 '긩'류에 들어 가는데, 여기 합구에서 1 등운 登韻 합구 글자는 '눙'류에 들어가서 마침 개구의 '능'류와 음성모음의 개합 짝을 이루고, 2 등운 庚韻과 耕韻 합구 글자는 '눵'류에 들어가서 개구의 '긩'와 양성모음의 개합 짝을 이룬다. 즉, 한자음 '눙'와 '눵'의 분류는 개구 글자와 짝을 이루기 위한 음성모음과 양성모음의 분류이다. 개구 글자와 결합하여 합구 글자의 대응 층위를 '눵'류는 *wʔuɯŋ(a층)와 *wəŋ(b 층, c 층)으로, '눵'류는 耕韻(1)에서 *ɤwɛŋ(b1 층) 그리고 庚韻(1)에서는 ɤwæŋ(b1 층)으로 할수 있다.

4.1.2. 京韻(ᅯ, ᅰ), 江韻(ᅉ, ᅣ, ᅬ)

다음은 비고모음 계열의 한자음과 중국어 역사음과의 대응에 대해 보겠다. 아래는 京韻(ᅯ, ᅰ)의 개구와 합구 글자들의 대응 분석이다.

<표8> 東國正韻 京韻(ᅯ, ᅰ) 수록 한자의 중국어 대응음 분석

東國正韻 수록 한자		a 층	b_1 층	b_2 층	c 층	한자음
梗開二庚	(3)曉母	*ʔren	*ɤæŋ	*ɤɛŋ	*iən>*iŋ	
梗開二耕	(3)見母,明母,疑母	*ʔruŋ	*ɤɛŋ	*ɤɛŋ	*iən>*iŋ	
梗開三庚	(1)見組,幫組,影組	*eŋ	*iæŋ	*iɛŋ	*iŋ	
梗開三淸	(1)幫組,來母	*eŋ	*ĭ(i)ɛŋ	*iɛŋ	*iŋ	京 ᅯ
	(2)精組,章組,以母	*eŋ	*iɛŋ	*iɛŋ	*iŋ	
	(3)見組,影組	*eŋ	*ĭ(i)ɛŋ	*iɛŋ	*iən>*iŋ	
	(4)知組	*reŋ	*ĭɛŋ	*iɛŋ	*iŋ	
梗開四靑	(1)端組,幫組,精組,來母	*ʔeŋ	*eŋ	*iɛŋ	*iŋ	
	(2)見組,曉母,匣母	*ʔeŋ	*eŋ	*iɛŋ	*iən>*iŋ	
梗合三庚	(1)見母,影組	*ʷeŋ	*ĭ(i)wæŋ	*iwɛŋ	*iuŋ	
梗合三淸	(1)見組,影組	*ʷeŋ	*ĭ(i)wɛŋ	*iwɛŋ	*iuŋ	京 ᅰ
	(2)心母,以母	*ʷeŋ	*iwɛŋ	*iwɛŋ	*iuŋ	
梗合四靑	(1)見組,影組,匣母	*ʷʔeŋ	*weŋ	*iwɛŋ	*iwəŋ	
梗開二耕	(4)見母(上聲)	*ʔruŋ	*ɤɛŋ	*ɤɛŋ	*iən>*iŋ	

먼저 開口를 보면 京韻 'ㆁ'류 수록 한자는 梗攝 開口 2
등운 庚韻(3)·耕韻(3)와 3 등운 庚韻(1)·淸韻(1,2,3,4), 그리고 4
등운의 靑韻(1,2)가 있다. 각 등운별 중국어음 변화와 대응을
층위를 보면 아래와 같다.

2 등운 庚韻(3) 曉母 성모 글자의 중국어 역사음 변화는
*ʔreŋ>*ræŋ>*ɤɛŋ>*iəŋ>*iŋ 이고, 耕韻(3) 見母·明母·疑母 성모
글자의 중국어 음변화는 *ʔrɯŋ>*ɤɛŋ>*iəŋ>*iŋ 이다. 梗攝 개
구 2 등운 글자는 앞서 <표 9>에서도 나타나는데 대부분 揶
韻 'ㅣ'류에 들어간다. 그리고 대응 층위는 주로 b 층에 있다.
즉 중국어에서 같은 운 글자들인데 한자음에서 揶韻 'ㅣ'류와
京韻 'ㆁ'류 두 운류에 들어간 것이다. 이 들은 서로 다른 시
기 층위일 것으로 추정되며 京韻 'ㆁ'류는 *iəŋ(c 층)과의 대
응일 것이다.

3 등운 庚韻(1) 見組·幇組·影組 성모 글자의 중국어음 변
화가 *eŋ>*ĭ(i)æŋ>*iɛŋ>*iŋ 이고, 3 등운 淸韻(1) 幇組·來母 성모
글자의 음변화는 *eŋ>*ĭ(i)ɛŋ>*iɛŋ>*iŋ 이며, 淸韻(2) 精組·章組
·以母 성모 글자의 음변화는 *eŋ>*iɛŋ>*iŋ 이고, 淸韻(3) 見組·
影組 성모 글자의 중국어 음변화는 *eŋ>*ĭ(i)ɛŋ>*iɛŋ>*iəŋ>*iŋ,
淸韻(4) 知組 성모 글자는 *reŋ>*ĭɛŋ>*iɛŋ>*iŋ 이다. 한자음
'ㅕㆁ'류와 중국어 대응 층위를 보면 庚韻(1)에 *eŋ(a 층),
*iæŋ(b1 층), *iɛŋ(b2 층)이 있고 淸韻(1,2)에 *eŋ(a 층), *iɛŋ(b 층)
이 있으며 淸韻(3)에 *eŋ(a 층), *iɛŋ(b 층), *iəŋ(c 층)이 있고 淸
韻(4)에 *iɛŋ(b2 층)이 있다.

4 등운 靑韻(1) 端組·幇組·精組·來母 성모 글자의 중국어
음 변화는 *ʔeŋ>*eŋ>*iɛŋ>*iŋ 이고, 靑韻(2) 見組·曉母·匣母 성

모 글자는 *ʔeŋ>*eŋ>*ieŋ>*iəŋ>*iŋ 이다. 한자음 'ᅌᅧ'류와의 대
응 층위를 보면 靑韻(1)에서 *ʔeŋ(a 층), *eŋ(b 층), *ieŋ(b2 층)이
있고, 靑韻(2)에서 *ʔeŋ(a 층), *eŋ(b1 층), *ieŋ(b2 층), *iəŋ(c 층)
이 있다.

다음 合口를 보면 京韻 'ᅌᅱᆼ'류 수록 한자는 梗攝 合口 3
등운 庚韻(1)·淸韻(1,2)과 4 등운 靑韻(1), 그리고 梗攝 開口 2
등운 耕韻(4) 글자도 수록하고 있다.

합구 3 등운 庚韻(1) 見母·影組 성모 글자의 중국어 역사
음 변화를 보면 *weŋ>*ĭ(i)wæŋ>*iwɛŋ>*iuŋ 가 있고, 합구 淸
韻(1) 見組·影組 성모 글자의 중국어 음변화는 *weŋ>*ĭ(i)wɛŋ
>*iwɛŋ>*iuŋ 가 있으며, 합구 淸韻(2) 心母·以母 성모 글자의
중국어 음변화는 *weŋ>*iwɛŋ>*iwɛŋ>*iuŋ 가 있다. 여기서 한
자음 'ᅌᅱᆼ'류와의 중국어음 대응 층위를 보면 합구 3 등운 庚
韻(1)에서 *weŋ(a), *iwæŋ(b1 층), *iwɛŋ(b2 층), 淸韻(1,2)에서
*weŋ(a 층), *iwɛŋ(b 층)가 있다.

합구 4 등운 靑韻(1) 見組·影組·匣母 성모 글자의 중국어
음 변화를 보면 *wʔeŋ>*weŋ>*iweŋ>*iwəŋ 인데 한자음 'ᅌᅱᆼ'와
의 대응 층위는 *wʔeŋ(a 층), *weŋ(b1 층), *iweŋ(b2 층), *iwəŋ(c
층)이 모두 가능하다.

마지막으로 합구 한자음 'ᅌᅱᆼ'류에 開口 2 등운 耕韻(4) 見
母(上聲) 글자를 수록하고 있음을 볼 수 있는데 중국어 역사
음은 *ʔruŋ>*ɤɛŋ>*iəŋ>*iŋ 이다. 중국어 음변화에서 줄곧 개
구 글자임에 불구하고 한자음에서 합구로 나타나고 있는데,
수록 한자가 2 등운 글자에 한하여 나타나는 현상으로 이는
2 등운 개음 ɤ가 일정한 음운적 환경에서 특히 위와 같이 비

음운미 그리고 상성 글자란 환경 속에서 당시 한국어 화자가 듣기에 합구음으로 인지하였을 가능성이 있을 것이다. 사실 파스파문자에서도 중국어음이 開口이지만 合口로 반영되는 경우가 있는데 예를 들어 果攝 開口 1 등운 歌韻 글자는 몽고자운에서 파스파문자 o 로 표기하였다. 여기서 만약 대응층위를 본다면 대개 b 층으로 볼 수는 있겠으나, 특이한 예에 속하므로 *ɤɛŋ 를 한자음 대응음으로 볼 수는 없다.

다음은 이어서 江韻(ㅑ, ㆎ, ㅑ) 개구와 합구 글자들의 분석이다.

<표9>東國正韻 江韻(ㅑ, ㆎ, ㅑ) 수록 한자의 중국어 대응음 분석

東國正韻 수록 한자		a층	b₁층	b₂층	c층	한자음
宕開一唐	(1)전부	*ʔaŋ	*ɑŋ	*ɑŋ	*aŋ	江 ㅑ
江開二江	(1)幇組	*ʔruŋ, *ʔroŋ	*ɤɔŋ	*ɤɔŋ	*aŋ	
	(2)見組,初母,曉母,匣母	*ʔruŋ, *ʔroŋ	*ɤɔŋ	*ɤɔŋ	*ian	
宕開三陽	(1)幇組	*aŋ	*ĭ(i)aŋ	*iaŋ	*aŋ	
	(2)見組,影組,匣母	*aŋ	*ĭ(i)aŋ	*iaŋ	*ian	
	(3)莊組	*raŋ	*ĭaŋ	*iaŋ	*aŋ	
宕開三陽	(4)知組	*raŋ	*ĭaŋ	*iaŋ	*aŋ	江 ㆎ
	(5)章組,以母,日母	*aŋ	*iaŋ	*iaŋ	*aŋ	
	(6)精組	*aŋ	*iaŋ	*iaŋ	*iaŋ	
	(7)來母	*aŋ	*ĭ(i)aŋ	*iaŋ	*iaŋ	
江開二江	(2)知組,莊組,來母	*ʔruŋ, *ʔroŋ	*ɤɔŋ	*ɤɔŋ	*waŋ	江 ㅑ
宕合一唐	(1)전부	*ʷʔaŋ	*waŋ	*wɑŋ	*waŋ	
宕合三陽	(1)見組,影組,云母	*ʷaŋ	*wĭ(i)aŋ	*wiaŋ	*waŋ	

먼저 開口 江韻 'ㅑ'류를 보면, 宕攝 開口 1 등운의 唐韻과 2 등운의 江韻(1,2), 3 등운의 陽韻(1,2,3) 글자를 수록한다.

1 등운 唐韻 글자의 중국어 역사음 변화는 *ʔaŋ>*ɑŋ>*aŋ 이고 한자음 'ㅏ'류와의 대응은 *ʔaŋ(a 층), *ɑŋ(b 층), *aŋ(c 층) 모두 가능하다.

2 등운 江韻(1) 幫組 글자의 중국어 역사음 변화는 *ʔruŋ,*ʔroŋ>*ɤɔŋ>*aŋ 이며, 江韻(2) 見組·初母·曉母·匣母 글자 는 *ʔruŋ,*ʔroŋ>*ɤɔŋ>*iaŋ 이다. 여기서 한자음은 洪音의 'ㅏ'이 지만 수록 한자는 2 등운 글자로 특징이 개음 ɤ 가 있는 것으 로 대개 대응이 불가능한 듯하다. 하지만 중국어 음절구조에 서 ɤ 가 개음으로 존재한다고 하겠지만 언어접촉의 시각에서 한국어 화자는 중국어 *ɤɔ 을 하나의 단모음으로 받아들일 수도 있을 것으로, 개음 ɤ 의 후설성은 후행하는 모음 ɔ 를 청취할 때 저모음으로 받아들이게 하였을 것이다. 즉, 중고음 2 등운 개음이 있는 음가도 대응이 가능하다고 보아 한자음 'ㅏ'류와의 대응 층위를 보면 江韻(1)와의 대응은 *ɤɔŋ(b 층), *aŋ(c 층)이며, 江韻(2)와의 대응은 *ɤɔŋ(b 층)이 된다.

다음 3 등운 陽韻(1) 幫組 글자의 중국어 역사음 변화를 보면 *aŋ>*ĭ(i)aŋ>*iaŋ>*aŋ 이고, 陽韻(2) 見組·影組·匣母 글자 는 *aŋ>*ĭ(i)aŋ>*iaŋ 이며, 陽韻(3) 莊組 글자는 *raŋ>*ĭaŋ> *iaŋ>*aŋ 이다. 한자음 'ㅏ'류와의 대응 층위를 보면 陽韻(1)에 서 *aŋ(a 층), *ĭaŋ(b1 층), *aŋ(c 층)이 되겠다. b2 층을 보면 *iaŋ 으로 단순히 운모만 보아 대응이 불가능하지만 성모가 순음 글자이므로 대응이 가능할 것이다. 하지만 이는 성모의 영향 과 결합해야 하는 부분이라 운모의 음가 대응에 있어서 넣지 않겠다. 陽韻(2)에서는 *aŋ(a 층), *ĭaŋ(b1 층)와 대응하고, 陽韻 (3)에서는 *ĭaŋ(b1 층)과 대응한다. 사실 중고음 ĭ 개음의 경우

과연 'ᅣᇰ'과 대응으로도 할 수 있을지 좀 의심스럽긴 한데 나중에 좀 더 고민을 해보겠다.

　이어서 開口 세음성 江韻 'ᅣᇰ'류를 보면 宕攝 開口 3 등운 陽韻(4,5,6,7) 글자를 수록하고 있다. 이 글자들의 중국어음 변화는 각각 陽韻(4) 知組 글자의 *raŋ>*ĭaŋ>*iaŋ>*aŋ, 陽韻(5) 章組·以母·日母 글자의 *aŋ>*iaŋ>*aŋ, 陽韻(6) 精組 성모 글자의 *aŋ>*iaŋ, 陽韻(7) 來母 글자의 *aŋ>*ĭ(i)aŋ>*iaŋ 가 있다. 한자음 'ᅣᇰ'과의 대응 층위를 보면 陽韻(4)에서 *iaŋ(b2 층), 陽韻(5)에서 *iaŋ(b 층), 陽韻(6,7)에서 *iaŋ(b 층, c 층)가 된다.

　다음 合口 江韻 'ᅪᇰ'류를 보면 宕攝 開口 2 등운 江韻(7)과 宕攝 合口 1 등운 唐韻(1), 3 등운 陽韻(1) 글자를 수록한다. 이 글자들의 중국어 음변화를 보면 2 등운 江韻(2) 知組·莊組·來母 글자는 *ʔruŋ,*ʔroŋ>*rɔŋ>*waŋ 이고, 1 등운 唐韻 글자는 *wʔaŋ>*wɑŋ>*waŋ 이며, 3 등운 陽韻(1) 見組·影組·云母 성모 글자는 *waŋ>*wĭ(i)aŋ>*wiaŋ>*waŋ 이다. 한자음 江韻 'ᅪᇰ'류와 중국어 음과의 대응 층위는 江韻(2)에서 *rɔŋ(b 층), *waŋ(c 층)이고, 唐韻에서 *wʔaŋ(a 층), *wɑŋ(b 층), *waŋ(c 층)이며, 陽韻(1)에서 *waŋ(a 층), *wĭaŋ(b1 층), *waŋ(c 층)이다.

4.1.3. 公韻(ᅩᇰ, ᅭᇰ), 弓韻(ᅮᇰ, ᅲᇰ)

　본문 다음은 원순모음의 公韻(ᅩᇰ, ᅭᇰ), 弓韻(ᅮᇰ, ᅲᇰ) 한자음의 대응 분석에 대해 보겠다.

<표10>東國正韻 公韻(ㅗㅇ, ㅜㅇ), 弓韻(ㅜㅇ, ㅠㅇ) 수록 한자의 중국어 대응음 분석

東國正韻 수록 한자		a층	b₁층	b₂층	c층	한자음
通合一東	(1)전부	*ʔoŋ	*uŋ	*uŋ	*uŋ	
通合一冬	(1)전부	*ʔuŋ	*oŋ	*uŋ	*uŋ	
通合三鍾	(1)見組	*oŋ	*ǐ(i)oŋ	*iuŋ	*iuŋ	公ㅗㅇ
	(2)幫組	*oŋ	*ǐ(i)oŋ	*iuŋ	*uŋ	
通合三東	(1)幫組	*uŋ	*ǐ(i)uŋ	*iuŋ	*uŋ	
	(2)見組,云母	*uŋ	*ǐ(i)uŋ	*iuŋ	*iuŋ	弓ㅜㅇ
通合三鍾	(3)章組,精組,以母,日母	*oŋ	*ioŋ	*iuŋ	*iuŋ	公ㅜㅇ
	(4)來母	*oŋ	*ǐ(i)oŋ	*iuŋ	*iuŋ	
	(5)澄母	*roŋ	*ǐoŋ	*iuŋ	*uŋ	
	(6)曉母	*oŋ	*ioŋ	*iuŋ	*iuŋ	
通合三東	(3)章組,來母	*uŋ	*iuŋ	*iuŋ	*uŋ	弓ㅠㅇ
	(4)精組,以母,日母	*uŋ	*iuŋ	*iuŋ	*iuŋ	
	(5)知組,生母	*ruŋ	*iuŋ	*iuŋ	*uŋ	

먼저 公韻 'ㅗㅇ'류에서 수록한 한자를 보면 通攝 合口 1 등운 東韻·冬韻 및 3 등운 鍾韻(1,2)·東韻(1)가 있다. 이들의 중국어 음변화를 보면 1 등운 東韻(1)의 *ʔoŋ>*uŋ 가 있고, 1 등운 冬韻(1)의 *ʔuŋ>*oŋ>*uŋ 가 있으며, 3 등운에 鍾韻(1) 見組 글자의 *oŋ>*ǐ(i)oŋ>*iuŋ, 鍾韻(2) 幫組 글자의 *oŋ>*ǐ(i)oŋ> *iuŋ>*uŋ, 3 등운 東韻(1) 幫組 글자의 *uŋ>*ǐ(i)uŋ>*iuŋ>*uŋ 가 있다. 그리고 弓韻 'ㅜㅇ'류에서 수록한 한자를 보면 通攝 合口 3 등운 東韻(2) 見組,云母 성모 글자이며 중국어 음변화는 *uŋ>*ǐ(i)uŋ>*iuŋ 이다.

한자음 公韻 'ㅗㅇ'류와 弓韻 'ㅜㅇ'류를 중국어음 o 와 u 의 대립으로 본다면 公韻 'ㅗㅇ'류는 1 등운 東韻(1)에서 *ʔoŋ(a 층), 冬韻(1)에서 *oŋ(b2 층)이 있고, 3 등운 鍾韻(1,2)에서 *oŋ(a 층),

*ĭoŋ(b1)층이 있고, 3 등운 東韻(1)에는 대응 글자가 없다. 弓韻 '늉'류의 대응 층위는 *uŋ(a 층), *ĭuŋ(b1)층이 있다.

다음 公韻 '늉'류를 보면 수록한 한자는 通攝 合口 3 등운 鍾韻(3,4)가 있는데, 3 등운 鍾韻(3) 章組,精組,以母,日母 성모 글자의 중국어 음변화가 *oŋ>*ĭoŋ>*iuŋ 이고, 鍾韻(4) 來母 글자의 중국어음 변화는 *oŋ>*ĭ(i)oŋ>*iuŋ 이다. 그리고 弓韻 '늉'류는 通攝 合口 3 등운 鍾韻(5,6)·東韻(3,4,5) 글자를 수록하는데, 중국어음 변화를 보면 3 등운 鍾韻(5) 澄母 글자의 *roŋ>*ĭoŋ>*iuŋ>*uŋ, 鍾韻(6) 曉母 글자의 *oŋ>*ĭoŋ>*iuŋ 가 있고 3 등운 東韻(3) 章組·來母 성모 글자의 *uŋ>*iuŋ>*uŋ, 東韻(4) 精組·以母·日母 성모 글자의 *uŋ>*iuŋ, 東韻(5) 知組·生母 성모 글자의 *ruŋ>*ĭuŋ>*iuŋ>*uŋ 가 있다.

여기서 公韻 '늉'류을 중국어음 *io 와 대응 시키고 弓韻 '늉'류를 *iu 와 대응시켜 보면, 公韻 '늉'류의 대응 층위는 鍾韻(3,4)에서 *ioŋ(b1 층)이고, 弓韻 '늉'류는 鍾韻(5) *iuŋ(b2 층), 鍾韻(6)에서 *iuŋ(b2 층, c 층)이 있고 東韻(3)에서 *iuŋ(b 층)이 있고 東韻(4)에서 *iuŋ(b 층, c 층)이 있고, 東韻(5)에는 *iuŋ(b2 층)이 있다.

5. 결 론

본고는 『東國正韻』(1448) 한자음을 주요 연구대상으로 하여 한국한자음 시기층위 분석법 이론에 따라 한국한자음과 중국어음운사 음운 대응 분석을 진행하였다. 시기층위 분석법에 따라 먼저 중국어음운사와 한국한자음의 대응 층위 관계를 정리하여 상고음(후기 과도기)와의 대응 층위를 a 층,

전기 중고음 대응 층위를 b1 층, 후기 중고음 대응 층위를 b2 층, 근고음과 근대음을 하나로 묶어서 c 층으로 하였다. 다음은 양성운 -ŋ 운미 글자를 중심으로 먼저 중국어음운사 변화 과정을 살펴보고 마지막으로 한국한자음과 중국어음운사 음가 대응 고찰을 통하여 층위 분석을 진행하였다.

이와 같은 방법으로 한국한자음 운모의 시기층위를 정리할 수 있다.

<표11> 東國正韻 양성운 -ŋ운미 글자 운모의 시기층위 분석 결과

東國正韻 한자음	중국어 대응 층위와 음가			
	a층	b₁층	b₂층	c층
攝韻 ㆆ	*ʔɯŋ, ɯŋ	*əŋ, *ĭiŋ	*əŋ	*əŋ
攝韻 ㆁ		*iiŋ	*iiŋ	*iŋ
攝韻 ㆁ		*ɣæŋ	*ɣæŋ	
肱韻 ㆅ	*wʔɯŋ	*wəŋ	*wəŋ	*wəŋ
舷韻 ㆁ		*ɣwɛŋ, *ɣwæŋ		
京韻 ㆁ	*ʔeŋ, *eŋ	*eŋ, *iæŋ, *iɛŋ	*iɛŋ, ieŋ	*iəŋ
京韻 ㅱ	*weŋ	*weŋ, *iwæŋ, *iwɛŋ	*iwɛŋ, *iweŋ	*iwəŋ
江韻 ㆁ	*ʔaŋ, *aŋ	*ɣɔŋ, *aŋ	*ɣɔŋ, *aŋ	*aŋ
江韻 ㅑ		*iaŋ	*iaŋ	*iaŋ
江韻 ㅑ	*wʔaŋ, *waŋ	*wĭaŋ, *waŋ	*waŋ	*waŋ
公韻 ㆆ	*ʔoŋ, *oŋ	*oŋ, *ĭoŋ		
公韻 ㆅ		*ioŋ		
弓韻 ㆆ	*uŋ	*ĭuŋ		
弓韻 ㆁ		*iuŋ	*iuŋ	*iuŋ

위의 운모 대응 분석을 통하여 -ㅇ운미 한국한자음 운모의 대응 층위는 여전 중고음 층위가 기본적인 주 층위이고

다음으로 상고음 a 층위와 근대음 c 층위가 동시에 존재하고 있음을 볼 수 있다.

이에 더 나아가 모음의 음가 대응 관계를 찾을 수 있는데 논문의 편폭 등 원인으로 인하여 다른 운미의 더욱 많은 예들을 포함시키지 못하였지만 본 연구의 목적을 보다 잘 보여드리기 위하여 위의 시기 층위 분석 결과를 중심으로 한중 모음의 대응 관계를 살펴보겠다.

<표12> 東國正韻 양성운 -ŋ운미 글자의 한중 모음 음가 대응

분류	양성모음		음성모음		중성모음	
	한자음	중국어 대응음	한자음	중국어대응음	한자음	중국어 대응음
저모음 계열	ㅏ	*⁽ʔ⁾a, *ɑ, *ɤɔ	ㅕ	*⁽ʔ⁾e, *iæ(ɛ, e), *iə		
	ㅑ	*ia				
	ㅘ	*ʷ⁽ʔ⁾a, *wĭa, *wɑ(a)				
고모음 계열			ㅡ	*⁽ʔ⁾ɯ, *ə, *ĭi	ㅣ	*ii, *i
	·ㅣ	*ɤæ				
원순모음 계열	ㅗ	*⁽ʔ⁾o, *ĭo	ㅜ	*u, *ĭu		
	ㅚ	*ɤwɛ(æ)	ㅓ	*ʷʔɯ, *wə		
	ㅛ	*io	ㅠ	*iu		
			ㅕ	*ʷe, *we, *iwæ(ɛ, e), *iwə		

본고는 양성운 -ㅇ운미 글자만 중심으로 살펴보아 더 많고 다양한 한중 모음의 음운대응 관계가 있음에도 이를 보여드리지 못함에 많은 아쉬움이 남는다. 향후 계속 이어서 다른 운미 글자들의 분석도 이어서 나갈 것이며, 그리고 동국정운 뿐만 아니라 현실한자음과도 결합하여 종합적인 한국한

자음 연구를 진행하도록 노력할 것이다.

참고문헌

姜信沆(1997), "『東國正韻』音系의 性格", 『국어학 연구의 새 지평』, 태학사.

권혁준(1997), "『東國正韻』과 『古今韻會舉要』의 通·宕·曾·梗攝 음운 체계 비교",『中國語文論叢』12.

권혁준(2000), "古今韻會舉要에 반영된 重紐 현상 및 그 상관 문제", 『中國語文論叢』第 19 輯, 155-190.

권혁준 역 (2014), 『중국어역사음운학』, 學古房(潘悟雲 2000,『漢語歷史音韻學』, 上海敎育出版社).

金喆憲(1959), "『東國正韻』韻母攷",『국어국문학』21.

민지원(2009), "中古漢語 3·4 等韻의 介音 研究", 고려대학교 중어중문학과 석사학위논문.

안영희(2011), "『洪武正韻』에 나타난 中古漢語 3·4 等韻의 合倂과 分化", 고려대학교 중어중문학과 석사학위논문.

안영희(2015), "언어접촉과 시기층위-侵韻字의 중세 한국한자음 모음을 중심으로-", 『국어학』제 75 집.

왕옥지(2008), "『東國正韻』과『蒙古字韻』의 實際分韻體系 比較研究", 『中國語文論譯叢刊』제 23 집.

유창균(1965), "東國正韻 研究 -其二. 九十一韻의 成立과 그 背景-", 『진단학보』28, 97-134.

이진호 역 (2010), 『한국 한자음의 연구』, 역락 (河野六郎 1968, 朝鮮漢字音の研究).

이현선(2007), "『東國正韻』漢字音淵源研究", 이화여자대학교 중어중문학과 석사학위논문.

임다영(2010), "『東國正韻』한자음과 현실 한자음의 비교 연구-止攝과 蟹攝을 중심으로-", 연세대학교 중어국문학과 석사학위논문.

조운성(2011), "『東國正韻』한자음의 성모와 운모 체계 연구", 연세대학교 국어국문학과 박사학위논문.

董同龢(1965), 『汉语音韵学』, 台北 文史哲出版社, 2005 年 十六版.

黃笑山(1996), "切韻三等韻的分類問題",『鄭州大學學報』第 4 期, 79-88.

金雪萊(2005), "慧琳『一切經音義』語音研究", 浙江大學 博士學位論文.

陸志韋(1939), 『古音說略』, 學生書局.

麥耘(1992), "論重紐及切韻的介音系統",『語言研究』第 2 期, 119-131.

麦耘(1995), "『蒙古字韵』中的重纽及其他". 『音韵与方言研究』. 广州
    市: 广东人民出版社.

潘悟雲·張洪明(2013), "漢語中古音",『語言研究』總第 33 期, 1-7.

潘悟雲(2014), "對三等來源的再認識",『中國語文』總第 363 期.

安英姬(2020), "『蒙古字韻』的八思巴字韻母系統研究",『알타이학보』제
    30 호.

武·呼格吉勒图 译. 1985. "关于八思巴文 e 与 ė 字" (服部四郎 1984).『蒙
    古学情报与资料』3-4 期. 64-71.

鄭張尚芳(2003),『上古音系』, 上海教育出版社.

Zhongwei Shen(2001). The Interpretation of the Vocalic h in the Menggu Ziyun-
    New approaches to an old problem. Taiwan: *Tsing Hua journal of
    Chinese studies*. New Series Vol.31 No.4. 459-488.

Fukui Rei(2012), Tongguk chŏngun and the Phonological System of Middle
    Korean. SCRIPTA, VOLUME 4, 13-26.

William H. Baxter, Laurent Sagart(2014), *Old Chinese: A New Reconstruction*.
    New York: Oxford University Press.

The Diachronic Levels Analysis of Sino-Korean Sounds vowel system in Dongguk Jeongun based on ŋ Nasal Rhythm End

An Yingji

Yunnan Minzu University ethnic culture department

Abstract

Dongguk Jeongun is a rhyme book of Sino-Korean sounds compiled by Li Dynasty of Korea in the 15th century. Firstly,this paper analyzes the phonetic features of Chinese characters in Dongguk Jeongun based on the perspective of language contact since the Chinese characters in this book have diachronic features which are different from the synchronic Korean-for-Chinese transcription. In this paper a set of research methods will be established. Moreover, taking the Chinese phonetic vowels end with ŋ ,in Dongguk Jeongun as an example, a hierarchical analysis of the correspondence between Sino-Korean sounds and historical Chinese phonetic sounds.

Keywords: Dongguk Jeongun, Sino-Korean Sounds, vowels, diachronic levels

《華音啓蒙諺解》中的三個音韻議題

大同大學應用外語學系
林智凱

摘　要

　　本文旨在探討《華音啓蒙諺解》中的使用韓語轉寫漢語時的三個音韻議題，分別為(1)漢語前中母音與韓語之對應關係，(2)轉寫漢語前中母音時的音韻限制，以及(3)韓語的齒齦硬塞音 ss 於字首之時的中韓對應關係。透過數量統計，發現十九世紀韓語母音組合[ui]最常被用來轉寫漢語雙母音[ei]。資料也顯示唇音聲母不與[ui]結合的音韻限制。而在轉寫漢語[jɛ]的結果中，主要是韓語的[jə]。而語料庫中的分布情形顯示轉寫漢語[jɛ]時，亦有聲母使用的限制，非[jə]之轉寫，較常與齒齦音相結合。最後，統計結果發現硬音 ss 使用與聲調無關。

關鍵詞：《華音啓蒙諺解》　前母音　硬音　音韻限制

1. 導論

　　本研究旨在探討《華音啟蒙諺解》中利用韓語轉寫漢語的三個音韻議題，主要分成母音與子音兩大部分。母音部份包含議題(1)漢語前中母音與韓語之對應關係，(2)轉寫漢語前中母音時的音韻限制，以及子音議題(3)韓語的齒齦硬塞音 *ss* 於字首之時的中韓對應關係。

　　韓中長期商業往來與文化交流，在語言彼此互不相通的情形下，為增進語言學習之成效，其中一個手段便是在漢語教科書內注上韓諺，以利做為語言學習之工具，如《老乞大諺解》、《重刊老乞大諺解》、《朴通事諺解》與《朴通事新釋諺解》等書便是對《老乞大》及《朴通事》兩本漢語學習書籍的註解。除諺解書籍之外，在官方機構之下，編譯相關之中韓對照詞彙表，如十五世紀的《朝鮮館譯語》或是十七世紀的《譯語類解》等書籍。所存留之諺解書籍或是詞彙對照表，不僅可作為研究當時漢語之重要資料，亦可作為研究當時韓語語音及音韻變化的重要文獻。先行研究中，關於這些留存之漢韓對照資料，大多的研究將其目光投注於早期《老乞大》及《朴通事》這兩本文獻的諺解之上，並已有相當數量之研究。而較少研究探討少數且更為近期的文獻，如《華音啟蒙諺解》。雖然時間越趨近於現代，音韻現象亦越發趨近於現代，但仍有一些現象仍不同於現代發音。舉例來說，現代韓語中的ㅐ為單母音/ɛ/，但在早期許多的外國語對應文獻中，如《譯語類解》，仍作為轉寫雙母音[ai]的符號，見於該書地理篇之「歹走」一詞中之「歹」字的母音應為雙母音，漢語為[ai]，其轉寫為ㅐ，讀做[ai]，而非[ɛ]。

在對外漢語譯書中，因為來源語與目的語之間的音韻系統落差，若無法以相同語音進行轉寫之時，通常會採用最為相近的語音來完成轉寫。但若有如此的落差，利用境外譯書轉寫資料進行研究之時，則必須對來源語與目的語兩者的音韻系統有相當程度之了解，以避免直覺式的判斷造成錯誤。Lin（2020）已針對日語前母音/e/的韓語轉寫進行深度研究，分析《倭語類解》一書中的資料。因為韓語在近代之前並無前母音/e/，在轉寫時必須採用最近的語音，但當時的韓語並無與前母音相近的母音，如/ɛ/，因此在《倭語類解》的轉寫中，以雙母音[əi]為主。舉例來說，日語的「酒」一詞之轉寫為사계[sa.kjəi]，日語原為[sa.ke]，其中日語的第二音節為前 5 中母音[e]，但對應轉寫為[iəi]。但當聲母為齒齦音之時，其轉寫則為[əi]，如日語「骨頭」一詞之轉寫為호네[ho.nəi]，原本為[ho.ne]。本研究奠基於 Lin（2020）的研究之上，持續探討漢語轉寫時的前母音問題。不同於日語只有單一前母音/e/，漢語的前母音包含出現在四等韻中的/jɛ/與雙母音/ei/兩類。而這兩種前母音皆無法單獨出現，如何透過韓諺轉寫漢語前母音為本研究的首要議題。在此議題之下，本研究亦將探討轉寫漢語前中母音時，是否會出現如同轉寫《倭語類解》時的音韻限制。

本研究的另一個議題是韓語硬音在轉寫漢語子音的使用情形。現代韓語的子音系統中包含硬音，以相同的兩個子音表示，如 *ss*、*pp* 與 *tt* 等子音，在 19 世紀已出現在韓語中。雖然韓語中有硬音，但東亞地區的語言卻甚少有此類的子音，因此在轉寫時，理當不會利用韓語硬音來轉寫其他語言的子音。但實際上仍可見到韓語硬音轉寫非相關子音之情形，如《倭語類解》中日語

的「月」一詞（原為[ge.tsɯ]），其韓語轉寫為괴쯔[koa.tstsi]，其中日語第二音節的[tsɯ]由韓語硬音[tstsi]所轉寫。《倭語類解》的轉寫也引發了以下的問題，在漢語是否會發生相同的轉寫方式。若有類似的情形發生，則其轉寫是否有規則可循？

為回答上述兩個問題，本研究分析十九世紀《華音啟蒙諺解》中對漢語的韓語轉寫，並將收集的資料做量化分析。因此，為使本研究更為完整，第二小節為相關背景介紹，包含《華音啟蒙諺解》與十九世紀之韓語音韻系統。第三小節為語料收集與分析方法。第四小節則為語料結果呈現。第五小節則是討論韓語轉寫漢語時的限制，而第六小節則為結論。

2. 相關背景介紹

本小節將對本研究所使用之主要文獻《華音啟蒙諺解》做介紹（2.1 小節）。同時為便於對當時韓語轉寫漢語之機制有所理解，於 2.2 小節中說明 19 世紀之前的韓語音韻系統。

2.1 《華音啟蒙諺解》介紹

本研究以《華音啟蒙諺解》為主要語料來源，該書成立於 1883 年（蔡瑛純 2002、汪維輝 2005），作者為李應憲。其所依據之來源為《華音啟蒙》。「華音」意指當時漢語語音，「啟蒙」為教導兒童漢字之書籍，如《三字經》與《千字文》等書，而「諺解」係指對漢語書籍的韓語註解。顧名思義，《華音啟蒙諺解》係指教導漢語書籍之韓語註解。

《華音啟蒙》分成上下兩卷，上卷以旅人至清朝的生活為主，主題大致與旅遊過程相符，分成投宿旅店、結伴赴京、再次投宿、生活交談等主題。下卷則是在京中生活記事，如訪問友人、商討軼事、友家作客、結交新友、赴約前往以及生意買賣等相關議題。[1]《華音啟蒙》全書以對話方式為主，上卷首頁前四句對話，如(1)所示，

(1)　請問這位貴姓？
　　　不敢，在下姓李。
　　　從哪裏來呢？
　　　打朝鮮國來咧。

而現存《華音啟蒙諺解》之成書體例為《華音啟蒙》之韓諺註解本。主要目的是使韓語母語者理解並學習漢語，諺解方式有二，包含對音轉寫與翻譯。首先在該書的每一個漢字之下皆以韓諺標註當時的漢語發音，如(2)所示，

(2)　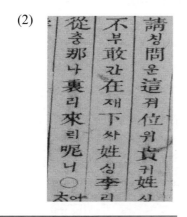

---

[1]　現存《華音啟蒙》與《華音啟蒙諺解》之版本眾多，詳細介紹可見陳嬿鈴（2018）。

第二種諺解方式則是在每句之下，以諺文替整句註解，以方便韓語為母語者理解該句，如(3)中紅框所示，

(3)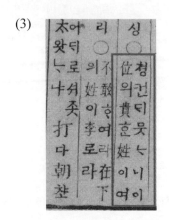

關於《華音啟蒙諺解》所根據的語言基礎，至今主要論述有二。第一個論述是其語言基礎為北京官話（李得春 1998，李得春 2000，蔡瑛純 2002，金基石 2003，張美蘭 2010），另一論述則認為其語言基礎為東北官話（汪維輝 2005，岳輝 2006）。基於不同的研究採用不同的觀點，不論從語音對應或是詞彙使用來加強其論點，兩種方法皆有其根據。本文並不涉入《華音啟蒙諺解》語言基礎之論辯，但本文觀點與張美蘭（2010）較為相近，認為《華音啟蒙諺解》的語言基礎應為北方官話為主，但不可否認的是該書中亦有東北官話之特徵。

2.2 十九世紀之韓語音韻系統

根據 Lee and Ramsey（2011），十九世紀的韓語歸類於早期當代韓語（十七至十九世紀），在該時期的韓語音韻系統，子音

見於表一，

表一：早期當代韓語之子音

部位 方式	唇音	齒齦		硬顎	軟顎	喉頭
無聲	p	t	s	c	k	h
送氣	p^h	t^h		c^h	k^h	
硬音	pp	tt	ss	cc	kk	hh
鼻音	m	n			ŋ	
流音		l				

根據 Lee and Ramsey（2011），表一的子音系統主要為早期當代韓語的子音系統，包含四個唇音（/p/、/p^h/、/pp/、/m/）、七個齒齦音（/t/、/t^h/、/tt/、/n/、/l/、/s/與/ss/）、三個硬顎音（/c/、/c^h/、/cc/）、四個軟顎音（/k/、/k^h/、/kk/、/ŋ/）以及兩個喉頭音（/h/、/hh/）。其中的硬音主要來自於雙子音，為子音 s 加上塞音、擦音或是塞擦音的組合，如 sp > pp、st > tt、sk > kk、sc > cc、sh > hh。

早期當代韓語的母音，一共有八個母音，如表二所示，

表二：早期當代韓語之母音

	前	央	後
高	ㅣ [i]	ㅡ [ɨ]	ㅜ [u]
中	ㅔ [e]	ㅓ [ə]	ㅗ [o]
低	ㅐ [ɛ]		
		ㅏ [a]	

根據 Lee and Ramsey（2011: 262-264），表二的母音與晚期中古韓語的母音相比，缺少了後低母音、[ʌ]，卻增加了兩個前母音

ㅔ[e]與ㅐ[ɛ]，其來源為雙母音單音化之結果（ㅔ[e] < /ə/ + /i/ 與 ㅐ[ɛ] < /a/ + /i/）。Lee and Ramsey（2011: 264）更進一步指出，這兩個單音化母音最晚在十九世紀晚期已經出現。

　　依據表一與表二的韓語音韻系統，可以見到韓語子音中的硬音與母音中的前央母音皆是近三百年中古韓語晚期之後才經歷的音韻變化，在其完全進入音韻系統，成為音素（phoneme）之前，仍是處於變化狀態。以前母音為例，在完全成為單母音之前，仍有可能是雙母音，換句話說，ㅔ[e]與ㅐ[ɛ]仍可能為雙母音[əi]與[ai]。因此，使用韓語轉寫漢語的前母音勢必仍有不足之處，亦有可能發生例外。

3. 資料收集、轉寫與分析

　　殷鑑於《華音啟蒙諺解》之版本眾多，也為使研究方便進行，本研究採用線上版本，以日本東京大學所提供之掃描檔案為主，電子資料庫為「東京大学学術資産等アーカイブズポータル」，（英文為 UTokyo Academic Archives Portal）。而本研究之《華音啟蒙諺解》連結如下：https://da.dl.itc.u-tokyo.ac.jp/portal/assets/43651306-7b95-4ca6-87b8-23d4c9f4c37d。[2]該書線上版本不分冊，但內容分成上下兩卷，內文共有 150 頁。

　　資料收集步驟如下。首先，將全書內文仔細檢閱。檢閱過程中，逐步收集與本研究有關之語料。因本研究以漢語前母音之韓

---

[2]　日文版介面網址：https://da.dl.itc.u-tokyo.ac.jp/portal/
　　英文版介面網址：https://da.dl.itc.u-tokyo.ac.jp/portal/en

語轉寫與硬音對應為兩大主題，語料收集的過程中，必須同時檢視漢語原文與韓語轉寫兩部分。母音部分以兩大類為主，因為漢語中的前母音/e/與/ɛ/皆不單獨出現，必須與介音一同出現，如[ei]與[jɛ]，故本研究將其分成二小類。[3]

　　此外，因[jɛ]的韻尾可出現鼻音，此類亦收入語料之中，但毋須與無鼻音者區分。因此，漢語母音分類共有三類，例如「妹」一字轉寫成메[məi]、「葉」一字轉寫成ㅖ[jəi]、「鮮」一字轉寫成션[sjən]。而子音部分，因韓語並無區分齒齦擦音與硬顎擦音，所以在語料收集時，主要檢閱漢語中的齒齦擦音/捲舌音與硬顎擦音的轉寫，例如「姓」一字轉寫成싱[siŋ]、「失」一字轉寫成시[si]、「撒」一字轉寫成싸[ssa]。根據韓語轉寫，子音分類主要有二，硬音轉寫 ss 與非硬音轉寫 s。最後，語料收集與分類之後，所有語料便進行數量統計及分析。

4. 結果

　　本小節依據第三節之步驟與分類結果，呈現《華音啟蒙諺解》中對於漢語前母音轉寫與韓語齒齦硬音擦音的轉寫情形。4.1 小節為母音部分，4.2 小節為子音部分。

4.1 漢語前母音之韓語轉寫

　　依據第三小節所討論之漢語前母音有兩種可能性，分別為

---

[3]　主要母音前後出現的滑音應該統一寫成[j]，但根據傳統，這裡標註成雙母音[ei]與介音加上母音的組合[jɛ]。

[ei]與[jɛ]，下方兩表分別呈現其分布情形，

表三：漢語[ei]之韓語轉寫分布情形

母音類型	[ui]	[ii]	[əi]	[oi]	[uə]	[ujəi]
數量	30	9	7	1	1	1

表三共有四十九例，主要分布在[ui]母音組合，其次為[ii]與[əi]二類母音組合。原本漢語為雙母音[ei]，但韓語轉寫之時，並非主要使用[əi]（=[e]），再後加上母音[i]，而是使用後母音[u]加上前母音[i]，共有三十例，如「內」一字其韓語轉寫為뉘[nui]。而語料中有九例之韓語轉寫為[ii]，如「貝」一字其韓語轉寫為븨[pii]。七例之韓語轉寫為[əi]，如「妹」一字其韓語轉寫為메[məi]。表三中三例為單例，分別為[oi]（見於「愧」一字之韓語轉寫회[hoi]）、[uə]（見於「櫃」一字之韓語轉寫귀[kuə]）與[ujəi]（見於「跪」一字之韓語轉寫구ᅨ[kujəi]）。這三個單例應可視為轉寫時的例外或是筆誤。

表四：漢語[jɛ]之韓語轉寫分布情形

鼻音分類	鼻音類		非鼻音類	
韓語轉寫	[jən]	[jan]	[jə]	[jəi]
數量	36	9	11	6

表四分成鼻音類與非鼻音類兩大類，鼻音類的例子合計有四十五例，而非鼻音類則有十七例。總計六十二例。其中鼻音類的轉寫有兩類，[jən]與[jan]，如「先」一字其韓語轉寫為션[sjən]，而「眼」一字其韓語轉寫為얀[jan]。另一方面，非鼻音類亦有兩

類，[jə]與[jəi]，如「夜」一字其韓語轉寫為여[jə]，而「葉」一字其韓語轉寫為예[jəi]。整體而言，漢語前母音[jɛ]的韓語轉寫主要以[jə]為主，有四十七例，但變異情形有二，有[jan]，但只出現在韻尾為鼻音之時，或者是[jəi]，其為[jə]之變異。

4.2 韓語硬音 *ss* 之使用

在轉寫漢語的齒齦擦音/捲舌音與硬顎擦音之時，語料所呈現出的情形，如表五所示，

表五：韓語 *ss* 於轉寫漢語時之分布情形

子音類型	[ss]	[s]	[ss] ~ [s]
數量	36	100	4

根據表五的分布情形，一共有一百四十例，其中硬音 *ss* 出現三十六次，而非硬音 *s* 出現一百次，如「市」一字轉寫成시[si]，而「世」一字轉寫成씨[ssi]。另一例為「是」一字轉寫成스[sɨ]，而「使」一字轉寫쓰[ssɨ]。在語料庫中有四例為變異，呈現出硬音[ss]與非硬音[s]的交替現象，這四字分別為「十」（[si] ~ [ssi]）、「曉」（[sjao] ~ [ssjao]）、「洗」（[si] ~ [ssi]）與「試」（[si] ~ [ssi]）。若扣除交替使用之四例，硬音 *ss* 占總數之四分之一強（36/136 ＝ 26%）。

5. 討論

根據上一小節的語料庫結果，本小節主要討論兩議題，漢語前母音轉寫時的限制以及韓語硬音在使用時的限制。首先，在

4.1 小節中，已可見到漢語前母音的韓語轉寫呈現出較預期為多的變異性，預期中的漢語母音[ei]應與韓語ㅔ[əi]最為相近，但實際語料卻發現ㅟ[ui]比例最高，且ㅢ[ii]的例子也較ㅔ[ie]為多。表三中的三個單例則可以省略。導論中已談及以韓語轉寫日語前母音之時，與聲母的種類有關，所以本小節重新檢視語料庫中聲母情形。見下頁表六之分布圖。

表六：漢語[ei]之韓語轉寫分布情形（聲母情形）

聲母＼韻母	ui	ii	əi
p		4	2
f		2	
m		1	3
s	6		
t	1		
th	2		1
ts	4	1	
tsh	2		
l	1		
n	1		1
k	4		
h	4	1	
零聲母	5		
合計	30	9	7

觀察表六的分布情形，可以發現到母音組合[ui]並不與唇音結合的空缺。顯而易見，這反映出韓語的音韻限制，唇音聲母與後高

母音因衝突而不結合。而非後母音的[ii]與[əi]則可以與唇音結合，而這兩類母音組合則無明顯差異。根據表六，則可以得出韓語轉譯漢語前母音[ei]之時，主要的母音組合為[ui]，但聲母為唇音之時，則會改變為[ii]或是[əi]。

除了重新檢視漢語前母音[ei]轉寫時的限制之外，尚可檢視漢語前母音[jɛ]之韓語轉寫是否也有聲母限制，如下方表七的分布情形。首先，鼻音類的韻母主要為[jən]，其聲母並無限制。而韻母為[jan]時，聲母只有兩類，無聲母或是塞擦音[ts]，如「眼」一字其韓語轉寫為안[jan]與「見」一字其韓語轉寫為젼[tsjan]。在[jan]的的轉寫中，雖然整體數量不多，但有聲母之時，僅出現在[ts]之後，這音韻限制表示轉寫[tsjan]可能有較大的開口度。在非鼻音類之中，兩類的韻母為[jə]以及[jəi]，但聲母種類只有無聲母或是齒齦類的聲母，如[s]或是[ts]。

表七：漢語[jɛ]之韓語轉寫分布情形（聲母情形）

聲母＼韻母	鼻音類		非鼻音類	
	jən	jan	jə	jəi
p	3			
ph	1			
m	1			
s	4		3	2
ss	4		1	
t	3			1
th	2			
ts	1	6	3	2
tsh	5			

1	5		1	
n	2			
zero	5	3	3	1
total	36	9	11	6

最後關於硬音 *ss* 使用的音韻限制。依據現代韓語語音分析（Kim 2000），硬音（如/pp, tt, kk/）的音高高於一般子音（如/p, t, k/），所以是否在 19 世紀末的轉寫亦有可能反映出該現象？為釐清該問題，表八整理出聲母與聲調的對照情形。

表八：硬音聲母與非硬音聲母之聲調

聲調 聲母	陰平	陽平	上聲	去聲	合計
ss	14	1	8	13	36
s	35	19	14	32	100
合計	49	20	22	45	136

依照表八的分布進行卡方試驗，在自由度為 3 之情形下，所得之結果為無顯著差異，*p* 值等於 0.1073。表示聲調與聲母之間並無關係，表八結果與蔡瑛純（2002: 91）之論述相同，硬音的使用與聲調並無關係。雖然與漢語聲調無關，但韓語硬音使用在轉寫漢語上亦有可能是轉寫時的感知偏誤，亦即當時在轉寫時，編撰者應該是聽到較高的音高，因此轉寫時使用音高較高的硬音。

6. 結論

本研究通過語料庫方式來檢視《華音啟蒙諺解》中對漢語前

母音的轉寫以及韓語硬音的使用，結果顯示十九世紀韓語的母音組合ㅟ[ui]最常被使用來轉寫漢語雙母音[ei]，而非相近的ㅐ[əi]。語料庫資料也顯示唇音聲母不與[ui]結合的音韻限制。而在轉寫漢語[jɛ]的結果中，主要是韓語的ㅕ[jə]，而非來自與ㅐ[ɛ]有關的ㅒ[jɛ]。而語料庫中的分布情形顯示轉寫漢語[jɛ]時，亦有聲母使用的限制，非ㅕ[jə]之轉寫，較常與齒齦音相結合。　最後，本研究亦討論韓語硬音 *ss* 的使用，統計結果發現硬音使用與聲調無關。

　　根據本研究的結果，檢視語料的過程中，發現到兩個有趣的議題，可作為未來的研究方向。首先，Lee and Ramsey（2011）提到十九世紀末時，已經出現前母音ㅔ[e]與ㅐ[ɛ]，但實際上只有ㅔ[e]已經完成單母音化，ㅐ[ɛ]還是雙母音，如漢語「在」一字之韓語轉寫為재[tsai]，足見單音化尚未完成。另一個議題是語料庫中亦觀察到硬音使用的限制，便是塞音類的硬音，如 *pp*、*tt* 與 *kk* 數量極少，不似硬音 *ss* 的數量。為何塞音類的硬音數量較少，則需要更詳細的討論。

參考文獻

Lee, Ki-moon & Robert Ramsey. 2011. *A history of the Korean language*. Cambridge, MA: Cambridge University Press.

Lin, Chihkai. 2020. Pre-modern Korean Mid Front Vowel for Japanese/ Okinawan [e]: A Corpus-based Approach, in *Japanese/Korean Linguistics* 26, eds. Shoichi Iwasaki, Susan Strauss, Shin Fukuda, Sun-Ah Jun, Sung-Ock Sohn, & Kie Zuraw. CA: CSLI Publications.

Kim, Mi-Ryoung. 2000. *Segmental and Tonal Interactions in English and Korean: A Phonetic and Phonological Study.* Ph.D. dissertation, The University of Michigan.

汪維輝，2005。《朝鮮時代漢語教科書叢刊》。北京，中華書局。

李得春，1998。《華音正俗變異》聲母系統的特點。韓文與中國音韻。哈爾濱：黑龍江朝鮮民族出版社。

李得春，2000。介紹一份 19 世紀末的漢朝對音資料──《華音啟蒙》卷後的《華音正俗變異》。東疆學報，第 17 卷第 3 期，頁 84-89。

金基石，2003。《朝鮮韻書與明清音系》。哈爾濱：黑龍江朝鮮民族出版社。

岳輝，2006。《華音啟蒙諺解》與《你呢貴姓》的語言基礎。吉林大學社會科學學報，第 46 卷第 4 期，頁 149-154。

張美蘭，2010。也談 19 世紀末朝鮮兩部漢語教材的語言基礎。國際漢語教育動態研究，第二期，頁 76-100。

陳嬿鈴，2018。朝鮮末期漢語教科書《華音啟蒙》和《華音啟蒙諺解》文獻探析。有鳳初鳴年刊，(14)，頁 243-303。

蔡瑛純，2002。《李朝朝漢對音研究》。北京：北京大學出版社。

Three phonological issues in
Hwaeum gyemong eonhae

Chihkai Lin

Department of Applied Foreign Languages, Tatung University

Abstract

This paper explores three phonological issues in *Hwaeum gyemong eonhae*, an annotated book of *Hwaeum gyemong* published in the late 19th century. The three phonological issues, based on the transcription of Korean *Hangul* for Chinese, are (a) constricted alveolar fricative *ss* as an onset, (b) Korean diphthongs for Chinese mid front vowels, and (c) phonotactic constraints on the transcriptions of Chinese mid front vowels. The results show that Korean vowel combination [ui] is commonly used to transcribe Chinese [ei], and the Korean [ui] does not combine with bilabial onsets. The results also reveal that Chinese [jɛ] is transcribed by Korean [jə], which has another phonotactic constraint, that is, alveolar onsets often combining with non-[jə]. Finally, there is no relationship between constricted alveolar fricative *ss* and tones.

Keywords: *Hwaeum gyemong eonhae*, front vowels, constricted consonants, phonotactic constraints

韓文歌翻唱爲華語歌之音韻分析
——以〈關於你的歌〉爲例

王怡方

摘　要

　　現今流行音樂跨領域、跨國界交流十分盛行，其中「翻唱」是音樂交流的方式之一，然而音樂之所以引起潮流，始於能產生共鳴，而音樂的組成除了旋律還需要歌詞的闡釋，故旋律聲調可以直接跨越國界引起唱和，歌詞則需要轉譯才能得到感應，但如果只是單純翻譯歌詞帶入歌曲，則旋律及單字發音顯得扞格不入，這可能源自於創作歌曲時使用的是創作者的語言，因此在翻唱時則須考量歌詞內容是否能符應旋律。本論文試以윤도현〈사랑했나봐〉這首歌，對應翻唱曲李聖傑〈關於你的歌〉，結果顯示在相同的旋律之下，韓文和漢語是可以恰如其分詮釋，產生聽者熱烈迴響。

關鍵詞：流行歌曲　翻唱　사랑했나봐　關於你的歌

一、前言

韓國與臺灣交流十分頻繁，無論文學、音樂、文化等皆是，在流行音樂上，兩相互為翻唱歌曲多不勝數，表示只要是能打動人心的音樂，皆可跨越語言藩籬，引起共鳴。然而一首跨越國界，傳唱度極高的歌曲，在編曲不變動的情況下，純然做歌詞的直接翻譯必定有其困難性，因為翻譯歌詞創作好比一首詩詞創新，不同語言有其不同聲、韻、調，同樣一個解釋，例如中文的「人」唸 zən35，韓文「사람」唸 salam，兩者聲韻唸法差異極大，故歌曲的組成除了有旋律，還要有歌詞的搭配，在翻唱歌曲的轉換上必然有所妥協。故本文以李聖傑〈關於你的歌〉翻唱2005 年由윤도현所演唱的〈사랑했나봐〉，觀察李聖傑〈關於你的歌〉如何在不同語言中轉換其聲、韻、調，並在字調及曲調上做一調和搭配，表現出動人心弦的歌曲。

在研究方法上，首先將兩種語言歌詞做對照，以旋律為底，觀察字調搭配曲調，統計分析，如歌詞聲韻調是否搭配曲調走勢、歌詞及意境不同，如何作成功的翻唱。研究結果發現兩者歌詞內容雖大相逕庭，然在主要元音使用上有其規律，在翻唱後的漢語歌詞聲調和曲調亦有其互相調和之處，故〈關於你的歌〉能成為一首成功的翻唱曲。

二、成分分析

韓文歌詞扣除重複歌唱部分，共 268 字，中文歌詞由於有 9句韓文歌詞內容不同，但漢語歌詞表現上是重複，故歌詞僅 175

字，相差 93 字，韓文歌詞和漢語歌詞相互對照表如附件，本段先從兩種語言歌詞的聲母、主要元音等做一統計如下：

（一）成分分析

1.韓文歌詞聲母和中文歌詞聲母

(1)韓文聲母統計

　　韓文聲母有 19 個，此歌曲使用 15 種聲母，扣除零聲母共有 225 個：

聲母	次數	聲母	次數	聲母	次數	聲母	次數
b	16	ch	5	d	19	g	36
h	18	j	20	jj	1	kk	2
l	20	m	25	n	30	p	3
s	27	t	1	tt	2	0	43

　　零聲母為最多數，其次 g 比例最高，有 36 個，再次為 n，有 30 個，佔比 20 多個的則有 l、s、j 和 m。

(2)漢語聲母統計

　　漢語聲母在歌詞中使用 19 種，扣除零聲母共有 124 個：

聲母	次數	聲母	次數	聲母	次數	聲母	次數
p	5	m	6	t	16	t'	4
l	7	n	13	k	12	k'	5
h	7	ts	4	s	1	tɕ	5
tɕ'	4	ʐ	7	ɕ	7	tʂ	9
tʂ'	4	ʂ	5	f	3	0	43

　　歌詞中零聲母比例最高，其次為 t 音，有 16 個，再次為 n 音和 k 音，其餘比例則較相當，和韓文歌詞聲母對照，共通是聲

母 n 比例是最多的。如以發音部位來做對比，發音部位次數統計表格如下：

語言	雙脣		脣齒		舌尖		舌尖後		舌根		舌面前		喉		0		總數
韓文	44	16.4%	0	0%	100	37.3%	0	0%	38	14.2%	25	9.3%	18	6.7%	43	16.%	268
漢語	13	7.4%	3	2%	48	27.4%	20	11%	20	11.4%	27	15.4%	7	4.0%	37	21.1%	175

由發音部位來看，兩種語言採用舌尖音皆為最高，其次是零聲母的使用。再看兩種語言的發音方法統計：

語言	不送氣清塞音與清塞擦音		送氣清塞音與清塞擦音		濁音		清擦音		鼻音		邊音		0	
韓文	24	9.0%	5	2%	76	28.4%	45	17%	55	20.5%	20	7.5%	43	16.0%
漢語	57	32.6%	18	10%	8	4.6%	26	15%	21	12.0%	8	4.6%	37	21.1%

從發音方法觀察，此首歌曲中，韓文濁音部分佔最多數，鼻音、清擦音和零聲母為其次，這和漢語發音方法的比例不太相同，漢語在這首歌的表現上，以不送氣清塞音與清塞擦音為最多，其次是零聲母。

2.韓文歌詞主要元音和中文歌詞主要元音

(1)韓文主要元音統計

韓文主要元音，含複合元音有 21 個，此首歌曲共使用 14 種，共 268 次：

元音	次數	元音	次數	元音	次數	元音	次數
a	91	ae	12	e	9	eo	28
eu	33	i	35	o	21	oe	4
u	10	wa	8	wae	2	wi	4
ye	1	ya	1	yeo	9		

在韓文歌詞中 a 元音是最多數的，其次為 i 元音和複元音 eu

為多，再次為 eo 和 o 音，和其他元音次數比例差異為多。

(2)漢語主要元音

主要元音	i	u	e	ɛ	ɤ	o	a	ɔ	ə	y	總數
次數	34	4	13	33	7	45	14	22	3		175

　　在漢語主要元音中，和韓文一樣，以 a 元音佔最多數，其次是 i，再次為 ɤ、ə 元音，和韓文歌詞巧合安排的是，元音使用頻率上 a、i 皆為首選，而漢語 ɤ、ə 元音發音和韓文 eu 雖然舌位稍有不同，但發音相似，因此這首歌曲雖然跨國界，歌詞意境差異極大，但選用聲、韻，卻有巧妙的妥協方式。

3.韓文歌詞韻尾和中文歌詞韻尾

(1)韓文韻尾統計

　　此首歌曲使用韻尾共 7 種，使用 121 次：

韻尾	次數	韻尾	次數	韻尾	次數	韻尾	次數
g	16	t	5	l	26	ng	4
n	50	m	14	b	6	0	147

　　韻尾最多者為 n 韻尾，有 50 次，和其他韻尾比例差距懸殊。

(2)漢語韻尾統計

韻尾	0	i	u	m	n	ŋ	總數
次數	77	22	11	0	38	27	175

　　漢語韻尾除了零韻尾外，和韓文歌詞一樣，以 n 韻尾為主。

4.漢語歌詞介音

介音	i	u	y	總佔比
次數	15	25	5	25.7%

漢語介音有三種，此首歌曲中 u 介音佔最多數。

5.漢語歌詞聲調

調值	55	51	21	3	35
次數	28	49	46	24	28

韓文無聲調問題，而漢語有聲調之分，漢語中調值應有 214，即上聲而無 21，然在歌詞句中，並無唸全上者，而是唸前上，故本文中討論以調值 21 為主，而非調值 214，此外，此處的聲調以句子唸音之發音聲調計次，並非歌手唱歌時每字的發音聲調。而聲調和旋律搭配得當，更能相得益彰，甚至未看歌詞即能快速聽懂歌詞內容，例如「情歌」聲調為「35 55」，如果此時旋律搭配的是上升音和單音，則可形成和諧模式，然歌曲編排需要多種因素互相搭配，故定會形成許多相互妥協的方式。

(二)歌詞意境內容

韓文和漢語歌詞兩者大不相同，其歌詞對照如下：

文句編號	韓文歌詞	漢語歌詞
1	이별은 만남보다 참 쉬운건가봐 離別總是比相見容易	寫一首歌裡滿滿的愛我唱的歌
2	차갑기만한 사람 多麼冷酷的人	就寫給妳一個人
3	내 맘 다 가져간걸 왜 알지 못하나 把我的心全部帶走，為什麼還不懂	妳讓我知道原來情歌所以動人
4	보고싶은 그 사람 我想見的那個人	因為有愛進行著

5#	사랑했나봐 잊을수 없나봐 也許愛過你，也許忘不了你 바보인가봐 한마디 못하는 也許很傻連個問好	關於妳的歌寫著後來我們
6	자꾸 생각나 견딜수가 없어 總是禁不起想你 잘지내냐는 그 쉬운 인사도 這麼簡單的話也不敢說的我	一遍遍唱著未來更多可能
7	후회하나봐 널 기다리나봐 也許後悔，也許等待著你 행복한가봐 여전한 미소는 也許很幸福，依然的微笑	關於妳的歌寫妳單純天真
8	또 나도 몰래 가슴 설레어와 不知不覺心裡感到湧動 자꾸만 날 작아지게 만들어 總是讓我變的越來越小	看著妳靜靜那種眼神
9	저기 널 닮은 뒷모습에 因為看到與你相似的背影 멀어지는 니 모습처럼 就像漸漸遠離的你的臉	就會讓我好心疼愛在沸騰
10	기억은 계절따라 흩어져 가겠지 記憶應該會隨著季節淡去吧 언젠가 다른 사람 만나게 되겠지 也許某天我會遇到	我們可以漫步在每個清晨黃昏
11	차갑기만한 사람 多麼冷酷的人 널 닮은 미소 짓는 擁有著跟你一樣微笑的人	我們可以愛得深
12	빈 가슴 애태우며 난 기다리겠지 空掉的內心在焚燒，我會等待 하지만 그 사람은 니가 아니라서 但是因為那不是你	最希望讓妳快樂擁抱妳的靈魂

13##	어설픈 내 사랑은 多麼可憐的愛 왠지 슬플것 같아 不知怎麼感到有些悲傷	一個我愛的女人
14	못되게 눈돌리며 외면한 絕情地避開我的你	唱遍了無數的動人情歌
15	니 모습 모른척 할래 我會裝作沒看到	聽得到愛你的責任
16	한번쯤은 난 뒤돌아보며 至少我會自己覺得	只要我們就相信了緣份
17 回到 #~##	아파했다 믿을래 你會回頭且心裡痛過	愛會永遠的發生
18	잊을수 없는 사람 不能忘卻的人	給妳專屬的情歌

　　上述歌詞內容採以句為單位做對照，韓文歌詞由第 1 句唱至第 13 句，再由第 5 句唱到第 17 句，再至第 5 句開始唱第二版本的歌詞唱至第 13 句，最後再唱第 18 句；而漢語歌詞則是由第 1 句唱至第 13 句，再由第 5 句唱到第 17 句兩次後，最後接第 18 句。亦即旋律排序一樣，但歌詞內容韓文在副歌處增加第二版本，而漢語則是採重複歌唱，因此扣除重複歌唱部分，韓文共使用 268 字，漢語使用 175 字，差異即在副歌第二版本歌詞。

　　再觀察歌詞內容的意境，看出韓文歌名為〈可能愛上你了〉，漢語歌詞為〈關於你的歌〉，兩者皆為情歌類型，然韓文是悲傷情歌，如故事方式進行，分開後的悲傷為底，追悼自己已逝去的愛情，但仍難以忘懷對方，即使未來再出現相似的另一半，亦難以忘懷這次的愛情，帶著一種遺憾之感，屬於沉痛哀傷的情歌；而在漢語歌詞中，和韓文歌詞走反差路線，是一首對於愛情堅貞不移，誓言式的情歌，描述在愛情中男主感受到這段感情的甜蜜，在愛情中是專屬唯一的。故筆者認為歌詞在兩者間不同的安排，因為韓文歌詞是表達追述過往的愛情，描述為多，故需要較多元的歌詞內容去描繪完整的心路歷程，而漢語歌詞表達的是對這段愛情的專一，故一再重複愛情誓言，反而更加突顯重點，故這樣的歌詞安排是得當的。

(三)結構分析

在上述成分分析上，發現雖然語言不同，然聲韻編排上有巧妙的相同安排，在聲母中，韓文最多為 g、n，漢語為 t、n、k；主要元音韓文 a、i 為首選，而漢語 a、i 亦是首選，再次為 ɤ、ə 元音，兩種語言韻尾皆以 n 為多，而主要元音是每字發音的必須，亦影響整首歌曲的發音基調，故由以下表格觀察其兩首歌詞元音安排：

段落	文句編號	韓文歌詞	漢語歌詞
A	1	이별은 만남보다 참 쉬운건가봐 i-yeo-eu-a-a-o-a-a-wi-u-eo-a-wa	寫一首歌裡滿滿的愛我唱的歌 e-i-o-ɤ-i-a-a-ɤ-a-ɔ-a-ɤ-ɤ
A	2	차갑기만한 사람 a-a-i-a-a-a	就寫給妳一個人 o-e-e-i-i-ɤ-ə
A	3	내 맘 다 가져간걸 왜 알지 못하나 ae-a-a-a-yeo-a-eo-wae-a-i-o-a-a	妳讓我知道原來情歌所以動人 i-a-ɔ-i-a-a-a-i-ɤ-ɔ-i-ɔ-ə
A	4	보고싶은 그 사람 o-o-i-eu-eu-a-a	因為有愛進行著 i-e-o-a-i-i-ɤ
B	5#	사랑했나봐 잊을수 없나봐 a-a-ae-a-wa-i-eu-u- eo-a-wa	關於妳的歌寫著後來我們 a-y-i-ɤ-ɤ-e-ɤ-o-a-ɔ-ə

段落	文句編號	韓文歌詞	漢語歌詞
		바보인가봐 한마디 못하는 a-o-i-a-wa-a-a-i-o-a-eu	
	6	자꾸 생각나 견딜수가 없어 a-u-ae-a-a-yeo-i-u-a-eo-eo 잘지내냐는 그 쉬운 인사도 a-i-ae-ya-eu-eu-wi-u-i-a-o	一遍遍唱著未來更多可能 i-a-a-a-ɤ-e-a-ɔ-o-ɤ-ɔ
	7	후회하나봐 널 기다리나봐 u-oe-a-a-wa-eo-i-a-i-a-wa 행복한가봐 여전한 미소는 ae-o-a-a-wa-yeo-eo-a-i-o-eu	關於妳的歌寫妳單純天真 a-y-i-ɤ-ɤ-e-i-a-ɔ-a-ɔ
	8	또 나도 몰래 가슴 설레어와 o-a-o-o-ae-a-eu-eo-e-eo-wa 자꾸만 날 작아지게 만들어 a-u-a-a-a-i-e-a-eu-eo	看著妳靜靜那種眼神 a-ɤ-i-i-i-a-ɔ-a-ɔ
	9	저기 널 닮은 뒷모습에 eo-i-eo-a-eu-wi-o-eu-e 멀어지는 니 모습처럼 eo-eo-i-eu-i-o-eu-eo-eo	就會讓我好心疼愛在沸騰 o-e-a-ɔ-a-i-ɔ-a-a-e-ɔ
C	10	기억은 계절따라 흩어져 가겠지 i-eo-eu-ye-eo-a-a-eu-eo-yeo-a-e-i 언젠가 다른 사람 만나게 되겠지 eo-e-a-a-eu-a-a-a-a -e-oe-e-i	我們可以漫步在每個清晨黃昏 ɔ-ɔ-ɤ-i-a-u-a-e-ɤ-i-ɔ-a-ɔ
	11	차갑기만한 사람 a-a-i-a-a-a 널 닮은 미소 짓는 eo-a-eu-i-o-i-eu	我們可以愛得深 ɔ-ɔ-ɤ-i-a-ɤ-ɔ
	12	빈 가슴 애태우며 난 기다리겠지 i-a-eu-ae-ae-u-yeo-a-i-a-i-e-i 하지만 그 사람은 니가 아니라서	最希望讓妳快樂擁抱妳的靈魂 e-i-a-a-i-a-ɤ-ɔ-a-i-ɤ-i-ɔ

段落	文句編號	韓文歌詞	漢語歌詞
		a-i-a-eu-a-a-eu-i-a-a-i-a-eo	
	13##	어설픈 내 사랑은 eo-eo-eu-ae-a-a-eu 왠지 슬플것 같아 wae-i-eu-eu-eo-a-a	一個我愛的女人 i-ɤ-ɔ-a-ɤ-y-ə
D	14	못되게 눈돌리며 외면한 o-oe- e-u-o-i-yeo-oe-yeo-a	唱遍了無數的動人情歌 a-a-ɤ-u-u-ɤ-ɔ-ə-i-ɤ
	15	니 모습 모른척 할래 i-ɔ-eu-o-eu-eo-a-ae	聽得到愛你的責任 i-ɤ-a-a-i-ɤ-ɤ-ə
	16	한번쯤은 난 뒤돌아보며 a-eo-eu-eu-a-wi-o-a-o-yeo	只要我們就相信了緣份 i-a-ɔ-ə-o-a-i-ɤ-a-ə
	17 回到 #~##	아파헸다 믿을래 a-a-ae-a-i-eu-ae	愛會永遠的發生 a-e-ɔ-a-ɤ-a-ə
	18	잊을수 없는 사람 i-eu-u-eo-eu-a-a	給妳專屬的情歌 e-i-a-u-ɤ-i-ɤ

　　由上述表格可以看出，歌曲可分為五段落，A 段是首 4 句，可稱為主歌[1]，主歌中兩種語言採用基調皆較混雜，但仍看得出韓文以 a 為主，漢語以 a、i、ɤ 為多；B 段副歌是歌曲中重複性最高的主旋律，韓文有 B、B1 兩段，漢語則是 B 段，皆以 a、i 為主，韓文配以 eu，漢語配以 ɤ、ə；C 段和副歌基調搭配雷同，D 段韓文則是 a、o、eu 搭配為多，漢語以 a、ɤ、ə 為主。如再看每句最後的主音，以漢語言之為每句的押韻觀察，韓文 A

---

[1] 蔡振家、陳容珊《聽情歌，我們聽的其實是……：從認知心理學出發，探索華語抒情歌曲的結構與情感》（1997），電子書。提到：主副歌形式就是「主歌→副歌」的進行，加上配樂基本形式就是：前奏、主歌、副歌、間奏、主歌、副歌、尾聲。

段為「wa-a-a-a」，漢語為「ɤ-ə-ə-ɤ」，B 段韓文有兩組，分別為「wa-eo-wa-wa-e」和「eu-o-eu-eu-eu」，漢語為「ə-ə-ə-ə-ə」；C 段韓文也有兩組，分別為「i-a-i-eu」和「i-eu-eo-a」，漢語為「ə-ə-ə-ə」；最後 D 段韓文為「a-ae-yeo-ae」，漢語為「ɤ-ə-ə-ə」，第 18 句為尾聲最後類似補充句，韓文為 a，漢語為 ɤ。如以每句中每字基調來觀之，看似混雜，然如以每句句末押韻來看，兩種語言皆有其特色結構，反而較為一致，韓文 A 段 a 為押韻音、B 段為 wa、C 段第一組 i 音和 a、eu 交錯，第二組無特別押韻現象，D 段以 ae 交錯搭配 a、yeo 音；而漢語明顯較韓文歌詞押韻一致高，雖然句子中各字以 a、i 為基調，然在每句末以 ɤ、ə 收尾。有趣的是韓文歌名為〈사랑했나봐〉，末字音為 bwa，漢語歌名為〈關於你的歌〉，末字音為 kɤ，正好與歌詞押韻相為呼應，因為兩者歌詞副歌處皆提到歌名，以歌名為歌詞主旋律，押韻音容易以副歌歌詞押韻音為基調，或者可說，透過歌名可推測出歌詞押韻音，這種可能性在筆者其他論文[2]中曾提到一樣的結論。

三、字調與曲調搭配

在字調和曲調的搭配上，以聲調搭配為主，故此部分先以漢語歌詞討論為主。此首歌曲在有歌詞的字上，採用音符為3、6、7、1、2、3、4、5、6、6#、7、i，調式為 F#，共 11 種音搭配而成，其搭配次數如下：

---

[2]　王怡方《陳百潭閩南語流行歌曲聲情分析》（2021 年 6 月），頁233。

	曲調單音	曲調升	曲調降	曲調升降	小計
次數	167	0	3	5	175

　　由上表可看出此首歌曲以單音配曲調單是最大比例的使用方式，故成為此首歌曲討論焦點，以下統計曲調單音、降、升降和歌詞的字聲調的搭配次數：

(一)調值和單音搭配

	55	51	21	3	35
3̣		1	2		1
6̣	1	1			
7	2	3	3		
1	6	8	12	6	6
2		5	6	4	8
3	7	4	3	6	3
4	1	5	4		3
5	4	10	5	4	4
6	3	7	8	2	
6#		1			
7	1	2	2		
i̇	1	1	0	1	
小計	26	47	46	23	25

(二)調值和下降音搭配

	55	51	21	3	35
32		1			1
6#6				1	

(三)調值和升降音搭配

	55	51	21	3	35
3233	1				1
121	1				1
323		1			

(四)調值和曲調搭配統計表

	高平	高降	低降	輕聲	低升	小計
平	26	47	46	23	25	167
升	0	0	0	0	0	0
降	0	1	0	1	1	3
升降	2	1	0	0	2	5
小計	28	49	46	24	28	175

根據上述的表格統計觀察，可得到以下結果：

1. 曲調單音和單字平搭配，以音符 1、3 較多，單音高降多和音符 1、5、6 搭配，低降調多和音符 1 搭配，輕聲和音符 1、3 搭配為主，低升調和音符 1、2 搭配為多，由此可看出，此首歌主要旋律落在中音域，適合一般大眾說話及唱歌音域。

2. 曲調升應和調值 35 相搭，然此歌曲無上升曲調，故無相合。

3. 曲調降應和調值降音相搭，然此首歌有 3 個搭配，分別和調值 51、3、35 各搭配一個。

4. 曲調升降音共 5 個，分別落在調值 55、35 各 2 個，調值 51 一個，升降音和調值搭配其實是最無相關性，因為調值易隨曲調升降變化而改變。

5. 此首歌曲有許多的半拍搭配一字，在調值 55 平聲、3 輕聲在搭配上是較無問題，因為一字搭配一音仍可以清楚聽出字音和一般說話發音相合，然在歌詞中有大量的調值降音 51，和原本是上聲 214，在一般句子中會唸前上 21，故歌詞中有較多字是這類現象，然而短拍搭配這些發音時，不會因此跟著唱出完整降音，尤其調值 51 會較縮短為 53，甚至 54 的現象，原因是歌曲節奏是輕快的，無法有較多的秒數完整唸完聲調，故有此現象。

由上面所觀察到的現象不難發現，歌曲創作旋律和聲調的搭配是十分困難的，然而要能讓大眾聽懂所唱歌詞，且能對歌曲內容及旋律產生共鳴，需有妥協方式，此首翻唱歌曲不照韓文原意翻唱，因為無法達到順耳、順口的押韻歌詞內容，再次歌曲旋律搭配每字，無法將歌曲聲調完整呈現在歌曲中，如曲調升搭配調值 35，但透過唸音可將其妥協，例如降音 51 改唸成 53，減短發音秒數以順利配合旋律轉換，故仍可以讓人聽出其歌詞內容所傳達概念。

四、結論

本文最後所得結論：一首成功的翻唱歌曲除了旋律要能好聽引起共鳴，歌詞內容更要能打動人心才能互相輝映，此首歌曲在韓文意境上是敘述故事性的模式，娓娓道出分手後的椎心之痛，而漢語歌詞內容表現則是在感情中堅定不移的誓言，這兩種類型的情歌受眾者相當廣泛，然而在流行歌曲中能夠脫穎而出，考驗的是這首歌是否能讓人在腦海中容易記憶。

　　韓文歌曲在元音基調表現上以 a、i 為首選，其次為 eu，而漢語和韓文有一樣的押韻巧合，只是 eu 音轉化成 ɤ、ə 元音發音，漢語尤其在每句末以 ɤ、ə 作結，有押韻的歌詞是較容易讓人記憶的，在完全不同歌詞意境中翻唱歌曲，除了旋律不變，可說是音韻、歌詞大改造，漢語歌詞在旋律的搭配上，雖然無法完全相合，但是透過和旋律的搭配自然聲調音變，例如降音不唸調值 51 而唸 53，不會「音不達意」反而有隨旋律相合的彈性，保留了韓文歌詞押韻韻味，在多元的相互配合之下，使〈關於你的歌〉在華語翻唱歌壇上成功佔有一席之地，是一首突破語言藩籬的佳作。

參考書目

1. 蔡振家、陳容珊，2017，《聽情歌，我們聽的其實是……：從認知心理學出發，探索華語抒情歌曲的結構與情感》，臺北：臉譜出版社。
2. 王怡方，2021.6，《陳百潭閩南語流行歌曲聲情分析》，國立臺灣師範大學國文所博士論文。

〈사랑했나봐〉、〈關於你的歌〉

第一段

이	별	은	만	남	보	다	참	쉬	운	건	가	봐
21	55	51	21	21	21	3	21	21	0	21	3	55
byeol	eun	man	nam	bo	da	cham	swi	un	geon	ga	bwa	
寫	一	首	歌	種	灑	灑	的	愛	我	唱	的	歌

차	갑	기	만	한	사	람
51	21	21	21	35	3	35
cha	gab	gi	man	han	sa	lam
就	寫	給	你	一	個	人

내	맘	다	가	저	간	걸	왜	알	지	못	하	나
21	51	21	35	35	35	51	0	21	51	0	51	35
nae	mam	da	ga	jeo	gan	geol	wae	al	ji	mos	ha	na
你	讓	我	知	道	原	來	情	歌	所	以	動	人

보	고	싶	은	그	사	람
55	51	21	51	35	35	3
bo	go	sip	eun	geu	sa	lam
因	為	有	愛	進	行	著

사	랑	했	나	봐	난	한	을	수	없	나	봐
55	35	21	51	55	21	3	51	35	51	35	3
sa	lang	haess	na	bwa	na	han	eul	su	eobs	na	bwa	neun
關	於	你	的	歌	寫	著	從	前	來	我	們

자	꾸	생	각	나	는	견	딜	수	없	어	도
55	51	51	51	3	21	51	35	51	55	21	35
ja	kku	saeng	gag	na	neun	gyeon	dil	su	eobs	eo	do
一	遍	一	遍	唱	著	未	來	更	多	可

k u a n | ɔ o y | n o i | t o ɤ | k o ɤ | i e | ɔ o | t o i | tsʼ a | tʼ o | tɕʼ o
55 | 35 | 21 | 3 | 55 | 21 | 55 | 21 | 55 | 21 | 55
후 | 회 | 하 | 나 | 봐 | 널 | 기 | 다 | 리 | 나 | 봐
hu | hoe | ha | na | bwa | neol | gi | da | li | na | bwa
haeng | bog | han | ga | bwa | yeo | jeon | han | mi | so | neun
屬 | 於 | 妳 | 的 | 歌 | 妳 | 寫 | 妳 | 軍 | 桃 | 天 | 真

kʼ o a n | n o i | tɕ o i | tɕ o i | n o i | tɕ o u | ɔ o a | n o n
21 | 3 | 21 | 51 | 51 | 51 | 21 | 21 | 35
또 | 나 | 도 | 몰 | 래 | 가 | 슴 | 설레 | 어와
tto | na | do | mol | lae | ga | seum | seolle | eowa
ja | kku | man | nal | jag | na | j | geman | deul-eo
看 | 著 | 妳 | 靜 | 靜 | 那 | 種 | 眼 | 神

tɕ o i | h u e | ʑ o a n | h o a i | ɤ o | tʼ o a | ɔ o | ts a i | f o i | tʼ o
51 | 51 | 21 | 55 | 35 | 35 | 51 | 21 | 51 | 35
저 | 기 | 널 | 달 | x | 은 | 빛 | 모 | 습 | 에
jeo | gi | neol | dalm | x | eun | dwis | mo | seub | e
meol- | eo | ji | 0 | neun | 0 | ni | mo | seub | cheo | loom
就 | 會 | 讓 | 我 | 好 | 心 | 疼 | 愛 | 在 | 沸 | 騰

ɔ o n | m o o | kʼ o i | ɔ o | p o a | ts o a | k o | tɕʼ o | tɕʼ o | h o | h o
21 | 3 | 21 | 51 | 51 | 51 | 21 | 21 | 35 | 35 | 55
기 | 억 | 은 | 게 | 절 | 따 | 라 | 죨 | 어 | 저 | 가 | 겠 | 지
eon | eog | eun | gye | jeol | tta | leun | sa | lam | man | na | ge | doe | geus | ji
我 | 們 | 可 | 以 | 漫 | 少 | 在 | 每 | 個 | 清 | 最 | 黃 | 昏

ɔ o o | m o o | kʼ o i | ɔ o | ɔ o | t o | ɤ o n
21 | 3 | 21 | 51 | 51 | 21 | 55
자 | 갑 | 기 | 만 | 한 | 사 | 람
cha | gab | gi | man | han | sa | lam
neol | dalm- | eun | mi | so | so | jis | neun
我 | 們 | 可 | 以 | 愛 | 得 | 深

u o i | ɤ o i | ɔ o a | ʑ o a i | n o i | kʼ o | l o | ɔ o | p o n | n o i | t o | l o i | h u o n
51 | 55 | 21 | 21 | 51 | 51 | 51 | 21 | 51 | 51 | 21 | 35 | 35
빈 | 가 | 슴 | 애 | 태 | 우 | 며 | 난 | 기 | 다 | 리 | 겠 | 라 | 서
bin | ga | seum | ae | tae | u | myeo | nan | gi | da | li | geus | la | seo
ha | ga | man | geu | sa | lam | eun | ni | ga | a | ni | RA | soul
最 | 希 | 望 | 讓 | 妳 | 快 | 樂 | 擁 | 抱 | 妳 | 的 | 靈 | 魂

어설픈 내 사랑은 (eo seol peun nae sa lang- eun)
waen ji seul peul geos gat- eun a
一個我愛的女人
35　51　21　51　3　21　35

못되게 눈 돌리며 외면한 (mos doe ge nun dol li myeo oe myeon han)
唱遍了無數的動人情歌
51　51　3　35　51　3　51　35　35　55

니 모습 모른 척 할래 (ni mo seub mo leun cheog hal lae)
你將到愛你的責任
55　3　51　51　21　3　35　51

한 번 졺은 난 (han beon jeum eun nan)
只要我們就相信了墜落了愛我份
21　51　21　21　55　3　35　51

아팠다 믿을래 (a pa haess da mid- eul lae)
愛會永續的發生
51　51　21　21　3　55　55

잊을 수 없는 사람 (ij- eul su eobs neun sa lam)
給妳專屬的情歌
21　55　21　21　3　35　55

Phonological analysis of Korean songs covered in Mandarin song: a case study of "사랑했나봐"

Yifang Wang

Abstract

The current trend of popular music is often cross-domain and cross-border. The exchange of different languages is very popular such as "covered song". Music is easy to cause trends due to the music relates to the emotion. However, the composition of music requires interpretation of the lyrics besides the melody. Therefore, the melody tone can be directly converted, and the lyrics need to be translated to get the same emotional expression when the song be covered. When a creator composes a song, the creator usually would use the creator's mandarin language. Therefore, the covered songs should be consider whether the lyrics can correspond to the melody. Otherwise, the melody and word pronunciation seems out of place, if the covered songs just be simply translate.

This research analysis the different lyric of mandarin and Korean language in the same melody. And this research also used the song of "윤도현 〈사랑했나봐〉" for a case study. The results shows these two language are getting the enthusiastic response from the listener due to the emotion express quite corresponding and suitable.

Keywords: Popular songs, covered songs, 사랑했나봐

朝鮮吏讀、鄉歌、鄉札與何時代的漢語有關？

國立臺灣師範大學國文系所博士
李艾希

摘　要

　　這個問題與漢字何時代傳到韓國半島有極為的關係，因此，本文試圖解答此二問題。就前者而言，要調查四個方面：一、歷史因素，要探討位於韓國半島的漢四郡，尤其是樂浪郡對於漢字傳入朝鮮所發揮的影響。二、上古漢語借到朝鮮語中的借詞，要討論上古漢語複聲母的語詞借入古朝鮮語之後的語音變化。三、不同語音演變所發生的時代，要闡述漢語中不同的語音變化並與朝鮮語漢字字音對照。四、韓國半島碑文與東漢的音譯字的關係，要討論高句麗 4 世紀的碑文與東漢音譯字之間的關係，而會發現高句麗碑文與東漢漢語的關係比東漢漢語和 4 世紀到 9 世紀的西北漢語方言密集的多。上述的這些探討之結果會顯出漢字傳入韓國半島是上古漢語的時代開始。最後要使用此新獲得的知識來斟酌研究吏讀、鄉歌、鄉札時，該利用漢語何時代的字音來進行分析。

關鍵詞：語音變化　借詞　古朝鮮語　上古漢語　聲韻學

前言

　　這是個棘手的問題，且學界尚未達到一致的共識。一個相關的問題是漢字何時代傳到韓國半島，還有不同地區的學者會提出不同的答案。李得春（2007）認為是公元前 3 世紀左右，而指出其有相同想法的學者，如柳樹人（1984、1957）、李基白（1994）、朴真奭（1984）等人。井上秀雄（1975）認為高句麗於公元三世紀開始採用漢字，Bentley（2001）亦根據此說。

　　Kim（2010）指出許多韓國學者認為高句麗打敗樂浪郡後，同時和百濟開始使用漢字（4 世紀初），但 Kim 自己不同意（2010：11）。Handel（2019）有較為巧妙的立場，認為秦漢時代已有漢字傳入韓國半島，及高句麗、百濟早在西漢應已使用漢字的傳統，但到新羅統一三國時，這些傳統大致上遭到滅亡（2019：75）。漢字何時代傳入韓國半島的研究之所以很重要的原因在於其能夠提供最早時間點。

　　本文要先試圖回答第二個問題，即漢字何時代傳入韓國半島？要調查四個方面：一、歷史因素，二、上古漢語借到朝鮮語中的借詞，三、不同語音演變所發生的時代，四、韓國半島碑文與西漢的音譯字的關係。接著要以此四段探討的結果提出漢字傳入韓國半島的最早時間點，然後最後提出本文主題的答案。

1.0 歷史因素

　　朝鮮此名字出現於漢語的古代文獻中，有的學者認為商代的箕子先到朝鮮，不過商代周代文獻僅提到箕子此人物，並未記錄

箕子去朝鮮這件事。漢朝文獻才聲稱箕子到朝鮮去，例如《尚書大傳》：「武王釋箕子之囚。箕子不忍周之釋，走之朝鮮。」施珊珊（2020）指出中國歷史學家早於 20 世紀初開始懷疑夏商時，韓國歷史學家亦開始懷疑箕子。Shim Jae-hoon（심재훈）根據甲骨文、金文的記載認為箕子實際上存在過，但並未與朝鮮無關（Schneewind，2020：31）。

《史記》記載燕人衛滿篡奪古朝鮮而建立衛滿朝鮮於公元前194，我們可以合理地推測其政府使用漢字為行政之基礎，可是在此時代漢字的運用該限於統治權貴的階層（Kim，2010：17）。對於漢字在韓國半島的使用有巨大的影響是漢四郡之建立，所謂的漢四郡包括臨屯郡（公元前 107-82 年）、玄菟郡（公元前 107 至公元 302 年）、眞番郡（公元前 107-82 年）、樂浪郡（公元前 108 至公元 313 年）。本文要集中說明樂浪郡，因為是漢四郡中最大，且影響力最強。

郡是行政區劃單位，其行政是一種以文件（即公文）為主的行政，按照睡虎地秦簡《秦律十八種》所有的政事皆必定以文件為記錄方式（Kim，2010：18）。於樂浪郡出土的文獻記載樂浪郡於公元前 45 年的人口普查，顯示大約百分之 15 人口不久前由內地到韓國半島（Schneewind，2020：78），以及「胡」人（即非漢人）亦包括在人口普查之內（金秉駿，2009）。值得注意的是，為了保證樂浪郡當地人接受郡為政權，針對當地人而非漢朝內地人提供優惠待遇，表現於減輕當地人的稅務負擔。最近出土文獻表示漢人亦與當地精英階層的人結婚，且這些當地人學中國經典，以及用漢字寫詩（Schneewind，2020：78）。

於內蒙古和甘肅省出土的居延漢簡，本為漢朝張掖郡居延都

尉和肩水都尉的文書。居延漢簡的考古工作分三個階段，第一是
1930 年代完成的，簡牘共有 8716 枚，並代表西漢漢武帝（公元
前 156-87 年）末年到東漢光武帝（公元前 5 年到公元 57 年）中
期，可說是對應樂浪郡的早期。簡牘的內容涉及到社會和日常生
活各種各樣的方面，包含軍事、來往公文、會計用的賬簿、名冊
等，以及詔書。第二階段於 1970、1980 年代進行，簡牘共有
19000 多枚，包括許多完整冊書，亦均為當時實用的檔案文件。
完整的冊書有 46 冊，不完整的有 281 冊。簡牘年代是漢昭帝始
元紀年（大約公元前 80 年）到西晉武帝太康四年（公元 283
年）。第三階段的出土進行於 1998 年到 2002 年。此次有 500 多
枚新的簡牘，內容有軍事、簿籍、律令等方面。這次補充第二階
段對漢代關門（乃關隘）基本結構，因此得到較完整的知識（紀
向軍，2014：前言 1-5）。根據紀向軍，居延漢簡的研究價值：

> 不僅反映了漢代居延地毆的屯戍活動，也為研究漢代的政
> 治、軍事、經濟、文化乃至語言文字及書法提供了極為珍
> 貴的第一手資料。它是原始記錄文檔，其時空焦點極為准
> 確，不少文書檔案詳細記述了基層社會的具體情況……。
> （紀向軍，2014：前言 5）

根據 Kim（2010）先前研究顯示在樂浪郡漢字日常生活使
用的程度接近中國內地的郡，且樂浪郡出土木簡的內容及形式相
同於內地郡的牘簡（2010：18）。當時連成為低級官吏被視為一
種提高經濟能力及享有特權的管道。因此，當地人有學會漢字的
動機，更重要的是，不是每個人皆必要學到能讀經的程度，只要

能夠進行自己的工作，例如商人僅要能讀懂與商業交易有關的字，不用讀懂經典。居延漢簡研究表明下級的人士亦讀懂並背好與他們工作任務有關的規則，而且有的人必須寫公文。同時也表示在居延郡有的下級是當地人（Kim，2010：13-14、19-20）。

總之，根據樂浪郡同時代的居延漢簡，郡的行政系統非常重視記錄所有相關的事情。於居延出土的三萬多枚漢簡便是證明此點。同時其內容亦表示樂浪郡利用當地人為下級是極有可能的事，按 Kim 到高句麗打敗樂浪郡時，非漢人的當地人結合於樂浪郡的文書行政已四百年，此類的語言接觸十分密集，說漢字此時傳入朝鮮毫不足怪。尚可合理地推測這些學會漢字的當地人試圖使用漢字書寫自己的語言，亦如此造出一種一當地語言為基礎的白話。根據《方言》所記載的各種各樣不同寫法，在內地此類的事情亦往往如此（2010：24）。

2.0 朝鮮語中的上古漢語借詞

按潘悟云之說，在朝鮮語中，上古時代所借的詞匯難以認得出的原因有二：

一、上古漢語有複聲母，但朝鮮語確無。因此，朝鮮語借複聲母詞匯時，就變成雙音節的詞。朝鮮語中有個語詞ㄱ읏「器皿」之意，本來是上古漢語的*khrɯs「器皿」，但因為朝鮮語無複聲母，所以借為雙音節的ㄱ읏（kɯ rɯs）。古代時朝鮮語中俗有구롱「窟窿」，也應該來自於雙音節化的上古漢語「孔」*khlooŋ，即구롱（ku rong）。此語詞亦見於漢語方言中，例如粵語 fat1 lung4（窟窿）。有的古朝鮮語方言有混 n-與 l-的現

象，因此，此語詞在平安北道念 kunəŋ，且在其他方言中有 l- > j-之語音變化，所以在江原/咸鏡道變為 kujəŋ。上古漢語「風」*plum（> pluŋ）借為바람（pa ram），而「街」*kree 借為거리（kere > kəre > kəri）（2006：3-4）。這些研究成果綜述於表 1：

漢字	韓語	韓語IPA	上古漢語	語意
器	그릇	kɯ rɯs	*khrɯs	器皿
孔	구롱	ku rong	*khlooŋ	窟窿
風	바람	pa ram	*plum > pluŋ	風
街	거리	kə ri	*kree	街

表1：朝鮮語中之上古漢語借詞

　　趙美貞（2005）提出「風」字是上古時代借入朝鮮語的旁證，即「嵐」字。「嵐」字的中古音為盧含切（lom），趙氏認為「嵐」[*r- > l-]之所以可與「風」[*p-]諧聲，是因為「風」字的上古音有複聲母[*pr-]。另外，宋代孫穆《鷄林類事》在描述朝鮮語中「風」字之字音時云「風曰勃纜」，「勃纜」二字在現代韓語中念발람 /pal lam/，與바람 /pa ram/很接近（2005：74）。白一平（1992）將「嵐」字構擬為*c-rum（侵部），此*c 指的是，有證據在*rum 的前面構擬輔音，只不過該證據不足以說明是哪個輔音。鄭張尚芳（2003）的擬音為*b·ruum（侵₃部）、潘悟云的是*[b]ruum（侵₃部）。

　　二、朝鮮語最後一個音節的韻母弱化失落

　　潘悟云採用梁柱東對於「所夫里」（古朝鮮的一個地名），在不同時期的語音變化來闡述朝鮮語的語詞中最後一個音節之韻母弱化失落的現象。「所夫里」（即 sʌi pʌl）後來亦寫為「徐伐」，其中的 sʌi 以「所」或「徐」記錄，便是「新」之義。pʌl

的原義是「光明」，且後來轉成「國土、原野、都邑」。表示
pʌl 的表義字包括「國」、「原」、「野」三者。「夫里」在上
古漢語的音為：paruɯ，不過潘氏認為進入朝鮮語時已變為 pəli，
然後再變成 pəl。最後此變化便是潘氏所講的「最後一個音節的
韻母弱化失落」。於公元 757 年，「所夫里」改名為公元前一世
紀一個國家的名稱，即「扶餘」。在梁柱東的分析中以為「扶
餘」是音借字，潘悟云反而覺得不妥。更晚期的音以「伐」字表
示，中古漢語中之入聲韻尾-t 借到朝鮮語為-l（但有的學者認為
-t ＞ -l 是朝鮮語內在的變化），一致用來表示 pəl 音（2006：
4）。

「絲」：

　　在現代韓語中念사 /sa/，意思為실 /sil/，即「線」。
실此音其實是上古漢語「絲」字之現代反應。上古漢語中有個語
詞「鮮支」。《說文》：「縞，鮮色也。」按段玉裁此「色」字
乃「卮」字之訛，且「鮮卮」是「鮮支」之假借（2006：5）。
《說文解字今釋》引用《說文解字斠詮》：「白鮮支，絹也。一
名縞」（2001：1854）。潘悟云指出注釋家顏師古在《漢書・地
理志》注「縞，鮮支也，即今所謂素者也。」《廣雅》：「鮮支
縠絹也」。《急就篇》亦描述「絹」與「鮮支」之間的關係：
「絹生白繒似縑而疏者也，一名鮮支。」按《漢書》，鮮支是域
外的貢品（2006：5）。

　　「鮮支」的上古漢語擬音為*selkje，與滿語的 sirge「生
絲，絲線」十分接近。「支」字的中古音為 tsye（章移切）
（2006：5），那麼，為可擬為*kje？薛斯勒（Schuessler）在
〈上古漢語牙音之顎化/Palatalization of Old Chinese Velars〉指出

有的《切韻》音系中顎化聲母（即章組聲母）在上古漢語中本為牙音。薛氏將這些聲母分為二種：一、具有前元音的重紐四等音符，二、上古複聲母*Kl-演變為中古音有昌母（tshy-），而且此變化不限於主要元音的種類。薛斯勒剛好以「支」字為例，也表明在中古音具備昌母之字中，有的與中古音為牙音聲母諧聲，例如讀章移切（tsyje）的「支」字及讀渠綺切（gjeX）的「技」字，因此，不少的學者認為這種字在上古時代有牙音聲母，如李方桂、白一平、沙加爾、鄭張尚芳、潘悟云等（1996：197-198）。為了提供旁證，潘氏指出在閩南方言廈門話中，「支」字尚念 ki^{55}，且日本有地名いき/iki/，在 639 年成書的《梁書》中，將此地稱呼為「一支國」（筆者要補充：《魏志倭人傳》成書在公元三世紀後半，亦將日本壱岐島[いきのしま/Iki island]叫做「一支國」）。

　　至於「鮮」之擬音*sel（元$_2$部），潘悟云指出在上古時代東部方言元部和歌部字混淆之現象（1996：5），也就是清儒所謂的陰陽對轉。白一平及沙加爾（2014）以*-r 韻尾解決此問題，並將「鮮」字構擬為*[s][e]rʔ。*-r 同常演變為*-n，但在些方言中則變為*-j。同時，白一平及沙加爾認為此韻尾不一定要構擬為*-r，亦可能構擬為*-l（2014：252-255），所以與潘氏的構擬大同小異。

　　由於絲綢之路，「鮮支」傳到羅馬，而進入希臘語為 Sērikḗ (Σηρική)，然後傳進拉丁文為 Serica，也就是英文中的 silk。回至古朝鮮語，潘氏認為「絲」的上古音為*slɯ（之部）> sli，而傳到無複聲母的古朝鮮語將*sli 拆成 sili 或 siri，最後後面的元音失落了，而變為 sil 或 sir（1996：5）。

「麥」：

　　相對於「絲」，「麥」的解釋十分簡單。「麥」字的中古音為莫獲切（mɛk），相當於朝鮮語的念法맥 /mɛk/，此音顯而易見是中古時代借進來的，可是在朝鮮語中念밀的「麥」字有밀 /mil/（小麥）之義。「麥」字的上古音為*mrɯɯg（職部），潘氏認為進入朝鮮語為 mirik，後來變為 mir，而最後為 mil。此反應在朝鮮語中，借詞最後一個音節的韻母弱化失落，亦似於「絲」*slɯ（之部）> sili > sil 之情形（2006：6）。

「馬」：

　　在朝鮮語中，「馬」字念마 /ma/，意思為말 /mal/（動物名馬）。「馬」字的中古音為莫下切（mæ），而其上古音為*mraaʔ（魚部）。根據潘悟云之說，此語詞傳入東亞的時候，其原始的形式大概為 mara 或 marah。到上古漢語的演變如下：*marah > *mora > *mraaʔ。由上古漢語借到朝鮮語為*mraaʔ > *mara > mar > mal（2006：6-7）。

　　如果原始的形式為 mara 或 marah，那麼為何不說此語詞直接借入朝鮮語？是因為一般認為馬出現在中國（即商代）較早，「馬」字在甲骨文中已常見。根據施珊珊大約公元前 1200 年商王武丁開始運用馬拉戰車，因為這些戰車似於高加索的戰車，以及到此時代東亞並無馬車，所以商朝的馬車應該從高加索進口的（施珊珊，2020：9；Honeychurch，2015：191）。由於馬的下頜骨出土於內蒙和半坡古新石器時代的遺址，Nelson 認為馬的馴養應該在中國北部發生（Nelson 1993：11）。根據 DNA（脫氧核糖核酸）方面的研究，古代中國的馬與蒙古的馬有緊密關係（Cai、Tang 等人，2009：841），且在戰國時代，大約公元前

300 年，開始有騎兵（Honeychurch，2015：211）。就朝鮮方面
而言，韓國有描繪馴養馬的畫及雕刻品土出的藝術品是從公元頭
幾個世紀（Nelson 1993：11）。按照 Meyer（2009）大約於公元
300 年開始，騎馬的朝鮮人侵略日本（2009：27）。中國古代文
獻提到三韓與馬的關係：在講馬韓人與馬時，《後漢書・東夷
傳・三韓》云：「不貴金寶錦罽，不知騎乘牛馬」，關於辰韓人
與馬道：「知蠶桑，作縑布。乘駕牛馬。嫁娶以禮。」提到弁韓
時，未描述馬。《後漢書》記載的是東漢（公元 25 年到 220
年）的歷史，并且在此段時間中，在韓國半島的三韓，僅有辰韓
習慣騎馬，所以我們可以合理的推測在朝鮮騎馬的歷史不長久。
因為上述原因，我們至少可以知道馬在中國的歷史較長久，而且
上古漢語*mraaʔ真可能是古朝鮮語義為「馬」的語詞之來源。

「力」：

　　在朝鮮語中，「力」字念력 /rjək/或역 /jək/。其中古音為林
直切（lik），而上古音為*k·rɯg（職部）。傳統的構擬，如李方
桂的*ljək，但連白一平 1992 年的擬音為*c-rjək。此*c-是指白一
平認為在*r-之前面應該構擬個輔音，只不過不知道該輔音是哪
個輔音。「力」字在《水經注》中與「棘」字通假，其上古音為
*krɯg（職部）> kik（紀力切）。因此，潘悟云認為白一平 1992
的*c-該為*k-，白一平、沙加爾 2014 亦同意，而擬為*k.rək（潘
悟云，王奕樺，葛佳琦 2018：4）。

　　《漢韓大詞典》中有念겨리 /kjə．ɾi/，義為「雙套犁」的一
個語詞。潘氏跟從吳世畯（2004）而認為「朸」、「泐」、
「防」此三同音字可作為旁證。《說文》：「朸，木之理也。」
是「樹木的紋理」之義（湯可敬 2012：777）。《王力古漢語字

典》：「泐，石按文（紋）理而裂散。」、「阞，地脈，即地質
水文條件、狀況」（2000：577、1577）。三者皆與「理」（即
「紋理」）有關，且耕過的農田與紋理之間的關係不難察覺得
到。筆者不妨指出薛斯勒（Schuessler）《ABC 上古漢語詞典/A
BC Dictionary of Old Chinese》亦認為「泐」、「阞」、
「勒」、「扐」、「仂」各字所記錄的語詞均為同源詞，基本義
為「土脈（乃土中的脈）或土中的自然管道[1]」，而亦同源於
「理」，其本義「將農田分為更小的部分，或劃界」[2]。語音演
變由上古漢語*k·rɯg 借入朝鮮語為 kjə . ri >　kjə . li >　 kjəl，在
現代韓語寫為결 ，並出現於물결 「 水波 」 和나무결 「 木紋 」
（2006：8）。

　　除了上述的例子外，潘氏亦提出其他可能性，不過同時也說
這些例子「需要進一步的證明」。這些例子均歸納在表 2 中：

漢字	韓語	韓語IPA	上古漢語	語意
巷	골	ko roŋ	*grooŋ	胡同
生	살	sa raŋ	*sreŋ	生活
耕	갈	ka raŋ	*kreeŋ	耕耘
葭	갈	ka ra	*kraa	蘆葦
枷	갈 < 칼	ka ra	*Cra	枷
膊/髆	팔	pha lak	*plaak/*phlaak	胳膊
簾	발	pa lak	*blaak	竹簾

表2：可能是朝鮮語中之上古漢語借詞

如果表 2 中的例子實際上是從上古漢借到朝鮮語，那就是說它們
所經過的語音變化與上述的例子一致，即上古漢語之複聲母在朝

---

[1]　原文為 Vein or duct in the soil（2007：350）。

[2]　原文為 To divide fields into sections, boundaries（2007：346）。

鮮語中拆成雙音節，然後最後一個音節的韻母弱化失落。

潘悟云在 2018 年又寫一篇文章討論朝鮮語中的上古漢語痕跡，但此次與王奕樺、葛佳琦兩個學者一起寫。潘悟云重新列出其 2006 年之例字，並提出新的例證。請詳見下面的表 3：

字	上古漢語	假設的過渡階段的讀音	現代韓語	語意
白	*brag	pɯ.rɯk > pɯlk > palk	밝	明亮
盃	*srab	sɯ.rap > sɯlp > salp > sap	삽	鏟子
緘	*krom	kɯ.rom > kɯlm	감	隱藏、收斂

表3：可能借自帶複輔音聲母的漢字

潘氏實際上提出六個例字，在此只列出其中三個，中世韓語主要從《李朝語詞典》（2018：78）。

潘悟云亦提出較為新的一種想法，是跟中古漢語去聲之來源有關。奧德里古（Andre Haudricourt）在研究出越南語聲調的來源時：

> 注意到與越南語 hoi 和 nac 兩個聲調的同源詞皆以-h 收尾以及假定該-h 來自更早的-s。同時，他注意到在越南語中，由漢語借入越南語最早一層的借詞（早於唐朝的借詞），其中漢語的去聲字與越南的 hoi 和 nac 兩個聲調的詞有對應關係，故此他提議漢語去聲來自韻尾*-s 脫落的學說。（白一平 1992：308）（拙文 2013：368）

已有不少聲韻學家接受此論點，像鄭張尚芳、潘悟云、陳新雄、梅祖麟、龔煌城、白一平、沙加爾、舒斯勒、浦立本等等。請詳見表 4：

漢字	韓語	韓語IPA	上古漢語	語意
篦	빗	pis	*bis	梳子
芥	갓	kas	*krees < *kreeds	芥菜
未	못	mos	*mɯs < mɯds	未曾
蓋	갓	kas	*kaas < *kaabs	罩、笠

表4：在朝鮮語中備上古漢語*-s韻尾之痕跡

　　表 4 的例子雖然看來有說服力，但有個語音變化現象潘氏尚未解釋，即*-ds 至*-s 的變化。

　　譬如在白一平（1992）的上古系統中，*-ts（相等於潘氏的*-ds）到中古的演變為-jH [3]，且白氏認為該演變的過程為：*-ts > *-js > -jH。如「芥」字的中古音為古拜切（kɛjH），按此理，「芥」字在朝鮮語的音該是 kajs。當然古朝鮮語中的語音演化未必與漢語一致，但多加以解釋會加強這些例字的說服力（1992：309、568-569）。

　　趙美貞（2005）亦提出以下例字：

「洛」：

　　「洛」[l-]字以「各」[k-]得聲，因此，在上古時代該有複聲母[*k-rak]。朝國有洛東江，此名字是「洛國東邊的江」之義，古代收做洛水。洛國位於朝鮮半島，是三韓時代（大約公元前二世紀到公元四世紀）的國家，亦稱為加洛國、大駕洛國。由此可見，「洛」字本念가락 [kalak]，似於上古漢語[*k-rak]。筆者要補充說，此音與許多聲韻學家的擬音相似，例如高本漢*glak、李方桂*glak、白一平（1992）*g-rak、鄭張尚芳*g·raag 和潘悟云*[g]raag。

---

[3] H 指的是中古漢語的去聲。

　　洛國也另外叫加耶國，或寫為伽倻國。在漢語中，「耶」、「倻」二者均是喻[四]聲母字，而且自從最近幾十年以來，聲韻學家通常將喻[四]聲母字的上古音構擬為*l-。因此，「加耶」、「伽倻」的古音為[*kala]，尚與洛國有關（2005：74）。

「樂」：

　　在中古漢語中，「樂」字有五角切（ngaewk）、盧各切（lak）二讀，上古音該為[*ŋrak]。朝鮮語中有個語詞：가락 /ka lak/「曲調，節拍」，也就是上古漢語借近來的「樂」字。朝鮮語音系的一個特點是，不能以濁輔音為詞首，所以上古漢語的*ŋ-變為*k-。語音演變的過程是[*ŋrak > krak > kalak]。此類的變化亦常見，尤其漢語的疑母字借進朝鮮語時必定失去其 ŋ-聲母，例如「我」、「牙」、「芽」、「雅」皆從[*ŋa]變為[a]。「魚」、「漁」、「語」、「御」均從[*ŋa] > [*ŋo] > [ə]。「五」、「吳」、「午」、「悟」、「唔」皆從[*ŋa] > [*ŋo] > [o]。更接近「樂」字的情形是*ŋ-為聲母的「硬」字，借進朝鮮語改為경 /kiəŋ/，可見上古漢語*ŋ-聲母在古朝鮮語變為 k-的假設合情合理（趙美貞 2005：74）。

　　除上述的數例之外，尚有許多其他學者提出的例字。尹智慧（2017）主張朝鮮語固有詞中保留上古漢語音系痕跡的學者，包括橋本萬太郎（Hashimoto 1977）、尚玉和（1981）、鄭仁甲（1983）、崔玲愛（1990）、嚴翼相（2007、2008）、侯玲文（2009）等學者。換言之，這些學者認為在朝鮮語中，有的固有詞實際上不是固有詞，而是上古時代從漢語借的外來詞。仍有另一組學者認為古朝鮮語與上古漢語二語言具有同源關係，包含徐廷范（1987）、金知衡（2001）、吳世晙（2010、2013、2015）、

潘悟云（2005、2013）等學者。尹智慧不接受漢韓同源說並加以
批評，尤其針對吳世畯的一些說法。

　　對於吳世畯（2010、2013、2015）主張「漢-阿爾泰諸語準
同源說」，尹智慧的批評主要在五個方面：一、在吳氏提出的同
源詞中，基本辭彙太少，二、吳氏說遠古時代的借用與一般的借
用不一致，而且並無加以解釋，三、吳氏將[*-l-]插入些四等字
的介音位置，四、吳氏將[*-l-]插入些三等字的介音位置。五、
吳氏的一個上古漢語語詞有時對應幾個不同阿爾泰中的語詞
（2017：6-7）。現在不妨一一地討論：

　　一、在吳氏提出的同源詞中，基本辭彙太少。吳世畯列出的
同源詞有 104 項目，尹氏按語音類似程度將同源詞分為三個等
級，第三級為最高的類似程度，第一級則是最低的。尹氏運用的
標準亦不太嚴格（而因此有利於吳說），例如因為古朝鮮語不分
清濁，所以*g-與*k-可當作同音，元音*ɯ 和*u 因為很接近亦視
為同音。結果第 3 級有 13 個（12.5%）同源詞、第 2 級有 70
（67.3%）、第 1 級有 21 個（21.2%）。請注意，此結果是假如
吳氏四等字帶*-l-介音之說是正確的，不然百分之 30 的例子得下
降一級。雖然如此，尚未達到語音類似很高的程度。

　　尹氏以語義類似程度將同源詞再分為三個等級，第三級一樣
是最高的。此次的結果是第三級有 41 個（39.4%）、第二級有
41 個（39.4%）、第一級有 22 個（21.2%）。尹智慧探討結果時
承認有的例子之音義的確達到類似高程度，不過同時指出在吳世
畯的例子中，只出現斯瓦迪士核心詞列表（Swadesh list）上的
三個語詞，包括：「河」、「奚」、「甲」三者。

　　因為上述的原因，尹氏認為吳氏同源說不能成立（2017：7-

9）。

　　在此筆者不妨指出吳世畯之說，以及尹智慧之批評兩者有不完美之處，也就是 Campbell（2003）在《歷史語言學手冊》[4]中的一章〈如何表明不同語言具備語系關係：表明遙遠語系關係之方法〉[5]所主張的，即在進行語言對照法時，重點不一定僅僅在於類似性，而在於對應關係，且對應關係不見得出現十分類似的音。譬如英文 five（五）、亞美尼亞語 hing（五）、法文 cinq（五）都似乎完全不同，但實際上是有同源關係，皆以規則性的語音變化由原始印歐語（PIE）*penkʷe* 演變而來的。英文的演變為 PIE *penkʷe* > *penpe* > *pempe* > 原始日耳曼語*fimf* > 古英語 fïf > 英文 five （Gvozdanovic 1992：584）。值得注意是在日耳曼語係的一個特色是 PIE *p...kw* 變為*p...p*（Mallory、Adams，2006：333），因此，PIE *penkʷe* 變成*penpe*，然後其中的*n 與接下來的*p 同化為*m。二 p 皆溺化為 f。法文的演化是 PIE *penkʷe* > *kʷenkʷe* > 古典拉丁語 quīnque > 通俗拉丁語 cinque[6] > 法文 cinq。在意大利語族（以及凱爾特語族）中，PIE*p... kw* 變為*kw... kw*，所以 PIE *penkʷe* 變成*kʷenkʷe*（Mallory, Adams 2006：333）。*kʷ在古典拉丁語拼為 qu，qu 在通俗拉丁語失落其 u /w/ 音而變成 k，而且 ki 顎音化為 ci，最後後面的-ue 亦消失了。就亞美尼亞語的演變而語： PIE *penkʷe* > *hengʷi* > *hengu* > hing 'five'（Kim 2016：43）。*kʷ變為*gʷ是

---

[4]　The Handbook of Historical Linguistics（Joseph 2003）

[5]　How to Show Languages are Related: Methods for Distant Genetic Relationship（Joseph 2003：262-282）

[6]　（Gvozdanovic 1992：452）

單純的弱化，*p 變成*h 應說先經過幾階段的弱化，如*p ＞ *pf ＞
*f ＞ h（或*p ＞ *pθ ＞ *θ ＞ h）。可見，英文、法文、亞美尼亞語
三者為同源語言的說服力不來自於音近語詞的對照，而來自於由
構擬的原始語到現代語言的規則性語音演化。對二種語言屬於相
同的語系這個問題，是上述此類規則性的語音變化最有說服力，
而不是能不能列出一堆音義相似的語詞。前者可排除借詞，後者
反而不能。這也強調構擬原始語的重要性。

　　Francis-Ratte（2016）就是用此種構擬方式來證明日語和韓
語是同語系的語言，是首先提出一套系統性的語音對應關係，而
這些語音對應關係顯出大量新的日韓同源詞。其次是運用最古老
最可靠的古文獻，包含上古日語（公元 8 世紀）及中世韓語（公
元 15 世紀），並以 Martin（1966、1987）、Whitman（1985）
為基礎提出 500 多同源詞，其中 115 出現於 207 項目的斯瓦迪士
核心詞列表中（即列表的 55.6%）。此外的 385 同源詞亦是基本
詞彙，不屬於文化或技術方面的特殊詞彙。再者，Francis-Ratte
對照上古日語和中世韓語的形態，以及表示二語言的形態系統可
追溯到共有的一套核心的語素，且這些核心語素在日韓中符合上
述的那套系統性的語音對應關係。因為語法架構難以借到另外一
個語言，這種形態系統的對應提供甚強的證明，表示此兩個語言
實際上有同源關係。值得注意的是他在描寫其如何研究出如此多
的同源詞時說：

　　　　透過避開外觀相似的語詞對立體，而集中於探查語義接近
　　　　但不相同的語詞，便可以建立又更強又數量更大的一套同
　　　　源詞，且提供更為堅實的基礎來假設不同語言實際上屬同

一個語系。[7]（2016：2-3、4）

此句話與上面討論的 Campbell（2003）所提出的道理（即在進行語言對照法時，重點不一定僅僅在於類似性，而在於對應關係，且對應關係不見得出現十分類似的音）十分相似。另，因為 Francis-Ratte 此論文以構擬原始韓日語為主，他就可以排除日語、韓語屬於阿爾泰語系與否這個問題。因此，其構擬僅運用日語、韓語內在資料，而不使用以阿爾泰為基礎的擬音（2016：14）。

二、吳氏說遠古時代的借用與一般的借用不一致，但並無加以解釋。尹智慧此批評不語自明，吳世畯要聲稱古時代的借用與一般的借用不一致，他理所當然要解釋其所以然。

三、吳氏雖然運用鄭張尚芳和龔煌成的上古擬音，同時他亦將[*-l-]插入些四等字的介音位置。流音[-l-]為四等字的介音此說法是吳氏自己和薛斯勒（1974）所倡導的論點，但學界一般不接受（尹智慧 2017：6）。為了強調吳氏的此種上古擬音之特殊性，尹智慧列出三個字及其擬音，並與鄭張尚芳、李方桂、白一平（1992）和潘悟云四學者的上古音作比較，即「畦」*Gwlee、「圭」*Kwlee、「刲」*Kwlee 三字四等字。結果當然是只有吳世畯才構擬流音[*-l-]為介音。筆者想要增加薛斯勒（2009）的簡式上古音（Minimal Old Chinese; MOC）為「畦」*gwê、

---

[7]　原文為"By eschewing look-alike matches and probing matches among words of close but not identical meaning, one can establish a stronger and larger set of etymologies and provide a much firmer basis for positing common linguistic origin."

「圭」*kwê、「刲」*khwê，不過薛斯勒自己亦放棄此說
（2009：122）。

鄭張尚芳（1983-1984）提出四等字何時可擬為具備流音
[*-l-]或[*-r-]的介音，但為了探討此點，有必要先搞清楚鄭張氏
如何分析上古漢語的音節。鄭張氏的音節分析比較細，他的音節
結構為：cc‧CccVc‧ c，使用語詞來描述音節的四個部分：前
置冠音(cc‧)-聲基(Cc)-韻基(cV)-後置韻尾(c‧ c)。大寫的成分
不可缺，小寫的則為可有可無的，其中有：c 代表次要的輔音
（V 前一個位置則指介音）、「‧」符號代表詞根的界限、C 代
表基輔音、V 代表主要的元音。鄭張氏的複聲母分為三種：甲、
前冠式：指上述音節結構的基輔音（即 C）加上前置冠音
（即 cc‧），就是 cc‧C 或 c‧C，例「穌*sŋaa」。乙、後墊
式：指上述音節結構的基輔音加上流音（即 Cc 的 c），就是 Cc
（聲基），例「共*kloŋ」。丙、前冠後置式：指音節的聲基
（即 Cc）加上前置冠音，就是 cc‧Cc 或 c‧Cc，例「朔
*sŋraag」。鄭張氏之所以把複聲母分成如此精細，其原因在於
複聲母的不同成分在諧聲關係中所扮演的角色不一致（2003：
34-40、80-81）。

回到四等介音的問題，鄭張尚芳將流音[*-l-]和[*-r-]歸入後
墊音，也就是說，在基本聲母 C 之後出現的 c。

*-r-：在中古漢語的反應為[ɤ]，出現於二等、重紐三等，以
及庚、蒸、幽三韻具有喉牙唇音聲母，且與來母（l-）通諧。加
-r-是必然的，屬於上述的條件，便必定在基本聲母後加-r-。

*-l-：在中古漢語中消失，出現於一等、四等，重紐四等，
以及一般三等韻，並且必要與來母（l-）、以母（喻四母）（j-）

通諧才能構擬*-l-為介音，要不然得構擬單純的聲母。

有時可用同源詞，或借詞來判斷有*-l-與否（2003：51）。

顯而易見的是，鄭張尚芳對於四等字有無介音*-l-的條件很清楚，與吳世畯單純是四等字便加介音*-l-不同，而且連本來有相同想法的薛斯勒已廢棄此假設。可見尹氏批評此點應該是中肯的，亦就是說，在吳氏的同源例子中，不該接受那些不符合鄭張氏的條件而仍然增加*-l-介音，除非兩個語詞的相似性不取決於*-l-介音。

四、吳氏將[*-l-]插入些三等字的介音位置。在此，尹智慧針對這個問題運用的方法與上面第三點相同，即將吳世畯的擬音和其他學者的進行對照來突出其特殊性（2017：7）：

學者	上古音
鄭張尚芳	[＊shuɯŋ]
吳世畯	[＊khsl uɯ]
李方桂	[＊t shj əgw]
白一平（1992）	[*tshjiw]
潘悟云	[＊shuɯŋ]

表5：「鞧，鰍，楸，鏊，湫」之擬音

在表 5 中，的確能看出吳氏擬音的特殊性，其他學者皆未構擬[*-l-]介音，除了「鏊」字之外，另四字均有中古音七由切（tshjuw），薛斯勒（2009：181）將「楸」構擬為*tshiu。表中其他字皆為尤韻字，「鏊」字反而是宵韻字，不該出現在此，不過這點不影響到尹氏批評的正確性。

五、吳氏的一個上古漢語語詞有時對應幾個不同阿爾泰中的語詞。尹智慧未仔細地解釋此批評，所以尹氏為何反對這一點不清楚。基本上一個上古漢語語詞對應數不同阿爾泰中的語詞不見成問題，譬如原始印歐語中的「五」和「拳頭」具有同源關係（Mallory、Adams，2006：333），因此便不難推測原始印歐語「五」與其不同派生語言中的「五」、「拳頭」或此兩個語詞之引申義造成的語詞會有同源關係。尹氏此點該多加以說明。

總而言之，本段描寫數個學者對於由上古漢語借進古朝鮮語的借詞，及漢韓同源詞的說法，並探討批評。顯而易見的是，即使有的批評是中肯的，結果不是說古朝鮮語沒有由上古漢語借詞，而是對漢韓同語系語言此說法增加其可疑度。上述之例僅有一個是正確的足以證明古朝鮮語和上古漢語的接觸。

3.0 不同語音演變所發生的時代

有時研究者能夠發現語音變化所開始的時代，或者何時結束，非常幸運時便二者均可知。例如有的在《詩經》中押韻的字到漢朝便不押韻，不難推測此語音變化在漢朝之前與《詩經》時代之後（或至少相關的詩所寫的時代之後）發生。白一平指出34 從上古漢語到中古漢語的語音變化，幾乎都可提供變化大概何時發生的資訊（1992：565-582）。現在要斟酌可能運用來判斷些古朝鮮語的語音變化。

*-m > -ŋ：

在《詩經》中有的字與收*-m 韻尾的字押韻，但後來變為收*-ŋ 韻尾。按白一平這應該是語音異化的結果，便是收*-m 韻尾在雙唇聲母，或唇化聲母的影響所造成的異化（1992：576）。不過到了《切韻》時代有的帶雙唇聲母，或唇化聲母之字仍保留

收*-m 韻尾的讀音，像「汎」字有房戎切（bjuwng、現代韓音
픙）及孚梵切（phjomH、現代韓音범）兩個讀音。儘管如此，
有些字本來在上古時代只有收*-m 韻尾的音，在《切韻》反而僅
有收*-ŋ 韻尾之音：

　　「風」字以「凡」*blom（談₃部）[8]得聲，在《詩經》中與
心、林、欽、南四字押韻，皆為收*-m 韻尾的侵部字，趙美貞亦
指出此點（2005：74）。東漢‧班固（公元 32-92 年）所編輯的
《白虎通義》將「風」字聲訓為陽部的「萌」字，柯蔚南認為
《白虎通義》應該代表數不同的東漢方言，也有可能包含更早期
的語音成份（1983：28）。東漢的服虔在《漢書》注釋中，將
「風」字聲訓為陽部的「放」字（1983：119、220），服虔大約
與鄭玄（公元 127-200 年）同時期的。東漢成書的《釋名》以聲
訓為主，云「風，兗豫司橫口合脣言之。風，汜也」。「兗」、
「豫」、「司」、「橫」四字是四個地區，且此四個地區皆為中
部方言之地區。「汜」便是聲訓，其東漢音為 bjwɛm（< 上古
音 *bjam）。《釋名》：「青徐言風，踧口開脣推氣言之。風，
放也。」「青」、「徐」二者亦為地區，乃東部方言地區。
「放」也是聲訓，其東漢音是 pjwang（< 上古音 *pjang-）。可
見，在東漢時代漢語的中部方言尚保留*-m 韻尾，但東部方言已
變為 *-ŋ 韻尾。

　　Miyake（1997：197）指出另外一個例子：「熊」*ɡlum
（侵₃部）[9] > hjuwng（羽弓切）在中世韓語中為 kwom（現代

---

[8]　潘悟云的擬音。

[9]　潘悟云的擬音。

韓語念곰），鄭張尚芳「『熊』字朝鮮語借作 kom」（2003：
45），以及薛斯勒亦引用 Miyake（1997）（2009：542）。

舌音分為舌頭音、舌上音二種：

　　李得春在〈漢語上古音在十六世紀朝鮮漢字音中的遺存〉一
篇提出三處十六世紀朝鮮漢字音不符合《切韻》音系。一、《切
韻》音系之聲母分舌頭音（即端母、透母、定母）與舌上音（即
知母、徹母、澄母），但十六世紀朝鮮漢字音反而不分。為了證
明此論點，李氏列出不少例子，皆從《訓蒙字會》，不過其實際
上引用的材料為陳植藩《訓蒙字會校注》，現在列出通攝為例：

（一）通攝字

（端）　[toŋ]　東冬棟涷

（透）　[t'oŋ]　統桶痛

（定）　[toŋ]　疼動童桐同, [tok] 讀犢獨

（知）　[t'ioŋ] 塚, [tiuŋ] 中, [t'iuŋ]

　　　　忠衷, [tiuk] 竹, [t'iuk] 筑

（徹）　[t'ioŋ]　寵

（澄）　[t'iuŋ] 蟲冲,　[t'iuk]　逐軸妯

李得春列出總數十六攝，包括 35 端母字、35 透母字、43 定母
字、26 知母字、12 徹母字、32 澄母字，足以證明其論點。趙美
貞（2005）亦運用這種研究方法來證明同一個論點（李得春，
1985：37-38）。

古人多舌音，後代多變齒音：

　　二、錢大昕曾指出「古人多舌音，後代多變齒音，不獨知徹
澄三母為然。」錢大昕指的是上古音，但有的朝鮮漢字亦有此種
情形。表 6 列出在《切韻》音系讀齒音，但在朝鮮語的《訓蒙字

會》中尚讀舌音的字：

朝鮮漢字	音韻地位	反切	《訓蒙字會》音	李方桂之上古音
疹	臻開三上軫章	章忍切（tsyinX）	tin	tjiənx (文)
畛	臻開三上軫章	章忍切（tsyinX）	tin	tjiənx (文)
肫	臻合三平諄章	章倫切（tsywin）	tun	tjən (文)
秫	臻合三入術船	食聿切（zywit）	t'iul	djət (微)
訹	臻合四入術心	辛聿切（swit）	t'iul	sjət (微)
炙	梗開三入昔章	之石切（tsyek）	tiək	tjiak (魚)
斥	梗開三入昔昌	昌石切（tsyhek）	t'iək	thjiak (魚)

表6：在朝鮮語中尚讀舌音的章組或精組字

在表中可看出各字在《訓蒙字會》中有舌音（t 或 t'），但《切韻》的字音反而為顎音化的齒音，為了對照之方便，筆者增加李方桂的上古擬音。僅有「訹」字不擬為舌音，可能本來就不適合插入此表（李得春，1985：38）。

陳新雄指出在《詩經》中的「重穋」字在《周禮》反而作「穜稑」，此亦證明「重」、「穜」二字為同音關係，也就是錢大昕所指出的現象。陳氏另指出許多以「周」得聲的字在現代漢語中仍有舌音的讀音：調、雕、凋、彫等（1999：544-545）。

喻四母之演變：

三、在《訓蒙字會》中，有的喻四母字尚讀舌音，例如「蜴」字，中古漢語為羊益切（yek），《訓蒙字會》中念[t'iək]，現代韓語中念 척 /ts'ək/；「韘」字中古漢語為餘制切（yejH），在《訓蒙字會》中念[t'iəi]，現代韓語中念 예 /ie/（李得春，1985：38）。其實將喻四母構擬為上古舌頭音是較為傳統的作法，新派學者如白一平、沙加爾、鄭張尚芳、潘悟云等的擬音為*l-（李方桂、周法高用*r-，王力用*ʎ-）。不過我們還能推測《訓蒙字會》之音是上古*l-演變而來的，要反而假設中世韓

語的 t 或 t'是由《切韻》的 y-（喻四）聲母來的就較難以接受。

總之，上面探討幾個語音變化。首先有*-m 變為*-ŋ。我們可知道「風」、「熊」借進古朝鮮語一定早於《切韻》時代，且尚有可能是東漢前。分舌頭音（即端母、透母、定母）與舌上音（即知母、徹母、澄母）。其次是與《切韻》音系不同，上古音系及《訓蒙會字》的中世韓語音系皆不分舌頭音（即端母、透母、定母）與舌上音（即知母、徹母、澄母）。此指的是《訓蒙會字》中不分舌頭音和舌上音的字應該是《切韻》之前借進來的，而因為仍然保留上古音系，便可合理地推測是上古時代。最後是中世韓語具喻四母的字之字音是《切韻》音系，或由《切韻》演變而來的音系的可能性是少之又少。若對照上古*l-變為中世韓語 t-的可能與《切韻》y-變成中世韓語的可能，前者大得多。另外，本段提出上古音痕跡之例僅是舉例說明，所舉並不詳盡。

4.0 韓國半島碑文與東漢的音譯字的關係：

Bentley（2001）研究日本萬葉假名（日文寫為万葉仮名）之來源。此問題亦涉及到漢字何時借到古朝鮮，因為日本學者一般認為漢字本從韓國半島進入日本。按日本古文獻《古事記》（公元 712 年）及《日本書紀》（公元 720 年）均記錄漢字在大和時代（公元 250-710 年）由百濟（公元前 18 年至公元 660 年），即韓國歷史中的三國之一，借到日本。Bentley 的目標是研究出三韓如何運用漢字為表音字（2001：59-62）。

Bentley 因為認為韓國古代文獻《三國史記》及《三國遺

史》受古新羅語（新羅亦是三國之一）太大的影響，所以不包含在其研究的範疇內。Bentley 寧可使用堅定不移，且已知最古老的文字資料，如於韓國半島出現的碑文（inscriptions）。不過探討碑文之前，便得先研討東漢的音譯字，何為音譯字？就類似於現代漢語中使用「馬」、「來」、「西」、「亞」四個字來拼「馬來西亞」（Malaysia）這國家的名稱，與四字的字義無關，是單純用來表音罷了，因此，叫做音譯字。這種字通常用來表示外來詞，譬如人名或地名。另一個特點是大約上同一個音用同一個漢字記錄，不妨舉例說明，ye 此音用「耶」字，如「耶路撒冷」、「耶穌」、「耶和華」等，有時音可能稍微不同如「耶魯」。東漢亦有一套音譯字，也有同一音要用同一字的趨勢，當然是趨勢而非規則（Bentley，2001：62）。

　　東漢時代許多佛教文獻被翻成漢語，Zürcher 認為在公元 158 年開始一段大量翻譯活動的時間。進行翻譯時也自然地接觸到問題，像是如何翻譯印度專有名詞，以及佛教術語？他們利用了一種原始翻音系統來解決問題。值得注意的是，此音譯系統不是這些翻譯者自己發明的。在《漢書・西域傳》（公元 111 年成書）及《後漢書・西域傳》（5 世紀成書）中，有 200 左右外來專有名詞（大多為地名）的翻音。在此 200 的翻音中，有 93 個反覆使用的音譯字，這些字便是東漢的音譯字。在此 93 音譯字中，其中有 77 個亦被反覆使用在佛教文獻中，換言之，東漢音譯字的百分之 80 以上也使用在佛教文獻的翻音中，而且這些字往往是少用的字。將不常用的字運用為音譯字易於避免誤會音譯字為表意字。可見，佛教文獻的漢朝翻譯者並未自己發明東漢的音譯系統，而是運用已有的系統（Zürcher，1959：30、39-

40）。

　　根據 Bentley 此音譯系統可能被傳到朝鮮三國的抄書吏，所以他將東漢音譯系統的字對照於朝鮮三國文字（2001：62）。對照的資料如下：新羅資料是新羅國石南山碑銘[10]、高句麗資料為廣開土王陵碑[광개토왕릉비]（大約公元 4 世紀）、百濟資料是益山王宮[익산왕궁리]（大約公元 7 世紀）。這些朝鮮的資料皆來自於《百濟史料集》（1985）及許興植《韓國金石全文》（1984）。古漢語而言，Bentley 運用東漢聲訓資料（公元前 20 年至公元 220 年）、《三國志・魏書》（公元 3 世紀）中的音譯字，及西北漢語方言的音系（公元 400-900 年）。古漢語的資料來自柯蔚南（Coblin）《東漢聲訓手冊》[11]（1983），以及《西北漢語方音綱要》[12]（1994）。上古日語資料是推古天皇時代（公元 593-628 年）的資料，包含《日本史記》、《古事記》、石刻、銘文、碑文等，來自澤瀉久孝等人《時代別国語大辞典：上代編》（1967），不過《日本史記》的資料來自 Ryu Min-hwa（1994）、Kinoshita（1964）。

　　為了求簡單，先將東漢聲訓與其他資料對照的結果總結於表 7：

---

[10]　Bentley 自己描述為"the seven inscriptions of Namsan (南山) from Silla"（2001：64）。

[11]　Coblin, W. South（柯蔚南）. 1983. A Handbook of Eastern Han Sound Glosses.

[12]　Coblin, W. South (柯蔚南). 1994. A Compendium of Phonetics in Northwest Chinese.

對照資料	時代	音譯字字數	對照資料相似性
西北漢語方言	400 – 900 AD	1540	42%
《三國志·魏書》	3世紀	159	70%
高句麗	4世紀	119	78%

表7：東漢聲訓（20 BC – 220 AD）總有3600音譯字

在高句麗的 119 音譯字中，百分之 78 亦出現於東漢聲訓中，可見，二者之間的關係不太可能是偶然。Bentley 認為高句麗可能故意地調整東漢的音譯系統，主要的原因有二：一、為了避免令人不愉快的語意，尤其是取本地的人名和地名時。二、是東漢漢語和高句麗語之間的語音差異。東漢聲訓與西北漢語方言的共同音譯字僅佔百分之 42，此該為東漢到《切韻》時代之語音變化所造成的差異。有趣的是，雖然高句麗和《三國志·魏書》的資料比起較晚又是與漢語不同的語言，可是高句麗語與東漢漢語仍然較為相似（2001：65-66）。

高句麗、百濟、新羅資料之間的對照顯出此三語言不太相似（至少其現存的資料不是）。關係最密集是與百濟的 64 音譯字比，新羅有 28 相同的字，佔百分之 43.8；最低的是與高句麗的 119 音譯字比，百濟具 15 共同的字，佔百分之 12.6（2001：66-68）。

Bentley 亦對照朝鮮三國語言與《日本史記》，結果總結於下面的表 8：

對照資料	時代	音譯字字數	在《日本史記》出現佔
高句麗	4世紀	119	41%
百濟	7世紀	64	75%
新羅		153	61%

表8：《日本史記》（720 AD）

在百濟的 64 音譯字中，48 亦出現於《日本史記》，佔百分之
75。儘管百濟的樣本數量最少，其相似性尚為最高。不過此不足
為奇，因為《日本史記》內在的根據顯出其編輯者是依靠百濟文
獻。Bentley 再進一步將三國的語言與日本推古天皇時代（公
元 593-628 年）的資料進行對照，但結果與《日本史記》的對照
大同小異，因此，在此不贅述。再者，Bentley 指出馬渕和夫
（1971）[13]對照《三國史記》中的地名，而發現有 117 音譯字用
為記錄高句麗地名，其中僅有 13 亦出現於《日本史記》，佔百
分之 13；有 125 音譯字用來寫新羅地名，34 也出現在《日本史
記》，佔百分之 27；有 97 運用來寫百濟地名，39 出現於《日本
史記》，佔百分之 40。馬渕和夫認為在音譯字上，兩個文獻的
共同之處不多，是因為《三國史記》成書的時代晚於《日本史
記》400 年。更值得注意的是，馬渕氏亦研究出有 34 個共有的
音譯字，且此 34 字的絕大部分出現於日本萬葉假名中。Bentley
的結論是漢字本從漢朝人傳到高句麗，然後由高句麗傳到百濟，
此外如《日本史記》所記錄，是百濟人在古墳時代（公元 300-
538 年）訓練大和王權如何使用漢字寫日語（2001：69-72）。

　　Bently 達到其目標，即日本萬葉假名的來源為韓國半島的百
濟，但我們的目標不同，是研究出漢字到底何時進入朝鮮。東漢
音譯字與《三國志・魏書》（3 世紀）、西北漢語方言（400-
900 AD）、高句麗（4 世紀）三者比起來，不是不同時代的漢語
較接近，而是高句麗中音譯字的相似度最高，可見東漢及高句麗
之間的關係十分密集。因此，漢字傳到朝鮮時不太可能帶著中古

---

[13]　Bentley 寫成 1973，但實際上是 1971。

漢語的字音。

5.0 結論

　　首先，根據出土的西漢時代居延漢簡，顯而易見是在西漢的郡文書扮演的角色十分重要，且涉及社會、日常生活的各種方面。再者，郡的行政單位不限於漢人，也有當地人可能被顧用為下級。另，此類的如此重視文書的架構，即樂浪郡，在韓國半島四百年。難到此情況未影響到漢字傳入當地這件事？所以從歷史的角度，西漢是甚合理的最早時間點。其次，不少具備複聲母的上古漢語詞彙借到朝鮮語，按白一平（1992）和柯蔚南（1983）到了東漢時代，複聲母已無痕跡，而在朝鮮語中漢字字音亦無複聲母。此表明上古漢語與古朝鮮語有足夠的語言接觸來借詞彙，但字音應該是西漢末年後。又其次，有些語音變化，例如*-m ＞ -ŋ、《切韻》音系分舌頭音（端組）與舌上音（知組）但十六世紀朝鮮漢字音反而不分等顯出有的朝鮮語中的漢字讀音的確早於《切韻》時代。最後，高句麗 4 世紀的碑文與東漢音譯字之間的關係極為密集，且比東漢和 4 世紀到 9 世紀西北漢語方言密集的多。上述的不同結果皆符東漢為漢字傳入韓國半島的最早時間點，不過儘管如此，在上面的第二段中探討「鮮支」時，提到薛斯勒曾指出有的章組字在上古漢語中本為牙音，例如「支」字在上古音中讀*ke，但到了中古音念 tsyje（章母）。柯蔚南亦表示此變化在東漢前已完成（1983：221、223）。所以我們不得不將最早時間點定為上古時代，但這不要理解為所有的朝鮮漢音為上古漢之音，而是說，在朝鮮吏讀、鄉歌、鄉札中會有上古漢語的痕跡。

　　現在可回到本文的主題，乃朝鮮吏讀、鄉歌、鄉札與何時代的漢語有關？最早時間點已提出了。現在不妨指出漢語歷史中的一個現象，此現象可以使我們更理解朝鮮語中漢字音的演變，也叫做「叶韻」（又稱「協韻」）。到中古時代，學者發現在《詩經》中有些應該押韻的字反而不押韻。所以會改變該字的讀法來使它押韻（白一平，1992：150-153），可見文獻的保守性質。類似的現象亦該會發現在朝鮮語中。舉例說明，Ramsey（2010）在《朝鮮語史稿》[14]認為朝鮮語的漢字讀音所反應的是晚期中古漢語的架構特色，然後在分析新羅語的鄉歌和名字中如何使用音譯字，指出幾個難以解釋的字，包括「尸」和「只」。新羅語用「尸」字為 *l 或 *r，但漢語雅言的字音是 ʂi（式脂切），而傳統韓語的字音是 si（시）（2010：39、61）。Ramsey 解決不了此問題因為他以為新羅字音是晚期中古漢語的音（即當時的雅言），新派音韻學家均將「尸」字構擬為有一種 *l 為聲母：

　　　　白一平（1992）： 　*hljij（脂部）

　　　　鄭張尚芳： 　　　　*hli（脂₂部）

　　　　潘悟云： 　　　　　*ph-lji（脂₂部）

　　　　白-沙[15]（2014）： *l[ə]j（微部）

看上古漢語的擬問題便不見了。就「只」字而言，Ramsey 指出「只」字用在吏讀中讀為 ki（기），且在鄉札中亦應該有如此

14　原文為 A History of the Korean Language。

15　白一平-沙加爾（2014）。

的讀音，但漢語雅言的音為 tʂi（章母），而在傳統韓語的字音
是 ci（지）（2010：62）。上面已提到在上古漢語中，有的本有
牙音（舌根音；velar）聲母的字發生顎化。「只」字亦剛好是
此種語音變化之例。再次看新派音韻學家的擬音：

　　　　白一平（1992）：　　　*kje（支部）
　　　　鄭張尚芳：　　　　　　*kje（支部）
　　　　潘悟云：　　　　　　　*kje（佳部）

白-沙（2014）未收「只」字本身，但有以「只」字得聲的
「胑」字：

　　　　白-沙（2014）：　　*ke（支部）

由此可見，在研究吏讀、鄉歌、鄉札時，尤其是碰到無法以中古
漢語的字音解決問題時，也得參考更早其的字音，甚至上古漢語
的字音。這當然是因為在吏讀、鄉歌、鄉札的讀音傳統中，一部
分來自於上古時代的漢語讀音傳統，且這很有可能是西漢時代的
樂浪郡所造成的。Miyake（1998）早就指出有的學者認為晚期
中古漢語的字音不足以解決鄉札研究所有的問題，因為鄉札亦具
備來自上古漢語的成份。日本萬葉假名一樣有來自中古、上古漢
語不同時期的字音，且萬葉假名本身也是韓國半島類似鄉札的傳
統而來的（1998：2）。

參考文獻

井上秀雄，1975〈朝鮮での文字の展開〉《文字》，東京：社会思想社，
　　　　1975 年 7 月：81-122。
尹智慧，2017〈對與漢語上古音類似的韓語固有詞的兩個看法〉，原發表

於第 2 屆韓漢語言學國際學術會議，華盛頓大學，2017 年 6月18 日。

李得春，1985〈漢語上古音在十六世紀朝鮮漢字音中的遺存〉《民族語文》，1985 年第 5 期晖 36-39。

李得春，2007〈古代韓國漢字特殊用法綜述〉《解放軍外國語學院學報》，2007 年 3 月第 30 卷第 2 期：22-26。

李艾希，2013，〈論雙聲與上古音系之「音近」關係〉《孔壁遺文集》，臺北市：藝文，2013 年 8 月：359-374。

林海鷹，2006《斯塔羅斯金與鄭張尚芳上古音系統比較研究》，北京：首都師範大學博士學位論文，馮蒸教授指導，2006 年 5 月。

洪思俊，1985《百濟史料集》，首爾：百濟文化開發研究院，1985 年。

【東漢】許慎；湯可敬，1997《說文解字今釋》，長沙：岳麓書社，2012 年 8 月。

潘悟云，2006〈朝鮮語中的上古漢語借詞〉《民族語文》，2006 年第 1 期：3-11。

潘悟云、王奕樺、葛佳琦，2018〈中韓兩國古代文化交流的印證〉《廣西師範大學學報：哲學社會科學版》，2018 年 1 月，第 54 卷第 1 期。

上代語辞典編修委員会 編，澤瀉久孝（編修代表），1967《時代別国語大辞典：上代編》，東京：三省堂，1967 年。

王力、唐作藩、郭錫良、曹先擢、何九盈、蔣紹愚、張雙棣 編，2000《王力古漢語字典》，北京：中華書局，2000 年第 12035 號。

紀向軍 著，2014《居延漢簡中的張掖鄉里及人物》，蘭州：甘肅文化出版社，2014 年。

許興植 編，1984《韓國金石全文》，首爾：亞細亞文化社，1984 年 2 月。

趙美貞，2005〈韓國漢字音中的漢語上古音〉《民族語文》，2005 年第 5 期：74-76。

金泰完，2002〈漢語上古音與韓國語詞源之關系〉《語言研究》，2002 年特刊：194-200。

金秉駿（김병준）2009，〈樂浪郡初期の編戶過程〉，《古代文化》，61-2，2009 年。

陳新雄，1999《古音研究》，台北市：五南圖書出版公司，1999 年 4 月初版一刷。

馬渕和夫，1971〈三国史記・三国遺事にあらわれた古代朝鮮の用字法について〉《言語学論叢》11，1971 年。

Baxter, William Hubbard (白一平), 1992. A Handbook of Old Chinese Phonology (漢語上古音手冊). Berlin・New York: Mouton de Gruyter, 1992.

Cai, D., Tang, Z., Han, L., Speller, C., Yang, D., Mad, X., et al. 2009. Ancient DNA provides new insights into the origin of the Chinese domestic horse. *Journal of Archaeological Science, 36*, 2009: 835-842.

Coblin, W. South (柯蔚南). 1983. A Handbook of Eastern Han Sound Glosses. Hong Kong: Chinese University Press, 1983.

Coblin, W. South (柯蔚南). 1994. A Compendium of Phonetics in Northwest Chinese. Journal of Chinese, 1994.

Francis-Ratte, Alexander Takenobu. 2016. Proto-Korean-Japanese: A New Reconstruction of the Common Origin of the Japanese and Korean Languages. 哥倫布市：美國俄亥俄州立大學博士學位論文，James M. Unger 教授指導，2016 年。

Gvozdanovic, Jadranka. 1992. Indo-European Numerals (Trends in Linguistics. Studies and Monographs [Tilsm]), Berlin・New York: Mouton de Gruyter, 1992.

Handel, Zev. 2019. Sinography: the Borrowing and Adaptation of the Chinese Script. Leiden: Brill publishers, 2019.

Honeychurch, William. 2015. Inner Asia and the Spatial Politics of Empire: Archaeology, Mobility, and Culture Contact. New York: Springer publishing, 2015.

Joseph, Brian D. and Janda, Richard D. Eds. 2003. The Handbook of Historical Linguistics. Malden, MA : Blackwell Pub., 2003.

Kim, Ronald. 2016. Studies in Armenian historical phonology (II). *Indogermanische Forschungen*. 121. 10.1515/if-2016-0002.

Kim, Byung-Joon（金秉駿）. 2010. The Introduction of Chinese Characters into Korea: The Role of the Lelang Commandery. *Korea Journal*. Vol.50 No.2. Summer 2010.

Mallory, J. P. and Adams, D. Q. 2006. The Oxford Introduction to Proto-Indo-European and the Proto-Indo-European World. Oxford: Oxford University Press, reprinted 2013.

Meyer, Milton W. 2009. Japan A Concise History. Lanham, Md. : Rowman & Littlefield Publishers, 2009. Fourth (4th) Edition.

Miyake, H. Marc. 2018. Fishy Rhymes: Sino-Korean Evidence for Earlier Korean *e. In Eds. William McClure and Alexander Vovin. 2018. *Studies in Japanese and Korean Historical and Theoretical Linguistics and Beyond*. Festschrift presented to John B. Whitman. Leiden: Brill publishing. 20 Nov 2017.

Miyake, H. Marc. 2000. Orthographic Alteration Evidence for the Languages of the Three Kingdoms. *Permanent International Altaistic Conference*. Lanaken, Belgium, 2000: 1-18.

Nelson, Sarah Milledge, 1993. The Archaeology of Korea. Cambridge: Cambridge University Press, 1993.

Scheussler, Axel (薛斯勒), 1996. Palatalization of Old Chinese Velars. *Journal of Chinese Linguistics*, June 1996, Vol. 24, No. 2.

Scheussler, Axel (薛斯勒), 2009. Minimal Old Chinese and Later Han Chinese: a Companion to Grammata Serica Recensa. Honolulu: University of Hawai'i Press, 2009.

Schneewind, Sarah (施珊珊). 2020. An Outline History of East Asia to 1200, 2020.

What Stage of Chinese are Korean *Idu*, *Hyangga*, and *Hyangchal* Actually Related to?

Ash Henson

Abstract

This question is closely related to another question, that is when were Chinese characters imported to Korea? As such, this thesis will attempt to answer both questions. As to the former, there are four aspects under consideration: 1) historical considerations. This section will discuss the Four Commanderies of Han (漢四郡/한사군) that were located on the Korean peninsula. Special attention will be paid to the influence that the Lelang Commandery (樂浪郡/락랑군,낙랑군) had on the importation of Chinese characters into Korea. 2) Loan words in Old Korean borrowed from Old Chinese. This section will talk about how complex initials from Old Chinese entered into Old Korean and their subsequent sound changes. 3) Sound changes from various time periods. Several sound changes within historical Chinese will be discussed and compared to Korean readings of Chinese characters. 4) The stele inscriptions found on the Korean peninsula and their relationship to the pool of Chinese characters used for transliteration during the Eastern Han dynasty. It will be discovered that fourth century stele inscriptions from

Goguryeo (高句麗/고구려) on the Korean peninsula are more closely related to the Eastern Han pool of characters, than the Eastern Han characters are to the character pool of Northwestern Chinese dialects from the fourth to ninth centuries.

The results of the above-mentioned discussions show that the journey of Chinese characters being borrowed into the Korean peninsula started during the Old Chinese period. Lastly, this newly acquired knowledge will be used to discuss which stage of the Chinese language (Late Middle Chinese/Early Middle Chinese/ Eastern Han/Old Chinese) Korean readings should be compared to when engaging in research on native-Korean uses of Chinese characters, such as Idu (吏讀/이두,리두), Hyangga (鄉歌/향가), and Hyangchal (鄉札/향찰).

Keywords: sound change, loanwords, Old Korean, Old Chinese, historical phonology
(https://escholarship.org/uc/item/9d699767.)

Post-Lateral Tensification in Sino-Korean: Distribution and Mechanism

John Oliver Monghit

Abstract

According to Chapter 6 Article 26 of the Standard Rules of Pronunciation, the consonants 'ㄷ, ㅅ, ㅈ' are pronounced in a tensified manner after 'ㄹ' in Sino-Korean words. However, there are some Sino-Korean words that have the same phonetic environment yet do not manifest this sound change, and some words that have consonants besides 'ㄷ, ㅅ, ㅈ' in a post-lateral position that underwent the said change. This study examines to what extent and in what process post-lateral tensification has manifested in Sino-Korean lexical items. 27,200 words that have at least one lateral in the coda position were collected from the Standard Korean Language Dictionary and were categorized as whether they underwent tensification or not. Out of the 27,200 words, only 6,268 words have the phonetic environment that can allow post-lateral tensification to happen. 5,431 words underwent tensification while 837 words that have a 'ㄷ, ㅅ, ㅈ' in a post-lateral position did not change at all. This suggests that post-lateral tensification in Sino-Korean adheres more to the lexical diffusion hypothesis than the regularity hypothesis.

Keywords: Sound Change, Dictionary, Lexical Diffusion Hypothesis

1. Introduction

According to Chapter 6 Article 26 of the Standard Rules of Pronunciation, (표준 발음법), the consonants 'ㄷ, ㅅ, ㅈ' are pronounced in a tensified manner after 'ㄹ' in Sino-Korean words. Some examples that manifest this sound change are '갈등', '말살', '물질' and '불세출'. This phonological phenomenon is referred to as **post-lateral tensification** in Sino-Korean words and will be the focus of this research.

This rule is generally applicable; however, its distribution is not predictable. For instance, there are some words that have the same phonetic environment yet do not manifest this sound change, such as '수술실', '인물주의', and '골다공증', which are all pronounced with a voiced sound instead of a tensified sound. In addition, post-lateral tensification also occurs with words with a 'ㅂ' or 'ㄱ' onset, e.g., '불법' and '물가'. This is challenging to second learners of Korean, as tensification is one of the problems that learners face in mastering correct Korean pronunciation. Chua (2020) pointed out that elementary Filipino learners of Korean mix tensified and aspirated sounds in speaking while Gang Huisuk (2008) also wrote that Chinese learners of Korean has a low tendency to pronounce words in a tensified manner regardless of their proficiency level. These accounts from researchers of teaching Korean as a second language show how important it is to examine when post-lateral tensification occurs and when it does not take place. Specifically, this study will find out after what kind of syllables and Hanja post-lateral tensification occurs. Next, it will also be tested if syllable count is a contributing factor to post-lateral tensification. Lastly, the mechanism of this sound change, whether it adheres more to the regularity hypothesis or to the lexical diffusion hypothesis will be determined.

To answer this problem, this research utilized data from the Standard Korean Language Dictionary (표준국어대사전) published by the National Institute of Korean Language (국립국어원). There are seventy-one syllables with a '르' coda in Sino-Korean phonology (Gim Yubeom, 2016) and a total of 27,200 Sino-Korean words with a lateral coda were found from the dictionary. These words were later classified whether they manifested tensification or not and arranged according to the syllable with a '르' coda that they contain. This research followed the information assigned by the dictionary to the lexical items. Lexical items only labeled "한자어" and "단어" with their corresponding sinograph and pronunciation were considered in this study. Of the words gathered, 768 (3%) words were not labeled with any pronunciation by the dictionary and disregarded to avoid subjectivity and inaccuracy.

ㄱ	갈 걸 결 골 괄 굴 궐 귤 글 길	ㅅ	살 설 솔 쇌 술 슬 실
ㄴ	날 녈 놀 눌 닐	ㅇ	알 얼 열 올 왈 울 월 율 을 일
ㄷ	달 돌	ㅈ	잘 절 졸 줄 즐 질
ㄹ	랄 렬 롤 률	ㅊ	찰 철 촬 출 칠
ㅁ	말 멸 몰 물 밀	ㅌ	탈

| ㅂ | 발 벌 별 불 | | ㅍ | 팔 필 |
| ㅎ | 할 헐 혈 홀 활 훌 훨 휼 흘 힐 | | | |

Table 1: Sino-Korean Syllables with a 'ㄹ' Coda

The content of this article is part of the unpublished master's thesis of the author (Monghit, 2021).

2. Literature Review

The process of tensification in the Korean language is highly complex, and there are different reasons and instances that it occurs. The authority for regulating and standardizing the Korean language is the National Institute of Korean Language, and the rules for the standard pronunciation of the language are defined by the Standard Rules of Pronunciation published by the institute itself. The process of tensification is discussed on the Chapter 6 Articles 23 to 28 of the Standard Rules of Pronunciation. As per Article 23, the consonants 'ㄱ, ㄷ, ㅂ, ㅅ, ㅈ' after the consonants 'ㄱ(ㄲ, ㅋ, ㄳ, ㄺ), ㄷ(ㅅ, ㅆ, ㅈ, ㅊ, ㅌ), and ㅂ(ㅍ, ㄼ, ㄿ, ㅄ)' in the coda position should be pronounced tensified. For example, the first sound in the second syllable in the words '국밥', '뻗대다', and '곱돌' are pronounced in a tensified manner. Meanwhile, Article 24 says that the letters 'ㄱ, ㄷ, ㅅ, ㅈ' in the onset position of a suffix should be pronounced tensified after the letters 'ㄴ(ㄵ)' and 'ㅁ(ㄻ)' in the coda position of a stem. For instance, '껴안다' and '더듬지' are pronounced '껴안따' and '더듬찌' respectively; but, this rule does not apply to the passive and causative suffix '-기-', e.g., '안기다' and '감기다'. According to Article 25, stems ending in '래' and '랱' should have the first sound ('ㄱ, ㄷ, ㅅ, ㅈ') of the attached suffix tensified. The words '넓게' and '핥다' all contain a tensified consonant. Article 26 of the Standard Rules of Pronunciation is about Sino-Korean words and the consonants 'ㄷ, ㅅ, ㅈ' after 'ㄹ' in the coda position should undergo tensification, as exhibited by the words '갈등', '말살', '물질' and '불세출'. However, this rule does not apply if the a certain Hanja is reduplicated such as '허허실실'. In phrases such as '할 것을', '갈 데다가', '할 바를' and '할 적에', the sound after '할' is tensified. This is because of Article 27 that dictates that the sounds 'ㄱ, ㄷ, ㅂ, ㅅ, ㅈ' should manifest tensification after the adnominal suffix '-ㄹ-'. Lastly, Article 28 describes the compound noun tensification (사이시옷) in Korean. When two words become a compound, the '-ㅅ-' sound is inserted. Even when this is not marked with a '-ㅅ-' orthographically, in the case of a compound word (characterized by a pause), the process of compound noun tensification with an adnominal function should be realized, and the succeeding onset 'ㄱ, ㄷ, ㅂ, ㅅ, ㅈ' should be pronounced in a tensified manner (e.g., '문고리', '눈동자', '신바람', "산새", and '손재주'). Besides Chapter 6 Articles 23 to 28, Chapter 4 Article 12 also mentioned about one rule regarding tensification. It states, if the 'ㅅ' sound is located after the 'ㅎ(ㄵ, ㄶ)' sound, it should be tensified such as '많소' and '싫소'.

The description of The Standard Rules of Pronunciation towards tensification, though concise, does not appear to be comprehensive. Most of the examples given were native Korean words and Sino-Korean examples were limited. In addition, only one rule is specific for Sino-Korean words, i.e., Article 26 of Chapter 6, and other tensification processes found in Sino-Korean lexical items were not taken into consideration. For example, Sino-Korean words such as '물가', '인사법', and '효과' which also show tensification were not described nor mentioned in any of the rules. Thus, The Standard Rules of Pronunciation does not give a complete picture of the tensification process exhibited in the Korean language, especially with regards to Sino-Korean vocabulary.

On the other hand, I Huiseung (1955, 1959) argues that there are five kinds of tensification in Korean (as cited in Eom Taesu, 1999). The first kind is when plosives, fricatives, and affricates meet, tensification occurs due to assimilation between consonants. The second kind is tensification happens after nasals in predicative stems. The next type of tensification occurs after the adnominal suffix '-ㄹ-' and Sino-Korean compound words. Lastly, tensification appears in compound nouns. These five rules enumerated by I Huiseung (1955, 1959) correspond to Chapter 6, Articles 23 to 28 of The Standard Rules of Pronunciation. However, as per Eom Taesu (1999, p. 177), only the first three kinds of tensification mentioned above are true types of tensification. This is because the first kind applies to a certain type of phonetic environment or class while the other two demand a specific grammatical category. The differences both in phonetic and syntactic environments make these three rules unique with each other. As for post-lateral tensification, Eom Taesu (1999, p. 122) argues that words that manifest post-lateral tensification are not rule-governed, and the surface form, as it is, should be classified under the lexicon. The first reason is that post-lateral tensification also happens in native Korean words such as '알뜰', '벌써', and '불쌍' and should not be assigned just for Sino-Korean words only. Next, due to the nativization of Sino-Korean words, their morphological characteristics cannot be explained using processes such as derivation, compounding, and inflection, and thus reduces grammatical complexity. The last reason is the perception of the structure of Sino-Korean words especially of disyllabic Sino-Korean words. If written using sinographs, Sino-Korean words, its meaning and their connection are always conceived by the mind, but when written in Hangeul, such concept is erased and there is a tendency to think Sino-Korean words as words with inseparable parts as well. Because of the loss of this kind of perception that disyllabic Sino-Korean words are composed of individual morphemes joined together, there is no need to separate post-lateral tensification exhibited in disyllabic Sino-Korean words and free native Korean morphemes. However, on p. 287, the same publication examined post-lateral tensification in Sino-Korean separately from other phonological phenomena. After describing its characteristics, it argues that this sound change is related with other phonological phenomena such as post-lateral tensification in the underlying forms of native words, the deletion of '근' in inflections and derivations, tensification after the adnominal suffix '-근-', the non-existence of the consonant combinations 근ㄴ, 근ㅅ, 근ㄷ, and 근ㅈ in native Korean phonology, and the liquidization of '근' after 'ㄴ' and that all these processes have one underlying principle only. Moreover, on p.234, it mentioned that tensification manifested in Sino-Korean lexical items is one of the irregular tensification processes in Korean. These lexical items are classified into two: disyllabic Sino-Korean lexical items (or if they regarded as one unit) such as '효과' (효꽈) and '사건' and Sino-Korean words that have suffix-like qualities, as in '심적' (심쩍) and '사회성 (사회썽)'.

Even though Eom Taesu (1999) does not regard post-lateral tensification in Sino-Korean as a distinct type of tensification, it was able to show, at least, the connection of this particular sound change with native Korean words and other related phonological phenomena. However, there should have been empirical and psycholinguistic evidence presented in support of the claim that writing Sino-Korean words in Hangeul instead of sinographs diminishes the recognition of the morphological composition of Sino-Korean words by native speakers. Furthermore, there might be some phonological characteristics or constraints present in Sino-Korean words that cannot be found in native Korean words. Another question that can be raised is that where post-lateral tensification first occurred: native Korean words or Sino-Korean words.

Different from Eom Taesu (1999), Gwon Inhan (1997, p. 250)

believes that post-lateral tensification is only applicable with Sino-Korean words. Besides words that have reduplicated sinographs such as '허허실실', words that did not undergo tensification such as '물질적' pronounced [물찔적], and '실질적' pronounced [실찔적] are accepted pronunciations by this study. In addition, Sino-Korean words that are composed of two morphemes, such as '서울시', '발달사', and '수술실' are said to not undergo tensification.

Bae Juchae (2003) analyzed tensification in Sino-Korean in detail and classified it into four categories. The first category is tensification after plosives. The second category is about post-lateral tensification. It was suggested that post-lateral tensification is obligatory in disyllabic words while in trisyllabic words, it depends on the word if tensification happens. The third category is a special type of tensification. For example, the character '-적(的)' becomes tensified based on the number of syllables, i.e., in a disyllabic word, it undergoes tensification but in a trisyllabic word, it does not. In addition, the '과(科)' character is regarded to always manifest tensification while other suffixes derived from Hanja such as 가(價)', '-권(權) ', '-권(圈)', '-권(券)' are also said to always change to a tensified pronunciation. It also listed characters that undergo tensification depending on its meaning or function, e.g., '격(格)', '과(課)', '급(級)', '법(法)', '병(病)', '병(瓶)', '세(稅)', '자(字)', '점(點)', and '죄(罪)' and Hanja-derived suffixes such as '-기(氣)', '-성(性)', '-장(狀)', '-조(調)', '-증(症)', and '-증(證)'. Depending on the word, the Sino-Korean morphemes '건(件)' and '과(果)' and the Sino-

Korean words '구(句)' and '수(數)' may or may not trigger tensification. Lastly, there are a few special Sino-Korean words that manifest tensification, such as '-간단(簡單)', '산보(散步)', '장기(長技) ' and '전격(電擊)'. Through the research of Bae Juchae (2003), it is revealed that post-lateral tensification in Sino-Korean is related with syllable count and that some characters and words can undergo manifestation. However, the possible reason for this phenomenon was not provided by the author.

A recent study, Yu Cheongi (2019) examined Sino-Korean words and the phonological processes affect this class of words. It mentioned about post-lateral tensification and similarly with this study, gathered data from the Standard Korean Language Dictionary. After collecting Sino-Korean lexical items that fall under the categories of '근+ㅈ', '근+ㄷ', and '근+ㅅ', it agreed with Bae Juchae (2003) that disyllabic Sino-Korean words almost always undergo tensification while trisyllabic Sino-Korean words have a lower rate of tensification. According to this study, there are two instances when tensification does not take place. The first case is when there is a boundary between a prefix and the root (e.g., 몰-지각(沒知覺)) and the second instance is when the same syllable is repeated, such as 절절하다(切切하다). Even though this research was able to give emphasis on the syllable structure of Sino-Korean words and utilized a number of words from a dictionary, it failed in showing the percentage between words that underwent tensification and those who did not.

3. Words with Post-Lateral Tensification

In this part, the number of words that showed post-lateral tensification will be presented. Words such as '갈등' and '결단' in which the sounds next to '갈' and '결' become tensified will be grouped here and will be counted under '갈' and '결' respectively. In 27,200 words collected, 5431 words were found to have undergone tensification. Included in that number are 23 words such as 일살다생(一殺多生) which has more than one syllable that ended in an '-ㄹ-' yet only syllable has a tensified segment after it and 29 words like 결실성 (結實性) that also had more than one '-ㄹ-' coda yet tensification happened after each '-ㄹ-' ending syllable.

3.1 By Syllable

syllable	count	syllable	count	syllable	count	syllable	count
일	743	활	124	졸	44	휼	9
불	331	필	120	울	37	헐	8
실	291	밀	116	걸	32	열	7
결	265	질	108	벌	32	홀	7
발	250	골	95	몰	29	흘	7
절	247	탈	93	할	29	눌	5
열	210	갈	74	궐	26	슬	5
출	196	굴	69	을	25	힐	5
월	177	술	66	알	22	균	4
철	175	달	63	돌	18	올	4
물	173	율	63	률	13	랄	2
설	168	찰	58	솔	12	왈	2
팔	162	살	55	괄	10	글	1

별	137	말	54	날	9	줄	1
혈	137	길	51	렬	9	활	1
칠	130	몔	44				

Table 2: Number of Words that Underwent Tensification: Arranged by
　　　 Syllable

Based the table above, the syllable that has the highest number
of words with post-lateral tensification is '일'. The syllables that come
after it are '불', '실', '결', '발', '절', '열', '츨', '월 ', and '철'. Sino-
Korean syllables such as '물', '설', '팔', '별', '혈', '칠', and '활' have
less than 175 words with post-lateral tensification while syllables that
have a relatively low rate of tensification are '갈', '술', and '달'. Some
syllables that rarely show tensification are '돌', '률', '솔', '괄', '날', '렬',
'휼', '힐', and '얼'. Out of the seventy-one syllables examined, post-
lateral tensification is only found after sixty-two syllables. The
syllables that did not manifest tensification at all are '녈', '놜', '닐',
'롤', '솰', '잘', '즐', '홀', and '횔'. These syllables do not have a
considerable number of equivalent Hanja which can explain the rarity
of this sound change after these syllables. In other words, it can be
proposed that this sound change can be linked to the usage frequency
of these syllables, i.e., the rate of tensification can be high if the
number of the equivalent sinographs of a certain syllable is high.

It is difficult to provide a reason why specific syllables triggered
tensification while others did not, but syllables that have a 'ㄴ' and
'ㅎ' onset have a lower rate of tensification. For syllables that start
with 'ㅎ', only the syllables '혈' and '활' have more than a hundred

words with tensification while other syllables with the 'ㅎ' onset only accounted for less than thirty words each. In the case of 'ㄴ', only two syllables ('날' and '눌') exhibited tensification. On the other hand, syllables with an aspirated onset ('ㅊ', 'ㅌ', ㅍ) have a higher tendency to show tensification. Excluding 'ㅋ', aspiration tends to be one of the key features of Sino-Korean phonology which can contribute to the high tendency of tensification occurring after syllables with an aspirated onset.

3.2 By Sinograph

character	count	character	count	character	count	character	count
一	516	疾	16	訣	4	竭	1
發	208	關	15	橘	4	蝎	1
不	198	突	15	訥	4	蠍	1
日	196	蜜	15	怛	4	桀	1
實	186	拔	15	跋	4	抉	1
出	186	伐	15	鼈	4	駃	1
物	164	葛	14	弗	4	闋	1
八	161	罰	14	悅	4	鶡	1
別	132	述	14	兀	4	蹶	1
鐵	131	室	14	刖	4	契	1
月	126	劣	14	匹	4	辣 (날)	1
血	126	弼	14	闊	4	肭	1
結	124	髮	13	詰	4	亐	1
佛	116	烈 (열)	13	窟	3	辣 (랄)	1
七	113	裂 (열)	13	獺	3	剌	1
熱	109	栗 (율)	13	疸	3	裂 (렬)	1
密	101	閱	12	烈 (렬)	3	魝	1

決	96	蔚	12	閼	3	襏	1
骨	94	撒	12	沸	3	鼈	1
節	84	渴	11	膝	3	薛	1
活	83	率 (솔)	11	斡	3	屑	1
絕	75	徹	11	遏	3	浚	1
脫	74	畢	11	蛭	3	蟀	1
失	71	穴	11	叱	3	鈌	1
筆	54	泄	10	朮	3	瑟 (슬)	1
吉	51	謁	10	喝 (할)	3	蝨	1
達	51	勿	9	猾	3	瑟 (실)	1
屈	47	撇	9	豁	3	關	1
末	47	竊	9	鷸	3	戛	1
雪	45	秩	9	恝	2	蘗	1
越	45	擦	9	崛	2	鴶	1
殺	44	喝 (갈)	8	蕨	2	噎	1
術	44	傑	8	捽	2	冽	1
列 (열)	43	潔	8	韃	2	尉	1
律 (율)	42	括	8	埃	2	鈇	1
察	39	厥	8	栗 (률)	2	粵	1
滅	37	札	8	沫	2	聿	1
折	37	歇	8	鉢	2	慄	1
質	37	蔑	7	黻	2	崒	1
舌	36	楔	7	祓	2	昵	1
必	36	戌	7	薩	2	茁 (절)	1
褐	34	截	7	絏	2	癤	1
設	33	姪	7	襪	2	頓	1
切	33	綴	7	蟋	2	茁 (줄)	1
缺	30	轄	7	訐	2	迭	1
說	30	忽	7	吃	2	躓	1
滑	30	捏	6	曰	2	軼	1
沒	29	率 (률)	6	熨	2	膣	1

逸	26	撥	6	駜	2	趺	1
窒	26	拂	6	溢	2	掇	1
乙	25	黜	6	嫉	2	撮	1
乞	23	列 (렬)	5	刹	2	秫	1
鬱	22	律 (률)	5	轍	2	捌	1
卒	22	抹	5	凸	2	疋	1
奪	19	擘	5	輟	2	鷸	1
割	18	率 (율)	5	掣	2	蟋	1
掘	17	猝	5	喝	1	譎	1
悉	17	哲	5	曷	1	紇	1
漆	17	恤	5	楬	1	屹	1
拙	16	吃	5	碣	1	纈	1

Table 3: Number of Words that Underwent Tensification: Arranged by
Sinograph

A total of 180 unique sinographs have been found to exhibit post-lateral tensification. While Korean phonology, especially Sino-Korean phonology has a limited set of sounds, the number of distinct sinographs can reach thousands. For this reason, the imbalance between the number of syllables and Hanja is not an unexpected phenomenon. The Hanja that has the highest number of words with post-lateral tensification is 一, followed by 發, 不, 日, 實, 出, 物, 八, 別, 鐵, 月, 血, 結, 佛, and 七. The characters 熱, 密, 決, 骨, 節, 活, 絕, 脫, 失, 筆, 吉 and 達 have a high tendency to trigger tensification while characters such as 屈, 末, 雪, 越, 殺, 術, 列 (열), 律 (율), 察, 滅, 折, and 質 do not. The rest of the characters with a lateral coda have a low rate of tensification but their number is not low. After examining characters with a high rate of tensification, it can be said that these characters are basic and have a high usage frequency. On the contrary, characters with a low level of tensification have a low usage frequency or are extremely rare. Thus, if a certain syllable has a high number of equivalent characters and those characters have a high usage frequency, the possibility of triggering tensification becomes higher.

4. Irregular Words

According to Chapter 6 Article 26 of the Standard Rules of Pronunciation, the consonants 'ㄷ, ㅅ, ㅈ' after 'ㄹ' in the coda position in Sino-Korean words should be pronounced as a tensified consonant. However, a considerable amount of words that violate this rules have been found, e.g., '수술실', '인물주의', and '골다공증' . This part of the paper will discuss about words that have 'ㄷ','ㅅ','ㅈ' after 'ㄹ' yet did not undergo tensification.

4.1 By Syllable

syllable	count	syllable	count	syllable	count	syllable	count
실	70	출	20	률	9	길	2
물	69	탈	19	벌	9	얼	2
일	68	술	18	팔	9	흉	2
열	59	철	17	돌	8	걸	1
발	49	찰	16	칠	8	귤	1
불	44	달	14	궐	7	멸	1
별	39	밀	14	몰	7	울	1

월	32	질	14	갈	6	을	1
절	28	혈	14	괄	5	졸	1
설	26	활	12	솔	4	할	1
골	24	결	11	슬	4	헐	1
필	21	렬	11	굴	3	홀	1
살	20	말	11	율	3	힐	1

Table 4: Number of Words with a Non-Tensified 'ㄷ', 'ㅅ', or 'ㅈ' Onset: Arranged by Syllable

Different from the syllable that has the highest count for tensification, the syllable that has the highest number of words with a 'ㄷ', 'ㅅ', or 'ㅈ' onset that did not undergo post-lateral tensification was '실', followed by '물', '일', '열', '발', '불', '별', '월', '절', and '설'. The total number of syllables with this kind of phenomenon is fifty-one.

Theoretically, tensification should occur in this kind of phonetic environment, but out of the seventy-one syllables examined, fifty-one syllables did not exhibit post-lateral tensification, a number that deserves attention. With this significant result, it can be interpreted that post-lateral tensification in Sino-Korean words is still an on-going, incomplete sound change. A certain sound change may not occur in all environments that it theoretically should and will only be so after a long period of time. If this phonological change is said to be completed, the difference between the words that did and did not change should have not been this significant.

4.2 By Sinograph

character	count	character	count	character	count	character	count
物	66	失	6	擘	2	叭 (발)	1
實	54	列 (열)	6	烈 (열)	2	伐	1
熱	46	折	6	閲	2	弗	1
日	41	漆	6	悦	2	煞	1
別	37	結	5	律 (율)	2	雪	1
不	26	括	5	疾	2	偰	1
發	25	突	5	姪	2	醫	1
骨	24	律 (률)	5	札	2	窣/率 (솔)	1
一	22	鉢	5	七	2	戌	1
月	21	必	5	弼	2	瑟 (슬)	1
出	19	關	4	蓽	2	悉	1
佛	17	蜜	4	子	2	裂 (열)	1
節	16	述	4	恤	2	鬱	1
脫	15	逸	4	褐	1	鉞	1
髮	13	絕	4	葛	1	率 (율)	1
術	13	奪	4	渴	1	乙	1
察	13	穴	4	喝 (갈)	1	馹	1
鐵	13	屈	3	竭	1	竊	1
薩	12	咄	3	蠍	1	截	1
筆	11	率 (률)	3	傑	1	猝	1
達	10	勿	3	缺	1	窒	1
末	10	拔	3	潔	1	膣	1
密	10	率 (솔)	3	鱖	1	剎	1
說	10	膝	3	橘	1	漷	1
室	10	凸	3	獺	1	秫	1
越	10	決	2	韃	1	叭 (괄)	1
列 (렬)	9	訣	2	烈 (렬)	1	畢	1
設	9	厥	2	裂 (렬)	1	割	1
活	9	吉	2	栗 (률)	1	歇	1

質	8	闥	2	沫	1	忽	1
八	8	罰	2	滅	1	滑	1
血	8	鼈	2	歿	1	闊	1
殺	7	舌	2	鈸	1	豁	1
沒	6	薛	2	綷	1	刮	1
閥	6						

Table 5: Number of Words with a Non-Tensified 'ㄷ', 'ㅅ', or 'ㅈ' Onset: Arranged by Sinograph

If the non-occurrence of post-lateral tensification is examined based on sinographs, the character that topped the list is '物' followed by '實', '熱', '日', '別', '不', '發', '骨', '一', '月', and '出'. A total of 137 unique characters have been listed.

Based on the list of characters above, some of them have a high frequency of usage, while some are rarely used, e.g., 呰, 韗, 擘, 鱖. This finding can still be related to the spread of tensification. It can be argued that post-lateral tensification has not yet full spread to rarely used characters, which supports the idea that this sound change is still a continuous process.

Other words, those words that did not undergo change can be considered fossilized. Some words just remain as it is, even though a certain change is active in the language. Language is always changing, and old words die out while new words are born. Thus, even if some obsolete words or characters did not manifest any change, it will not have a big impact to the language.

5. Rate of Change

Underwent Tensification	5431	87%
Non-tensified 'ㄷ', 'ㅅ', 'ㅈ' after '-ㄹ-'	837	13%
Total	6268	100%

Table 6: Rate of Words that Underwent Tensification and Words with a Non-Tensified 'ㄷ', 'ㅅ', or 'ㅈ'

Of the 27,200 Sino-Korean words gathered, only 6268 words were found to have an obstruent on-set after a lateral coda which can exhibit tensification or not. This accounts for twenty-three percent of the total words collected for this study. In addition, of the 6,268 words, eighty-seven percent underwent tensification while thirteen percent did not, which have a 'ㄷ', 'ㅅ' or 'ㅈ' onset. Through this statistic, it can be suggested that post-lateral tensification is Sino-Korean is not an absolute phonological change because it did not manifest in all possible environments. The ratio for comparing the words that underwent the change and the words with a 'ㄷ', 'ㅅ' or 'ㅈ' onset that did not is 10:1, which further strengthens the argument that this phonological change is not yet completed.

6. Rate of Change by Syllable Count

Reiterating Bae Juchae (2003)'s argument, disyllabic words with a 'ㄷ', 'ㅅ' or 'ㅈ' onset exhibit manifestion while trisyllabic words may or may not be. Meanwhile, Chapter 6 Article 26 of the Standard

Rules of Pronunciation says that a word with a reduplicated Hanja such as '허허실실' does not undergo tensification. Therefore, this research also examined whether post-lateral tensification has a correlation with syllable count or not. The results are as follows:

Syllable Count	Underwent Tensification	Non-tensified 'ㄷ', 'ㅅ', 'ㅈ' after '-ㄹ-'	Total
2	1773 (99%)	21 (1%)	1794
3	2302 (87%)	331 (13%)	2633
4	1133 (73%)	413 (27%)	1546
5	157 (72%)	61 (28%)	218
6	41 (85%)	7 (15%)	48
7	14 (88%)	2 (13%)	16
8	4 (100%)	0 (0%)	4
9	6 (86%)	1 (14%)	7
10	1 (0%)	1 (50%)	2

Table 7: Rate of Words that Underwent Tensification and Words with a Non-Tensified 'ㄷ', 'ㅅ', or 'ㅈ' Based on Syllable Count

For disyllabic words, the rate for non-occurrence of tensification is very low, (21 words (1%)) but this increases as the syllable count increases.   In the case of trisyllabic words, the number of words which did not undergo tensification is 332 (13%) while the rate exceeds twenty-five percent in four-syllable and five-syllable words. Only a few words came after that. If we just take into consideration words with two to five syllables, there is indeed a correlation between syllable count and post-lateral tensification.

7. Special Characters

Some Sino-Korean words such as '물가' exhibit post-lateral tensification not because 'ㄹ' meets another obstruent, but because of the sinogram that comes after it.

Gim Hongseok (2005) chose thirty-six distinct Hanja and investigated whether they change into a tensified sound or not. Afterwards, these thirty-six characters were classified according to the frequency they undergo tensification.

Frequency	Sinograph
High	價, 件, 圈, 權, 法, 症
Medium	契, 科, 句, 犢, 數, 字, 檄, 狀, 的, 點, 兆, 調, 帙
Low	課, 卦, 技, 氣, 記, 臺, 德, 毒, 房, 瓶, 病, 步, 褓, 性, 資, 帳, 張

Table 8: Tensification Frequency of 36 Sinographs

The sinograms listed above do not only become tensified after a 'ㄹ' coda but after other sounds as well. For example, the 價 character is pronounced tensified in a number of words: 減價(감가), 決價(결가), 高價(고가), 單價(단가), 代價(대가), 同價(동가), 半價(반가), 本價(본가), 市價(시가), 油價(유가), 折價(절가), 定價(정가), 終價(종가), 酒價(주가), 土價(토가), and 平價 (평가), etc. regardless of the syllable or character preceding it. Thus, tensification is caused by the character itself, and did not arise from the collision of the segments with each other. However, these characters do not undergo tensification in all instances such as

고가(估價), 船價(선가), 收價(수가), and 驅價(구가). As a result, some words may share the same orthographical representation, but their phonetic realization is different based on the sinograph used. Words such as 감가 (轗軻), 本家(본가), 團歌(단가), and 遊街 (유가) do not contain the character 價 and do not exhibit tensification. Is there a case when two words are written the same way in Hangeul and have at least one sinogram that can cause tensification? 高價 and 估價 share the same Hangeul representation (고가) and both contain the 價 character, but the former undergoes tensification but the latter does not. In this scenario, tensification becomes the only crucial factor that can disambiguate these two words.

8. The Mechanism of Sound Change: Two Perspectives

In historical linguistics, there are two main kinds of sound change: the regularity hypothesis and the lexical diffusion hypothesis. According to neo-grammarians, sound change is regular and takes place uniformly as long as certain phonetic conditions are met (Campbell, 2013, p. 15). On the other hand, the lexical diffusion hypothesis says that sound change happens instantly but does not affect all words at the same time and takes a long period of time to be completed (Wang 1969).

As per post-lateral tensification in Sino-Korean, the author suggests that it adheres more to the lexical diffusion hypothesis than the regularity hypothesis. This is because based on the data given above, it is clearly not present in all environments that it should occur. Out of the possible words that can have this sound change, only 87 percent manifested it while the remaining 13 percent did not. Thus, this shows that post-lateral tensification is an on-going sound change and will only be completed after a long period of time.

9. Conclusion

This study aims to examine the distribution and mechanism of post-lateral tensification in Sino-Korean using data gathered from the Standard Korean Language dictionary. Of the 27,200 Sino-Korean words with a post-lateral coda, only 6,268 words were found to have met the condition for post-lateral tensification to happen. After a thorough classification of the words, the results are the following: 5,431 words exhibited tensification while 837 words which supposed to undergo tensification according to the Chapter 6 Article 26 of the Standard Rules of Pronunciation retained its original form. '일' and 一 topped the list for the syllables and characters that caused tensification in Sino-Korean words while '실' and '物' ranked the highest in syllables and characters that are followed by a non-tensified 'ㄷ', 'ㅅ', or 'ㅈ' sound. Other observations include that syllables that have a 'ㄴ' and 'ㅎ' onset have a lower rate of tensification than other types of syllables with a 'ㄹ' coda and syllables with an aspirated onset ('ㅊ', 'ㅌ', ㅍ) have a higher tendency to show tensification. It is also suggested that usage frequency can also be a factor to check for tensification. A syllable is more likely to cause tensification if it has a high number of equivalent characters and if these characters have a high frequency usage as well, the occurrence of tensification is more likely. Reversely, some syllables that have little to no equivalent characters, or may correspond to obsolete characters, have a low tendency to trigger tensification. In addition, whether syllable count is a contributing factor or not was examined and the data shows that the rate for the non-occurrence of post-lateral tensification increases as the number of syllables increases. These factors can be an easy reference to determine whether a Sino-Korean word exhibits post-lateral tensification or not, but further studies will be conducted to provide a more solid, statistically-sound argument.

Based on the results of this study, it can be argued that post-lateral tensification in Sino-Korean words is not an absolute and regular sound change. A significant number of words have not yet undergone this change and it will probably take some time for it to be completed. Thus, post-lateral tensification in Sino-Korean adheres more to the lexical diffusion hypothesis than the regularity hypothesis. However, since the data of this study were collected from a dictionary, it may not be an accurate description of the status of the sound change currently. Data gathered directly from the native speakers are recommended to give a better picture of the sound change.

REFERENCES

Bae, J. (2003). Hanjaeoui gyeongeumhwae daehayeo [Fortitions in Sino-Korean words]. *Seongsimeomunnonjip, 25,* 247-283.

Campbell, L. (2013), *Historical Linguistics: An Introduction (3rd ed.).* Cambridge,

Massachusetts: The MIT Press.

Chua, M. C. (2020). *Pillipin nae chogeup hangugeo hakseupjaui ikgi yuchangseonggwa*

odok yangsang yeongu [Modes of oral reading fluency and error patterns of

beginner level Korean learners in the Philippines] (Unpublished master's thesis).

Korea University.

Eom, T. (1999). *Hangugeoui Eumungyuchik Yeongu [A Research on the Phonetic Rules of Korean].* Seoul: Gukakjaryowon.

Gang H. (2008). Hangugeo gyeongeumhwaui silhyeon yangsange daehan sahoeeoneohakjeok bunseok : junggugin hangugeo hakseupjareul jungsimeuro [A sociolinguistic analysis on realization of tensification in Korean—centering on Chinese students learning Korean language—]. *Korean Language & Literature, 67,* 159-180.

Gim, H. (2005). Ieumjeol hanjaeoui huhaengeumjeol gyeongeumhwae daehayeo [A study on a bridegroom-syllabic fortis of disyllabic Chinese-character]. *The Education of Korean Language and Literature, 14,* 25-54.

Gim, Y. (2016). Hyeondaegugeo hanjaeumui eumunnongwa hyeongtaeron [Phonology

and morphology of contemporary Sino-Korean]. *Urimal Yeongu, 44,* 5-26.

Gwon, I. (1997). Hyeondaegugeo hanjaeoui eumunnonjeok gochal [A survey of Sino-Korean phonology]. *Journal of Korean Linguistics, 29,* 243-260.

I, H. (1955). *Gugeohakgaeseol [Introduction to Korean Linguistics].* Seoul: Minjungseogwan.

I, H. (1959). *Hangeul Matchumbeop Tongiran Gangui [A Lecture on the Draft for a Unified Spelling of Korean]*. Seoul: Singumunhwasa.

Monghit, J. O. (2021). *Hanjaeo 'r' dwiui gyeongeumhwa hyeonhwang bullyuwa suryangjeok*

yeongu [A categorical and quantitative study on post-lateral tensification in Sino Korean] (Unpublished master's thesis). Hanyang University.

National Institute of Korean Language. (n.d.). Standard Korean Language Dictionary.

https://stdict.korean.go.kr/main/main.do

Wang, W. S-Y. (1969). Competing change as a cause of residue. *Language, 45*, 9-25.

Yu, C. (2019). *Hanjaeoui eumun hyeonsange daehan yeongu [A research on phonological phenomena of Sino-Korean words]* (Unpublished master's thesis. Seoul National University.

한국 한자어 '르' 뒤의 경음화 연구:
분포 및 변화과정

韓漢音輔音韻尾 -l 後的緊音化研究：
分布以及變化過程

　　根據韓國國立國語院發行的標準發音法第 6 章第 26 項規定，韓國漢字詞當中，位於'ㄹ'後的輔音'ㄷ,ㅅ,ㅈ'應發為緊音。但事實上存在部分符合該規則卻沒有發生變化的漢字詞，也存在部分在該規則外，即除'ㄷ,ㅅ,ㅈ'以外的輔音出現在舌側音後也轉為緊音的漢字詞。本論文將探討韓國漢字詞'ㄹ'後的緊音化現象，及其分布和變化過程。筆者通過對《標準國語大詞典》的調查，收集了所有'ㄹ'為終聲的漢字詞並按其是否發生緊音化進行分類。在收集的 27,200 個單詞當中，6268 個單詞才符合該語音現象的條件。其中，5431 個單詞發生了變化，而 837 個單詞的'ㄷ,ㅅ,ㅈ'卻沒有變成緊音。由此可見，該語音變化反映詞彙擴散假說的特點。

關鍵詞：語音變化　詞典　詞彙擴散說

國家圖書館出版品預行編目資料

千里音緣一線牽——
2021第四屆韓漢語言學國際學術會議會後論文集

中華民國聲韻學學會編輯. – 初版. – 臺北市：臺灣學
生，2022.01
面；公分

ISBN 978-957-15-1882-4 (平裝)

1. CST: 語言學 2.CST: 韓語 3.CST: 漢語
4.CST: 文集

803.07   111000271

千里音緣一線牽——
2021 第四屆韓漢語言學國際學術會議會後論文集

編　輯　者　中華民國聲韻學學會
出　版　者　臺灣學生書局有限公司
發　行　人　楊雲龍
發　行　所　臺灣學生書局有限公司
地　　　址　臺北市和平東路一段 75 巷 11 號
劃　撥　帳　號　00024668
電　　　話　(02)23928185
傳　　　眞　(02)23928105
E - m a i l　student.book@msa.hinet.net
網　　　址　www.studentbook.com.tw
登記證字號　行政院新聞局局版北市業字第玖捌壹號
定　　　價　新臺幣七〇〇元
出　版　日　期　二〇二二年一月初版
I S B N　978-957-15-1882-4